宮地伸一全歌集

現代短歌社

著　者

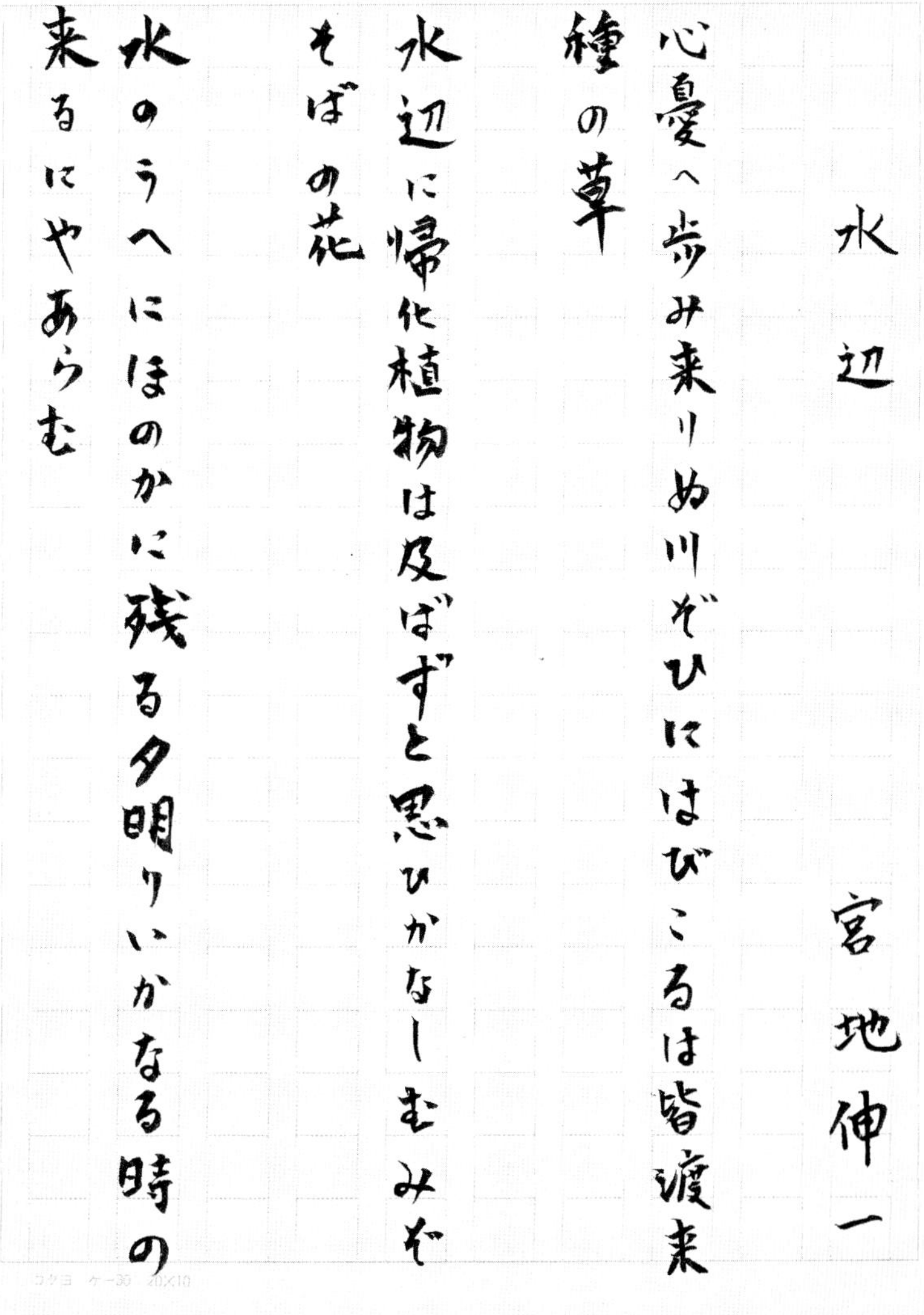
水辺　　宮地伸一

心憂へ歩み来りぬ川ぞひにはびこるは皆渡来種の草

水辺に帰化植物は及ばずと思ひかなしむみぞそばの花

水のうへにほのかに残る夕明りいかなる時の来るにやあらむ

著者の筆蹟

宮地伸一全歌集　目次

町かげの沼……五
夏の落葉……八三
潮差す川……一四三
葛　飾……一八一
続葛飾……二七九
続葛飾以後・第一部……三六九
続葛飾以後・第二部……四六九
補　遺……五五九
宮地伸一年譜……五七五
解　説……五九一
初句索引……六〇七
あとがき……六五七
編集後記……六五九

宮地伸一全歌集

町かげの沼

目次

昭和十七年（三十六首）　九
昭和十八年（五十三首）　一二
昭和十九年（十八首）　一八
昭和二十年（十四首）　二〇
昭和二十一年（三十五首）　二二
昭和二十二年（三十二首）　二五
昭和二十三年（二十四首）　二八
昭和二十四年（二十一首）　三〇
昭和二十五年（十二首）　三三
昭和二十六年（十六首）　三四
昭和二十七年（二十四首）　三六
昭和二十八年（十首）　三八
昭和二十九年（八首）　三九
昭和三十年（十六首）　四〇
昭和三十一年（十六首）　四二
昭和三十二年（二十九首）　四四
昭和三十三年（三十八首）　四七
昭和三十四年（三十一首）　五〇
昭和三十五年（五十三首）　五四
昭和三十六年（四十七首）　五九
昭和三十七年（四十首）　六四
昭和三十八年（六十七首）　六八
後記　七六

昭和十七年

幾たびか夜なかめざめて吾は思ふけふより兵となれるこの身を　入営

別れ来て幾日も経ねどわが教へし生徒を思ふ時涙出づ

いのちもつこのあやしさは解きがたし冷たき夜半《よは》の床にめざめぬ

この港を正岡子規も発ちにしか日清戦争従軍のために

はるかなる原のはたてにおもおもと曇り垂れつつけふも日暮れぬ　以下、北満にて

暮れがたの野におびただしく鴨群れてそこにいくつか凍る沼見ゆ

やうやくに老い給ふ君やわが帰らむ時もま幸くあれと乞ひのむ

凍りたる河につらなる地平見ればわが心既に定まるものを

雨晴れし楢の林の芽ぶき立ちひとときすがし春どりのころ

鳴ききほひ北へ渡れる雁見れば国境に何のかかはりもなし

ふるさとより来たる便りに幾たびか北の護りといふ文字ありぬ

山峡の野火燃え過ぎしひと側はいち早く草の青くなりたり

枯草のゆらぎかなしき狭間《はざま》行けり野火過ぎにけるかたへは青く

とぼる如き野火しばし見て床に入りぬ虚しきものか町のまぼろし

谷越えて郭公のこゑひびきつつ何かはらめや信濃の山と

草原に立ちて光を反射するこのひとときのわが務め楽し

傾ける青野の末に煙ほそしわが国籍の汽船行くらむ

夕寒き光に照らふ白楊《どろ》の木のあをき木膚に触れむとぞする

雲低く片寄り行きし対岸に欠けたる虹のあはれ立ちにけり

七月のなかばは既に涼しくてとりどりに咲きし花も終りぬ

高はらに月のかがやく夜ふけて低く寂びたる仏法僧のこゑ

雲ひくくふた国かけて迫りつつむかひは既にあらしとなりぬ

シベリヤの空かぎりなく夕焼せり遠くも来にしいのちとぞ思ふ

九月過ぎて寒くなりつつシベリヤの方より日ごと雁は飛来す

あしたより雁いく連《つら》か渡りくればいたくみだれて鳴く組が見ゆ

うらぶるる心よ雁のこゑ過ぎて枯れゆく草のなかに伏しつつ

雁の群もだし渡ると見えにしがやや遠ぞきし時に鳴くこゑ

いく連か重なり渡る雁見れば或る時はみだるるさまに飛びゆく

草の上に食器を乾すと置きしかばはや落ちたまるゐのこづちの種子

遠き世に向ふが如くへだたりき間なくし影に立つといへども

スターリングラード保てるままに冬越すかこの国境も既に雪積む

朝はやく起き出でて向ふ雪はらに寒さを示す赤旗立てり

枯草の遠くさむざむと河流れいのち捨つべき彼の国が見ゆ

黒板にかく寄りそひてもの問ひき互みに忘れゆくにかあらむ

拙き言葉にて今も綴るゆゑ机に寄りし歎きよみがへる

乞ひねがふ学問すらに身につかず一生《ひとよ》のいのち過ぎてゆくらむ

昭和十八年

なづみつつ踏みゆく道の岩かどより雪を乱して雷鳥飛びぬ

月照らふ峠より見ればなづみ来し雪沢に長く道つきにけり

ひとしきり狼のこゑ聞えたりかの雪谷を越えてくるらし

北さかふこの高はらに起き伏して慣るれば既にふるさとの如し

この夜半《よは》の青山通り歩みをる錯覚にしばしあやしむ吾は

北極星まうへに近く輝きて永久《とは》なるものを嘆かざらめや

よる深き床のなかにて涙いで恥《やさ》しき心人知らざらむ

朝けより曇りとざして日食の終りたる頃光さしけり

地の果をかすかに移動せるらしき煙をまもる林のあひに

雲間より洩れし光は果とほく町あるきはまで照らし出だせり

今しがたよぎりし狼の跡を見つ雪深き山のうへに来しかば

あへぎつつわが降りゆく雪谷は永久《とは》に寒さをとどめたるらし

この谷の青く芽ぶかむ時を恋ひ日かげる山へ登りゆきたり

対岸の原焼くる煙たかく立ちしばしかすかにその炎見ゆ

野火焼くる煙は空にひろがりて雲としづまる夕かげのなか

いや北の境といへどかぎりなく親しみ向ふこの山なみや

暁にしばし目ざめてわれ居りき夢見しものの名だに忘れつ

幾分か誇張ある新聞の報道も沁みて読むらむわが父母は

夜半《よは》過ぎてむかひの寒き国原よりゆがみし月の光さしいづ

山裾に解けをる雪よ歩みがたく道のぬかるむ春きたるらし

芽ぶきたつ峠にてしばし見放くるにシベリヤの野も青くなりたり

羽音《はおと》たかく鳴きみだれゆく雁がねをいち早く移動目標とせり

枯草に低く伏すとき羽《は》ぶきつつあらはに鳴きて雉近づきぬ

なだらかに青き連なりを見放くればひとつ秀づるといふ山もなし

朝宵にま向ふ浅き狭間にて川楊《かはやぎ》ひと本早く芽ぶきぬ

仏法僧鳴きしきりつつ更くる夜にまぼろしのごと遠き野火見つ

おきな草恥ぢらふ如くうなかぶす黒きまで濃きくれなゐの花

いのちかくる島を思へば息あへぎそのたたかひにわれをるごとし

曇り深く垂れし小峡《をがひ》に雉子《きぎし》鳴きやうやく雨季に入りゆくらしも

きぞ降りしひと夜の雨に赤濁り流るる河を砲艦行けり

いづべにか雷落ちたると見渡すに河のむかひはあやしく晴れぬ

北ぞらは遠く晴れつつ鬱《いぶせ》かりし国のまほらをつばらかに見つ

郭公のこゑの乱るる昼暑く信濃の山を思はざらめや

紫に桔梗含《ふふ》めりひと夏をさまざまに咲きし花のをはりに

ひと夏に蟬鳴きたるは幾日《いくにち》か朝光《あさかげ》すでに寒くなりつつ

高原の青きなだりをよぎりつつ目ざす部落のいまだ遥けし

限りなく広き草原にむかひ立つあたかも海にまどへるがごと

群山のいまだも青く保てるに木魚《もくぎよ》高地は色づきにけり

ひと河を距てて草枯れし地平見つ異国《ことくに》と思ふ感動もなく

明けくれにわが用ゐをる日本語の一部は悲しきまでに崩れぬ

あやしみて今宵まもりぬ対岸の思はぬ位置ゆあかり射せれば

海越えて遠く来りし君が歌集この町店の棚に古びぬ

まなかひに白く流るるかの河をふたたびも見む命ならめや

ふたたびは帰らふまじきいのちゆゑかの雪谷を夢にだに見よ

いつしかもうつつに海のうへにをるわが命をばあやしみにけり

穀象虫よけつつ食らふ粘りなき飯《いひ》にもやうやくなじみゆくらし

以下、ミンダナオ島ダバオにて

たはやすくにほひ立ちをる襦袢脱ぎ既に歎かむ心だになし

ふるさとをこほしみいねし暁に雪ある山を幻に見つ

ビスマルク諸島に及べる反攻を心にしつつ年暮れむとす

にほひだつ汗を拭きつつわれ坐るひと日暮れたる青草のうへ

かすかなる風を求めて森なかの赤き花咲くもとに憩へり

椰子の木の木蔭涼しく風通ひしばしば思ふ遠き満洲

青くさの茂みのなかゆ歩みきてくづれむとする心おさへつ

昭和十九年

明けくれにクェゼリン島の戦闘をただに気づかふかの小島ゆゑ

遠くにてもののしき音きこゆると思ふまもなくスコールきたる

ま裸になりて手拭ひ持つときにスコールは既に移り行きたり

アッツ島死守せし兵の時となくその叫ぶこゑ我はききつつ

昼暑き光させればバナナの花深きくれなゐ咲き垂れにけり

はるばると来にし命かひとつ天《あめ》に南十字星見ゆ北斗七星見ゆ

北ぞらに今宵かがやくかの星の下なる寒き国を思はむ

森なかの暁近くききとめし短きこゑはほととぎすに似つ　以下、セレベス島にて

さへぎりて草伸びたちし森なかやわきて目立つといふ花もなし
ひとときに花咲き揃ふこともなく一途に茂る草野寂しむ
谷川のいで湯浴みつつ夕ぐるる坂のまうへの十字星見つ
岩垣のいで湯に長くひたりつつしかすがにしてこほし信濃の
海《わた》なかの小島にいまだたてこもり戦ひつづくときさつつもだす
血みどろの戦ひは今の現《うつつ》だに続かむものをしばしまどろむ
星さやけき夜半に出でつつ制海権制空権といふを思ひつ
ワクデ島は白煙に包まれてありといふ涙流れて電文を解く
コーヒーの白花ゆらぎにほふ時すなはち遠くききし爆音
吾とともに絶えず居るべき万葉集あるときは悲し生物の如

昭和二十年

さまざまに日本語書きしポスターが見えぬは寂し否すがすがし　　バラナ公学校　三首

偽りし日本よと思ふ者あらむ思ふべしうべも偽りにけり

さざめきて我を見てゐる生徒らよ皆はだしにて石板持てり

戦ひのために命は費えぬといふほど我は実戦をせず

夕ぐれて窓閉づる時青畑のむかひはおろすオランダ国旗

つかつかと歩みきたりしオランダ兵味噌樽をあけ直ちにふたをす

吹きよする谷まの風にパパイヤのうす青き花ゆらぐかすかに

干からびし玉蜀黍の苞を切り煙草巻き飲めり女も少年も

樹上より下り来し土人の惜しみつつ泡だつ酒を我に飲ましむ

トラジャ人の赤子を抱きあぐる時乳のにほひを我はかなしむ

セセアン山　四首

夕雲にかの山遠く見とめたる日は帰り来て地図に探しき

ふかぶかと頂近く谷あるらし夕日の光そこに及ばず

おほらかにひろがる山の線見れば心あくがるそのいただきに

くきやかにま澄みの空にそびえ立つ青嶺《あをね》はつひに雪をかぶらず

昭和二十一年

あきらかに月の光に照らさるるバナナの花は黒く垂れつつ

目の前にしぶきを上げて倒れたる木に鋸を当てはじめたり

夕川のぬるき流れにゴムの木の粘りに触れし襦袢を洗ふ

やうやくに風のしづまる夕つ方たきし飯《いひ》にも砂はまじりつ

砂井戸の底にたまれる濁り水二三人浴ぶるのみに涸れたり

月光にあかるき空を羽《は》ぶきつつとび行くものは鸚鵡なるらし

うつしみを保てる我の言ひがたく友がおくつきの砂を寂しむ

垂れさがるドリアンの青き実を見れば白き果肉も久しく食まず

昼すぎの暑さにたふる木下かげ白き鸚鵡の羽は散りぼふ

子守しつつ嫗の低く歌ふ声理解しがたしそのトラジャ語は

川上にすがしく立てる朝虹を今よぎり行く白き鸚鵡の

垢づける手にののしりて投げ出だす既に価値なき日本紙幣を

米倉の下に日ねもす博奕うちどこの国でもよしといふならむ

蕎麦の花咲きつづく畑通り来て信濃路思ふ心たかまる

いつまでも長き夕焼見つつゐて堪へがたきかな日本思ふは

パレパレにて、帰国前夜　三首

みづうみの如き入江や夜もすがら浪のさやぎの音も立たなく

むらがりて浪間に映る星光《ほしかげ》にも南十字星はそれとしるけし

夜半すぎて椰子のあはひに仰げれば偽《にせ》十字星もかたぶきにけり

復員船　十二首

白雲の凝りたる下に揺れながらセレベス島は遠ぞかむとす

いたづらに永く守備せしセレベス島の今は遠ぞく雲の下になりて

汗くさきにほひ立ちをる船艙に下り来て眠る青き蚊帳のうへ

赤道越ゆるは今宵あたりか三日月の光とぼしく海路を照らす

西の海の曇りの下に低くなりていまだ照らすは五日頃の月

ドンガラの港もすでに過ぎたらむただ細長く右に続く島

戦ひの真おもてに立つこともなくセレベス島に過ぎし三年か
二日ばかり右にそひゐしセレベスのつひに絶えつつ広き海となる
麦飯を食ふは幾年ぶりならむ添へし沢庵のにほひさへよし
右の海は島ほそ長く尽きてをりバシー海峡夜ならむとす
夜ふかく曇れる海の彼方には沖縄島のあるべしといふ
雲のなかに低く起きふす島の列涙ぐましく我等見てをり
霞みつつ紀伊の国見ゆ日本見ゆいのちはつひに帰り来にけり
わが痩せて来しをば言はす先生もいくらか白くなりぬみ髪は

土屋文明先生　二首

山坂を導きたまひ言ひたまふ肥《こえ》かつぎ此処にまろびしことを
青き水たたふる岩を見つつ来てこの谷にさす光かなしむ

戦ひにむなしく過ぎしいのちとも歎くことなしこの青き谷に

昭和二十二年

わが生まるる七年前に逝き給ひし左千夫先生のおくつきぞこれ

とどろきてみ墓に迫りし炎ゆゑいたいたしきまでひび入りにけり

風暗き道たどり来ぬわが坐るあらはに剝げし畳おもひて

じめじめとせる性格を悲しみつつ恋愛もなく一生をはらむ

留置場に一夜泊められ来し父よ薪負ひて町を行きしばかりに

靴なかに靴下を脱ぎ捨つるとき放たれしごとひと日終りぬ

いのち生きて還りしことも思ひ沁むかく静かなるみ墓のまへに　長塚節墓　三首

節より金平糖をもらひしと語るこの人も白髪は見えつ

病む君が歎き歌ひし母堂の墓かたはらにして小さく新し

脱けがらの如くに服を脱ぎ捨てつ厭はしきけふの務めをはりて

ささやかに歩道のうへを流れそめし水を掬ひつ楽しきがごと

水害　十二首

床のうへ越えたる水にわづかなる書物を天井裏に置きかふ

筏よりあがり来りて夜おそくクレゾール水に足をひたしつ

海水が逆流せむといふうはさ暗き窓より窓へ伝ふる

朝よりオルガン鳴らす音きこゆ水に沈みしある家の二階

電線をたぐりつつ行く手もとよりばつた飛び立つ筏へ水へ

入口のクレゾールに足を並べひたすワイル氏病をいましめ合ひて

二階より出入りをする幾日か土を踏まざる足たゆくして

蒲団敷きて屋根に暮らせる幾家族夕べ乏しき煙を上ぐる

半ばあまり沈みし我が家を見さくるが日課の如し心呆けつつ

水の上は夜となりつつ家燃ゆる炎しづけし立石町か

汚れたる身を横たへて食乏しき明暮れただに減水を待つ

酒飲みて怒りし父は出で行きぬわが脱ぎ捨てしズボンを穿きて

一生を働き蟻のごとくにもはたらくことか父の願ひは

ひむがしに黄道光の立ちたるをしばしまもりて寒き窓をとづ

どの国も教師らはかく貧しきか列乱れ風の立つ坂くだる

我に似し性格と思ひいらだたしうつむきて口を結ぶ生徒に

今月の末はとつぎ行く妹とけふ出でて来ぬ銀座歩まむ

兄らしくふるまふこともなかりきとしみじみとけふは思ふ妹
酒飲みつつ父はしきりに怒りをり背負ひ帰りし母をとらへて
他愛なく眠りし父のかたはらに蝕ばめる麦をひろげぬ母は
ひむがしの夜明くる空に親しみし黄道光消え十一月過ぐ

昭和二十三年

かび臭き空気よどめる路地のなか幾ところにも庖丁のおと
夜おそくあかりをともす事により涙出づるまで母とあらそふ
母を母とも思ひたくなき瞬間を涙溢れてめがねをはづす
日本語の表記やさしくまとまらむ時を恋ひつつ作文を読む
たくましくなほ育たむとする見ればわが少年の日はひしがれき

障子のかげをのぞけば心ぐし醬油薄むる母のおこなひ

床《とこ》にゐる者に知れざる用心し残れる餅を焼く父と我

はればれとせる妹のこゑきこゆ夫となりしその人のまへ

私生児と生まれざりしを感謝せしはいまだ少年の頃かと思ふ

語彙少きマレー語も覚えがたくして過ぎし三年を今にこほしむ

南より持ち帰り来て惜しみたるコーヒーの実を今宵焼きたり

コーヒーの白花の蔭に逃れ行きかすかなる香をわがかなしみき

いとはしき命とぞ思ふあかつきの朱《あけ》より早く我は目ざめて

休み久しき生徒の家をさがしをり水の滲める路地を入り来て

よごれたる台所いくつも見つつ来て空気しめれる路地に汗ばむ

ひむがしの空おほどかに上りくる木星の光雲をとほしぬ

夕暮れてはやだらしなき父の酔ひ食用蛙また鳴きそむる時

汗ばみて乏しき膳にむかひつつ箸を区別せぬ母にいらだつ

鉄材を少年とともに運ぶ父わがねころべる前を往来《ゆきき》す

疲れつつ父帰るらし汚れたる足をとがむる母のこゑする

秋づきし光さびしむ校庭にばら葉切り蜂葉をくはへとぶ

火をあふぐうちはをとめて少しばかり母の悪口を父は言ひたり

あくせくと学び来りまた教ふるかただ煩瑣なるこの表意文字

こうるさきわが父を早くくたばれとある工員が言ひたりしとぞ

昭和二十四年

壜下げて歩道横ぎり行きし姿かの友も体を大切にせず

父ははや寝息たてをりそのそばに脱ぎまるめたる作業服あり

「働く者」といふ語感すら憎みをりその貧しきひとりと思へども

雪原に春分の光さしたりきかの喜びもわすれがたしも

野火を消すソビエット兵の動作をもレンズに捕へたりし思ひ出

脚榻《きやだつ》の上に立ちたる駅員は時計に紙を貼りつけむとす

君に従ふ楽しさは幾年ぶりならむ緑萌えたつ沢伝ひ行く　　川戸　二首

楤の芽を求め求めゆく山の中小さき芽すらも採《つ》ましめ給ふ

集金を終へて帰らむ狭き路地そこを通れる風は乾きぬ

妻帯者ほど金に汚なくなることを蔑むのもいつまで続くのか

二十歳を越えしばかりにて楽しかりき青山発行所に夜ごと通ひき

オリオンはにぶき街空の灯にかくれ心疲れて帰るこの夜も

風暗き路地をたどりて帰らむにゆゑ知らずたつ一つ面影

宵空に芽ぶく欅の枝のなかあひ近づきぬ二つの星は

少年らのポケットをいちいち調べ歩く兵営にかつてされし如くに

弾《ひ》きやめて白きキイをば拭ふらしその響きにも心ゆらぎぬ

戦争なき時代来むとも説きがたしたくましくなりし少年のまへ

軍隊を持たざる国の幸福を説きし言葉にも反応なし

戦場の場面映りて郷愁に似し感情にしばし堪へゐき

教員のだめになる過程思ひつつ今宵連れられて料理屋にをり

工員となり大方は果てむ子らに松倉米吉の歌を教へつ

昭和二十五年

手をあぐる群衆の前うづたかくバイブルかかへ無造作に投ぐ

マタイ伝の言葉いくらか刺戟となり暮れゆく遠き川を見てをり

地平近き夕星《ゆふづつ》は赤く濁りつつなほ輝かむ十五分がほどは

窓あけてのぞき込む父汚れたる手もてたちまち酒の罎攫む

母のゐぬ日を喜びていつもより多く焼酎を父はたしなむ

一銭も自ら出さず飲む者をいやしめながらその中にゐる

酒飲みていよいよ不快になる時にアララギさんと呼ぶ奴がある

滅ぶべき国とも思ふ枯葦のうごく堤にしばししやがめば

ま近くにかの星雲を見る如し赤く渦巻く川上の雲に
ポケットの物を入れ替へて服着かふまたへつらはむ宴会のため
川上は長く夕光をとどめつつ迷彩剝げし工場群見ゆ
昼過ぎて遠くより来るとどろきに青くかはりし沼《ぬ》の水ふるふ

昭和二十六年

夕べには風吹きたまる路地の奥胸いからせて軍鶏《しやも》歩み来る
潮引きし砂地にあさる鷺のむれわが近づけば足早《あしばや》となる
ごみごみとせるこの土地の生徒愛《あい》し一生終らむをはるともよし
湿りたるにほひに堪へて行く路地にけだもののごと人は住みつく
灯《ともし》暗くあらはに剝げし畳の上しばしためらひ我は坐りき

遊星の相寄る白きひかり見ゆ今宵は寒き夕映のなか

うす赤きくわりんの花をかなしみぬ暮るる光のなかにゆらぐを

誰もゐぬ家に帰りて灯をともし覆ひの下の食ふ物を見る

くれ方の光暑きにおもおもと畳を歩く蛾の黄なる足

夕映の光のなかににほひたる少女は堤を下りて行きたり

ふときざす悲しみありて床《ゆか》の上に足ずりしつつ靴下を脱ぐ

汗ばみて石にしやがめば肌青きとかげたちまち水を渡りつ

夕づけば緑濃くなる谷のなか冷たき水にたへつつひたる

あかりつくるたまゆら寂しわけもなく心抑へて帰り来しかば

別れ来て今し思へば常ならぬわが心とも人はいふべし

玉かぎるほのかに我に見えし人今さらにしてわびし切なし

昭和二十七年

六十年の波をくぐれば云々と父のことばを今宵また聴く

酔ひながら父の下げ来し折詰はたちまち母と息子がくらふ

戦争になるを欲すと言ひ切りて少年ひとり帰り行きたり

受け持ちて一年経たり少女子の胸のゆたけく見ゆるこの頃

オランダミミナグサといへる汚き植物が我が家の周囲にいつかはびこりぬ

機械音次第に止みてかたはらの沼《ぬ》の水青く静まり行きぬ

教員のうち黙したる行進を罵倒しつつ駈けすぐる一隊　メーデー　二首

卑怯者の如く傍観しつつまた広場に揉み合ふ者を憎めり

鉄屑をかこみ群がるハルノノゲシ白くほほけて六月に入る

やうやくに紅《べに》ふけしいちご今朝は摘む潜めるとかげ追ひ散らしつつ

砂の上を我が歩むにも散りやすし黄けまんの花紫けまんの花

奥多摩　三首

谷川を喘ぎのぼり来て心なごむ青葉が下の積石《ケルン》を見れば

いくつかの沢分け入りて夕暮れつ石の温みにしばし眠りぬ

砂の上に下りたる蜂は羽をさめ恐るる如く水に近づく

丹沢　五首

谷越ゆる光淡くなる石のうへこぼししものに蝶はまつはる

思ほえず夕べの谷に雷鳴りて少女は木立の中を帰りぬ

瀑布持つ川幾すぢか走りたりわが立つ山をみなもととして

かげりゆく夕べの谷を見下ろしつつ青きほのほの燃え迫るごと

平和といふバッジはづしてことわりもなしにわが服を父は着て行く

ミンダナオ島に上陸せし日思ひ出づ軍艦マーチかく響きゐたりき

しめりたる服を脱ぎ捨つ真空管二三ころがる畳のうへに

谷川に足ひたし少年は論じあふ六百余りの基地持つことを　丹沢　三首

秋草のゆらぐ峠に立ちどまる山いつかしく少年かなし

紅くなりし山あひに雲の迫りゆきいきいきとせる少年のこゑ

昭和二十八年

草枯れの堤を長く歩み来て灯つかぬ家に靴脱がむとす

わが家を一日ゆるがす機械音沼の先よりも響ききたりて

この国に君のいませる喜びを常に心に持ちて来にしを　悼斎藤茂吉先生　四首

まむかひては幾度も話さざりしかな遠くに仰ぐのみに足らひて

白き箱二つしづしづとかしづかれ我が前に来る時に声呑む

あへて歌ひたまはざりけむ悲しみもひしひしと思ふ読みつぎゆけば

むかひゐてこころは傷む保安隊を志願したしといふ少年に

夜業する音ひびく路地帰り来て本の揺れだつ部屋に坐りぬ

赤くなりて寄りあふ山の果遠く霞める見ればいのちは寂し

丹沢　二首

かたむける光そそげり尾根道の芒みだして少年走る

昭和二十九年

金の出所をひと言衝きしわが言葉それより白々しき会議となりぬ

思ひきり批判せるのち椅子を寄せ恥《やさ》しくなりてめがねを拭ふ

まどろみより醒むるひとときしかすがにわが堪へ難き思ひなりけり

けふよりの勤めかと思ふ寝押ししてややしめりたるズボンをはきつ

面影にたつといへども口紅を引きてゐたりしや否やも知らず

胸迫りかなしきものを呼ばふにも何はばからめこの山のなか

奥多摩青岩谷　三首

しらじらと水走りたる幾つかの谷を寂しきものと見おろす

かたはらに息のむ蟇《ひき》よこの谷の紅葉の時もひとり来るべし

昭和三十年

たまゆらのもの憂き母のしぐさかななべのふたもて掻きまはしつつ

沼《ぬ》の水を揺るとどろきもをさまりて工場街は昼飯の時

枯草のなかに腰おろしゐる時に若き父来るその子抱きて

意志弱く迷へるさまはこの書物を見し少年の時に変らず

水の音かすかに響く暗き沢枯れゆく苔を踏みて憩ひつ

川乗山　三首

いただきの芒枯れ立つなかに憩ひ白き葡萄酒飲みあひにけり

谷ひとつへだてて向ふ赤き峰恋ひかも居らむこの夕かげに

苦しかりし軍隊のさま語りたり芒折りつつ少年聞けり

幼なごの動作見てゐき足うらの飯粒とりて口に入るるまで

まちがへて弁当箱を持ち行きし父より三十分遅く出で行く

軍隊を回想し生徒にいふ聞ゆ次第に讃美する声となりゆく

草いきれ立てる峠に憩ひつつ秩父の方へけふはくだらず

夕暗き谷を遥けき水場までくだり来りぬ米をとぐべく

声あげて冷たき川を急ぎ渡る岩陰に湯の噴き出づる見ゆ　川俣温泉　三首

間歇泉また噴き出づる時待つと濡れたる石の上に腰おろす

木の枝をたぐり寄せつつ山葡萄の黒き幾房か胴乱に入る

昭和三十一年

防衛大学の学生となりけふは来ぬその制服をほめつつ寂し

黄のチョーク使ひ汚れし手を組みてしばしばねころぶ机の上に

宵ふくる光に鳴けるカナリヤを時々見上げコーヒーを飲む

さまざまに萌ゆる緑を歎きいふ今朝思ひ立ち来にし峠に　武甲山　三首

ひとときに緑萌えたつをかなしみて古き峠をけふ越えむとす

細長き花それぞれに揺ぎをりカタクリに夕べの光淡くして

カーテンを引きつつものを言ひつづく汗ばみにほふ少年の前

五十年まへに節《たかし》もあへぎつつこの山坂を登り行きしか　英彦山安居会

子規といふ菓子もありけり蒲団の断片までも陳列しけり　松山

なづみつつ古義読みたりし中学生の時思ふ今ぞその墓の前　鹿持雅澄の墓　二首

丘の上の甘藷畠に囲まれて鹿持一族の奥津城どころ

三たびバスを乗り換へ来たり朝曇り晴れつつ遠く足摺岬見ゆ　足摺岬　四首

見るかぎり海に迫りて連なれる段丘の上も耕しつくす

岩むらの陰に入りこむ海の水の色とりどりに光る寂しさ

岩の上にうち上げられし椰子の実を二つに割りて胴乱に入る

とりどりに色づく山の重なりて果にきは立つ荒船山は

昭和三十二年

湯たんぽに湯をそそぐ音夜おそく酔ひて帰り来し父の部屋より

ポケットに手を入れしまませかせかともの言ふ少女が次々に来る

いきいきと少年答ふ街道のこちら橋むかう川原《かはら》と

信濃にてきのふ逢ひける人を思ひ飛鳥高市《あすかたかいち》の村にけふはゐる

やうやくに青く芽ぶける山の道のぼり来りぬけふは二人して

伊豆　四首

この海を幾たび見しか傍にけふはつつましく人居りにけり

あたたかき磯の光に二人して白きたんぽぽを掘らむとぞする

たはやすく暮るるひと日か海の果に霞む利島を指さしにけり

面伏せて窓下に立つ少年にその落としたる恋文わたす

酔ひ帰り早く眠る父よ酒のない国へ行きたいなどと言ひつつ

朝たくる光のなかに目ざめたり何笑ひゐる父と妻とは

母居らぬ今宵は多く酒飲みて妻を相手に父機嫌よし

火口をば見て来し少年煙あげて赤き山肌をたちまちくだる

浅間山

辛うじて朽ちし道標《みちしるべ》の文字を読む山の北側を巻きて急がむ

丹沢　十二首

夕雲に丹沢三ツ峰浮かび見ゆ日かげる谷へ今はくだらむ

かすかなる踏跡求め苦しみて二日歩みし谷を見おろす

南側の谷まにしきりに位置かへて鳴く小綬鶏を聞きつつ登る

山脈《やまなみ》の限りなきさま寂しみて三つの峠をけふは越えたり

ひと谷を越えてハンマーの響く音向ひの山に道つかむとす

安らぎて荷をおろすなり沢二つ出合ふところにケルンがありて
石の上にしゃがめる我をくちなはがふり返りつつ水渡り行く
あしたより人を見ずして夕暮るる峠路にハッパの音伝はりぬ
今年またこの峠路を歩むなり雲に遠く沈むもみぢ葉
峠路をくだりて憩ふ店の前せんぶりをあまたたばねつるせり
峠越えて夕づくころに下谷《しただに》の淡き紅葉に日あたりにけり
霜枯るる桑の畑の細き道息づく妻ものぼり来にける

諏訪　四首

赤彦のこの大き墓に反感を持ちし時ありき少年にして
中学生の我ひとり住みし家見むと妻をみちびく石多き坂を
小湯之上《こゆのうへ》の君が生れし古き家に妻と来りぬ二日の休みに

昭和三十三年

いつの歌会なりしか君はひとりのみ赤きカーネーション胸につけゐき　悼鈴木金二氏

机の上に足を投げ出す少年ら教師の恋愛を批判しあひて

ドアあけてしばしば妻の来ることもうるさしと思ひ一日暮れむとす

草枯れの堤夜ふけて帰り来ぬひと日のことは妻にも言はず

立ち行きてカーテンを引き灯をともす妻はいささか疑ふらしく

あたま鈍く目ざむるあした厨にて母と妻とが卵割る音

いつの間にか妻は眠りて果物のにほひのこもる部屋に入り行く

立ちつくすは一万人と伝ふる声みぞれは雨となりくる夕べに

ワイシャツの白きか否かも調ぶとぞ「清潔感」といふ項目あり

目の中まで黄に染まりたる子を抱きベッドに坐る妻はやつれて

やつれたる妻眠るへに五日めの赤子の息はかすかなるもの

哺乳壜に指当てて飲むみどりごは暁のベッドにすでに汗ばむ

汗ばみて渦巻く行進の中にをり天上はいま日食の時

日食は極まるらしく暗くなる時に合唱の高まりてゆく

日食は今きはまらむ夕づける如き光に我ら立ちつくす

階上より幼き声の呼び立てて今ピケ隊に阻まるる教師

門囲み立てる我らよりやや離れ軒下に立つ私服らしき二人

世の批判はさもあらばあれピケ解きしおのおの手を振り帰る夕暮

やうやくに一生《ひとよ》定まる思ひにて妻のうつむく顔を見てゐし

悼山口茂吉氏　二首

君の見し校正刷の誤植一つ指摘して機嫌悪かりしを思ふ

無愛想な顔して発行所に来る君をなるべく我は避けむとしたりき

発言をせざりし教師ら会果てて一隅にひそひそ話し始めつ

かつて世に訴へし言葉思ひ出づ地位得ればかく捨ててかへりみず

生徒にて二十年前は仰ぎたりき敵の如く思ふ教育委員長の君

脱退を決意して一人立ち行けばまた重苦しく沈黙をする

傘さして子規のみ墓をまもる時小学校のチャイム鳴りひびくなり

赤く寂びし煉瓦の塀に這へる蔦思ひみる君の死後五十余年

あたらしき心もて竹乃里歌を読まむとみ墓の前にわがをり

水害　二首

積み上げてにほふ畳のかたはらにおそき夕餉を食ふべく坐る

床《ゆか》の上に吊りたる蚊帳におびただしくすがれる虫を妻のいやがる

さむざむと大川に降るけふのしぐれ洋傘《かうもり》させる幾千か立つ

渦巻ける行進となりふと思ふ今宵書くべき万葉の一首

何の圧力も感ぜぬと校長は椅子を立ちしらじらとして言ひ切りぬ

乳飲みし後を毛布にくるむ時突拍子もなきみどりごのこゑ

抱きあげ含《ふふ》める指を取り出すにみどりごの歯ぐきも固くなりたり

父も母も不在のひと日あたたかくはればれとせる妻のふるまひ

読まぬ本読まぬ作文のうづたかき机の前に酔ひ来てすわる

すれ違ひざまにあざわらひし少年をなぐらむとして辛うじて止む

昭和三十四年

おびただしく微塵まひ立つ光の中みどりごはしきりに立たむとぞする

うづたかく盛りあがる中の一着をやうやくえらぶ妻は汗ばみて

オリーブ油塗りつつゐたり冬の終にいたく荒れたる幼なごのほほ

新組合を結成したる一人とぞ心さびしく君にまむかふ

困る事あらば来たまへと酔ひながら新組合委員の君は言ひたり

日教組を指弾する文書さまざまに朱線引かれて机をめぐり来

幼な子が持ちかへ持ちかへパン一個食ひ終るまで我は見てゐる

風邪引きて一日臥せれば身に沁みてありがたきかも妻といふもの

待合にて「敵」と会合せし人がまたも委員長に当選したり

みどりごと幼なごと無造作に抱へたる妻が蚊帳より今出づるところ

幼なごも赤子もやうやく寝入りたり妻も昼寝せよしばらくの間

めざめたるみどりごを急ぎ抱きあぐ片頬《かたほ》あたたかく片頬つめたし

数十万の洋傘《かうもり》の中を伝はり来るスピーカーの声ことばにならず

何を決議せしかも知らずぞろぞろと雨降る中に行進始まる

電車止めて長く渦巻く行進に反感と滑稽と感じつつをり

坂の下に長く続けるを顧みる歌うたふ列と歌はぬ列と

メーデー終へてわが住む町に帰り来つ夕刊配る少年に逢ふ

夕光に青くしづめる谷あひにさえざえとせる朴の花栃の花

奥塩原　四首

青葉の谷やうやく暗しここにぬる一夜といへど人の恋しも

しらじらと朴の木の花にほへるにしやがめば遠く鳴くほととぎす

ほととぎす声しきりなる朝明けて白く濁れる湯をひとり浴む

呼びとめて質問をする少年の汗のにほひに耐へがたくゐる

人間として答へよといふ声に青ざめて立ち上る教育長の

待機せる広場の我らを非難して遠くよりしきりにマイクロフォンの声

水ひたすうす暗き路地をめぐり行く脅喝せし少年をたづねむとして

十日ほど逢はざりしかばはしやぎいふ幼なごにふえし新しき語彙

思ひしより下諏訪の町あたたかく石だたみ白き坂のぼり行く

子は二人だけで沢山とささやける妻を見つめて寂しくなりぬ

問ひつめられ涙を流す少年のなほもつぶやく今度はうまくやると

尋問して帰ししのちの夜《よる》の部屋テープレコーダーにその声をきく

あざのある小さき背中を拭ひをり平凡に父となりし幸《さきはひ》

昭和三十五年

教室に捨て置きし少年の鞄より短刀一振取り出だしたり

はすかひに帽子かぶりて赤きシャツを着たる少年門を入り来る

はねあがる木馬に乗れるをさなごの固き表情を妻と見てゐる

何を食はむとささやく妻よ浅草の人混みの中にけふは来りて

泣きやめぬ赤子を荒々しく扱へる妻を見てゐる夜半に目ざめて

砂をいぢり一日遊びし幼なごよ襁褓《むつき》の中にも砂まじりをり

こともなげに妻は並べて襁褓替ふ一せいに泣くみどりご幼なご

着ぶくれて頰の荒れたる二人いだく立春の光させる畳に

日誌つけカーテンを引き立ちあがるまた我を苦しむる少年二三人

ぞろぞろと傘させる列の動きそむ集ひしは指令の何十分の一

終点に近づく学生の行進のいたく殺気だつさまを見てゐる

あたたかき冬日に髪を梳く妻のかたはらにゐて妻のにほひよ

目ざめつつわびしかりにき初年兵となりてまごつく夢を見てゐし

枯草のにほひ立つ堤帰るなり今しすばるは天のいただき

安保改定なぜしたのかと校門に描く書きし白墨の文字

金にきたなき老いし教師をわけもなくさげすみたりき二十年前は

陵《みささぎ》を空より撮りし写真すら許さぬといふ時がまた来る

たえまなくプレスの音は響きあひにほひのこもる路地を尋ね来ぬ

金出さず入場したる生徒らの咎めらるるを遠く見て立つ

口おさへてしきりに笑ふ幼なごを見れば心のしづまるものを

子らのためナイフあたためパンを切る怠り過ぎしひと日の夕べに

我は抱き妻は背にして行く通り年子かとささやく声もきこゆる

背負へるをおろす時のま妻の肩のこの頃いたくやせたりと思ふ

幼なごもみどりごも早く眠りたる今宵はればれと妻のふるまふ

せきこみて夜半に苦しむ子を抱く疲れて妻はさむることなし

照りつくる紙屑の上に坐りつつ行進を待つ二時間あまり

プラカードはや踏み捨つる人ありてやうやく先頭の列動きそむ

唐人お岸やめろと掲ぐるプラカードすれ違ふ列に見出でて笑ふ

立ち並ぶ警官の中に笑ひ出しし一人にたちまち罵声集まる
停車せる窓より橋の真上より手を振るに心ゆらぎて歩む

高尾山安居会

あかき月谷を照らしてゐたりしがあけ方近くうつろひてゆく

悼須賀晋一郎氏

氷砂糖含みしままに四百メートル先の小屋まで行かず果てにき

諏訪　五首

街のかど蛹《さなぎ》ほすにほひただよひて少年の日の思ひよみがへる
この小路を奥にし行かば少年のわれがそのままをる如く思ふ
やうやくにふけゆく夏を寂しめり谷をへだてて青く霞む山
はるかなる谷間を照らす夕ひかりかつて下りし道見ゆるなり
細谷川いくつか寄り合ふ山の間《ま》のさやけき空気のなかにまどろむ
畳のうへ這ひ来る見れば汗ばみて頬に花粉をつけしみどりご

警察にけふは連れ行く我よりもたけ高くなれる少年二人

いたく拙き調書の署名を示しつつ少年係の警官は笑ふ

口述書に拇印を押しし少年のいつまでも指を気にしつつゐる

アメリカは共同の敵と読みあげておどおどと壇下る朝鮮人学校生徒

蚊帳はづし眠る今宵のすがすがし部屋隅に置くくわりん匂ひて

ほしいままなる幼なご二人のふるまひに満ち足る心もさびしと妻いふ

畳一枚ほど辛うじてをさなごの歩めりと言ふ妻は電話に

赤城山　二首

霧の中に赤くしづめる山ひとつまざまざと見つ歩み返さむ

ストロフルスに苦しむ幼き者おもふもみづる山に眠る今宵に

ドリアンのにほひにやうやく慣るる頃いくさ敗れき再び食はず

義父今井周死去　五首

七日前わが幼なごを喜びて床より手づからバナナ賜ひき

亡きがらを載せたる車山下の道めぐり行く湖光るかたへ

シンガポールに戦犯となり行きしより幸《さち》とせむかも十五年のみ命

山あひの部落に朝よりさわぐこゑ椋鳥《むく》のむれ柿の枝移りして

わが腕にかなしみ給ひし孫二人土の下なる人をこそ思へ

昭和三十六年

腕組みてあらぬ方向き一人立つすばやく隠る他の少年ども

身構へし少年を辛うじてなだめたり上着を下げて帰り行く

階段を駈けのぼり来る少年はスッテンコロコロとつぶやきながら

調べすませて寒き部屋より帰らしむ皆十四歳にしてたくまし

見てをれば幼き姉の噛みくだくものをひたすら弟は待つ

プラカード立つるでもなし日比谷より新橋までのわづかなるデモ

参加者に媚びるが如きマイクの声解散地点に近づき行けば

青き灯をともせる店に安らぎぬしきりにささやき匙なむる妻

枕もとに二三冊の書を重ね寝る疲れて読まぬ宵宵ながら

それぞれにかなづかひをば異《こと》にして文章二つけふは書きたり

すばやくズボンにものを収めたる少年さりげなくわがそばに来る

さまざまに教師を批評しあふなかに声変りせぬ一人まじれり

インクびんにふたせざりしを思ふなり夕べしばらくまどろみしのち

父吾の泡立つコップに箸入れてこもごもなむる幼き二人

縁側を這ひのぼり来しをさなごのふぐりはいたく砂に汚れつ

をさなごの足拭ひゴムの葉をぬぐふあたたかく雨の降れる夕べを

耳の中に汗ためてねる幼なごを見ながら妻と蚊帳を吊りあふ

窓越しに我は見てゐつ素直になり私服に連行されてゆくさま

貼り並べし写真次々に眺めゆく素直なる生徒たりしも幾人

警官に向へる少年常よりもいたく素直に答ふるを見つ

ひとときを来りて遊ぶこの谷に朴はことしも花の時すぐ　　高尾山安居会

花火あぐる入海の町たちまちにかくろひゆきてこの山の雨　　伊豆達磨山　五首

無造作に腕時計投げ青き淵に少年はすばやくからだ沈めつ

人去りてをぐらくなりし谷の入りあたたかき砂に足を埋むる

霧こむる峠に立ちてこほしめばうつつに人のこゑをきくごと

夕暗む山の隈まで溢れ来て霧はそこより動くことなし

おもてにて遊ぶをさなご神様にお祈りするのよといふひとり言

きぞの夜の夢をわびしむ軍衣袴をほしたる前に見張りしてゐし

暁に幼なごひとり起き出でて便器にしやがむまでを見てゐる

暑き一日くれむとしつつ何気なき母の言葉にも妻はこだはる

対岸の二つ工場より吐く煙天の高きに交はりて見ゆ

教室に酔ひて来りし少年の家をとふべく路地曲り行く

見ばえせぬ少年なりき工場主となりてけふ来ぬ人を求めて

戸をあけて見守りゐたり泣きながら幼き二人砂をかけあふ

むきむきの角度をもちてあがる煙夕映の空に限りなく見ゆ

川に臨む両側の町おびただしく煤煙をあぐ夕かげの中

部屋替へて組合員のみ集まりぬ指令を難ずる一人また一人

処分おそるる発言ありすぐに反撥ありそれよりしばし沈黙続く

幼なごの立ちたるあとの布団の上坐れば粗き砂こぼれをり

畳のうへ駈けめぐる子よ横たはる我を幾度もとび越えながら

枯草の中に細かく芽ぶきたるものはたちまち霜に打たれぬ

潮満ちて逆流となる放水路川上より次第に暗くなりつつ

堤防より低き軒並の続きつつ煙なづめる夕暮れの町

二川《ふたかは》を中にひろがる工場街夕暮れてなほとどろきやめず

満ちきたる潮のにほひをわびしめば対岸の町早く暗くなる
対岸より重き響きの伝はりくる夕まぐれにて枯草のなか
たむろせる少年どもに近づき行くはたし合ひの如き心となりて

昭和三十七年

黒子《ほくろ》の位置疵の位置細かく記したり続みつつ行けば遠き世あはれ
宝字二年の稲を収めぬ代りとし寺に五人の奴婢を寄進せり
九十歳を越ゆる奴《やつこ》の名さへありてあはれのこもる奴婢帳を閉づ
海越えて遠く伊予まで逃れつつ捕へられし奴《やつこ》の名を伝へたり
をさなき兄弟にして奴婢帳に大雪小雪とありしその名よ
七十を越えたる父が受験すと幾夜も本をきほひ読むあはれ

金貸ししことに朝より争へる父母に安けき老年は来ず

幼ならを妻の呼ぶこゑそれぞれの小さき布団に湯たんぽを入れて

ふと口を出づる支那語とマレー語といづれも人をののしる言葉

せめぎあふ文書まはしてこの狭き地域に主流派あり反主流派あり

つつがなく卒業式を終へむ願ひかつて思ひも寄らざりしもの

辛うじて式を終へたり校外を私服ひそかにもとほれるなか

南伊豆　四首

峠より見おろす青き入江には二つの港むかひ合ひたる

花作り冬をいそしむといふ部落ひくき岬に寄り合へる見ゆ

垂直に切りたつ赤き断崖に辛うじてわが舟は近づく

断崖の低くなりゆく北のはて三角形の雲見崎見ゆ

面寄りてみどりごに接吻せむとする幼き姉のしぐさ見守る

このあした初めて赤子を背負ふさま見つつ安けく家出でて来ぬ

かたはらに坐れる妻が煙草など吸ひ試みてゐたるしばらく

道のべの白くほほけしたんぽぽを幼ならはしきりに爪はじきする

帰り来し父我にこもごも告げて立つ注射すましし腕を示して

木ささぎの夏枯るる下に並び立つ左千夫先生の墓陸軍上等兵の墓

左千夫五十回忌　四首

父春園と記せるみ子の墓石の毀るる前に寄り立ちにけり

けふのため遠来し人の涙ぐむ地図をひろげて語る君のまへ

年は二つ幼児雪子と詠まししをおうなとなりてここにいませる

妻子をらぬ家に起伏す幾日か母に親しむ心となりゆく

子規没後その性格をただひとり非難せし若き門人を思ふ

まなかひに火口ありありとひろがりて光をかへすセピア色の沼

天狗岳　四首

沼《ぬ》のほとりをおほふ這ひ松あるものは水の中まで根をおろしたり

雲の中になかば沈める峰二つ恋ひつつシラビソの林去り行く

強くなる語気にいくらか反撥してまだ若かりし君にまみえき

悼高田浪吉氏

立ち寄りて汗をふきつつ少年工となりし逞しき腕を見せたり

たはやすく妻は機嫌をなほすらし背負ふ赤子をおろし抱きて

色異なる二川並び流るるに川下はなべて夕もやの中

煤煙に赤くなりたる冬日のした二つの河口ふくらみて見ゆ

水門を吹きぬけて来る風寒し川の一方《ひとかた》は逆流をして

海よりの風ひえびえし平行せる二つの川は逆流となる

既にして処刑されしかの少年を枯草の中に来り悲しむ

帰化できぬしくみをくどくどと歎きゐし少年のことも思ひ出だしつ

をさなごは服を脱ぎつつそれぞれに枕もとに見る絵本を定む

昭和三十八年

おぼほしく川下こむる煤煙のなかに入り行く日はふくらみて

満ち潮となりたる川につくばかり葛西橋低く傾きて立つ

むきむきに今宵炬燵に足入れて寝れば信濃にありし日のごと

をさなごは枕のそばに置きて眠る小石ひとつを大切にして

くり返し録音を聞けば子の声にまじる己れの声のうとまし

生徒らの寄り合ふなかに丈《たけ》たかき混血の少女の甲高きこゑ

「君が代」を歌はぬことに心決め数よむ中に手を挙げてゐる

それぞれに心傷めし生徒なりきわが前を腕組みて歩み行く

熱下りしをさなごはネグリジェのままにして首飾りの玉をしきりにつなぐ

寄り添へる我を厭ひてしきりに母を呼びゐしが眠り行きたり

体温計はさみしままに声あげて畳のうへを這ひ行くみどりご

ビニールの袋より味噌を出しながら妻は語らふ病める子のため

励ませる幼きこゑにしばしの間足をひろげてみどりごは立つ

次々にくじに当たれる名を呼べり古白遺稿も人に買はれ行く

保身といふほどにあらねどことさらにけふの会議に沈黙したり

恋ひしたふその少年の履物をひそかに取り出しはきゐたりといふ

つぎつぎに机の上を廻されて来れば読まずに名を連ねたり

今しがた眠りつきたる幼なごは枕ぬらしていたく汗ばむ

暁に目ざめていたく泣きながらわれの布団に入り来るをさなご

をさなごはあやしみて言ふたんぽぽのゆふべゆふべに花とざすさま

ひとときにたんぽぽの絮の散りぼふを追ふ幼ならや声あげながら

こともなく機械動かす少年のかたはらにゐて我は汗ばむ

轟ける機械の中を出でて来ぬみな慣れて素直に働くといふ

工場の囲める中に残りたる沼にほひたつ今宵の雨に

ハイミナール飲みてうつろに笑ひごゑ立つる少女を見おろして立つ

引取りに来し父親を教師らのゐ並ぶ中にののしりやめず

築山の前の平に少しばかりあやめ茂りて春ゆかむとす

吉野園跡　三首

古き瓶こぼたれ残る土のうへ幼ならは遊ぶ出でて隠れて

わづかなる園の空地に土盛りて残る菖蒲も滅びむとする

あけ方に起きし幼な子かごに飼ふ虫をまもりてまた眠りゆく

おもてにて言ひ争へるこゑ聞けばいたくふえたりをさなごの語彙

椰子の葉の音たてて土に落つるさま夢さめてしばしわびしかりけり

帰還する船を待ちつつ栽培せしバイヤムメラの味も忘れがたし

この店にゾッキ本となり積まれたる著書見つつ亡き君を悲しむ

霧ガ峰　五首

かぎろへる草野の果に煙上ぐる山を望めばかへる思ひあり

かぎろひの立てる草野の新しき道尽くるまで子と歩み来ぬ

一せいにとび立つ鴉にこゑあげて幼な子は追ふ草むらの中を

水のうへにオオヒルムシロかぎりなし夏ふけて澄む光のなかに

縞目ある赤き山肌ひとときにかげり来りて風吹きおろす

屋根に置く石それぞれに影引けりゆふべ裾野の村に入り行く

北八ガ岳　八首

屋上の石のあはひを這ふ南瓜したしと思ふこの裾野の村に

暮れがたの光ただよふ谷かげに響きこもれる自家発電の音

湯に入りてうち仰ぎゐるしばしだにはざまの空を星は移ろふ

霧の中に青笹の道たもとほる麦草峠に向はむとして

霧の中にたまゆら見えしまどかなる縞枯《しまかれ》山に恋ひつつぞ居る

たふれ木を越えむとしつつ顔に触るさるをがせ取りて手帳にをさむ

水際《みぎは》まで針葉樹林迫りたりまどかに青き沼を見おろす

暗室より出てくる人の口のまはり白きを見つつ順番を待つ

汗あえて白き液体飲みくだし暗室に立つ心落ちつかず

一面にくだけしチョークをかがまりて拾へればにはかにわびしき心

この原にげんのしようこの咲くを知る夕べとなれば花閉づるさまも

プレスにて指を落としし生徒のこととこの二三日思ひ離れず

涙ためて校舎の陰にうづくまる一晩家に帰らざりきと

就職せし初めての日のこはばりし感情何によみがへりくる

尋常の神経にては堪へ得ずとつくづく思ひわが机による

予想せる如く子規の名をとどめたり初めて読める鷗外徂征日記に

セイタカアワダチ草の黄の花穂一せいにゆらぐ原を通り来ぬ

わが通ふこの原にふゆる帰化植物あるものは年年に位置を変へつつ

水たまりに倒れたる碑を読みゆけば明治四十三年ここに墓を移しき

アパートの裏にわづかにかたまれる墓石はみな水をかぶりて

家群のあはひに残るおくつきにしぐれは音を立てて過ぎゆく

保護観察となりてやすやすと帰されし少年を見る心重くなりて

厚き辞書抱へゆく子を見守れば戸棚をあくる踏台とせり

かの遠き海をしのばむ石ひとつ妻も子もなくひとり行きにし

長生きしてねと言ひし妻の言葉人群るる中にゐてよみがへる

埃かぶるハバロックエリスの一冊を今宵見る心をしづめむとして

結局は生徒のことが話題となるかく飲みあへる今宵といへども

以上　六百四十首

後記

　私は昭和十五年一月、アララギに入会するとともに、その月の青山発行所における歌評会に初めて出席した。さうしてその席上、少年時代から繰り返し繰り返し暗記するほどに読んだ歌集『朝の蛍』の著者や、少し前に手にして愛誦して止まなかつた『山谷集』の著者の風貌にまのあたり接して、感激措くあたはざるものがあつた。その歌評会では、斎藤茂吉先生の「戦死者《せんししや》の墓のちかくをわが汽車は幾たびか過《す》ぐ国《くに》をし行けば」といふ一首が問題にされ、批評に当つた会員がもじもじして何も言はないでゐると、先生は「さう遠慮しないで、まづいとも感味が少いとも何とでも言つてくれたまへ、参考になるから。いくら古株だからといつて、さう傑作ばかりといふ具合には行かぬしね」と言はれた。さらにあとで「『国をし行けば』は古調で、古今集以後にはかういふ古調はない。ここがいくらか苦労した所だ。旧派の歌など見て、これを読むと、その特色がわかる。現在は古今集が勃興しつつあるが、私はもつと盛んになればいいと思つてゐる。さうすると万葉集の特色が、もつと明瞭になつて、古調のよさがはつきりとわかつてくる」と説かれるのを私は感動を以て聞いた。さうして「まなかひにたしかに見つる人ゆゑに死ぬとも今は悔いなく思ほゆ」といふ一首を、その時ひそかにものしたりした。

　次に、土屋文明先生の面会日に、また発行所へ行つた。尻込みする私を友人が無理に誘つてくれたのであつた。そこで私は、数年来の作品の中から、自信のある十三首を選抜して行き、おそるおそる先生の前へ出た。「あかときの月は西空に落ち行きて高山つつむ雲を照らしぬ」といふ第一首を読んだ先生が「うまいね」と小声で言はれた。それから一、二度「うまいね」があつて、次の五首に丸をつけてくださつた。

湖《うみ》ぞひの道通りきて朝まだき笹生にさがす大江広元の墓
息づきて登りし山のなだりなど夜半《よは》にぞ思ふ恋しかりけり
蒲団のうへに窓越すひかり浴びながら夜半の月蝕をこひつつ眠る
皆既食となりゆく月かひとところ細くつめたきひかりを放つ
月面のいまだ虧けざるところ細くしろきひかりを放つさびしさ

「因数分解でもしなければ、わからないやうな歌が多いね。さあ、次はどなたかな」と歎声を洩らされた折しも、私が前へ進んだので運がよかつたのかもしれない。もう当時は雑誌の紙面が窮屈になつてゐた時代で、一人五首までが限度であつたから、新参者の私が早速五首採られたことは、うれしくてたまらないことであつた。この一連は、昭和十五年三月号のアララギの三段組に載つた。私にとつては、いはば幸先のよい初陣であつたとも言へようか。しかし翌月の面会日に意気込んで出かけたら、今度は甚だ出来が悪いと言はれ、やつと二首採つていただいた。そんな具合で、柳の下にいつもどぢやうがゐるわけでもなかつたけれど、私は最初の出発の感激を胸に納めて、一生アララギの人間になるべく心を決めたのであつた。この歌集には省いたので、当時の作品を少し次に記してみよう。

昼近き火口のうへの光にぶしこころぐく砂丘を踏みわたり行く　（昭和十五年）
干からびし火口ふかぶかと底見えて足すくみつつ石を蹴落とす

絶えまなく降りくる灰はかすかなる音して触る我のめがねに
鴨浮きし沼をまもればひとかたへ水はかすかに流るるらしも
鴨どりは沼のながれにかづきつつ幾むれか吾がまへをよぎりぬ
まぢかくにほそぼそあがる煙あり火口の底に降《お》りて暑しも
靴下の匂ふさまをば気にしつつ人のおさふる椅子に伸び立つ　（昭和十六年）
ひかりさす夜半に思へば現し身の時の流れといふは寂しき
墓文字の隠るるばかり苔むしぬ一生《ひとよ》を清く過ごしけむ僧ら
いはけなく聴きにしこゑは遠のきて森はしづかに昏み行きたり
厭はしく一日《ひとひ》終れば汗ばみし手にからみゐる時計をはづす
店閉ぢて食器を洗ふ音きこゆ坂町たゆくくだりこしかば

以上書き抜いてみると、かういふ状態からその後どの程度に進歩しただらうかと、いささか寂しくなる次第である。

私は入会前、中学三、四年の頃から作歌に熱中し、中学校を卒業するまで万葉集なども一応読み通してしまひ、子規、左千夫以下の歌集も一通り卒業したやうなつもりでゐた。さうして特に茂吉、文明二家の作品には深く傾倒した（右に引いたものにも、それぞれの影響があるやうだ）。さういふふうに早くから短歌に親しみ、アララギに親しんだことが、必ずしも入会後の実作の面に有効に働いたとは言へないやうである。それは何よりもこの歌集の作品そのものが立証してゐることでもあらう。大体、私は初期から語法的なことや仮名遣ひなどで、選者から注意を受けた記憶が殆どない。それだけ早くから小さくまとまるといふ傾向があつたと言へるやうである。

私は東京生まれであるが、父の務めの関係で一時、長野県の諏訪に移住し、そこの小中学校を出た。それから実業にでもつくつもりでゐたところ、東京に新設された大泉師範学校に入学することとなり、そこで生徒主事として采配を振つてをられた五味保義先生にお会ひする機会がめぐつて来た。先生がアララギの有力な歌人であり、また万葉学者として活躍されてゐる方であることは、勿論、入学前に私は承知してゐて、何かあこがれのやうな気持も抱いてゐた。先生には教室の内外で直接教へを受けるやうになつたのであるが、特に短歌については、学校に宿直される晩など有志に特別の講義指導もされた。さういふわけで、教育者になることよりも、むしろ私はますます短歌やアララギに対する情熱をかき立てられた。さうして在学中にアララギに入会の手続きを取つたが、何となく恥づかしくて先生には御相談もしなかつた。しかし先生は喜んでくださつたやうだつた。

昭和十六年四月から、私は小学校の教師になるとともに、五味先生のお導きもあつて、青山のアララギ発行所に夕方から通ひ、そこの仕事を手伝ふやうになつた。いはば発行所の丁稚仕事をやるのだが、私は毎日楽しく発行所に通つた。さういふ生活も、翌年一月にはもう入営しなければならなかつたので、わづか十箇月の期間だつたが、私には生涯での幸福な一時期であつたと思はれる。土屋先生には毎日のやうにお目にかかれるし、時には斎藤先生の謦咳に接することも出来た。樋口賢治、小暮政次、松原周作氏などは、発行所の仕事に連日来られる先輩で、いろいろ親切に面倒をみていただいたことも懐しい思ひ出である。また五味先生のほか、吉田正俊、落合京太郎、柴生田稔、佐藤佐太郎、山口茂吉諸氏もしばしば発行所に見え、時局が次第に逼迫する中にも、楽しい雰囲気にひたり、諸先生諸先輩からぢかに教へを受けることが出来たのであつた。入営する前には、土屋先生に「天地のただならぬ中に君を送る若き命をふり起し行け」「吾は老い君は兵としいでたてば二度あはむ気をつけあひて」といふやうな歌を書いて、送つていただいた。これも私の長く忘れ得ぬことである。

本歌集は、入会当初の二年間の作品を省き、昭和十七年の入営後の作品から昭和三十八年の作品まで収めることとした。戦時中、一兵士として北満または南方に在つた時には、表現上の多くの制約があり、思ふやうに発表も出来なかつたが、幼稚ながら割に乗気になつて作歌してゐたやうに思ふ。戦後は次第に意欲を失ひ、アララギに休詠する月も多く、さうかといつて歌と全く離れてしまふのも寂しいといつた状態で、どうやらほそぼそと続いた形であつた。さういふわけで、私の作歌数はこの二十余年にアララギを主とし、それに樋口賢治氏編輯の羊蹄などの歌誌に発表したものを加へても、せいぜい千首ぐらゐにしかならない。今回、その中から七百五十首ほどを選出し、若干の未発表歌をも加へて五味先生に選を仰ぎ、本歌集収載歌六百四十首を定めた。

戦後は住居に近い東京都葛飾区内の中学校に奉職し、教師としていろいろ悩みながら現在に至つてゐる。しかし歌の上では平凡な「教員短歌」に留まつてゐるのは、私の努力がとにかく足りないからであらう。「君ももつとうまくなるかと思つてゐたのに」と時々、小暮政次氏にも言はれるのだが、その進歩せざる作品を並べる結果となつた。

本歌集の刊行に際して、多くの方々のおかげを蒙つたが、特に数回も繰返し歌稿を見ていただいた五味先生、それからのんびり構へてゐる私を督促し、歌集の体裁その他のことにも細かく心を配つてくださつた荒井孝氏並びに出版のお世話をしてくださつた白玉書房主人鎌田敬止氏に厚く御礼申し上げる。

昭和三十九年二月二十二日

宮地伸一記

本歌集の名は、斎藤茂吉先生の『赤光』の「青山の町かげの田の畔《あぜ》みちをそぞろに来つれ春あさみかも」「青山の町蔭の田の水《み》さび田にしみじみとして雨ふりにけり」などから思ひついて、『町かげの沼』とした。私の家の近くに多くの沼地があり、——近頃はだいぶ埋められたが——作歌の対象ともしたためである。

夏の落葉

目次

海　山（一五一首）　八七
昭和三十九年―四十一年　八七
昭和四十二年　八九
昭和四十三年　九一
昭和四十四年　九四
昭和四十五年　九八
水　辺（二〇四首）　一〇二
昭和四十六年　一〇二
昭和四十七年　一〇五
昭和四十八年　一一二
昭和四十九年　一一八
夏の落葉（一七二首）　一二三
昭和五十年　一二三
昭和五十一年　一二六
昭和五十二年　一三三
昭和五十三年　一三七
あとがき　一四一

海　山

昭和三十九年―四十一年

わが剝けるりんごの皮の長く長く垂るるを手もて受くる子どもら
音たてて垂るる果汁を凝視するわが子よ夕べの町角に来て
工場の廃液流るるこの沼に水動かして生き残るもの
ためらはず軍国日本を讃美する一冊を読む生徒より借りて
歌よまぬ家持となりて署名せる筆跡二つ世に残るあはれ
心通ふ教師は一人もなしといふ少年の前にしばし口つぐむ
部屋のすみに捕まりし者ら並びたつ教師より親より丈高くして
警察を出づればば少し離れつつ親同志と生徒らと歩み行く

暗殺さるる幾年前か傘さしてにこやかにメーデーに在りしおもかげ
ひとりづつ手をば押さへて爪を切るクレオンにいたく染みたる爪を
昼すぎて小木の港に船着けり魚の箱おろしオルガンをおろす　能登二日　五首
町かどに人だかりせり珠洲市内の教員定期異動を報ず
きぞ一夜光放ちしわたなかの島のかすかに見ゆるあはれさ
自動車路拓きつつあり坂の下の椿の群落を押しつぶしたり
藪の中かすかに洩るる光あり流人一族の墓ぞ並べる
つつがなく少年院を出たりと言ふアイシャドウ濃き少女連れたり
道に拾ひ涙ぐみ読みき天皇は神ならずといふ宣言なりき
日本軍罪悪史といふ書出づべしと戦争止みし時に思ひしものを

工場の裏にひそかに寄りあへるおくつきを見れば元禄四年の文字

うづたかくごみを捨てたるかたはらに封建の世の墓は苔むす

足踏みしつつ我等が列の過ぐる待つトレーニングパンツの少年どもが　メーデー　二首

紅旗征戎吾事に非ずといふ語さへ思ほゆるなり飜る旗の下

読みさして栞を挿むことなども近ごろ覚えしをさなごのしぐさ

デパートでも売出すといふおたまじやくしこの池に子らと掬ふは楽し

聞ゆるはあたかももずの声と思ふ百舌鳥《もず》耳原の中の陵《みささぎ》に　仁徳陵　二首

線路へだてボーリング場と陵と向ひあひたり暑き光に

昭和四十二年

颱風の過ぎてやはらかき秋の光子規を囲めるみ墓べに差す　九月十九日　四首

小学校はいま給食の時なるらし子規のみ墓のそばより見れば

十日ほど前に碧梧桐に告白せしことありきとふ人に知らえず

小さき影引きて三つの墓立てり曲らむとして顧みにけり

雨細かく降れるはざまにまたたびの白き斑《ふ》を持つ葉はひるがへる

時過ぎしわらびを採れりシベリヤの見ゆる峠に採りし思ほゆ

細谷川二つ寄りあふ響きこそかなしかりけれ霧晴れゆきて

幾日か若き教師と論争す少年ひとりの処置をめぐりて

驚きて言ふにあらねど戦後派の教師は「ゑ」といふ仮名も知らず

鷗外の妾は四ツ木村の生れなりとかかることまで穿鑿したり

我が知らぬ世界を既に持つ如し髪を染めたる少女を連れて

回想を誘ふ如くに雲のあはひにしばし輝くオリオン星座

昭和四十三年

子を抱く妻が足もて障子をば明けむとぞするしぐさを見たり

あわただしく勤め終へ来て遠き世の曲玉の類見るは安けし

考証の書重ぬれば心たのし邪馬台国はいづくなりとも

万葉集総索引の誤植ひとつ見つけてけふの心立ちなほる

それぞれに部屋をたがへて母と妻と見てゐるテレビドラマは同じ

噴水の崩るる下は灯ともりて地下食堂より匂ひ来る香よ

たまたまに売出す墓地を見に行ける母を寂しと思ひ昼寝す

寂かなる光とぞ思ふ見るかぎり浪のいたぶる海といへども

伊良胡岬　四首

ある時は木立あやしくしづまりてまた鳴りひびく海よりの風に

うづたかきテトラポッドは苔むして世のはじめよりここにあるごと

海峡を渡りきたれる春の嵐この岬山の木をたわめ吹く

諏訪　七首

みづうみの光見さくる山のうへ諏訪に来ぬ子規の句を刻みたり

曾良の句を彫りし碑《いしぶみ》のうしろ側君が一族の墓ぞ寄り合ふ

み墓の前われはもとほる歎き多く喜び少き一生《ひとよ》なりけむ

俊彦さと言ふは赤彦のことにして声低くしばしば語りたまひき

この坂をたづね来りし赤彦夫人泣きて訴へし話も聞きぬ

命終へてとはに虚しきことわりの堪へがたくしてこの山の蔭

み墓べの枯草そよぐ山のうへ湖は遠く照りかげりして

コペルニクスもつひに見ざりし星といふ夕西空にたまゆらの光

オリオンは寒き夜空をのぼり来て我に苦しき時近づくか

少年の日に予想せし如くにてかく平凡に一生《ひとよ》すぎ行く

たどきなくすごす一日に森しげ女の小説ひとつ読み終りたり

その妻に私小説《わたくし》を書かしめし鷗外の心をさまざまに忖度《そんたく》す

妻あらぬ時の母の涙をもうべなひて昼の小床《をどこ》にぞをる

その出生をいとひ苦しむといふ少女まなこを伏せてしばらくゐたり

アイシャドウつけし少女のふるまひが話題となりてけふの会閉づ

わが机の前に立ちたる少女子《をとめご》の汗のにほひもかなしきものを

夕光は淡くなりたり屋根の上にほせる梅干にあきつとまりて

公園に入りて隊列を解きしより我ひとり来ぬ橘守部の墓に

一時間の余裕あり机に面伏せて差せる光に眠らむとする

友二人亡くして最悪の旅なりとアフガニスタンよりの短き便り

家むらのあはひに残るおくつきのうへに襁褓《むつき》をほし並べたり

それぞれに湛ふる色を異にして寄り添ふごとし火口湖三つ

乳色にたたふる沼を縁どりて浮べる硫黄手に採らむとす　　草津白根山　二首

昭和四十四年

横倒しにせる乗用車を境とし丹念に石を砕く一群　　二月某日　五首

ガス弾と石とまじりあふ渦の彼方平然として電車動きをり

八階のうへまで大きく響くこゑガス銃を発射しろどんどん発射しろ

うしほの如襲ふと見えし機動隊も彼《か》の一線より進むことなし

はがされて土あらはなる歩道ゆく古代語一つにこだはりながら

忍冬も野ばらも野生の桑もあり朝行き夕べに帰るこの道

わが子らと黒き桑の実を摘みあへり子らも信濃は恋しとぞ言ふ

葦茂るさまも年々に異なると夕あかりさすそよぎ見てゐる

わが中学の時に教はりし三輪先生赤彦全集に見出でてしたし

いくらかの反感も持ちて赤彦の歌論も教育論も読み終へぬ

おのれ一人の部屋ほしといちづに言へるかな既に少年の表情をして

マンガ多き雑誌うづたかく重ねたりどの一冊も手放さぬといふ

月面に長く長く引く人の影今ありありと映し出だされぬ　アポロ11号　五首

細き月にあきらかに見ゆる静かな海そこに人ゐて今眠るとぞ

人二人今かの月に仮眠すと銀座に来り仰ぐ白き月

赤く濁り沈まむとする七日の月つつがなく軌道を脱せしや否や

まつしぐらに今は地球に向ふといふ月は夜ごとにふくらみを増す

鹿持《かもち》先生と村人言ふはしたしくて登りくればこの丘に見覚えあり

鹿持雅澄の墓再訪　九首

甘藷畑あとかたもなく均《なら》されてわづかに残すおくつきどころ

並ぶ墓まもれば早くみまかりし妻の墓より苔むすものを

妻の後二十年あまりしばしばもこの墓に来て歎きたりけむ

配偶者《つれあひ》を亡くしし大伴の旅人の歌身に沁みて注したるにあらずや

夕映ゆる低き山々この国を一生《ひとよ》出でずしてひたすらなりき

ただ貧の故かと思ふ土佐の国を出でざりしことまた婚せざりしこと

一生かけて万葉集を注しつつ大和の国もつひに見ざりき

み墓べは寒くなりつつ苔むせる文字に差したりなごりの光

足摺岬　四首

ほのかなる島影を見て子規を思ふ涙出づるまで喜び記しき

はるばるとこの岬まで来たまひし病む前の君語りあかずも

すこやかにここに来まししし人を語りつひに寂しくなりゆく心

潮の香のただよふ岬の古き寺遍路にまじり雨に濡れゐる

諏訪　五首

白き倉庫の下を歩めば繭をほすにほひは今もこもるかと思ふ

おだやかに老いたまふ君や父君を赤彦と呼びまた親父《おやぢ》とも言ふ

静かなりしみ墓の前もひらかれて色あざやかに屋根の連なる

湖《うみ》の向うの火事も夜鳴く郭公もここに一年住みてたしかめき

み墓べに来り見しより三十年湖の光のかはることなし

昭和四十五年

溢るるごとはざまの空に啼くひばりたまゆら蛙の声もまじりて

校了の直前にして削除すと長距離電話に伝へ来りぬ　赤彦全集　二首

心打つさまざまの言葉よみがへるつひに収めざりしかの書簡類

神々の御名のみごとによみがへる教科書六種ここに並べつ

水の上の濃き夕影を乱しつつたまゆら鴨の睦みあふらし

あざやかに麦は黄ばみて夕ぐるる曇りのしたにゆらぐことなし　父の死　十一首

病棟に父置きて来ぬ今宵より安らに寝むと思ふさびしさ

新入りの父がもつとも頭ぼけてこの大部屋のなかに起き臥す

縛られてしづかなる父きぞの夜はベッドより三たび落ちたりと聞く

父の名札かかりてあれど一つのみ空きたるベッド見るに堪へめや

並び臥す父と老女《おうな》のなきがらもえにしと言へば悲しくもあるか

ただ働くのみに足らひし一生《ひとよ》思ふ棺のそばに眠らむとして

棺の前にけさはめざめぬくたびれて父を夢見ることもなかりし

その夜半に死すと知らねばヒメジョオンの原を安らぎ帰りしものを

しみじみと父逝きし後に思ふことその筆跡をひとたびも見ず

長く病まず逝きしも父の心かと思ふ一生を貧に苦しみき

わが家をめぐりて二種類の蟬鳴くを喜びとして夏もふけ行く

人混みの中歩みくるわが妻よさほどみにくき女にもあらず

子の机にふたつ並べて置かれたり息絶えし蟬プラスチックの蟬

母親だけでは子どもは生まれないのねとわが娘いふ思春期前の娘

毒殺されると父のさわぎし滑稽もいたましくして思ひ出づるなり

部屋にひとりでんぐり返しを試みゐるわが少年も寂しからむか

若き男女の抱きあふ場面もわが子らには既に免疫となりてゐるらし

宵々に通ひし青山の発行所ここと聞けどもあとかたもなし

斎藤土屋両先生と我と三人うなぎ食ひにきある夜残りて

土屋君いらつしやいますかといふ電話しばしば取り継ぎしことも懐し

苦しみ覚えし軍人勅諭の一部分不意によみがへり舌打ちぞする

本屋に来てけふは驚く積まれたるは歩兵操典軍隊手帖其他

心通はぬ父と子なれやみまかりて夢の中にも父は出で来ず

冬日浴びかくたんぽぽの咲けるさま少年の日には見し記憶なし

帰化植物はびこるなかに辛うじてこの道の薄穂をいだすなり

昭和三十年初めて出でし広辞苑にまだ「公害」の語はなかりしを

まなかひに空かぎりなくひろがりてわが死の後のとこしへのさま

百花園に生ふるセイタカアワダチ草昭和九年に見たまひしとぞ

土屋文明先生　二首

来年も生きてゐるならと言ひたまふ言葉身に沁むかたはらにゐて

湖のかなたに白きは少年の日の如しひだり御嶽右は乗鞍

諏訪　二首

「布半」は我にしたしき名なれどもその向うに「赤彦」といふ旅館あり

父逝きて仏壇のそばに置きしまま日蓮聖人御書全集読む者もなし

墓の前にしやがみてゐたりかの時の父の涙を思ひなどして

はてしなき死後の虚しさを思ふとも若き日のごとく今は苦しまず

父に言はず買ひしこの墓地安らかに今は眠らむちちのみの父よ

年々に位置変ふるアメリカセンダン草今年は茂るわが家に迫りて

志高ければ文は拙きをよしとすと意識したりや拙き辞世　三島由紀夫　二首

絶えまなき怒号のなかに断続して切々とせる声を伝ふる

水　辺

昭和四十六年

近来《コノゴロ》ノ若キ人ハ思遣モ無シ今昔物語もかくぞ記しし

赤彦も木外も気ままに欠勤す明治の学校日誌残りて
月蝕の光さしくる水のうへ連なりて鴨のわたり行く見ゆ
月蝕の終らむとして流らふる光に見ゆる水のうへの鴨
月蝕の後のくまなき光さし水の上かぎりなくひろがりて見ゆ
水のうへに差す月かげをみだすもの鴨ふたつゐてたはむるらし
あきらかに月かげさせば水の上におりゐる霧は遊べるごとし
この世ならぬものの如くに東京のけふの夕映に見えわたる山
君偲ぶつひのよすがとなれる山春のひかりにおほに霞める
深田久弥氏追悼　三首
結婚式の帰りなれば心通ひたりきアララギの四人君を囲みて
三日ばかり徹夜してでもアララギのために書かむと言はししものを

赤彦の生誕地の碑はここにもあり全集年譜を否定する如く

四月二日　三首

赤彦の生誕地をここにも作りあげおのが歌さへ刻みし人あり

枯草を分くればわづかに青きもの四月二日の田の畦を行く

けふふたたび逆流となる水の上にひととき夕映の色濃くなりぬ

春秋に二度焼かれたるこの土手の泡立草の三たび目の萌え

真菰の群葦よりも早く素枯るるは務めを変へて知りたるひとつ

逆流となりて二つの川の合ふほとほと葦の茂みひたして

枯草の堤歩めば降りきたる穂絮は我にまつはるごとし

対岸の機械の音のしづまれば群がる鴨の羽音ぞする

鷗外日記読みつつ思ふ出世欲強く冷しといふ露伴の言葉

お茶づけ食ふ山県公にしかたなく鷗外も真似て食ひたりと言ふ

昭和四十七年

水のうへを照らして長き夕星あり沈まむとしてためらふごとく

今朝の鴨少しと見れば枯草の岸にならびて日向ぼこする

軍備は既に世界何位かこのゆふべ病みつつ読めば心安からず

復刻本積み重ねたり衰へし文学精神のあかしのごとく

東京湾より一時間余の差をもちていま満ち潮の豊かなる川

逆流の時すぎてしばし淀む水寒き夕べの色をたたへて

二月二十六日のけふ粉雪舞ひしみじみ思ふ三十五年経ぬ

暁寒き床にめざめてよみがへる教練をただに厭ひし心

二十八年後の帰還をたたへそのあとには軍人勅諭全文を載す

自筆本より写しし「竹乃里歌」の稿本も惜しまずゆづりたまひき

五味保義先生　五首

心こめて君が写しし竹乃里歌原本の汚染《しみ》のあともそのまま

しみじみと今宵は思ふするどく神経ふるひし病む前の君

鋭かりし病む前の君おだやかになりてもの言はぬ病《やまひ》の後の君

試験受くと教室に君を仰ぎたりきそれより三十何年かの恩

君が部屋に集ふ最終の会となれば霞む夕日も見すごしがたし

明大柴生田稔氏研究室　三首

月々の会に来りて落日の位置の移ろふさまも見守りき

旧式のエレベーターの扱ひにも慣れて通ひし幾十回か

ありと思へばかすかに白き天の川東京の空に見え来るものを

これの世に残る家持の自署二つたちくる幻は若き顔老いの顔

家持のみまかりしは京かみちのくか一日読みつぎつひに分らず

渡良瀬川みづ浄くなり流るらし少年あひ寄り糸たるるところ

足尾行　三十五首

荒々しき谷を流るる水に沿ひ何を植うらむ乏しき畑

赤字線の終点は無人の駅となりこの山中にも過疎の町ひとつ

年々に人の減りゆく鉱山町パチンコ店に物音もなし

光りつつ縦横無尽に飛ぶとんぼ足尾に来り見むと思ひきや

ペガサスの四辺形空にあらはれてやうやく冷ゆる山峡の町

天皇を迎ふる如く「鉱山王」の市兵衛を町に出迎へしといふ

「市兵衛を殺せ殺せと鳴子哉」忘れ難し「日本」に載りし吾空の句

古河を褒め田中くさししかりそめの子規の談話も世に残りたり

つぎつぎに来るトラックのおろしゆく清しとも見ゆる鉱滓の砂

谷ひとつ埋めて築ける堆積場ここに全く生ふるもの見ず

年々に捨てて高くなる堆積場尾根の位置までいくばくもなし

汲みあぐる坑内水は音たてて赤く淀める池へ落ちゆく

ひと谷の堆積場見ており来れば隣れる谷も高く白く見ゆ

精錬所の上には硫酸工場あり競ひあふごと煙流せり

この谷の入りにも人の働くか発破予告の標《しるし》立てたり

煙害に滅びはてたる松木村こことと言へどもしるしさへなし

まなかひの谷をへだてて音のなきひとつの山に今ぞまむかふ

かの尾根に枝枯れて立つ一つ木よ世の行く末を見守るごとく

しらじらと山の上より落ちきたる水をかくさむ草も木もなし

辛うじて虎杖《いたどり》などの生ふる原渡来植物も犯すことなく

黄なる煙谷を這ふまで安らかに豊かなりけむ農の部落よ

道路より低き斜面に捨てられし墓は寄りあふ虎杖のなかに

桑を植ゑ蚕を飼ひて豊かなりし村のなりはひ目にたちきたる

この谷に這ひのぼる煙まつ先に余さず桑の葉をば襲ひし

ここにありし狭間《はざま》の村の滅びしは明治の二つの戦争のあひだ

小さなる丘にのぼれば墓ありて時雨のごとき雨の降りくる

文化九年と刻める小さき祠《ほこら》あり虎杖とぼしく生ふる傾斜《なだり》に

手に触れてわが息かかるちさき墓享保に死にし童子を記す
さまざまにあはれありけむ封建の世に生終《せい》へてここにしづまる
川下のはざまにけふも立つ煙百年近く絶ゆることなし
くろぐろと影引くカラミの山いくつ永き搾取の象徴の如く
かの山の青きを保つひとところ谷おそふ煙の死角なるべく
肌赤く音なき谷にありて思ふここを襲ひし資本と権力と
遠ざかるいのちなき山かへりみてＧＮＰのこと日本の未来のこと
夕潮は今この川に満ち満てり葦の穂先をわづか残して
うひうひしき葦の花穂を手に取りて淡き紫の色をかなしむ
よく見れば水に小さき魚棲めり世の滅びざるあかしの如く

足尾行　終

こゑあげて遊べる群にまじはらぬ鴨はしづかに日を浴びてゐる
一列《ひとつら》に泳ぐなかより飛びあがり先頭となる鴨の心よ
いたどりの花群は白とうす紅《べに》と道をへだてて色をわかてり
逆流する二つの川はここに合ひ渦巻きてなほものぼりゆくらし
まどかなる月はのぼりて対岸の葦と真菰をあきらかにせり
月かげのさやかに照らす川面《かはも》にはしぶきをあげて鴨ぞ遊べる
月かげの下びにさやぐ葦の花かずかぎりなし堤を行けば
向日性といふものいくらかある如し一日に変る葦の穂のなびき
葦むらに接して真菰の群となりその先の蒲早く枯れだつ
灯の下に花序長き真菰かざしたりうすくれなゐの雄花美し

風寒き夕べを来れば水輝き見しことのなき山のつらなり

一年に一度か二度か夕映の空にあざやかに現はるる山

はびこりし渡来植物を焼きつくす煙は川のうへを這ひゆく

仮名遣にも心くばりて記ししビラ一人生き残り拾ひしや否や

亡き友を悲しみ来れば家の前に去りたる人も立ちていませり

小宮欽治を弔す　五首

ついて行けぬ我等を哀れみほしいままに命しひたげて過ぎし一生《ひとよ》か

破滅型と自らも認め言ひしかな宮本利男にもしたしみを寄せて

悲惨なりしその晩年の生活を伝へ聞くのみに近づかざりき

夜の時雨すぎて冷たく路地を照らすいま人間の立つといふ月

昭和四十八年

時雨ふる小路を行けば火鉢並べて青きを植うる家々したし

葦生ふる沼をすばやく埋め立ててけふ見ればそのめぐりの赤き旗

幾種類かの辞書引き合はせ夜をふかすわが幸《さち》ここに極まるごとく

自由なき国になるとも平等の幸あればよしとおもふこの頃

水害多き土地にしあればおしなべて土より高し葬るところ

小宮欽治　三首

寒き日の今し差したる石のなか君とこしへにしづまるところ

かの一夜明けたる朝に吾に来て歎かひし言葉おもふも悲し

ブランデーを飲みをれば窓の白み来ぬわが生も苦しきことのみならず

紫　草《むらさきぐさ》とふ日本語はなしとけふの歌会に語気強くして言ひたまひたり

絶えまなくよしきり鳴ける葦原のうへの雲雀のこゑはやさしく

よしきりは鳴きやみ雲雀のこゑひびく夕潮差せる川のほとりに

去年ここにありし吾木香たしかめむハルノノゲシの群がる土手に

葦原のうへに雲雀のきよき声今を楽しめと告ぐる如くに

おびただしく一日に散らふわが庭の夏の落葉も今はあやしまず

土の上に半ば這ひ出で動かざる蟬をあはれむ木の蔭に来て

岸ひくき水につなげる舟のうへぎしぎしは赤く枯れてはびこる

水の辺の草たどきなくゆらぐさま見つつかくゐて時は過ぎゆく

かかる世につひになりたり少年の日の予想よりいたく変りて

葦原をなびけて潮のにほふ風人間にいかなる運命の来る

この夏の月はとりわけ赤しとぞ子らも言ひあふ今のぼる月

夏暑きひと日に枯れてかくばかり土おほふさま去年《こぞ》に変らず

いさぎよしと思ふまで降る夏の落葉いかなる時のきたるにやあらむ

「わくらば」も新しき意味を持ちたりと思ひつつ踏む夏の落葉を

鳴くこゑはニイニイ蟬より油蟬の時となりつつ夏ふけむとす

この国の首相はドンキホーテかと言ひたりし時人は笑はず

蚊帳吊らずなりし頃よりもろもろの公害俄かにふえしならずや

美しき虹現はれし空昏れて常ならぬこの星のかがやき

東京にクルマ少ききのふけふ空清ければ胸熱くなる

帰り来しわが家の小《ち》さき若者の二人こもごも冷蔵庫をのぞく

ギター鳴らすことにも倦みて単語帳にアンダーラインを引きはじめたり

自動車の生産をとめるほかなしとほとほと歎く運転手君は

アメリカ人はクルマと訣別せよといふ外電もいたく身に沁むものを

土地売りし金が家族の争ひとなる話いくつも聞けば慰む

眼射らるる思ひなりけり「師なりとも誤りある者をば捨つべし」

南方軍だけでも戦争を続けよと我さへ願ひき豪北の島に

万葉集も捨てて国のためつくさむと書かしし軍事郵便残りぬ

鼻欠けしレリーフの上の碑文読む生命保険の創始者なりき

首都高速の陰になりたるこの店に子規の住みしは九十年の昔

人力車にたづね来りて病む子規がおろくさんに逢ひしその日思ほゆ

江戸の代の碑《いしぶみ》はあらはにたふれ伏す高速道路の騒音の下に

幼稚園の階段のわきの木蔭暗くひつそりと立つ橘守部の墓

自転車の上に蒲団をほし並べ火鉢には青く木を茂らせぬ

いつの歌会も最前列のまん中に位置して耳をかたむけいましき

飯岡幸吉氏を悼む　三首

胃の痛むは癌にあらずと記しし後幾日堪へし君がみ命

「横浜の中華料理を食ひに来いよ」耳打ちしたまふ声を忘れず

思ひつつ知らせ怠りき新しき全集にも載らぬ鷗外の句一つ

震災にまたあふのかとつぶやきて母はひとりの部屋に寝にゆく

古書にほふ人混みのなかにかかへ持つ吉田漱と顔合はせたり

赤蜻蛉しきりに飛びかひ尾を触れしかの水たまり一日保たず

灯のめぐりに淡々と虹のたつまなこわびしみながら夜の道を来し

とどまりて野生化したるホテイアフヒこの水の上に冬越すや否や

この川に去年《こぞ》は見ざりしホテイアフヒ枯葦のなかに青きを保つ

移し植ゑし吾木香はいたく庭にふえ花の時長きことも知りたり

昭和四十九年

灯の下にかすかなる地震《なゐ》すぎしかばうつむきゆらぐかたくりの花

寝ころびつつギター抱きて手草《たぐさ》とす憂へは父にも語ることなく

ほこり払ひ国定教科書を手に取りぬ若き教師君に贈らむがため

茂吉の歌の索引ひきつつ辞書になき語を見出だすは最も楽し

「ツミなき人の惨死が実に身にしむ」と日露戦の年の左千夫の手紙

写真に合はせ一つ一つ左千夫の書簡読む誤り多き文字もしたしく

海にかかる新しき橋に連なる灯こよひは楽し君をかこみて

土屋先生に従ひ下関歌会に出席す　三首

賑はへる朝市に買ふ串に刺して焼きたる魚はまだあたたかし

溢るるばかり大き小さき烏賊を並べ土のうへにはうづくまる鱧《はも》

引潮となりて現はるる洲のうへに一斉に芽ぶく葦の赤き芽

葦と真菰にはさまれ生ふる蒲の群みな丈ひくし向ひの岸に

あたらしく伸びたつ葦が古き茎に背丈及ぶは逝く春の頃

昭和初期に渡来せりとふオニナスビこの土手に年々ふえず滅びず

梅雨のあめに濡れつつ咲けるオニナスビ刺に玉持つさまもかなしく

長き長き梅雨も終るか葉先のみ黄に枯れそめし蒲目立つなり

灯ともして古き過去帳を見る時も高速道路のひびきは止まず

近江蓮華寺　五首

ところどころ振れる仮名あり仲時に従ひ死にし名を連ねたり

過去帳に幼き名をば記す三人みづから腹を切りしや否や

たえまなき自動車《くるま》の音は山越えて代々のひじりの墓にこだます

山あひの狭きに寄りそふ墓のうへ永久《とは》の一日《ひとひ》の夕かげが差す

飢せまるアジアの貧しき一国が「核」の成功を喜びあへり

核実験を敢へてせし国年々に天然痘の死者多き国

この川に魚よみがへり泳ぐさま見つつ安らぐ夕べ来りて

書きあぐむそばに来りてわが妻はけふ二本目の煙草をふかす

み葬り終へ直ちに来ましこの会に常なる声に批評したまふ　六月十六日、東京歌会　三首

いのちあるは悲しまむためと詠みましを思ひ悲しみ君の辺にをり

父君の講義をひたすら聴きいましき或る年の若き姿忘れず

父我が読者たるのみたどたどと綴りし小説「なぞの血の足跡」

電車より朝見し水の辺のオモダカに黄昏の光差す時を来ぬ

水の辺の真菰刈る人かかへ来てながながと乾《ほ》す堤防のうへに

宵々に葉をとぢあへるすべりひゆ路地を入り来てひとりかなしむ

殿台と言へば台地かと思ひ来ぬひろびろとして青田つらなる

成東記念館、山本英吉氏に同行　三首

巻の五の梅花の歌の或る一首朱筆ありコレハ歌ニハアラズ

往復の電車の中の数時間語りつきず左千夫を尊ぶ二人

真淵全集宣長全集は水に浮き古義は沈みきとけふのみことば

八月四日、夏期歌会　二首

今日は勉強しますよと小声に言ひたまふ会進み疲れの増し来る時に

白花のつゆくさ茂るひとところ人刈りたれば悲観して来ぬ

再び刈りみたび萌え出づる泡立草地に低く咲く寒き雨に濡れて

心憂へ歩み来りぬ川ぞひにはびこるは皆渡来種の草

水辺に帰化植物は及ばずと思ひかなしむみぞそばの花

水のうへにほのかに残る夕明りいかなる時の来るにやあらむ

この川の鴨のあやしき死にざまを今朝読みしかどあまた鳴くこゑ

潮引けば乏しく残る水のうへ鴨は寄りそふ光に向きて

ここに棲む鴨と渡りて来し鴨とおのづからわかれ水に浮くらし

川二つたたふる色を変へながら久しと思ふけふの夕焼

辞書の上に虫めがね置くこの部屋に夜となり坐る時はうれしく

ドリアンにもマンゴスチンにもまつはれる記憶は寂しその後食はず

幾たびも出でては夜半の月蝕の移ろふさまを告ぐる声する

髪伸ばしてひたすら歌ふ君を見る消息なかりし幾年かの後に

佐田雅志を　四首

ステージに光浴びつつ立つ見れば少年の幼さもいまだ残せり

心こめて歌ふを聞きつつその母のかつて歎きし言葉思ひ出づ

少し荒れたる声とぞ思ふ歌手汝の歌ひ終るまで心落ちつかず

夏の落葉

昭和五十年

時雨降る川にとどろく浚渫船みるみる葦の群くづしゆく

父われの使ひしことなきドライヤーといふものいつしか汝は買ひ持つ

こもごもに母に費用を請求し一人一人鞄を持ちて出で行く

民衆に阿る微笑を街頭の拍手の中にあふぎゐたりき

放水路を渡る電車のかすかなる響きをぞ聞く夜明けむとして

つつましき微笑を常に絶やさざりきかの発行所に宵々を来て

悼大岡亮氏　三首

女の君もはればれとゐき或る宵の帰りに我ら寄りしカフエに

つつましとも気ぐらゐ高しとも見えてうちとけて語る時はなかりし

逆流の時となるまで夕星の光を反す水は動かず

この街の夕光のなかを飛ぶ尾長高速道路を横ぎりて行く

万葉も赤彦の歌も知らぬといふ妻よこだはることにはあらず

本読む子も読まぬ子も親の遺伝かとわがそばに来て妻はつぶやく

日を浴びて壁にすがれる青きとかげ明らかに我を意識するらし

イヌムギの早く実りて枯るるさま春逝く光にひとりあはれむ

ハルジョオンの花にまじれるイヌムギの素枯れ目に立つ梅雨のくもりに

かきまぜて卵の黄味をくづしをり逝く春のくもりけふも続きて

上げ潮となる水のうへ輝きて春ののげしの絮は散りくる

梅雨のあめ今宵は晴れて水の上に夕星《ゆふづつ》は長く沈むことなし

子規自筆の竹乃里歌わななきて今ぞ手に取る二十年ぶりに

八月二十八日　五首

忠実に君の写しし竹乃里歌いま原本のかたはらに置く

日々苦しみこの自筆稿写しましし君を思へば心はふるふ

丁寧に写しし君のあきらかに見違へし文字けふは正しつ

一首一首読み合はせ行く扇風機もなかりし時の子規を思ひて

勝つと思ふと答へしはいたく叱責され必ず勝つと言はしめられき

八月十五日回顧　五首

その前夜「降伏ヨリハ死ヲ望ム」と記しし紙片今に残りぬ

インカ帝国滅ぶる歴史を人の捨てし本に読みつつ堪へがたかりき

戦争にかかはらぬ島の少年の割礼の儀式一日まもりき

舌に触るるキニーネのにがさまざまざと思ひ出づればわれ若かりき

庭に来る小鳥らは枸杞の実を食はずヒヨドリジョウゴの赤き実を食ふ

官位上らぬ二十一年を堪へ堪へし家持の心おもふ時あり

昭和五十一年

地下の街光美しきなかを行くわが妻けふは若やぎて見ゆ

日の当る鋪道えらびて妻と行くけふは将門の首塚を見む

狭められわづかに残る水のうへ寒き空より鴨のおり来る

窓に寄り怒りをただにおさふるは後の疲れをおそるるがため

それぞれにこもれる子らの弾き鳴らす音はわがゐる部屋に交錯す

灯のもとに妻のひろぐる胸のへを医師《くすし》の後にわれも手に触る　三月六日発病

入院の前の夜にしてわがためにシャツをつくろふ妻あはれなり

わが心しづみゐる時かたはらに春の鳥来て羽ひるがへす　三月二十九日入院

エレベーターのとびらのしまる直前に見し妻の顔いたく痩せたり

去年捺《お》ししわが判のわきに並べ捺す去年は少しも憂へなかりき

赤彦先生ここに立たさばいかに言はむ山削られて見るかげもなし　諏訪　四首

胸迫りわれは呼ばはむみ墓べより見さくる湖の寂しきひかり

友ら皆帰ればひとり夜の宿に妻をぞ思ふ病めるわが妻

かたはらに坐る婦人は妻ならず「あずさ」の中にわがうつつなし
切符一枚払ひ戻しせしかば

うから皆すこやかなるを喜びしかの時妻に病ひ潜みゐき

山へ行く子を気づかひて夜おそく電話かけ来し妻の心よ

明日持ちて来べき品々臥しながら妻口授すれば手帳にしるす

手を取りて今宵の別れ告ぐる時妻の寂しき諧謔ひとつ

青葉の坂ひとり歩めり妻病めばこの世に楽しきものなくなりぬ

まどろみより目ざめしあとは機嫌悪しとみづから言ひて妻もだすなり

家に来て今宵かたはらに妻のあり平凡にしてきはまれる幸

花の香もいとへる妻かくちなしの花をば外《そと》へ移さしめたり

長く長く病み臥す妻よ寄りそへばわがにほひさへうとましと言ふ

おのれ励まし夕餉に箸をつけむとす傍にゐて胸迫るなり

椎の花にほふ時すぎハルノノゲシのはびこる道をわびわびて来し

疲れしるき夕べといへど四人の子語れば妻の心ゆくらし

夜明けにはこほろぎのこゑ聞ゆとぞ妻の臥しゐるこの五階まで

臥す部屋にひびけるつくつくぼふしの声いつの頃まで鳴くにやあらむ

夕べ来て妻の寝巻をすすぎつつ兵なりし日を思ふもわびし

子らのためあと十年は生きたしと妻のいふとき涙あふれぬ

病癒えて働く夢を見しと言ひ涙ぬぐへばわがたへがたし

熱出でてあへぎ臥すらむ妻おもひ涙ぐみつつ夜半の灯を消す

はづかしと言ひ言ひつひに書き示す初めて詠みし妻の歌あはれ

その歌「七十七の姑に四人の子を託し入院生活五箇月となる」

この夜半もひとりギターをひく音すその母をいかに思ふにやあらむ

いたはりてもの言ふこともなかりしを妻病めばただ母を頼めり

手にさげて夕べ行きかふ人のなかにわが妻を見ずあはれわが妻

大丈夫よといふ妻のこゑ聞きしかば安らぎて夜の会に出で行く

老いし母のひとり家守《も》るさま言へばベッドの妻はただに涙す

手を取りて今宵の別れ告げむとすああ指先にもしるく熱あり

ベッドより起きあがるにも亀の子の如く動きて苦しむものを

病おこたる月とみづから決めゐしをかくも衰ふ目を黄に染めて

病室に売りに来しかばこの夕べ茄子と胡瓜を持たされ帰る

街路樹の芽ぶく時より通ひ来て黄に枯れ立つを今見つつ行く

運命にただ堪へよとぞ水の上にしばし輝く夕星の光

久しく湯浴むことなきわが妻の髪のにほひも身に沁むものを

耐へ耐へて物言はぬ妻を看護婦がすごく静かな方《かた》と批評せり

夜はいやと言ひゐし妻も息荒く眠りはじめぬ我も寝むとす

鉛筆附の手帳は自ら欲りしもの枕もとに置き記すことなし

正月には帰れるかしらとつぶやけり今朝哀へのしるきわが妻

ベッドの中にしきりに妻の捜すもの指細くなり指輪落としき

酸素テントの中に安らかに臥す妻よもぐらの如しとみづから言ひて

足の上に点滴受けてゐる妻があへぎあへぎ言ふ我に休めと

酸素テントの中に聞き取りがたきこゑ命迫れるわが妻の声

まざまざと息たゆるさまを見るものか堪へたへて長き苦しみのはて　十月二十五日

三十分前にはハイと応《いら》へしを窓白み来て今はなきがら

頭下げて医師は去りたり灯のしたにまだあたたかき妻の手をとる

汝が髪を撫でつつおもふこの髪の白くなるまで命なかりき

病疑ふ心をあへて言はざりし妻を思へばわが堪へがたし

なきがらを移ししあとの寝台にしばし臥しつつ涙あふれぬ

夫われを今は気づかふこともなし部屋移されて寒き灯のまへ

Mワクチン、サルノコシカケ、ピシバニールいづれも妻を救ひ得ざりき

湧き出づる思ひかぎりなし棺《ひつぎ》のせて日に光る川今し越えゆく

棺と共に揺られつつ行く川のうへ雲の形も心沁むもの

足どりも確かに家を出でしものを息絶え帰るふた月の後に

使ひ残ししティッシュペーパー見るさへに涙はあふる荷物ほどきて

焼イタ炭と繰り返し言ひし意味を知らず息を引き取る数時間まへ

新しき薬次々に出づと言へど何にかはせむ汝みまかりて

妻亡くてよしと思へるはかなごと一つ二つはなきにしもあらず

昭和五十二年

子ら四人かくすこやかに飯食ふを妻もまもるか心やすらに

病室に臥す母の前に父われと背丈くらべし汝はまた伸びぬ

九月一日子らを気づかふ心記しそれより絶えき妻の日記は

「生き生きと働く夢を見し後の」下の句記さぬ妻の歌あはれ

幼きが母に供へしからすうり年越えて赤き色もさめたり

よりそひてわが妻と見し窓に来てけふひとり見る咲ける桜を

「悪性ではないと先生に言はれたの」と告げしはみまかる二三日前

死に近き妻の背を拭きありありと毛布の痕のつきゐし忘れず

幼きを背負ひ手に引く若き母見てゐき道に見えずなるまで

大学へ行く子の食事のあとに来るは中学生小学生高校生の順

病のさま気づいてゐるかも知れないと或る日言ひにき妻を診しのち

悲哀にも耐性ありと思ひつつ出で行く梅雨のあしたあしたを

壁の蔦なべて切りたり蔦の茂る家に不幸は絶えぬと言へば

子ら二人ギターをひくはすさまじき音にしあれど父は堪へゐる

病院に帰るかの日に穿きしのちつひに穿かざりきこの細き靴

亡き後もしばしば妻に電話ありけふは選挙を依頼して来ぬ

薬包む紙もて妻の折りし鶴思ひあらたに手に取る我は

水のほとりを通ひつつ見る嘴《はし》赤き雛が日ごとに育ちゆくさま

水の上をむきむき飛べるユリカモメすれちがふときまなこを向けず

一日一日去年《こぞ》ありしさま偲びつつ近づく日をば恐れつつゐる

氷あづき食ひたしと言へば夜の街に出でて求めき二日まへなりき

まどろめる子のそばに投げてある本は「美しい音を生む爪について」

蒲団乾す力もなしと母言へばわびしみ朝の路地出でて来ぬ

生れ変つて来なければダメねとほほゑみて言ひし思ほゆ一年すぎぬ

寝ころびてゐるわがめぐりおのづから親しきうとき辞書の数々

堺枯川をとらへて左千夫が論争せしさまを伝ふる数行の記事

綻びしままなる足袋に見覚えあり簞笥あくれば妻のにほひよ

すれすれに川のうへ来し鷗らは橋越ゆる時みな高く飛ぶ

つぎつぎに足のばし水におり来るは常に見慣れぬ美しき鳥

牛蒡煮ゆる匂ひこもればこの家になほも妻をる如く錯覚す

長く長く妻が使ひし洗濯機あな惜し人の持ち運びゆく

日記かくこともなかりしわが妻の病みて記しし五つ月あはれ

漢方薬のやうねと言ひ言ひ妻の飲みしサルノコシカケいまだ残れり
わが体気づかふ汝のあらざれば起きてゐたりき夜の白むまで
末娘の喪服のなきを言ひ出でて汝は泣きしか命のきはに
黄に染まりし乳房にしるく静脈の浮き出でゐしを思ふも悲し
パイ中間子をあてて効果のありといふ記事をぞ思ふ眠らむとして
うひうひしき真菰の花を手に取りぬ去年《こぞ》の今ごろは妻生きてゐし
秋茄子を食はせむ人もなしといふ母のつぶやき朝のくりやに
恋ひ恋ひて黄泉《よみ》の国までたづね行きし神の心を今おもふなり

昭和五十三年

ハルジョオンのロゼットなるらしこの路地に堪へゐるさまは我を励ます

入れ替り部屋に来りて請求すヘヤトニック代受験料ブーツを買ふ金

決して悪くはなつてゐないと医師言ひきかたはらにゐて苦しかりしかな

日のあたる水の辺を来ぬ素枯れたつ葦のにほひはかすかなるもの

くれなゐの葦の芽ほぐるる頃ほひに萌えそめむとす蒲も真菰も

潮ふくむ風はかすかにしめり持ち枯葦原を吹きのぼり来る

あかつきのまどろみにして我に来し妻よふつくらと病む前の妻

前の日に苦しみし妻よ日曜なれば医師来ざりしに今もこだはる

死後のこと言はむとしつつ言はざりし心おもへばただあはれなり

エレベーターの扉とぢたる一瞬に爪だたく音聴きし忘れず

風呂桶も洗濯機も妻の知らぬもの一年余にしてかく変り行く

旧仮名の正しく書ける人なりと言ひしは揶揄の心もありけむ

幼かりし妻の写真をとりどりにながめ寂しむこの古き家に

諏訪　二首

この家より夕日輝く諏訪の湖をふたりまもりきいつの年なりし

ギシギシはイヌムギよりも早く枯れ水のほとりの春逝かむとす

あけがたを眠らむとして毛布かぶる一瞬胸を走る悲哀あり

朝早く出でたる母がしをしをと引き返し来ぬ入歯忘れて

わが庭の赤き実を襲ふ小鳥ゐて人間の世はいまだ滅びず

ギターケースを抱きつつ汝は百人一首暗記せしむる教師を非難す

年寄りがミシンを踏むは孫娘の期限迫りし宿題のため

地下街の店に入り来ぬ智恵子抄読みたしといふわが子を連れて

疑ひつつ疑ふ心も言はざりきあはれに思ふ二年ののち

みまかる日の二日ほど前その歌手は都はるみと我に教へき

ほのかにも紅にじむ真菰の花葦の花よりいつくしみする

癖のある文字もなつかし丁寧につけたる家計簿大切に持つ

三回忌営まむとする妻に宛てて諏訪の同窓会に出よと言ひ来ぬ

ひそかなる茶の花は妻を思はしむ墓にま近き畠なかの道

黄なる脚しづかに運び水の辺を白き鳥来る人恋ふるごと

枯葦のなかより現はれ黄なる嘴《はし》は一瞬輝く雫を垂らす

みぞそばのほのかなる花かなしみぬ川霧さむき水辺におりて

夕寒き水の辺を来ぬきれぎれになりて漂ふ葦かぎりなし

飲み余ししサルノコシカケの澱にごる壜を手に取るけふの忌日に

ひとりひとりにあき足らぬ心持つといへど子らすこやかに年暮れむとす

おのもおのも遊ぶせきれい相呼びて集ふ時ありみぎはの石に

あとがき

私は、昭和三十九年に歌集『町かげの沼』一冊を出しただけで、あとはまとめるのを怠って来た。このたび現代歌人叢書に加えていただくことになり、右の歌集から選ぶのはやめて、それ以後の作品から昭和五十三年のものまで五二七首を選出した。それを「海山」「水辺」「夏の落葉」と三つに分けたのは、それぞれの時期に、そういう歌集名をひそかに考えていたからである。

今読み直してみると、同色の歌が多く今更ながら歌境の狭いことを歎かざるを得ない。この貧しい歌集に畏友細川謙三氏が解説の労を取ってくださったことを感謝申し上げる。

昭和五十六年二月十二日

宮地伸一

潮差す川

目次

昭和五十四年
春の曇　一四七
太安万侶の墓　一四八
茅場町三ノ十八　一四八
華麗なる銀河　一四九
昭和五十五年
蒲の穂　一五一
湖の光　一五二
潮差す川　一五三
昭和五十六年
水のたゆたひ　一五五
五味和子夫人追悼　一五九
松山行　一六〇
丸山ワクチン　一六〇
昭和五十七年
輝く入江　一六一
土屋テル子夫人　一六三
明月記　一六五
五味保義先生を憶ふ　一六六
伊勢の一日　一六六
身辺　一六七
昭和五十八年
返り花　一六九
粉雪降る夕べ　一七〇
みちのく　一七二
大友皇子像　一七三
ミサイル　一七四
昭和五十九年
蒙古斑　一七五
樋口賢治氏一周忌　一七七
出雲崎　一七七
あとがき　一七八

昭和五十四年

春の曇

妻を憂へこの坂を上り行きしかな青葉はそよぐ春の曇に

病院の窓見ゆるゆゑ青葉の坂上り行くことを我は好まず

この母に感謝して妻のみまかりしことを思へば心やすまる

洋傘の紐に片仮名の縫取りありささむとしつつ妻を思へり

鞄のなかに文庫本常にひそめおく少女となりしは我の喜び

町の訓練に若きは出るを好まねば父われが出づポリばけつさげて

朝かげの富士がたちまち煤煙に隠るるさまは昨日も今日も

人来ると言へばやむなく畳の上おほひつくすをかたはらに積む

遅刻することにも慣れて出で行くか一年のんきに浪人の後
居らざればのぞく彼《かれ》の部屋言ふべからぬこの乱雑は父も及ばず
ドイツ語の教科書がないと引つ搔きまはす彼を見捨てて朝を出で行く

太安万侶の墓

あへぎあへぎ茶畑のなかを登り行く白きテープの導くままに
きのふ降りしはだれ消《け》残る丘の道人絶ゆるなし墓をたづねて
風吹けば揺れだつ青きテントのなか木炭積める墓壙あらはに
おくつきの前の赤土に散りぼへる木炭の破片も尊み拾ふ
癸亥年《みづのとゐのとし》七月六日卒之《そつす》の下よはひ記さぬことを惜しめり

茅場町三ノ十八

茅場町三ノ十八は此処なるか駅前の広き自転車置場

左千夫の歌碑建つる企ての会ありてけふ久々に五の橋わたる

首都高速七号線は竪川をおほひ尽くしてなほも伸びたり

大島町の旧居の跡は首都高速に沿ひ立つ団地に囲まるるなか

「感動を越えし変化」と詠みましき十七年過ぎなほ変化しやまず

文学に師弟はないと言ひたまひこの石に門人としるすみ心

雨を好みし左千夫を言ひてけふの雨を喜びたまふ言葉めでたし

華麗なる銀河

槍が岳肩の小屋よりの汝が電話華麗なる銀河の下に寝るとぞ

登山して信濃より帰り来し夜半はギターを弾きてはばかることなし

あざやかに今宵昴《すばる》も輝けりかうもり飛びかふ水の上の空

うひうひしく出でし蒲の穂つつきやめぬ鳥あり緑の羽をひろげて

夕潮はみるみるうちに川ぞひの黄に枯るる葛もひたさむとする

病む雁の歌を詠ましし このあたり団地つらなる川をはさみて

朝のしたくにてんてこ舞なるその祖母を気にかけずしてピアノひく音

老いし母は朝よりはやも疲れをり大根おろし作りしのみに

わが家の大学生二人ねそべりておのおの手にせるは漫画本なり

病む妻にたまひし菓子をまた賜ふ思ひ出すことなかれと言ひて

冬の日差浴びつつ思ふ短かりし一生に示しし心かぎりなし

亡き人と思ほえぬまで或る時の妻のしぐさのまざまざとして

飯炊ぐすべをあらたに知りたりと八十一の母のつぶやき

簞笥の中にかびふく煙草を見出だしぬひととき妻の試みしもの

昭和五十五年

蒲 の 穂

年越しの夜を睦めるうからのなか汝が声せぬも四年目となる

青物の値の高きこと嘆かへば老母と我の心は通ふ

買物かご持ちて店先に立ちどまる主婦らに一瞬まじるわが妻

水の辺に坐れる我に近づき来るかもめの息のきこゆるごとし

輝きて波寄る岸にけさ多くおり立つかもめ我を囲みて

今年また蒲の穂わたのはじけ飛ぶ頃となりたり思ふことひとつ

幼くて汝がかしづきし人形の髪失せたるをしみじみと見つ
川の上を這ひゆく霧はおのづから支流にも入る二分れして
蛙の声はおほかた知れど天の川見し者はなしこの教室に
いそいそとこねて天火に焼きしもの失敗よと言ひ父に食はせず
予感持ちて索引ひくは心楽し国歌大観も茂吉歌集も

湖の光

赤彦のみ墓への道手に取れば帰化種にあらずこのたんぽぽは
昔見しままに見ゆれど年々に濁れる湖は狭くなると言ふ
赤彦のみ墓のめぐり木立茂りいつ見ても寂し湖《うみ》の光は
わびしかりし少年の心よみがへる守屋も鉢伏も雪いただきて

雨漏りする柿蔭山房となりしさま君淡々と語りたまへり

潮差す川

葦原も潮差す川も夕映す行々子のこゑ高まるときに

ほほけたる春の野げしに囲まるる枸杞の芽摘みぬ固くなれども

妻あらば歎かしむべきことのみとそれぞれの脱ぎし靴を見て立つ

しづかなる音流しをりおのづからベッドの眠りを誘ふといふか

大学生二人の学費を振り込みし通帳手に取り見るはいまいまし

今年早く姿見せたるユリカモメ蟬鳴かざりし川のほとりに

やかましく鳴きし蛙を懐しみ椋鳥群るる埋立地に来つ

手折り来し葦を生けたり紫の花序の小花の揺れやまなくに

時すぎし楤《たら》の芽売ると手に取れば保存料合成着色料ああ

瓦斯の火をひとり占めして本読み読み作りし汝が菓子食へたものならず

いろは順の字引ないかと母の問ふ手紙かくは年に一度か二度か

魚のにほひ漂ふ餡屋横丁に色染めぬたらこけふは求めつ

日本を恋ひ日々読みつぎし万葉集捨てよと言はれ惜しみ捨てにき

すれちがふトラックの上にドリアンのしるく匂ひしこともなつかし

スコールの雨すぎしあと雫せるコーヒーの白き花かなしみき

思ひ切つて買ひ来しものをわが子らはにほふパパイアを食はむともせず

辛き辛きもの食はすかな記されし数字を母の読みたがへたり

はさみ込みの広告に知りこの墓を見に来し妻か幼子を負ひて

わが墓の上に落しし鳥の糞かすかに赤き種子をまじへぬ

亡き妻の肩の辺にありし黒子《ほくろ》など思ひ浮べて寝につかむとす

子どもらの部屋をめぐればそれぞれに買ひ来しものをそれぞれが食ふ

見るかぎり坂覆ふ落葉踏みて行くプラタナスいちやう欅の順に

はちきれむばかりにふくるるわが鞄歌稿答案いづれをば見む

漱石の「こころ」の後にわが少女の読みつぐものは「美徳のよろめき」

バスタオル誤り使ひし父われを子ら口々に非難しやまず

昭和五十六年

水のたゆたひ

冬山の遭難幾つも伝ふる声聞きてかまはず汝の出で行く

「奥白根かの世の雪を輝かす」けふの元日に汝が立たむ山
ほこりかに汝は告ぐ元日の山頂に星消えし後のオレンジ色の空
ピッケルを磨きしあとは無遠慮にギターを鳴らす夕暮るるまで
心楽しく歩み来りぬ光みだるる運河のほとり二月のひばり
きほふこともなかりし一生顧みつ枯葦にほふ水のほとりに
夕焼の色をたたへて逆流となる時のまの水のたゆたひ
野菜さへ甘きが幅を利かす世か青首大根好まねど買ふ
妻の靴はここにありしかかかと高きも低きもなべてかび吹けるまま
川上に今造る団地連なりて見難くなりぬ丹沢も富士も
けふ来れば木母寺もかく移されて首都高速の下にひそまる

潮引きてしるくにほへる水の辺をよちよち歩くは雲雀ならずや
目の前の蒲につかまり鳴きたつるよしきりは意外に美しき鳥
木根川橋あさあさを行く川上の新四ツ木橋に心ひかれて
ひたひたとデルタ地帯をのぼりくる夕潮の川二つ渡りぬ
したしみて朝夕に見るコンクリートの川辺にひと本生ふる真菰を
木下《きね》川より木根川へ橋を渡り来ぬ放水路成りて分れたりとぞ
この国の最も汚き川と言ふ朝な夕なに見おろして行く
赤き月を今映したる曳舟川断片となりここに残りぬ
ビルの間のけふの夕映はあらはにも姿変へたる武甲山を見す
放水路越えしばかりにわが住める町と異なる水の味はひ

見るかぎり鴨たむろせる川のなか鷗はぽつんと渚を歩く

爆音をつらねて走る列に出会ふわが関はりし者もをるべし

ポケットより計算機を出し指打つさま教師の世界もいたく変りぬ

すさまじく氷渦巻きをりといふ土星の輪をば思ひ寝むとす

店より店へ連れ立ちめぐる本を探す楽しみを汝も覚えたるらし

引くを好まぬ辞書といへども止むを得ず懐中電灯持ちて立ち行く

妻あらば心つくさむ嫁ぐ日の近づくものを茫茫とゐる

この家の最後の夜と惜しむにも本人に何の感傷もなし

朝々の予報を見つつ心引くはあらたに汝が住む仙台の気温

今となり心に沁みぬ姓を変へて初めて寄こしし娘の手紙

ロゼットのなかに隠るるばかりにて冬至の日にも咲けるたんぽぽ

年寄りのけちの心の見本とも柚の乏しく浮ける湯に入る

寒き寒き一日なりき夕べの菜を何にせむかと母の煩ふ

鴨多き夕べの川を渡り来て支流を見れば一羽だにゐず

五味和子夫人追悼

空わたり来ます亡きがらをただに待つ夜となり気温のゆるむ羽田に

涙ぬぐひていまししし姿忘れめや父葬る日も妻のその日も

心疲れとげとげしくなる夫君をも理解して長く従ひましき

看りあひいたはりあひし果にして先立ちたまふ夫君をおきて

車椅子の君は今しもみ柩に寄りて別れの花置きたまふ

松山行

今画きしばかりとも見えみづみづし「西洋リンゴ一日本リンゴ四」

赤き鳥居に赤き幟のはためけり今ありやなしやと子規も詠みにし

榎の下にお袖狸を祭る祠けふ詣づるも子規のえにしぞ

丸山ワクチン

いつまでも眼を去らずうなだれてしやがめる丸山博士の写真

かのワクチン求むと長き長き列にありし堪へがたき心よみがへる

待つ人々互ひに心の通ひたりき朝早くより遠くより来て

希望あれば丸山ワクチンも打ちますよと若き医師言ひき今も感謝す

いくばくの効果ありしかありしならむ丸山ワクチンもサルノコシカケも

昭和五十七年

輝く入江

「荒川の自然を守る会」よりの誘ひあれば来ぬ寒き堤を

目的を持てる如くに列なりて鷗は歩く干潟のうへを

一斉に鷗とびたつかたはらに鴨ら日を浴び動くことなし

わが近づく音をききつつぎりぎりの時まで飛ばぬひと群があり

冬の日の輝く入江に声ひそめ数かぎりなし鴨とかもめと

鴨のためこの葦原を残せるか鉄橋のわきに猫の額ほど

数ふれば八枚着るとつぶやきて風吹く夕べ母の出で行く

ただ一度妻と旅行き採りしもの冬を耐へたる金剛山のあざみ

庭すみにころがる父の火鉢なども けさ降る雪に埋もれはてたり

職員令《しきゐんりやう》に番長の語を見出だしぬ再び使ふは千年あまりの後

我に来る時に持ち来し雛を飾るそのほほゑめる写真の下に

やる気なき娘たのまず今年またわが取り出して雛を並べぬ

幼かりし子らの作りし紙びなもかく丁寧に妻は蔵《しま》ひし

火星土星木星金星きそひ輝く夜明けの空を水星は見えず

堤防の工事をはばむ家ひとつそのめぐりのみ葦も刈られず

この入江の鴫も去りぬハルジョオンの花すぎて今ヒメジョオンの時

買ひしのみに読む気力なし「機械オンチに捧げるパソコンブック」といふ本

三島より太宰に心の移るらし乏しき小遣に買ひ求め来ぬ

父我を承《う》けし乱雑と諾へど煙草の匂ひもこもる部屋となる

嫁ぎ行きし者を哀れむ母の声をただに欲りする時もあらむに

わが娘が告白をせり牛も馬も蛇もうつつに見しことはなし

見るかぎりここに群がりし鴨らゐず雲雀は高くほしいままに啼く

病院に帰ると妻は立ちてゐき歩道の脇のこの石のうへ

心ゆく出来ばえならず菓子焼きし後こもるらしおのれの部屋に

ハウス物と露地物と胡瓜の異なるをけふは知りたり店に来りて

土屋テル子夫人

若く初めてまみえし時に夫君の気短かなるを注意したまひき

千葉行きは水色の階段のぼれとぞさやけく響く声に従ふ

ひたすらに悩める汝か枕もとに就職情報幾冊も置きて

髪刈りてこざつぱりとして出で行きぬけふは二つの会社訪ふとぞ

高校に出で行きし汝のベッドに見つ「間違ひだらけの生き方」といふ本を

文学散歩といふものを馬鹿にせし我が百花園に来ぬ講師となりて

下宿せし子規の時より九十余年今も店あり高速路の下に

団子屋はけふ休みにて会はてし人々にぎはし桜餅の店に

一国の退廃が直ちに学校にまざまざと及ぶさまを見て来し

昨夜の会に楽観的に述べしものを今朝は読む非行のふえしといふ記事

このバカがと心に思へどビール持ちて近づき来れば声をかけたり

末の子もをとめさびたり或る時は母とそつくりの表情を見す

四つ玉をうとめる母がのろのろとはじく音する寒き厨に

代らむと言ふを拒みてあまたたび針の目にいどむ母八十三

おほつぴらに吸ひ始めしを非難する祖母に言ひ返す「俺は二十三だよ」

杭の上に冬青き草はぎしぎしか夕べの潮に囲まれながら

明　月　記

ミレーの絵に並べる列は見すごして定家の書をば見むと来りぬ

ガラス越しに読む明月記年老いて筆跡力強く見ゆるもしたし

中納言を望む定家の申《まう》し文《ぶみ》塗りつぶし塗りつぶし書きしこの文

その肉筆見しばかりにて思ほえずけふは立つ俊成を祭る祠に

逝く春の光に潮のにほふ道早くも花序を枯らす草あり

五味保義先生を憶ふ

去年はここに夫人葬ると車椅子の上に涙を拭ひいましき

苦しみ長き一生ともまた幸《さきは》ひしみ命とも思ふうつし絵の下

「何をしてゐるかねえ」と或る日言ひましき遠く離れて病める夫人を

五味先生作りたまひし紙縒の束灯の下に手に取るも悲しく

厠に行くと一寸刻みに歩みたまふ姿まもりて堪へ難かりし

伊勢の一日

この国の秋のしたしさ刈り取りてガードレールに乾し並べたり

此処にまた凄まじきまでせめぎあふ葛と薄と泡立草と

拝みしのち足踏み入るるならはしの一画も既に滅びしと聞く

疱瘡病み若くみまかりし斎宮と聞けば沁々とみ墓をめぐる
斎宮のみ墓を囲む甘藷畠颱風すぎて暑き日の差す

身　辺

人形展見に行くと朝よりそはそはす八十三の我が家の童女
あたふたと老いし家刀自帰り来て蒲団の上の猫を蹴とばす
入歯すれば十若く見ゆる年寄りが入歯はづして十もふけたり
一度目は入歯忘れしわが媼二度目は無料の券取りに戻る
この家をひとり守れる年寄りの繰り言聞くべき夕べとなりぬ
秋の日差にほし並べたりまん中におのが二布《ふたの》をでんとひろげて
髪洗ふと立つ少年がこの流しで入歯洗ふなと祖母に注意す

灯の下に今宵真向ひ酒飲めば良きかなこの息子といふもの

受売りのままに息子に警告す日に二十本二十年の後を

夜半過ぎて門叩く子に起きて行く鷗外の或る言葉思ひて

酒気おびて夜半に帰り来しこの息子童貞なりや否やは知らず

会社訪問近づけば髪を刈ると言ひ雨降るなかを出でて行きたり

わが部屋をそつとあけたる幼な顔舌打ちして巨人の敗るるを告ぐ

両隣の学生いづれもひろぐるは裸の女の出てくる漫画

今朝の夢にほの見し汝を哀れみて手触れてゐたりすひかづらの花に

かの子規の如くこゑあげ泣きたしと涙ぐみ言ひき六年過ぎたり

長からぬ生《せい》を終へむとする前にぽつんと言ひきしあはせよと

七回忌迎へむとする妻に宛てて母校への寄附を促して来ぬ

炎たつ妻の骨をば見ざりしを安らぎ思ふ眠らむとして

首相は歴史観持てと今朝の社説己が意見など持つ人なりや

文部省の小役人憎し著者会社更にくちばしを入れる外国も

水の上におそく昇れる赤き月惑星並ぶはこの夜明とぞ

天暦以来の惑星直列を仰ぐときノストラダムスの予言恐ろし

一九九九年に起るべき大戦争までわが命あれや

昭和五十八年

返り花

一族のみ墓寄りあふ中にしてしたしなつかしわが知る四人

歌ばかり作る保義は困り者と言ひし叔母君もここに眠れる

み墓べに赤きつつじの返り花また丸き実を垂らすえごの木

君を悼む文書き終へぬ在りし日に縒りて賜ひし紙縒《こより》もて綴づ

少年の日より眺めて見ばえせぬこの湖と山かぎりなくしたし

粉雪降る夕べ

注《つ》ぎあひてビール一本を今宵飲む八十四歳の母の誕生日

辞書どもはみづから行方をくらますか積み上ぐるなかに茫然とをり

明けがたにタバコないかとわが部屋に入り来し息子を追ひ返したり

妻の草履惜しみて母が履きおろす赤き鼻緒にためらひながら

魔女の如き姿となりて袋かかへ粉雪ふる夕べ母の出で行く

「死ねばいいんだろ死ねば」と叫びし晩年の或る夜の父を寂しむ今も

「命つてなあに」と問ひてあどけなかりし表情思ふ雛を飾れば

こんな味だつたかと思ひなつかしみマンゴーを食ふ四十年ぶりに

マンゴーを食へば思ほゆかの島に転進をして命死なざりき

「お好み焼漱石」の店今もありやしたしき町に今年また来ぬ

坊つちやん団子の品評もして君が家に楽しき時の早く過ぎ行く

朝よりの霧晴れ行かずはびこりし紫かたばみは花閉ぢしまま

「沈黙の春」はまだ来ず東京にかくも雲雀の鳴く空があり

投票にも行かずそれぞれ音楽を流しをり我が家のノンポリ二人

運河の上にひた啼く雲雀ある時は工場地帯の上空に来る

水のほとりを歩み来りぬいきほへるたんぽぽは皆渡来種ならず

この土地も泡立草は侵すと言ふたんぽぽを見れば日本種なれど

ファッションショーの世話やくと一人の出でしあと一人帰り来コンピューターに徹夜して

七年は過ぐといへども枯葉おほふこの土の下の妻忘られず

箱根より先は知らざりしわが母が老いて歩めり四条河原町を

このみ寺に妻と来し日もはるけくて老い衰へし母とけふ来ぬ

大原に向ふ車中に楽しげなり建礼門院も母は知らねど

みちのく

一面に春の野げしの黄なる花おぼろけ川を渡らむとして

ここもまた観光名所の一つとなる茂吉先生詠みたまへれば

無住となり久しき寺かかび匂ふ畳にねずみの糞多くして

荒れはてしみ寺の裏の心字池ひとつわびしき睡蓮の花

梅雨曇さむき多賀城の丘に立つ大伴家持の一生思ひて

遠ざけられ薩摩に赴きし年もありき老いし果にはこのみちのくに

長く長く歌をも詠まず年老いてここに赴任せし心をぞ思ふ

持節征東将軍といへど鬱々と日々楽しまず過ぎしならずや

石碑に記す天平宝字六年には因幡守家持は京に帰りき

大友皇子像

壬申のいくさの後にもこの寺はひそかに皇子の像を伝へ来ぬ

内陣の暗きに永久《とは》に坐したまふ眸大きく赤き御衣《みけし》着て

懐風藻に魁《くわい》岸《がん》奇《き》偉《ゐ》と記したれど愁へを含むこれのみ面は

母卑しき故の負目を一生持ちて戦ひ敗れし皇子かと思ふ

若く雄々しき大友皇子の像を拝し白鳳の屋根瓦今ぞ手に持つ

ミサイル

ミサイルを浴びつつなほも飛び続けし四十秒のまの人の心よ

細き細き下弦の月にてありしかば撃たれて暗き海に沈みき

否定よりつひに撃墜を認むるまで六日費すこの大き国

チエホフをトルストイを生みし国といへど死者を悼まむ言葉すらなし

海深く落ちて音波を放ちゐしものも停まるかこの二三日

昭和五十九年

蒙古斑

包めるを腕に受けたりふはりとせるこの感触によみがへるもの

むつき換ふる手さばき見ればおのづから思はざらめや汝が母のことを

蒙古斑背にもひろがるを一目見て心足らひて別れ来にけり

戸締めせるあとに帰り来し弟に舌打ちしつつ兄の出で行く

成人式より帰ればわが子もひろげ居りマンガ世代と言ふにやあらむ

元日の山頂に立ちし感激を言ふとも親の心には触れず

三十五度のマニラなりしと面焼きて雪降る東京に汝帰り来ぬ

店頭に臭ひも失せて積まれたるドリアンを見つ四十年ぶりに

一瞬の安らぎに青き実の垂るるドリアンの園行きし思ほゆ

気まぐれに折々猫を飼ひて知る猫にもはつきりと知能の差あり

体当りしてドアあける工夫などこの猫にいくら教へてもダメ

子の弾けるギターのそばを離れぬ猫バッハを好む猫なりと言ふ

甘藷さへ着色せりと驚きて母の言ふこゑ寒き厨に

バカチョンカメラといふを構へて抱かるるみどりごの笑ふ瞬間を待つ

厨の物気ままに母の移せるを捜しつつ思ふ妻も歎きし

明日のための米磨ぎし後入歯はづして安らふ母よ八十五となる

些細なる孫の事どもいつまでも気にして気にして母八十五

進み行く世とし言ふべく万葉集かくも漫画の一冊となる

スコールに銃をかばひて行きしかなバナナの林マニラ麻の林

樋口賢治氏一周忌

五味夫人の棺送ると雪の庭にしょんぼり立ちゐし姿忘られず

手も握つてくれなかつたと亡き人を沁々と言ふこのひとも老いぬ

歌舞伎町の夜のにぎはひも見むとせずそそくさと人等帰り行きたり

出雲崎

弟の大酒飽淫を戒めて書きしるすこの豊かなる文字

橘屋の屋敷跡ひろし苦しみて封建の世を生きし人々

煩ひより逃れむと若く出家してさらに煩ふことなかりしや

出雲崎の二つの町の争ひごと明治の代にまで及びしと聞く

この山のみ寺にくわりんの一本あり黄なる木《こ》の実を雪に落として

あとがき

私は戦後このかた東京都のなかでも千葉県に近い葛飾区に住みついた。今は東立石という地名に変ったが、もとは本田川端と言った所で、中川の流れに沿った小さな工場の多い下町である。五分も歩いて橋を渡ると奥戸であり、その先に細田という所がある。実はこのあたりが、昭和四年に「よひよひに露ひえまさるこの原に病雁《やむかり》おちてしばしだにゐよ」という斎藤茂吉の例の「病雁論争」のもととなった一首のできた場所である。茂吉の「自作『病雁』の歌の弁」を少し引用してみよう。

> さうしてゐるうち、僕は奥戸《おくど》の先の方の村に往診に行つた。（中略）行つてみると、荒川があり、江戸川があり、その川べりにはいまだ芦群の広く繁つてゐるところが幾ケ所も残つてゐる。それのみではない。上空をば雁が啼きながら通つて居る。これは東京市街の上空を避けて稍逸《そ》れた方嚮を取つて飛んでゐるらしいのである。

それから半世紀以上たって、今は景観がすっかり変ってしまった。勿論雁も飛来しなくなった。しかし幾らかはまだ芦群も残っていて、鴨や鷗はやって来る。時にはよしきりや雲雀の声も聞く。この歌集を『潮差す川』として、同じような光景を繰り返し詠んでいるのは、みずからあきれるほどであるが、職場への往還に絶えず眺める堤の道の属目であるから、止むを得なかった。作歌の世界がそれだけ狭いのである。

外界の属目だけでなく、家庭内のことなども繰り返しが目立って面はゆい思いがする。とにかく己れの狭い領域を守りすぎた感のあるのは否めない。

本歌集は、『町かげの沼』『夏の落葉』につぐ私の第三歌集ということになる。歌集を出すという意欲にも乏しい私を鞭撻してくださった短歌新聞社の石黒清介氏と高瀬一誌氏に感謝申し上げる。

昭和六十一年十一月十日

宮地伸一

葛飾

目次

昭和五十九年
夕　川　一八七
歌会のあと　一八七
待宵草　一八八
木　星　一九〇
昭和六十年
紐赤き靴　一九一
夜半を降る雨　一九二
わが生徒　一九三
縞　帳　一九四
わびしき島　一九七
吉崎にて　一九七
手に取れば　一九八
日常断片　二〇〇
昭和六十一年
水海ふたつ　二〇一
冬の川　二〇二
小さき靴　二〇三
地平の雲　二〇四
香久山　二〇六
月　山　二〇八
昭和六十二年
わが嫗　二〇九
魚　島　二一一
川ぞひの道　二一二
蜜柑の花　二一三
一　瞬　二一五
アンドロメダ銀河　二一七
昭和六十三年
青き水　二二〇
川沿ひの街　二二一
人間良寛　二二三
渡来種　二二四

瀬波の街　二二五
人工池　二二五
変りゆく島　二二七
八月十五日　二二七
人麿岩、埋め墓　二二九
老いらくのはて　二三一

昭和六十四年（平成元年）

長き岬　二三二
冬の銀河　二三二
改元　二三四
秩父行　二三五
九十の母　二三六
銃姦　二三九
諏訪行　二四〇
不忠柳　二四〇
諏訪・室津附近　二四一
デボン舎の跡　二四三

平成二年

角館　二四四
冬のたんぽぽ　二四五
よしきりを待つ　二四六
上海、蘇州　二四八

平成三年

大江山　二五一
土屋先生逝去　二五二
独裁者　二五三
電話のセールス　二五四
落合京太郎氏　其一　二五四
カタカナの名前　二五五
落合京太郎氏　其二　二五六
水辺　二五六
梅雨雲の下　二五八
あらがねの土屋文明　二五九
追悼柴生田稔氏　二六〇
孔雀の園　二六一

平成四年

十二月八日、十日　二六一
ああ五十年　二六二
秋　山　二六三
追悼熊谷太三郎氏　二六三
柴生田氏を思ふ　二六四
春寒き島　二六五
辞典、表記　二六六
丸山ワクチン　二六七
休肝日　二六八
子規を語る　二六九
安らぎ　二六九
平賀元義の墓　二七〇
最上川源流　二七一
生活抄　二七二
クッタラ湖　二七三
「あずさ」に乗る　二七四
後　記　二七六

昭和五十九年

夕　川

歩道橋を歩み来し犬とすれちがひ向ひに降り立つまでを見てゐし

祖母《おほはは》のランプのほやを拭ふ話子等はうとみて聞かむともせず

夕川は潮満ちみちて杭の上のぎしぎしは今浮草となる

泡立草と葦群とこの土手下は互みに侵さず平行をせり

左千夫先生の曾孫の君がはにかみて手に引けば光る歌碑現はれぬ

歌会のあと

歌会のあと赤坂小梅の唄を聴く進み行く世と言はば言ふべく

今宵宿る客の拍手に迎へられ足もたもたと赤坂小梅

つつがなく入歯はづさで歌ひし人呼び戻されてまた一曲歌ふ

古泉千樫生家。弟の未亡人八十五歳が残りて守る。

足弱れど頭はぼけず千樫のもの持ち出ししままの人の名を言ふ

さりながら千樫がつひに返さぬ物たとへば自筆の「竹乃里歌」

山桃の枝垂るる下に春日淡し千樫夫妻のおくつきどころ

墓の名も見え難きまで苔むしぬ春の彼岸のけふも花なし

赤彦の追悼文さへ書かざりし心思ふ千樫の故郷に来て

安房の人々敬ふ心はよしといへど千樫餅などといふものもある

待宵草

荒々しく雪残す北壁も春のひかりに息づく如し

新緑の裾野のはてのこゑしたし一つ間遠に郭公《くわくこう》の鳴く

名和長年懐かしくして僧兵ののろしを揚げし山の上に来ぬ

橅の木の自生林より高く位置し南を占むる黒松林

黄昏の我のめぐりの待宵草次々に開くかすかなる音

待宵草おのおの遅速のありながら朝は花びらの色変りゆく

黄のままの蕊《しん》を残して花びらの縁《ふち》よりひろがる淡き朱の色

寝入りばなの父を起こして外に待つタクシーの代金汝は払はす

汗拭き拭き一瞬手もとを見る投手乱数表使用は今日までと言ふ

回顧型の人間としも思はねど摺鉢山に登る子規を偲びて

親子六人この店に何を食らひしや夏の終の浅草に来て

つまらなさうについて来る娘浅草にあこがるることも無き世代にて

今朝の事も忘るる老母浅草の凌雲閣の話は詳し
わが掃きしあとを掃きをり姑《しうとめ》の時の意地悪は忘れぬらしく

木　星

コンピューターの夜勤なき日を安らへる汝か天体望遠鏡を裾ゑて
ファインダーにふんはり浮ぶ木星の動きは驚くばかりに迅し
レンズより木星すばやく姿消しぬ四つ連なる衛星残して
厨より焦げくさき匂ひ漂ひ来けふは二度目といふ媼のこゐ
小さき指が目盛りまさぐりしままなるか出来損なひの飯をけさ食ふ
玄関の鏡にネクタイを見直して会社人間も二年目に入る
三度四度声かけてやうやく起きし子がネクタイを結ぶ飯も食はずに

ほしいままに言ふひとりごと聞きとがめ隣の部屋の母が物言ふ

思はずもひとりごと言ひ言ひしのちにおのづから思ふ晩年の父を

彼《か》の部屋に出勤ののちもしづかなる音流れをりしばらくのあひだ

昭和六十年

紐赤き靴

藺を乾す臭ひは忘るるものならず岡谷も下諏訪もいたく変はれど

品のよき媼となりぬ半ズボン穿きし転校生の我を記憶して

代用教員の奔放を今は笑ひたまふ修身はいつも啄木の歌

せせらぎの音絶えまなきこの坂道通ひ学びき五味家の人々

具体的にかをりの差をば示さむとまるめろを置く花梨《くわりん》のそばに

ことごとに嘴容るる嫗なれど寝たきり老人になるよりはよし

にこやかに土屋先生と語る姉妹を見き二年ののちにその二人亡し

雪崩の起きる山ではないとコース示しあわただしくも子は発ち行きぬ

ヘリコプター飛ばす不孝をするなかれと一言いひぬ靴はく汝に

紐赤き靴脱ぎ捨ててあるも安し元旦登山より帰り来りぬ

夜半を降る雨

雨降らぬ歎きを聞きしこの町に宿れば安し夜半を降る雨

白装束守るといへど今の世の遍路は次々にタクシーに乗る

特攻隊の祈願の文字もあはれなり四国八十番のみ寺の門に

日を浴びて重なりあへる絵馬の一つ「なわとびが上手になれますように」

埋め立てて工場連なる片隅に沙弥島はわづかに緑残せり

きさらぎの寒きあけ方あるかなきかの輪《リング》伴ふ星ひとつ見つ

期限までひと月残すを書き始め締切過ぎし文には向はず

青山に宗吉少年を一度見き三十三回忌の今日の白髪《しろかみ》

足の踏場もない汝が部屋かコップ並べ灰皿はどれも堆《うづたか》くして

ポケットの物ごそごそとさぐれるは老に近づくしるしなるべし

わが生徒

縁日に采配を振るこの顔役昔教へしわが生徒なり

おのが子を歎き言ふことばその父のかつて嘆きしさまに変らず

頬に指を当てて一点を見つめをりすでに少年の表情を持つ

いくばくか還る金あるは快し申告すまし し税務署を出づ

魚遊ぶ川を渡ればつぎの川は魚すまずして臭ひ立つ川

この家に迷ふことなく帰り来ぬと嫗の誇るごとき物言ひ

春日浴びあまたさがれる絵馬のなかに心ひく一枚のハングル文字は

気がつけば手に傘のあり晴れし後もけふは忘れず帰り来にけり

縞帳

日下部《くさかべ》といふ駅の名も変へられぬ愚かしき戦後の見本のひとつ

暗号書抱きて海に飛び込みきこの町出身の兵なりし君は

全軍の暗号書一斉に変へたるは一等兵の彼の投身に因《よ》る

「志願で来るよなバカ」と自嘲して歌ひたりき面立ちはまだ少年にして

その若き妻をば恋ふる寝物語いくたび聞きし暑き兵舎に

たづさへて海に沈めし暗号書のその赤き色今も目に立つ

年々に薄るる記憶ドリアンの青き実無数にさがりゐたりし

ドリアンもマンゴスチンも知らぬ子規思ひつつ食みきかの暑き島に

マレー語の語法も曲げて日本兵と話す少年哀れみしものを

乱数表に解きし電文広島の阿鼻叫喚のさまなりきああ

第一報は特殊爆弾次の日は原子爆弾と変りしも知る

万葉集以後の家持の歌一首心ときめく今朝の夢なりき

吊皮につかまり見れば右も左もハダカの女の出るマンガ本

肌焼かむためにマニラに行くと言ふ君子危ふきに近寄るなかれ

小遣ひを父に無心してなほ足らず土産は一枚のペソ紙幣のみ

汝曰くマッターホルンの麓にて二人のみなる式あげたしと

見おろして食ふ気になれず汁椀のなかに目をむく大いなる蟹

花粉症に苦しむ汝を怒らしむ杉野花子とわが呼びしかば

木下川《きね》の植木市はまた雨となるわがさだまさしの歌の如くに

天台座主といふ語忘れて言ひよどみ慈円、愚管抄の名も出でて来ず

カルチャーセンターばかにしながら赤彦の一首ほめてけふの話を終へぬ

このあたりに置屋ありけむ宇野浩二の小説の夢子面影に立つ

今井邦子といふ人につひに会はざりきこの坂の家にみまかりしとぞ

赤彦全集に載せざりしものよみがへる軒高き家見つつくだれば

わびしき島

山の上の寂けきみ寺と恋ひ来しにあま茶づる売る本堂のはしに
かの島も枯れたる松の多くして立つ灯台は人の背丈ほど
船を下《お》りわびしき島を巡り来て入れる茶房は都会の匂ひす
二人の旅波止場に見送る島人のうしろしづしづと葬列通る
千本格子の三階建ての家並ぶ島の栄えしあとをとどめて

吉崎にて

三度目の妻を綿々と悼み記す文明十年九月の御文《おふみ》
この吉崎に上人慕ひ来て妻となり苦しみて短き一生終へにき
西行作と伝ふる拙き和歌をほめ芭蕉はここに句を残さざりき

芭蕉自筆の題簽《だいせん》剝がれしを手に取りぬ流るる如し「おくのほそ道」の文字

素龍本こはごは手に持ち巻頭の「月日は百代」の文字をまづ見つ

　手に取れば

手に取れば樋口一葉の小説まで注釈多き口語文となる

首曲げてアタプチュ、アプクエなどと言ひしばし間《ま》をおくこの一歳児

白峯の陵《みささぎ》の前の西行像その赤き頭巾まぼろしに見ゆ

軒下の雨に打たるる怪獣どももてあそびしは今顧みず

渡来せしたんぽぽはびこる堤なれどここのみはすがし日本種が占む

明日香の浄御原の宮の十三年ハレー彗星を天皇は見しや

焦がしたるもの煮直してまた焦がす祖母を嗤ひて手伝ひもせず

輸血拒み子を見殺しにせし者の笑へる如き表情を見し

起すのが遅いと文句を言ひ散らし飯も食はずに出でて行きたり

つけ忘れの灯を消すと入れば枕もとに天文の書またヌード写真集

進歩発展変化もなしと食ふ物をけなして息子ら朝を出で行く

蘆花の日記読みてあきれぬ仮名遣をこの作家さへかくも守らず

しらじらと夜は明けそめぬオリオンのあとよりシリウスの昇る頃ほひ

すさまじと思ふまで今ひびき来る川原の虫も渡来種と言ふ

この谷に尾花なびきて泡立草ひとつもなきはあなすがすがし

物言はぬ父と子なれどもあざやかに輝くすばるを共に見て足る

明け方に帰り来し汝着替へをり声をかくれど答へむとせず

寝ねむとして目に立ち来たる蓼科の夜ふけの銀河美しかりき

けふ初めて杖をおろして路地を行く夕日のなかの母を見送る

甘え寄る猫を蹴とばすいきほひは八十六歳の媼ともなし

日常断片

神武綏靖安寧懿徳《いとく》…と繰り返し唱へみるとも今宵眠れず

核の冬も金属疲労も束の間の話題にすぎずビールつぎあふ

繁栄のなかのひづみを歎きあへど今の世は良しと言ひて別れぬ

墜落機に遺書かきし人よおのづから佐久間艇長を思ふも悲し

今の現実《うつつ》をいま喜ばむわが息子の二人に徴兵のこともなくして

昭和六十一年

水海ふたつ

世の移りに余吾湖の変るさまを聞く琵琶湖より水を引くといふことも

余吾の湖のほとりに寝ねてあかつきの月蝕はつひに見むとせざりき

山頂に今し立ちたり寄りそひてつひに会ふなき水海ふたつ

谷の奥にたづね当てたるこのみ寺ビールのあき壜庫のそとに置く

飲み足りしのちのみどり児舌をもてしばし乳首を弄ぶさま

いやみ言ふことも近頃少くて母の老化の進みゆくらし

それぞれの部屋にこもれどわが子三人今宵家なることの安けさ

既にして木星は海に沈みたりやがて沈まむハレー彗星も

枯草の堤に彗星を見むと来て子は語り出づ核シェルターのこと
贈られし杖を恥づかしと言ひもすれど今日よりまさに八十七の母
成人式にも行かぬ娘を寂しめり今の世のネクラの一人なるべく
袴下《こした》といふ軍の言葉のよみがへり目にありありと黒龍江の流れ
もろもろの索引豊かなる世となればいよよ仰がむ契沖を宣長を
この店は漫画本のみ青少年溢るるなかにひげ立つる人

冬の川

焼打にあひしこの駅ふた月を過ぎてもいまだ黒焦げのまま
天井も壁もくろぐろと焼けし跡電車来るときシートはゆらぐ
本を動かし坐る空間を作らむは面倒なれば人訪ふなかれ

約束せし日も過ぎたれど息子二人父には金を返さむとせず
時代異なると思はざらめや子等は皆股引を穿く父を軽蔑す
呆けそむるしるしならむか五十音に迷ひて辞書を引く時のあり
護岸工事終へて川上も川下も永久《とは》に葦生えぬ川となりたり
杭ごとに止まれる鴨よあたたかき日を浴みてみなまなこつぶれる
ハクセキレイ自在に飛べど冬の川に今年乏しき鴨を気づかふ
「老人と性」といふ記事あれば読む読みて心の足らふならねど
頭鋭き人ほどぼけも早しと言ふ聞けばいくらか心安まる
逃れ得ぬ晩年の姿幾つも見き尊みあふぐこの人もまた

小さき靴

玄関を明くれば小さき靴のありこもごもに泣く声の聞えて
分類も今はかなはずうづたかく積み重ねたるなかに起き臥す
これやこの音無川かコンクリートの壁の底ひに淀めるにごり
海原のはてに沈める黄沙のなか三つの島見ゆ魚島《うをしま》をなかに
ほのぼのと黄沙に霞むどの島も近づけば赤き松枯れの島
ひそかなる島の港に家寄りあふ指名手配の写真も貼られて
一つのみの島の旅館を占領して歌きちがひども夜を更かしたり

地平の雲

あけ方の地平の雲にハレー彗星つひに見えずと子は帰り来ぬ
削らるる香春の岳を昼間見き夕日に伊吹のあらはなる山

用持ちて来りためらふプッシュホンの電話にいまだなじむことなく

玄関をあければ小さき靴のあり廊下を走る小《こ》きざみの音

泣きながらその母を追ふ二歳児のメシ、カネ、ウルセエと言ふ日待つとぞ

妻のなき十年過ぎぬその間《かん》のわが生きざまを問ふ人もなし

権力をつひに手放しよぼよぼと今タラップをおり来るところ

古今東西どの女王も及ばざらむ逃れしあとの三千足の靴

店に見れば今の世の主婦ら買へる物茹でたる青菜また焼き魚

時間差あり起き来る子らの一人一人朝刊はまづテレビ欄読む

選歌なき十日のあひだのびのびとしたきに次々と予定外の仕事

仰ぎつつをるまに月の欠くる迅し「静かの海」も見えなくなりぬ

二日月より細きオレンジの月となり蝕甚はいま極まらむとす
郭公の鳴く高原を朝立ちてこの夕川によしきりを聞く
一面に柿の花散る道を来てよしきりのこゑひびく水の辺
二つの事並べてすれば一つ忘れ焦ぐる臭ひに媼気づかず
ひたすらに捜し捜して不意に思ふいま何の本を捜すにやあらむ
おせつかいを又言へるらしウルセエと言ひ返す声あさの厨に

香久山

椎の花しきりににほふ香久山の頂に近くどくだみの花
この祠の前に宣長も休みしか香久山のうへ草いきれ立つ
恋ひて来し香久山なれど山裾を侵しはびこる泡立草は

見上げながら白き鶏しきりに鳴き布留《ふる》のみ社人かげもなし

み墓掘られ木炭散りぼふさまを見き七年過ぎてまた詣で来ぬ

茶畑の山に舗装の道つきてベンチさへありみ墓の前に

早稲の香の漂ふ暑き道行けば安万呂茶と名づけ売る店のあり

東陵出でて西陵に向ふ暑き道茶山の奥にひびく日ぐらし

鍵かけて陵守る人居らずやくわん一つ置く机のうへに

この山の松を歎きしはいつなりしけふ入り行けば枯るる松なし

おごそかさ深まる山路ほそき滝に打たるる人を見てのぼり行く

山頂の古びし社に額づきて手に拾ひ持つ黒き羽ひとつ

遠き世のひそけさ保つ山ながらふもとの響き空を行く音

月山

街道の蕎麦屋の看板の文字したし「よぐござたなっすあがらっしゃえ」
鳥海山天《あめ》の真中《もなか》に浮き立てり左に月山はのつぺりとして
月山に向ふ車のなかに聴く結城哀草果の恋の話ひとつ
この山の八合目にいま降り立てど月山《ぐわつさん》といふ音《おん》になじまず
七月となりて残れる雪のうへ歩む雲雀はたちまちに飛ぶ
天高く雲雀の声す月山の雪はだらなる山原のうへ
弥陀が原雪残る道を登り来ぬ芭蕉等いづこに飯食ひにけむ
元禄二年六月六日の夕闇を芭蕉と曾良の歩むまぼろし
山頂に近きこの原の池いくつひそかに生くるものを哀れむ

語られぬ湯殿なれども金取られ有象無象が踏みのぼり行く

即身仏拝む婦人等を外に待つ月山の夏の雪を仰ぎて

この寺の即身仏はまことかも遊女にホーデンを切りて与へし

轟きて落ちくる滝は絶えまなく影を走らすかたはらの岩に

汝の後の十年にひとり煩ひ来ぬ子等の入学就職結婚

反抗期に入れる幼子カワイイネと言はれてカワイクナイと返事す

赤き電車二度三度見てまだ足らぬ二歳児と立つ踏切の前に

昭和六十二年

わが嫗

森のなかに遊ばむと来て木つつきのせはしき動作幼子に見す

泡立草ひとつも見えぬは快し甲斐より信濃へ向ふ車中に

杖を拒みて行きし嫗が辛うじて葱と醬油を下げて帰り来ぬ

やうやくにこの頃気づきぬ釣銭は切符より先に出でて落つるを

おのが娘見つつ誰かと問ふまでにまだ間のありとわが嫗笑ふ

松山に子規と名づくる菓子ありきこの町に売る左千夫羊羹

枇杷の花つつきて散らす小鳥ども彼等も気まぐれの動作するらし

わが庭に初めて実りし夏みかん一つ加ふ子への宅配便に

ベル押して所在なくをり母の来て門明くるまで五分はかかる

死にし者は己れの死さへ知らざらむすでに十年を経しといふことも

答へしをすぐに忘れてまた問へりかかる時老に怒りてはならず

何時間話すにやあらむ笑ひ声まじへて汝の深夜の電話

エスカレーターゆるやかにしてかたはらの階段歩む子と話し行く

いまいましき一日なりき本読むより捜す時間の多かりしかな

捜し捜しあきらめし本がここに有り今頃出て来ても役には立たず

廊下歩めば足にからみて落つる本いまいましくなり元に戻さず

魚　島

渚近きところに島の火葬場あり捨てたる花輪雨に打たれつ

しょんぼりと八十以上の嫗たちうから疎《うと》めばここに集ふか

パチンコ店もコーヒー飲ます店もなくおり立ちてすぐに家並尽きたり

宗派異なる君はいくらか離れをりこの寺の僧と我等語るに

蜜柑山荒れたる中の道を来ぬ蜜柑も今は島を救はず

川ぞひの道

堤の下に機械ひびける家また家鉢にはそれぞれ沈丁花を植ゑて
永井荷風斎藤茂吉をおもかげに変哲もなき玉の井を行く
墨堤の下に「おひろ」といふ家あり茂吉にかかはりありや否や
この川の臭ひ失せたりと堤行けばやはりおのづと臭ひくるもの
久々に橘守部の墓に来ぬ寺の幼稚園の片隅となる
三月十日の死者悼む碑を建つといへど八万といふ数は記さず
花川戸の町並となり或る店の売る物は大正浪漫調の草履
看板にどぜうと大きく書ける文字この江戸の代の仮名遣したたし

さかさまに泥鰌の死骸浮かぶ汁もて余したりきそれより行かず

蜜柑の花

蜜柑の花ほのかににほひオリオンも見難くなりて春逝かむとす
鍋といふ鍋を焦がして厭き足らぬ媼かまたも求め来りぬ
杉花粉に悩みし汝がいそいそと弁当造るは癒ゆるしるしか
没年を偽り記せりといふ説を思ひつつ来ぬ高尾大夫の墓に
いつまでも幼き娘さくらんぼを食みたるあとは種を並べて
日本語を愛する極みの面々が満場一致でE電とせり
けふのみのことにはあれどわが家に幼き二人泣く声のする
弟よりも兄泣きやすきひと日のうちこの声をつひに妻は知らざりき

見守りし事実を言へば自動扉開かぬまでに母は痩せたり

葱を刻みオクラを刻む疲れつつ夜半に帰りて一人の食事

疎みゐしへくそかづらの花ながら水の上に散る時は美し

わが生徒なりし青年が呼び止めぬ成績記憶して名は忘れたり

空梅雨の日傘に俎を干したれば取りかかるべしけふの仕事に

稀々のことなれど原稿の締切り日守る快感は言ふべくもなし

コンピューターのために星見るひまもなしと歎きて夜半を汝帰り来ぬ

川ぞひに君の家見ゆしばしばも訪ひ行きき左千夫の年譜作ると

世にあらば打明けて一夜語りたき人なるものを山本英吉氏

その後に気づきし全集の誤りは告ぐべくもなし君は亡きひと

一瞬

少年の時ほど恐るることもなし死後の無限の時の流れを

パスカルの言ひし永遠の沈黙が少年の我を恐怖せしめき

エイズにかかる齢ならずと笑ひあひ立ちあがるときいささかわびし

短歌教室にけふも出で行く老人のお守《も》りなりとも言はば言ふべく

E電と呼んでくださいと書きしるす車内のビラにはつばを吐きたし

レビューといふ言葉すたれぬ驚くほどの老婆となりてターキー映る

雑巾をしぼりつつ思ふ息子のことかくも思へる父親あれや

電話代は汝の支払ふものならず寝ころびて夜半を長しとも長し

夕暮れて路地にかがみぬほのかなる花のにほひはたんぽぽにもあり

あばら骨さらけ出したる母の胸あるかなきかの乳房垂らして

湯殿山の即身仏の如くなり立て膝をして母の眠れる

一冊の本買はむには一冊を捨てねばならずこの狭き家

辞書を手にすればルーペなしルーペ持つ時には辞書の行方くらます

見当らずあきらめてまた買ひし本けふは二冊が鉢合はせする

やかましく鳴きしよしきり去り行きて雲雀も飛ばず夏ふけむとす

蚊帳吊らずなりし頃よりさわだちて鳴きし蛙のこゑも消えしか

ひたひたと夕潮寄せ来ぬ人間の気まぐれはここに葦群のこす

帰化植物はびこるなかに寄りあふは天明の代に死にし人の墓

レンズの中に霞む光を見るものか二百三十万年過去の光を

定家よりも癖なき道長の手蹟《て》をほめて日記の細かき文字読まむとす

寛弘四年八月八日は簡明に「終日雨下」と記したしき

隆応和尚のにほひかなしと詠ましじを思ひつつ座る古き畳に

くちなはは池のほとりに今も棲みて亀の卵をねらふとぞ聞く

衣食足りて文学衰ふることわりを示す時代となり行くらむか

アンドロメダ銀河

東京の九月の空の晴れわたり二夜を見たり沈む蠍《さそり》を

あくまでに目守《まも》れば銀河の流れ見ゆこの東京の空といへども

つひにして金《かね》に縁なき父子《おやこ》にて今宵は仰ぐアンドロメダ銀河

二百万年過去の光を今宵見つ二百万年ののちは思はず

あるかなきかの光といへど心寄るわが銀河系の隣の銀河
霞む光そこにあるのみ目を凝らせど渦巻き星雲の形に見えず
ゆるやかに回転をせるわが銀河ブラックホールかその中心は
空間の果に時間の死のありとふ説を思ひまたレンズをのぞく
またたきの生に過ぎずといふ声す二百万年の光見しのち
木星は見る見る高く昇り来ぬアンドロメダ銀河仰ぎみる間《ま》に
今のうつつに戦ふ国を哀れみて子と語りたり星を視しのち
うす暗き畳の上に坐りゐし若き戦前の君が面影　佐藤佐太郎氏
茂吉門文明門のへだてなく励みあふさままの当り見き
ある宵は財布の中より取り出してひそかなる絵を見せたまひけり

君亡しと聞けばおのづと目に浮かぶ山口茂吉氏早く亡きかな

「門流の乱れもすこし」と虚子の詠みし句を思ひつつ君を悲しむ

活気なき島と言はむか忠魂碑の前にひろげてふのりほしたり

墓に彫る文字読み行けば若くして独逸潜航艇の攻撃に死す

渚近くヒメムカシヨモギ枯るる道水子地蔵はうつむきて立つ

対岸の造船所には音もなし職離れしは何千人か

支へられ来ますといへどあざやかに批評したまふ声は変らず

少年の頃より五十年に近きかなただ従ふを喜びとして

まのあたり茂吉文明見しゆゑに悔いなきいのちと思ひつつ来し

残し行きし凪船日々にしぼむさま祖父の心になりて見てゐし

九十に近いのだから当然と言ふをやめよとけふも注意す

母に頼まれしばしいどみし針の目はつひに通らず娘をぞ呼ぶ

自殺せしかの女人思ふ「わたしだつてアララギよ」と囁きし言葉　追悼三国玲子

昭和六十三年

青き水

青き水漕ぎ行く若き二人見つわが一生《ひとよ》早く過ぎし思ひに

夕寒き紅葉の谷にすれちがふ外人孤独にいづべにか行く

遊星ひとつ輝きそめぬ夕暗く紅葉しづめる谷の真上に

青き淵にあくまでいどむかいつぶり時に思はぬ位置に浮びて

執拗に動作繰り返す鳰見れば潜《かづ》く時間も一様ならず

下山したと子より一言の電話ありそれより何をするも楽しく
家庭内別居のつもりかこの幾日娘は物を言はむともせず
墓の中の如き暗黒を好むと言ひ嫗はおのが部屋に立ち行く
泥の会と名をつけたれど誰も誰もつつましかりき君を囲みて
畳の上這ひゐし姿を思ひ出づいま父君のみ骨抱けり

川沿ひの街

一日《ひとひ》二日《ふたひ》啼きし雲雀もこゑひそめ冴えかへるわが川沿ひの街
ゆるやかに空に浮かべる飛行船隅田川越えて場末には来ず
騒音の数字は絶えず動きつつオキシダント濃度変ることなし
海に近き匂ひも失せて灰色の変りばえせぬ街並つづく

戦後住みしかの路地の家思ひ出づ黴浮く醤油日々にまもりき

十余年過ぎて知るかな簞笥の中に妻の買ひ溜めし特価品のシャツ

動きにぶく齢九十に近づけどこの嫗の口まだ衰へず

八十過ぎていまししし齢とも知らざりきわが為心を尽くしたまひき

吉松喬氏

頑なに狭き心もありながら鋭く生きし君が一生か

汚染やまぬ川といへども桃色の橋を渡れば黄の色の橋

丹沢に日の沈み行きハープ橋《けう》の尖塔は今赤き灯ともす

S字形に曲がりてケーブルに吊るす橋燃え立つ如し夕日を浴びて

葛飾区の方より何もひびき来ずもはら対岸の夕暮の音

不愉快なる心にひたるを喜べる娘かと時に思ふことあり

人間良寛

無造作に君の次々取り出すはみな良寛の細き文字なり

貞心尼伴ひて草津の湯に宿る消息あまた動悸して読む

戯れて貞心尼と書く相々傘いま我等見る百六十年の後に

後の代に伝はらむともつゆ思はず二人戯れ書きしこの文字

弟の飽淫をかつて戒めきその晩年にはかくも溺れし

極道飽淫徹底痴僧とみづからを嘲りし文字に疑ひはなし

「さいかくの余のすけのごとあり」と詠むまざまざとこれ良寛の文字

七十を越ゆる良寛の炎だつその交はりを仰がざらめや

疑はむ人は疑へかにかくに人間良寛いよよ仰がむ

渡来種

渡来種のタンポポはびこるこの路地にひそかに育む在来種ひと株

葦むらをいささか残すこともなく無表情なる堤防つづく

疲れやすく倦みやすきかな雨止めば雲雀聴かむと川の辺を来ぬ

追ひつめられ此処に残るか冠毛なき舌状花見ればヒメジョオンなり

この人もおのが老化を誇りとしてかくはばからず言ふにやあらむ

英文に読まされし「むじな」を懐しみむし暑き日の紀の国坂行く

玄関を灯ともし見れば息子一人あけ方にしていまだ帰らず

帰り来れば今宵は若きら揃ひをりいたく乱雑にそれぞれの靴

この夜半をゴキブリ汝も目ざめゐてかすかなる音立てて歩める

瀬波の街

故里に似せて見まししはいづくの山夕べ入り来ぬ瀬波の街に

肌寒く起き出でて来ぬ海の上に啼くにやあらむ夜明のひばり

「短歌小径」口授したまひし日を思ひおのづから悼む宮本利男

梅雨のまの暑き光にたかだかとしじみ蝶さへ谷越えて飛ぶ

梅雨晴の海に影立つ島ひとつ視界よりつひに消ゆるまで見つ

人工池

飢餓迫る国はありとも美しき犬猫食品うづたかく積む

年々に葦と争ひし泡立草の勝ちたりと見ゆこの河川敷

宵の明星低くなりたり水辺には白花たんぽぽゆらぎをやめず

丸山ワクチンいまだ認めず陰にこもるいぢめの心理と言ひて可なりや

割礼《ポトン》の式終へし少年恥ぢつつも出だし見せにき兵士我等に

長く住むこの東京の入りくめる地下鉄にいまだなじむことなし

妻にしたしむ歌は生涯に一首か二首茂吉も寂しき人と言ふべし

長塚節聖人君子にもあらざりき語りつつ今宵の酒すごしたり

あらたなる思ひあり半世紀の後にして再読す鷗外の「ヰタ・セクスアリス」

子規も詠みし上野大仏辛うじて青葉の下にレリーフの首

唇にわづかに朱を残したりわが足もとのみ仏の首

数ふれば四千余りの夜となりぬわがかたはらに臥すものもなく

ヒメムカシヨモギ囲めるなかに残る墓辛うじて読む天明の文字を

宵々にわがガラス窓を訪るる守宮《やもり》よ白き腹動かして
勤めに向ふ朝な朝なを声かけて出で行く次男声かけぬ長男
我のせしことなき動作肩の上に背広をのせて子は路地を行く

変りゆく島

橋につなぐ五つの島のいづこなりしほのぼのとねむの花咲きてゐき
変りゆく島といへども寄りあへる家の間の細き道は記憶す
ひそかなる島にありしを塩田も埋《う》めて陸続きとなれる沙弥島
時つ風雲居に吹かず打上げしあをさのにほふ浜をめぐりぬ
島の平の一区画には花乏しくうはぎを咲かす人工的に

八月十五日

浪乗りに今を楽しむ若者ども徴兵のなき国に生まれて

西方の乾ける国のかのいくさ近親憎悪の典型とせむ

ことわりを先立つるともかにかくに満洲ベトナムアフガニスタン

切り取りてひそかに脚絆に入れしかな八月十五日の日記一枚

父われの戦争体験の話よりもマンガの方がおもしろしとぞ

マンガ栄ゆる国としなりて漢和辞典売れ行き悪しと言ふも肯ふ

扇風機知らざりし子規をふと思ふテレビをつひに見ざりし茂吉も

妻といふもののなき家の十余年どの部屋もみな物置きとなる

忘らるる歌人の一人かいつの時も重き鞄を持ちていましき　広野三郎氏を

「ゆくりなく根《こん》立つ」と詠みし晩年の君の一首を時に思ふなり

久々に木星を見つ右側に今宵は従ふ衛星三つ

常日頃もの言ふこともなき汝と心は通ふ星を仰げば

活火山ありといふイオ辛うじてけし粒ほどの光を放つ

火星の極冠今宵は見えず球体の黒きかげりを見るのみにして

人麿岩、埋め墓

海に架かる橋をとどろき行く音すあをさにほへる浜に憩へば

夕もやに消えなむとして連なれる海原の橋も今は見飽きぬ

如何なる世来るにやあらむ番《ばん》の州《す》のコンビナートは夕かげのなか

この島も人麿を売る名所となる人麿団子はいまだなければ

新しき人麿の歌碑をまんなかに急ごしらへの万葉樹木園

沙弥島に絶えしうはぎを此処に植ゑ取りつくろふを憎むにもあらず
オソゴエのこの浜を行く遠き代の人麿の影を幻として
人麿の体格を論じゆづらざりし左千夫節のことも思ひつ
人麿の石中死人を視しところ此処なりといふこの大き岩
死人《しにびと》を置きたりといふ伝説も尊びて立つ人麿岩に

*

船下りて耳をつんざく音響は前の木叢《こむら》にたむろせる蟬
ホテルの窓しめてやうやく熊蟬の声の届かぬ空間となる
海底をパイプもて運ぶ水と言ふ人等浴びつつ惜しむことなし
潮にほふ暑き道を来て足もとに見る埋《う》め墓の石かぎりなし

埋め墓の一つ一つに供へたる花もしをれぬ暑き日差に

島の人々盆には共に詣るとぞ寺なる墓とこの埋め墓と

この島に両墓制残る現実をまざまざと見つ胸あつくなりて

民俗学は如何に説かむか埋め墓の無数の石はここに集まる

おびただしく自然石置く砂原の隅には新しき拝み墓あり

埋め墓の柔かき砂の上を行く亡きがらをただに踏める思ひに

老いらくのはて

わが初めて作りし豚汁うましうましと言ひつつ母がお代りをせり

整理できぬはわが性《さが》なれど妻見なばいかにか言はむこの簞笥のなか

老いらくのいやはてに来る現実をこの母に見る朝な夕なに

ただ一度双眼鏡にほととぎすの啼く口のなかまざまざと見き

水飲むかと声を掛けしに首振りき明け方息を引き取る前に

昭和六十四年（平成元年）

長き岬

子規の写真背にして語りし八十分人はよしとも悪しとも言はず

佐田岬の魚にほふ町に遠く来て三木武夫の訃ゆくりなく聞く

北限のアコウなりとぞ伐られたる枝のひとつを惜しみ拾ひぬ

長き岬尽きむとしつつ右側は浪立ち左の海はしづまる

君が目に海の上の細き月見えてかたへの火星は見難しと言ふ

冬の銀河

昨夜《きぞ》の夜は月に添ひゐしかの惑星一夜ののちにかくも離れぬ

オリオンはいまだのぼらず宵浅き空に縞持つ星ひとつ出づ

天頂にすばるも見えて冬の銀河かすかに南にかたむくらしも

この大き宇宙を流るる時間のこと思ひ苦しみき少年の日に

夜おそくオリオンのぼる寒きそら思ひ浮かべて寝につかむとす

父われに懐中電灯を点さしめすばやくレンズを交換す汝は

南天に輝く一つをとらへたりどの星もみな動きすばやし

薄き雲漂へるらし直線に並ぶ衛星一瞬に消ゆ

左側に衛星ひとつ見ゆといへどわが目にはただ深き暗黒

今宵つひにレンズのなかに捉へたりガリレオの見し衛星四つ

星ひとつ捉へむとして仰ぐ間に吸ひ捨てし煙草父われが踏む

夏より冬へ大きく銀河の動くさま汝は語りて倦むこともなし

引き寄せて今見る銀河に死にゆく星生まれむとする星もあるべし

改　元

日本の総理も見習へと願ふ原稿見ず息つかず言ふこの大統領に

金儲け出来ぬ人間に生れ来しを忌々しとおもふ齢も過ぎぬ

保存癖ありて整理のつかぬさまつくづく厭はしせむ術もなし

さまざまに洋酒の味を論じあふ息子よ父を圏外に置きて

ポール・モーリアのＣＤかけつつ夜を更かす妻の知らざる幸と言はむか

ひさびさに東京に降る朝のあめ改元の日をあたたかく降る

今さらに言ひて何せむ天皇の戦争責任ありもあらずも

マッカーサーと並び立たせる写真一枚ひしひしと祖国の現実を知りき

途中まで上げし手をおろし敬礼をためらひたまふをまの当り見し

「平成」となりて二日目この弱き音を好まずひらめきもなし

秩父行

東京より昨日は影立つ姿見きまなかひにかくも崩さるる山

ぶざまにも削り取らるる武甲山ヤマトタケルの伝説も悲し

百年後には形のありや入りまじる資本にかくも砕かるる山

視界よりひと日離れぬこの山のいまは夕日に息づくごとし

カタクリの花の群落山頂に近きところに見しを忘れず

山の姿日々変るとも納むる金ゆたかなるべし山麓のまち

二十三番札所は松風山音楽寺我も額づくけふのえにしに

新曲のヒット祈願の文字もあり秩父札所の音楽寺ここは

この寺の鐘つき鳴らし農民等蜂起せしといふ明治十七年

暴動は事件となりてさまざまの伝聞あるらしこの山間に

ただ一人北海道に逃げおほせし会計長井上伝蔵を思ふ

誰も誰も手帳ひろげて山道に歌ひろふさまいやしとも見ゆ

山上まで切り拓かれて見るに堪へず幾千幾百の風車まはる

水子地蔵に名を記すもの記さぬもの青葉の谷に風吹き止まず

九十の母

今日よりは九十となる母が言ふ百までも生きて困らせようか

思ひやりなき母の仕打ちに苦しみし少年の日の記憶は消えず

生キテイルカと母の部屋訪ふ昼近くなりても起きる気配なければ

本読まぬこの母の日々を少年の頃よりひそかに軽蔑して来ぬ

ワープロもマイコンも今は諾へどうとましスパコンといへる略語は

襟巻もつひにせざりしこのひと冬氷張るさまも見ず過ぎむとす

幼子にひばりの声を聞かしむと葦の芽にほふ川ぞひを来ぬ

十幾年かなほも生くべしこの国の次の世紀に入るさまも見む

なるやうになれとも思へど憂ふるは二十一世紀の日本語のこと

エスカレーター駈けのぼり行く日本人の汝も一人か見守りをれば

目覚ましにオイオキロヨと言はせつつ隣室の若者起きる気配なし

一向に求むるは無し幾重にも崩れなだるる本の山より

崩るる本また盛りあげておのづから湧く嫌悪感日に幾たびか

いさぎよく国会に出でて証言せよその晩年をくもらすなかれ

朝を夜と錯覚しつつ起き来り飯盛らるるを待つ嫗となる

幼きよりまた電話あり締切の過ぎし仕事に苦しむものを

ひとつだけと言ひわたしたりレンタルのビデオ店にけふも右往左往す

手の届かぬ棚のビデオはひとつひとつ取らしめて汝の品定めする

口早に汝が言ふきけば地球を守り正義を守る怪獣もあり

ウルトラマンは正義の味方と称へをり通過儀礼の一つなるべく

銃　姦

狙ひ撃ちにさるるは女子の多くして「銃姦」なりと囁くと言ふ
集ふ者を反革命と決めつけぬあくまで権力を保たむとして
射殺数はまちまちなれどできるだけ少数にするかこの新聞は
そののちは消息伝はらぬ指導者の心を思ふ梅雨降る日々に
この狭き空地の草も推移してアレチノギクは幾年も見ず
魯迅あらばいかにか言はむ密告も奨励さるる国となりしを
両手ひろげ戦車を止めし若者も処刑されぬと聞くはまことか
薬子の変より三百年あまり日本には死刑なかりしことも思はむ
今年もまた最も汚き川となる土手の蒲公英は日本種なれど

諏訪行

泡立草は八王子過ぐれば目につかず赤き穂出だす薄うひうひし

深田久弥氏遭難の山見えて来ぬただ一度語りき心ゆくまで

この線路往復にかつて繰り返ししスウィッチバックを若きらは知らず

汽笛鳴れば急ぎて窓を締めしことも語り草とすけふの車中に

戦車渡りし冬もありきとこの幾年みづうみ氷らぬ嘆かひを聞く

不忠柳

臥しながら今宵はまた見つ海峡の空わたり行く二十日過ぎの月

話も尽き部屋に戻りぬ昨夜寝ねし位置より見えず今宵の月は

帰化植物茂る屋敷跡あはれなり磯貝十郎左衛門二十五歳なりき

大石主税十一歳の文字を見つついきほひあまり掠るる二文字

加はらぬ家老の屋敷より移植して不忠柳と呼ぶはうとまし

諏訪・室津附近

白樺の並木は尽きて右も左もくわりんの匂ふ街路樹となる

たわわなる道のくわりんは渡来種にてかをりも劣ると人説明す

みにくきもの湖《うみ》ぞひの歌碑人工島あをこは臭ふ風のまにまに

年々に狭く汚くなる湖水御神渡《おみわたり》もなしと人歎きあふ

冬三たび氷ることなきみづうみは地球温暖化の一例なりや

柿蔭山房にけふ来れば湖は遠ざきてわづかに光る屋根のあひだに

この部屋より遠白く立つ流れ波と詠みし人思ふ湖は見えねど

五十人写る写真に今あるは二三人ならむ六十五年経ぬ

赤彦の隣に口ひげを立つる人加納暁《あかつき》の名は誰も知らず

銘仙を着たる初々しきこのをとめはわが妻の母昨夜逢ひにき

唐沢山阿弥陀寺は、大正十三年七月第一回のアララギ安居会を開きし所。

赤彦も憲吉も歩みし谷の道しばしば行きき中学生のわれも

釣舟草紫に黄に咲く谷を過ぎ行けばまたもヒメムカシヨモギ

写真とると岩の上に人等寄りあへば赤彦写りゐしあたりに坐る

かびくさきにほひ漂ふ本堂の畳を踏めり五十年ぶりに

西のはざま開けて遠く湖見えしを木々茂り今は見がたくなりぬ

○

ほしいままに万葉の岬と名づけたり某先生書の赤人の歌碑

人丸神社は昨日詣でき意外にもここにひつそりと赤人神社

墓石は天明を記すもの多しここにも飢饉は及びしや否や

天明七年未《ひつじ》と刻むに足を止《と》む蕪村より四年ののちと思ひて

アララギ痩せとわれを嗤へる婦人には仙台ぶとりと言ひ返さむか

泡立草ヒメムカシヨモギさへぎりてこの道に茂る葛のしたしさ

あらはにも削れりし島の断面がひととき輝く夕日を浴びて

つなぎ合はせて保てる墓よこの室津に来て生終へし遊女友君

義仲の愛人にして室の津の遊女になりしいはれは知らず

室津に来て会ひし遊女に心動くことなかりしや法然上人

デボン舎の跡

左千夫先生此処に牛乳店開きしは百年前のけふ四月一日

デボン舎の跡示すこの歌碑のため心砕きし人忘れめや

この歌碑にまつはる思ひさまざまあり裏側の文字もなつかしみ見つ

錦糸町の駅前高校団地のなか江東三碑を巡るは楽し

マンガ本読みゐし学生立ちしあとにすわる若きもまたマンガなり

平成二年

角　館

夕映に遠く影立つ鳥海山金星はその右に寄りそふ

幾日も仰ぎけむかの鳥海山芭蕉は一言書きとめしのみ

書き残しし記念の一首を見せてもらひ赤彦泊まりし宿に寝むとす

うしろより赤彦先生押し上げしはあの山と言ひ君の指さす

此処に生まれ一生尽くしし百穂を敬ふはうれし角館の人々

冬のたんぽぽ

囲み立ち幼等と見つしがみつきて冬の大地に咲けるたんぽぽ

老と戦ふ心を持てと常に言へど今朝も青菜に塩か媼は

煮物にほふ路地を入り来ぬ富める国と言へどもまづし人の暮しは

蜜柑二つ買ふにも列を作ると言ふモスクワ思へば今を足るべし

月を離るる金星を見つまたも見む次の世紀の初年なりとぞ

腕時計手帳財布眼鏡みな揃へば今朝快く家出でて来ぬ

色異なる靴下穿けるままなるを電車に乗りて気づくもわびし

十万の脳細胞日々に減ると言ふ物忘れ多く年暮れむとす

老進む母が身内を非難して言ふとき俄かに生きいきとなる

男子二人厨房に入りほしいまま汁の実に林檎を刻みなどして

よしきりを待つ

子も母もチョコレートのみ頬張りて粉を吹く干し柿食はむともせず

間を置きて投票をせる子等三人おのおの書きしは明かすことなく

ポケットベル俄かに鳴れば舌打ちをしつつ一人が起きあがりたり

妻あらばあはれみ笑はむ今日もまた家出でて気づき二度引き返す

治療方法見つかる日まで生き得むやアルツハイマー病ふえ続くといふ

稀にして富士見ゆる日を雲雀鳴き白花タンポポ今を盛りに

天《あめ》にしきりに雲雀は鳴けど芽ぶきたつ湿原に来鳴くよしきりを待つ

夕かげに新宿のビルかすみつつ雲雀のこゑはふたところより

星雲の写真見て心のしづまれば「日本文法史」読まむとぞする

せつぱつまりアメリカに行く一団あり日は沈むのかまた昇るのか

東京に移り来し子等近所にはばつたの遊ぶ原つぱもなし

蛍光灯ともる机を与へられ今日より汝も一年生となる

ぎこちなく鉛筆握りて問ふ汝は五十音図にいまだなじまず

平和なるこの世紀末漫画家も長者番付に名をば連ねて

道に会ひ我が家の老を問ふ人に生きてると答ふぶつきらぼうに

ともどもに次の世紀も見るべしと手を握りあふ別れむとして

三食とも割箸使ふ今日なりと心傷みて夕餉に向ふ

「三時間で分る税金」といふ本を買ひしかどその三時間も惜し

仮名遣をいづれにせむとペン執りて一瞬迷ふは奢りの如し

葦原に来ればひばりとよしきりと声交錯す梅雨も近きか

上海、蘇州

船の上にダンス音楽鳴りはじむ舳先の海は夕明かりして

八十億年のなかのひと日か夜の海は八時すぎても夕映のいろ

煙上げず日にさらさるる桜島まざまざと見つ五十年ぶりに

艫《とも》の方に桜島見え舳先には天にけだかく開聞岳見ゆ

寝る前に同室の君と語りあふ鷗外口述の遺言書のことを

かくも大き墓は魯迅の意思に添ふや朴の白花咲く時に来つ

魯迅の墓に詣でて思ふ晩年の寂しげなりし山本初枝さんを

茂吉の歌魯迅も読みて褒めたりと君は教へき少年のわれに

上海も梅雨に入りしに雨降らず蒲団並べ干す街路樹の下に

暑き街の人混みにひしひしとわが思ふ十一億を越す苦しみを

クラクション鳴らしつづくるバスの前よぎれるは皆一瞬の差に

公園の道歩みくる若き夫婦誰も一人子を手の珠のごと

罰金ですむなら二人以上生みたしとガイド等語る木の蔭に来て

祖父母両親六人を一人が扶養せむ時も来るかと声ひそめ言ふ

賠償をつひに求めぬ国なりき人あふれ行く貧しき街に

上海駅出でて間もなく目を射るは泡立草の茂るひとむら

軟座車にすわれば悼む心となる事故に遇ひし土佐の高校生等を

鞄には北海道諸氏の歌稿あり上海より蘇州へ向ふ車中に

卓上の白布をペンの汚《よご》ししさま車掌は見つつ咎め立てせず

ふたを取り一人一人に注《つ》ぎくるれど味なし葉の浮くこの国の茶は

飽食といふ語もなきか溢れつつ街行く者に肥えたるを見ず

濁流なす自転車の列ひとり子を前にあるいは荷台に乗せて

農村の「重男軽女」は変らずと歎き言ふ若きこの通訳は

二人目を生みて制裁を恐るといふ話は身に沁むこの都市に来て

寝ねむとして窓より見たり楓橋夜泊の頃とも変らぬ夜の暗さか

バスおりて寒山寺へ行く道のべにヒメジョオンあまた群るるしたしさ

芥川が俗悪なりと言ひし寺うべなひて見る七十年経て

荷を積みて次々にくだるどの舟も若き夫婦に子は一人なり

舟べりにひよこを放つ舟もあり若き母は子に乳を含ます

貧しき街つづくといへど文字美し古き書体を保つこの店

上海に来て飲むビール蘇州よりやや味よしと言ひてつぎあふ

呼びもののパンダは機嫌悪しとぞ演技をけふは見することなし

平成三年

大　江　山

淡くかかる銀河を見たり大江山の方《かた》より天の橋立のうへ

なだらかに青く起き伏す大江山幼くはるかにあこがれし山

この国の三年《みとせ》いちづに絵に励みし蕪村を思ふ昨日も今日も

山門のみわづかに保つ見性寺蕪村の触れし手の跡もありや

蕪村住みし寺たづね来ぬ門をくぐれば脚曲げて死す馬追ひとつ

土屋先生逝去

天頂に近き深夜の下弦の月み命絶えて十時間ののち

半世紀をただ仰ぎ来ぬ記しおかむ我のみ記憶せる君の言葉を

ただ一度軍歌口ずさむ君を見き兵となる我を送る夕べに

左千夫先生の柩にすがり泣きましししことなど思ふ時を待ちつつ

つひにして君の見まさぬアララギか八十四巻となるを手に取る

独裁者

ほしいままにどのテーブルも食ひ残す貧しき時代を知るも知らぬも
究極にかの独裁者のなさむこと怖ぢつつひと日ひと日すぎゆく
地球の汚染ひろげし愚かなる戦争と後の代の人語りつぐべし
たのめなき日本といへど武器を売る国にならざりしことは誇らむ
朝の湯を浴みつつ輝く海を見るわが幸《さきは》ひの極まる如く
アラーの神に祈る独裁者を非難せしのちはあげつらふまたアララギを
みささぎより倒れたる木は山桃か水のあせたる堀をおほへり
廃帝となる前に万葉も終りきとしみじみ巡る荒れしみささぎ
「淡海公幽憤にたへず」と記されて垣越えて翌日死にたまひけり

不幸なりし天皇ながら万葉に一首残ししことは思はむ

電話のセールス

こまごまと沢庵刻めり起きて来し九十二歳の老人のため
男三人生めりと語るわが老母その孫をも数に入れたり
冷蔵庫のなかといへども用捨なく黴生ゆるさま知りたり今朝は
またもかかる電話のセールス奥様をあの世から呼び出せと言ふのか
コメの自由化今は止むなしと思へどもこの農民の友には言はず

落合京太郎氏　其一

弔辞読む前にも涙をぬぐひし君読みつつハンカチを目に当てたまふ
複雑なる君の心は弔辞を読む涙に見しとひとり思へり

編集会終へて立つ時アララギは滅びてもいいんだと言はしき一言

階段をのぼる足取り危ふかりきわが出だす手を拒みたまへど

ドイツ語にうは言言はすと聞きしより幾日もあらず君が訃を聞く

切々と亡き人悼むテープのこゑ堪へがたく聞く君も亡き人

カタカナの名前

友を探すと指もてたどりカタカナの名簿を読むに疲れはてたり

今朝読むは沿海地方またアムール州わが在りし部隊に遠からぬ場所

死亡せしは六万人を越ゆといへど大統領つひに謝罪せざりき

神の配慮と言はむも悲し我は生き君はカタカナの名となりて此処に

役立たぬ者のみ転属させるのかと列車に運ばれ楽しまざりき

ソ連とは如何なる国ぞ半世紀になりなむとして死亡者の名簿

落合京太郎氏　其二

朝餉のとき天安門の記事を見て声あげたまひきこの部屋なりき

この部屋に夫君と並び遠慮がちに膝くづしましし夫人を思ふ

吉崎への車中に詳しく述べたまひき「簡にして速」のいわしの食べ方

一年前のビデオ映されまざまざと君歩む姿また君の声

白き鳥水にたゆたふさまも見てあかつきの湯をわれひとり浴む

かの島の森に生きつぐ赤き蟹ことしも見ずに去り行かむとす

水　辺

今年もまた最も汚き川とならむ黒く淀めり梅雨曇の下

水の辺にけふはいざなふ友ひとり蒲も真菰も葦さへも知らず

梅雨空の下を流るる川二つ岸辺歩めばにほひ異なる

よしきりを聴かむと堤をおり来しに椋鳥の群いたくかしまし

イヌムギの穂はみな枯れてよしきりの競ひ鳴くこの時を惜しまむ

真菰には雄花と雌花ありといふたしかめむにも花いまだ見ず

昭和初年は雁も来にしをこの川に鴨もかもめも少くなりぬ

梅雨雲にひとつ雲雀のこゑひびき葦間に鳴ける声と呼応す

伸び立てる青葦の上に古き穂のいまだ残るを霧つつみゆく

梅雨空より降り来し霧か一瞬にかくせり夕べの対岸の灯を

相会へばこの歌人にも失望す出レル来レルを繰り返し言ふ

「愛す人」「愛しし人」とふ表現もまかり通る世とつひになりたり
ビデオ屋に行く時に祖父を喜べど誘へる土手は彼等好まず
あどけなき表情をして不意に問ふ宇宙のはじまり宇宙の終
妻ののち何年にかなる掌にのせて豆腐切る時に思ひつ
幼児番組見あかぬ母にその歳より九十年を引けと言ひやる
教へても教へても嫗は覚えられず寝て見るテレビのリモコンの操作
遠き先祖の伊達政宗を言ひ出でて誇りとすらし幼き汝も
グッピーが病気なるゆゑ休みたしと言ひつつ鞄を持ちて汝出づ
「野蛮なる人の名は文明」と書かれしと或る日高らかに笑ひたまひき　東京歌会

梅雨雲の下

尾道を出で行く船に話題とす船を嫌ひし土屋先生

三たび来し弓削島もけふは見すごして木浦《きのうら》に向ふ友等待つべく

弓削の社のかの宝物を思へども語ることなし婦人等の前に

梅雨空に浮ぶ島々見つつ思ふ百年前を百年ののちを

まなかひの島にひそけく寄れる家何をたつきに生くる人等か

かつて行きし生口《いくち》島岩城《いはぎ》島大三島それぞれしたし梅雨雲の下に

島ごとに牧水の歌碑勇の歌碑のどかなる世に生きし歌よみ

あらがねの土屋文明

渦なしてよみがへり来るものあれど此処にいまさぬ三度目の夏

眼鏡を上げ天井見つつ前評を聞きたまふ姿今も目にあり

あらがねの土屋文明といふ言葉くやしかれども先を越されぬ

問ひ寄りし信濃人ひとりすさまじく押しのけたまひきかの夏の会に

ほしいままと思はるるまで添削をしたまひし君も今年いまさず

土屋先生肩に支へて立ちあがる君を見き一日の会果てしのち

追悼柴生田稔氏

ソビエトのクーデターが紙面を埋むる日君の死はここ十数行の記事

みまかる日の前日なりきかの国のクーデターを君の知りたまひしや

入営せる我を詠まれし歌一首思ひ出しをりみ葬りの席に

先生と呼ばれざりしかの長塚節幸福な人と言ひたまひけり

足を引きおくれて会に来たまひしかの日よりつひに君に会はざりき

手をあぐるレーニンの像引き倒され二十世紀も末に近づく

孔雀の園

みづうみに添へる露天の湯に入りて今宵も仰ぐカシオペイヤ星座

真夜なかの湯に入り友等と酒を酌む世の中のことすべて忘れて

湯にひたり酒酌みて人の悪口を言ふとき快は極まるごとし

ラベンダーの花を手折りて日もたたずけふは孔雀の飛行する園

義務的に空中を飛ぶ孔雀の群早く降り立ちかくるるもあり

人前にひろげゐし羽おもむろに閉ぢて孔雀は安らふごとし

平成四年

十二月八日、十日

開戦告ぐるかの朝のラジオ聞きしよりああ五十年生きのびて来し
足もとの危ふきまで既に暗かりき十二月八日の青山通り
土屋先生酔ひて興奮したまひし十二月十日の夜を忘れめや
今日の戦果知つてゐるかと柴生田氏たづねたまひきあたふたと来て
電灯を覆へる下に膝寄せて万葉集巻十七詠みしかの夜
ヒトラーのドイツ語少しもわからぬと舌打ちしてラジオを止めましき君は

ああ五十年

十二月八日の夜も我等集ひ万葉集読みき灯を暗くして
きほひたつ茂吉文明をまのあたり見しものをああ五十年経ぬ
「轟沈」を知りしかの日は酔ひ乱れき土屋文明いまだ五十一歳

新聞にあす載せる歌を披露して高く笑ひし斎藤茂吉

騙し討ちか否かは知らず五十年生きて新聞を手に取る今朝は

秋　山

泡立草狭間の道に見ぬはよしヒメジョオン稀に生ふといへども

悠然と橋渡りゆく猿のためトラックはしばし速度を落とす

雲の下の苗場を見つつ歩む道長塚節をまぼろしとして

なづみつつこの秋山に二度も来て節は一首の歌も残さず

ほしいままに我等は食へど塩も砂糖もなき宿なりと節は記しき

この店の月見草買へと言ふ声に寄り添ひ見れば蕗味噌なりき

追悼熊谷太三郎氏

晩年の君の心の苦しみに触れざりしことも今は安けし
長文の便り賜ひき土屋先生お別れの会のその日に記して
君の嫌ふ人と並ばぬ座席をと心遣ひきお別れの会に
食事も写真も我等の位置をこまごまと指示したまひき年々のこと
青年のやうだと我を言ひましき歌会前夜のかの宿に会ひて
先生と言ひたまふなとわが書きし文にも返事をくだされしものを

柴生田氏を思ふ

「共産主義専制治下の全地球」とをののき詠まれきいつの年なりし
かの大き国崩るるをまのあたり見ることなしに逝きし君はや
ためしなき無法国家の終焉は今世紀のうちわが生のうち

核を誇り宇宙に人は送るとも延々と並ぶ商店の前に
白系ロシアの人と聞けども肌赤きさまをあやしみき少年の日に
シベリアの果よりするすると上り来るオリオン仰ぎしも五十年前

春寒き島

夜もすがら波止場にともる灯もわびし住む人十名に満たぬこの島
雲低き島にきぎし等鳴きかへどひばりの声はひとときに止む
命あり海渡り来てこの春も黄砂にかすむ魚《うを》島を見つ
かの島の小学校の庭歩みしはいつの年なりし霞む魚島
島の道にあらはに崩るる家ひとつプロパンガスの容器も捨てて
何をたつきに暮らしし人ぞ見難きまで野いばらおほふ家となりたり

即詠に苦しむ吾等手帳を持ち女竹《めだけ》の茂る道を往き来す

枇杷の木を見つつ語ればビワといふアクセントに知る東西の差を

渚近き廃屋の庭ひそかにも白花たんぽぽ今をさかりに

この島の春の銀河を恋ひ来しに曇りて見えず昨夜《きぞ》も今宵も

偉い人とも知らず茂吉にしたしみし少年の日を君なつかしみ言ふ

うんだうんだとうなづく声音はさながらに茂吉その人の声を聞く如

青く塗る船出で行くを見おろせり遠きみちのくに君は帰るか

相変らず無愛想なる息子のこゑ夜半に遠距離の電話かくれば

春寒き孤島の夜を語りあふ次の世紀の日本語のこと

辞典、表記

歌語の辞典にあらずといへど広辞苑に「真夜」なし「峡路」なし「あざやけし」なし

「現代の和歌に用いる」と説けるあり「和歌」とは何ぞこの広辞苑

現代の短歌を無視せるこの辞典「安けく」はあれど「安けし」はなし

赤彦が実相観入を説けりとぞ四版になりてもまだ改めず

日本人の何パーセントかともかくも古き仮名遣書き得る者は

「たぢろぐ」は「ぢ」にて「みじろぐ」は「じ」なりといふ旧仮名遣もをかし愚かし

どうでもいい事と思へど「聞こゆ」の「こ」選者は加へ校正者が落とす

丸山ワクチン

丸山博士つひにみまかる学閥か何か知らねど認められぬまま

我が妻のカルテを読みて丸山博士しばし目を伏せ黙しいましき

丸山ワクチン求むと長き列の末に加はりし心今もよみがへる

二十日ごとに並びてワクチンを求めしを知ることもなく妻は逝きしか

妻の命病みて八箇月保ちしはかのワクチンのゆゑもあるべし

癌だからよかつたと人々言ふ時の来るや次の世紀に

休肝日

大き地震《なゐ》の襲はむ時を思ふともこの夜半臥す本の崖の下

辛うじて生きのびて来しわが路地の関東たんぽぽ誰か手折りし

冷たき酒ふくまむとして舌打ちすけふ一日は休肝日なり

家を出ですぐにくはへて火をつける息子見てゐつ朝かげのなかに

月曜の朝を勤めに向ふ二人ひとりは長き路地を駈け行く

前の路地の吸殻を今朝も掃き寄せぬ息子の捨てしものもあるべし

子規を語る

竹乃里歌復刻本持ちけふは出づ俳人相手に物を言ふべく

子規の書簡野菜を野菊と誤植せし話は時間なくして止めぬ

子規の辞世句認めぬ虚子を批判して辛うじてけふの講話終へたり

正岡とふ表札ゆがみてありし思ふ一度訪問せしかの夏の日に

病む君の壁伝ひ歩くさまを見き子規自筆稿を調べむと来て

竹乃里歌見せてくれたれど寝たままの忠三郎氏はいたく不機嫌なりき

安らぎ

寂しさにまじる安らぎ日本人の平均寿命にはいまだ届かず

青大将捕へしが大き記事となる二十世紀も終らむとして

我を責むる原稿もあれど食事洗濯ごみ捨てなどして午前過ぎたり

どの部屋もわづかに通路を残すのみ近頃子等も苦情は言はず

相も変らず「老ひ」と記してあやしまず入会古きこの人もまた

「苦し苦しかかるわが生」と柴生田氏の一首は常に我を励ます

平賀元義の墓

元義の墓を示せる石ひとつ倒れしままなり道のくまみに

竹林を脱け出でて晩春の日を浴びて吾妹子先生のおくつきどころ

元義の墓に迫れる泡立草野稗のなかにぎしぎしは枯る

この小さき元義の墓あたらしき石も目につく墓地のはづれに

六十年過ぎしかこの墓に寄りそひてしやがむ姿の茂吉の写真

心惹かれわが来しものを石橋なし五番町の名は街に残れど

少年の日に読みて忘れ難き歌五番町のあたり今過ぎむとす

最上川源流

ケーブルに荷を運ばせて心安しいよよ高まる鳴瀬の音は

あざみの花あまた折られしは何ゆゑぞくだりくだり行く道の隈みに

最上川源流の宿につひに来ぬ夏至の日のけふもストーブをたく

あかつきの光に白くとどろきて滝は落ち来る雲のなかより

朝早く起きて谷川の湯にひたる四十年まへの生徒なりし君と

一夜経てややにしづまるみづの音釣り橋ゆるがし君帰り行く

生活抄

生活大国目ざすといへど疲労せる中年に満つ夜の電車は

半世紀過ぎて飽食の世となればしかたなし慰安婦の償ひもせよ

潔癖か小心かつひに満州にても慰安所といふに近づかざりき

末摘花の「干し大根」を連想し細き大根ひとつのみ買ふ

干からびし大根おろせば砂の如しそそくさと食ふひとり朝餉を

茂吉先生わが名忘れてあの人と一度言ひましき或る日の歌会に

江戸の代の媚薬なりしを知らずして若き日蛇床子と名のりまししか

雪《ゆ》くといふ動詞が雪になりしかとひとり考ふる少年なりき

言海にも雪の語源は記さぬを見て寂しみき少年の日に

口きかざりし娘が電話をかけて来ぬ心いくらか立ちなほるらし

子のワイシャツ袖折りたるを直し直し洗濯に出すも父の役目か

中世の歌謡も和讃も読みあきぬ今宵取り出す火の玉宇宙論

ヒヒの肝を移植せしめしアメリカ人存命なりや月越えむとす

クッタラ湖

また演奏を始めたるらし対岸のムックリの音《ね》は蟬を伴ふ

人ずれせる湖水の白鳥は昨日見きかの道の狐自動車《くるま》待つらし

クッタラ湖の岸にしやがみて写真とる今朝まで名さへ知らざりし湖《うみ》

記録せし手帳もなくしぬ水楢はアイヌ語ベロニなどと書きしを

登山して帰り来し子も嘆き言ふこの東京の水道の味

「あずさ」に乗る

動き出す「あずさ」五号に手を振りて並び走れる若き父羨し

おたまじやくし下げ持つものを出迎へしこの駅に妻もまだ若かりき

うづたかき廃車を葛の覆ふさま此処にも見るか山の間を来て

甲府駅の「かふふ」と記す仮名文字をあやしみき遠き少年の日に

石踏みてあよむは苦しと詠みましし人偲び行く激つ瀬のみち

山合ひの空に鋭き茅《かや》ケ岳見えくれば思ふ深田久弥を

朝な朝な大根おろしを好めるは己が貧しき生ひ立ちのゆゑ

暗く赤くにじめる空に富士見えて快速に乗るけふも疲れて

東京の地下鉄の知識いまだ無く切符買はむとしつつとまどふ

改札口の行く手さへぎる黒き板こんなものさへ人は作るか

乱雑なる机上を一瞬見るはしたし線路に添ひて建つビルのなか

後記

昭和時代の末近く第三歌集『潮差す川』を出してから、私は怠って長く歌集をまとめることもしなかった。このところ毎年、年が改まるごとに今年こそはなどと、短歌新聞社の石黒清介社長に口約束しながら、それを果たすこともせず恥ずかしい限りであった。このたびやっと社長のお励ましによって、ともかくも新歌集の発行に漕ぎつけた。石黒社長には厚く御礼申し上げる。

歌集名は、私の住所に因んで『葛飾』とした。俳人の水原秋櫻子の第一句集に『葛飾』があるが、それは昭和初期の、いわば葛飾の名所を詠んだための命名である。私は戦後このかた六十年近く東京都葛飾区に居住して、その風物や生活をあきず作歌の対象として来た。あえて『葛飾』と名づける所以である。

本歌集は、とりあえず昭和五十九年より平成四年まで「アララギ」への出詠を中心として他の綜合誌等に発表した作品を収録した。それぞれの歌集のなかの小題は、雑詠のなかでの便宜的なものが多く、一群の作品を総括するものは、少いであろう。

この歌集以後の作品も、続編の形であまり間を置かずに上梓したいと考えている。

石黒社長と共に、社内の今泉洋子さんにも出版に至るまでいろいろ御苦労をおかけした。身に沁みて御礼申し上げる次第である。

平成十六年二月十日

宮地伸一

続葛飾

目次

箒　星　三三二
宇宙、人間　三三三
ポンテリカ　三三四
鳥海山　三三六
信濃路　三三七
十三日生く　三三八
電　害　三三八
平成九年
夕べの路地　三三〇
心おさへて　三三〇
九十年　三三三
片栗の花　三三四
日常断片　三三四
終　焉　三三六
八ケ岳　三三九
高千穂の峰　三四〇
平成十年
青きばつた　三四〇
神は嗤ふか　三四一
わが発行所　三四二
子規とお茶の水　三四三
御神渡ありき　三四四
ウルトラマン　三四五
なごりの光　三四六
麦　田　三四七
宇宙、アララギ　三四八
九十九里全国歌会　三五〇
打率を見る　三五二
神田川　三五三
平成十一年
黒き蝶　三五四
生けるしるし　三五五
「鳥たち」「星たち」　三五五
八甲田山　三五七
機械のひねくれ　三五七
駅　三五九

二月から三月　三五九
ドリアンと南十字星　三六〇
漫　画　本　三六一
柿蔭山房　三六二
てふてふ　三六三
たたかふ　三六三
新アララギ全国歌会　三六五
ポックリ寺　三六六

後　記　三六七

平成五年

病む母

眠り難き今夜はスタンドをまた点しアガサ・クリスティーの一冊を取る

往き来する堤の道に人に言はず愛でし吾木香つひに絶えたり

九十四の歳までにあと二箇月か点滴も入りがたくなれるこの母

元気かときけば元気よと答へたりそれより言ふことすべて判らず

服に何か付いてゐるらしうしろ向かせベッドより母は手を伸ばしたり

半世紀

風寒き夜空は冴えて白鳥座西に傾き年逝かむとす

土屋文明知らずと手を挙げし十数人三年過ぎしけふの歌会に

今は亡きがずらりと並ぶ十年前十年の後のアララギはいかに

百歳まで生きて似通ふものありや土屋文明と野坂参三と

野坂参三ひそかに死せりまことにも生きて汚き百年なりしか

次の世紀見て死ぬべしと誓ひあひ署名してまはす宴のさなかに

幼かりしわびしき心よみがへる肥後の守もて芯を削れば

わが伴侶と共に過しし二十年ひとり生き来しこの二十年

妻あらばわが娘らの生き方も変りしならむと思ふもわびし

「性愛の極みのことも」といふ一首かへりみて思ふこと無しとせず

赤猪子の歎きを読みて男性の勝手を知りき少年の日に

日下部《くさかべ》も山梨市となり愚かなる地名変更の一例とせむ

暗号書抱きて海に飛び込みし三枝《さいぐさ》一等兵思ふ此処はふるさと

志願で来るバカと笑ひし二十《はたち》前にてその妻も子もある身なりしに

「日本軍罪悪史」といふ本出づべしとをののきしものを未だ目に見ず

水辺にて

鴨の群とかもめの群と近づきて交じりあふとも争ひはせず

一斉に飛び立ちしあとの一羽二羽ひねくれはどの世界にもあり

渦巻きて飛び去りし鴨時間差のありて帰り来もとの水辺に

ロゼットのままに黄の花咲かせをりなべて帰化種の冬のたんぽぽ

入り乱れ相争ひし雑草《あらくさ》どもさびさびと皆冬枯れのさま

待宵草の赤き斑《ふ》のあるロゼットを踏みて下り行く水のほとりに

蒲、真菰姿消すとも薄の群しがみつきをりこの一画に
去年より更にひろがる真葛原泡立草も入れしめずして
日本の葛アメリカに行き森林を損ふといふも愉快ならずや
木根川橋渡りつつ思ふ佐田雅志健在なりやその後を聴かず
こん畜生と彼の国語の成績を一度落としし事もありしを
今年もまた最も汚き川となるや堤を行くに今は臭はず
百年のちこの水辺に立つ人よ日本語はいかに地球はいかに
わが命と共に宇宙も消ゆべしと思ひ寂しみき少年の日に
夕星《ゆふづつ》は朱《あけ》残す雲に入り行きぬ今し昇らむ十六夜《いざよひ》の月
明月記に定家記しし蟹星雲心にとめていまだ目に見ず

＊

ああ政治は何等国か徴兵なく戦死者もなき国となれども

クーデターも止むなしと書きし自衛官胸すく思ひなきにしもあらず

フジテレビとテレビ朝日と相並びここにも示す日本語の乱れ

今の世はみちのくの米の名ともなるどまんなかといふ関西弁も

グラウンドの砂掻くも見るに堪へざれどああまた奴等がビールかけあふ

＊

江戸の代のなごりとどめゐし曳舟川しばし見ぬまに埋めつくしたり

左千夫詠みし木立の中のみ社が今もあり家の囲ひの奥に

亡き人を恋ひつつめぐりし君を恋ふ駐車場となりし吉野園の址《あと》

東京より見ゆる山いまは少からむ武甲山見ゆビルのあはひに

母死す

赤羽の駅に降り立ち子規を思ふ九十年過ぎし命日けふは

この部屋に病める嫗よ三人ともベッドに腕を縛られて臥す

大声にイタイヨと叫びし昨夜のことわが嫗何も覚えてをらず

植物人間になつたかと顔を近づけて問ひしにも母に反応はなし

浅草に行きたいと言ひしは十日前酸素マスクをつけてけふ臥す

長く長く生かさるることのよしあしを思へどけふも病院に来ぬ

街の灯の輝くうへに辛うじてすばるも見えて師走となりぬ

ネオン輝きパチンコ音する路地を行く命終近き母を見むため

けふ変りし付添ひは青森の人といふ心細やかなれば安堵す

おせんにキャラメルなどと浅草を恋ひゐしにけふ来ればはや意識もおぼろ

覚悟促す数字とも見ゆかたはらの血圧計はいま六十二

百まで生きて困らせようかと言ひしものを九十三歳十箇月なりき

到る所に自転車を置くこの街の小路歩むもけふが最後ぞ

柩並ぶなかに加はる母の棺《ひつぎ》この棚の上に一夜明かすか

父ののち二十三年といふ声す今のうつつに母を拾へば

箱の中の母を抱きて水の上に沈まむとする夕星《ゆふづつ》を見つ

暖かき二月の光差し込みて今あらはなり妻の骨壺

この次に開かむはいつ誰の時ふとも思ひて墓の辺を去る

春の木星

粉雪《こ》舞ふを見し日はあれど庭なかの水も凍らず冬過ぎむとす

この冬も諏訪湖はつひに凍らずと聞くことも我の憂へのひとつ

をとめ座に近づく春の木星を今宵も仰ぎ水の辺を来ぬ

木星の赤き斑《ふ》ほのかに見しことを歓びとして今宵は寝ねむ

心重く最終の日に税務署の門をくぐるも去年に変らず

税務署の人混みのなかに選歌しつつ呼ばるるを待つ年々のこと

太田姫稲荷神社

伊達堀の名も忘れられ舟の上に斬られし高尾を言ふ者もなし

太田姫稲荷神社の此処にある故由は知らず手を合はせたり

道灌の娘を祭る神社なれば形ばかりの山吹を植う

昼も暗きあかり点せり戦前に初めて詣でしかの日のごとく

単純化の極みと言はむこの旗をいつまでも憎む者を哀れむ

戦場の日の丸を非難する輩《やから》しからば日本語も追放をせよ

島の桜

西の海を来てけふは見つ東京よりおそく咲きいづる島の桜を

砂の上のあをさをつつくせきれいを見守ることも今朝のわが幸

海の上の日は暖かし枯草のなかに萌え立つわらびをぞ摘む

蜜柑の木焼く畑もあれど家々の構へ豊けし島を巡れば

わが晩年いつよりとせむ食ひ切れぬ皿の魚を目の前にして

カンボジアに命落としし若者を悲しみ帰る月明かき夜を

買はずして古書並ぶ前を行きめぐる古きホトトギス少しあれども

正岡子規在世中のホトトギス心動きしがもとの位置に置く

明治大正昭和初期の本ただ懐かし我も老い人の部類となるか

鈴木三重吉『古事記物語』の原本には伏せ字の無きにけふ気づきたり

信号待ち立てる小肥りのかの男宮本利男かと一瞬思ふ

しどろもどろに酔ひし或る夜の宮本氏われに挑みて五味批判をして

福井にて

年々に三人来にしを逝きたまひ病みたまへればけふひとりのみ

亡き人をさまざまに語りあひしのち寄せがきを書く病みたまふ君に

批評力をいつもためさるる思ひなりきけふひとりなれば我がほしいまま
ビデオに映る夫君此処にまもりゐし梅子夫人も今は世になし
寂しげなりし夫人を思ふ去年はこの改札口に立ちていましき
金ピカに輝く紫式部の像悪口は言はずこの国びとに

上野大仏など

子規も詠みし上野大仏顔のみを此処に残せりレリーフのごと
「岡の上に天凌ぎ立つみほとけ」は今辛うじてこの土のうへ
口に淡き色残りをり江戸の代の大名が気まぐれに造りしほとけ
上野大仏拝みて足れり大和古寺の仏たち並ぶところには行かず
桜咲くこの大仏の前にして人に会ひきと若き日の母は

震災に凌雲閣の崩れし日上野大仏も首落ちしといふ

地震火災に幾度あひしか仏体も戦《いくさ》に取られつひに首のみ

大仏山おりて葉桜の道を行くけふは娘とその子らをつれて

上野大仏拝みしのちは摺鉢山子規も鷗外も登りしところ

住む人間一人一人が銃を持つその国に親は学ばしめたり

これがああ超大国か十二人が十二人とも無罪を宣す

映れるはニューヨークを歩く人の群撃たるることなく生きのびし顔

ベトナム戦は前よりニューヨークは後《うしろ》より弾丸飛ぶと言ひあひしとぞ

よその国にくちばし容るるも良しと言はむその前に己が銃を押さへよ

アララギ東京歌会

落合君は先生のあとを追つたなと我を見るなり言ひたまひけり
力強く詠みまし声もまざまざと平成三年の二つの弔辞
煙草きらふ落合氏の前に遠慮せず喫みたまふさまも目に浮かび来る
九十の齢といへど切れ目なく煙草吸はすを愁ひしものを
歌集『天沼』かかへて青山の発行所に来ましし夜のことも記憶す
七十年の友だと一言いひましきその朝みまかりし福井の君を
去年の声ありありとして中央のマイク置く席に君はいまさず
眼鏡上げ見つつ歌評を聴きたまふ土屋先生そこにいますが如し
昭和最後の夏の歌会か老先生肩に支ふる落合氏を見き
要点を捉へて簡潔に批評せよ眼高手低は誰も同じぞ

選者の歌もたいしたことないと言ふ傍らの声に反撥もせず
二日の歌会終へし安らぎと寂しさはいよいよ増すか年ふるごとに

老いざる心

机の上に『奈良朝文法史』置くのみに心ゆたけし昨日もけふも
一冊をもらふには一冊捨てねばと嘆きて言ひき橋本徳寿氏
人の心をよみ取るはいつ入《はひ》るつもりもなき店のドアおのづと開く
エスカレーターか階段か一瞬とまどふはいまだ老いざる心と言はむ
傍らにすわれる者の顔は見ねど我より若しその手のさまは
立ちあがり席をゆづらむとする人を心ゆらぎて押しとどめたり
蟬の鳴かぬ年かと思ひき八月の十日に聞き九月八日に終る

凶作の年といへどもかくばかり我ら食ひあまし食堂を出づ
どのテーブルもあまた食ひ残す日本人上海のホテルにかつて見たりき
昨日来しかの大統領もあわてゐむいま東京を襲ふ地震に
新仮名の次は旧仮名の文を書き夜に入りてまた新仮名に書く
北満に聞きし日の心よみがへるドゥーリトル死すと数行の記事

平成六年

ヒメムカシヨモギ

ヒメムカシヨモギにも二種類あるのかと折りて確かむ路地出でむとして
物を忘るる話となれば囲みあふ面々が皆活気づきたり
江戸の代の浪人の手仕事を思ひ出し五首八百円の添削をなす

ドア開けて入り来る猫を押さへたり後《あと》を閉《し》めむとする時はいつ

うづたかく積まるる新刊の『寒雲』を動悸して手に取りし忘れず

諏訪にて

狭くなりし諏訪湖を嘆きめぐり行くアオコにほはぬ時を来りて

二百年の寿命とありし記事を思ひ湖畔をめぐる君の車に

薄き氷波のまにまに漂へりこの冬も湖は凍らざるべし

鋸に氷切るさま目にあれど雪残る岸にさざなみの寄す

少年の日には見ざりしものの一ついま目の前の小白鳥なども

一つ石にしづまる五味家の三兄弟一人は戒名を刻むことなく

氷張る池のなかの石伝ひ来て辛うじて立つ君の歌碑の下

常に歌碑を否みし君も衰へて認めましきこの歓びの歌を

諏訪の四年に土屋先生も来まししかけふは雪積む阿弥陀寺への道

焼けはてしみ寺の跡を覆ふ雪冬至すぎたる夕かげの差す

提灯持ちひとり来りてこの鐘をつきにき五十幾年か過ぐ

鐘つき堂は焼けず残りぬ刻む文字読めば戦前の鐘にはあらず

粘りなき米

月越えてこの地下道にまた殖えぬホームレスといふは差別語なりや

己が父は何食はむとも猫の餌の手配のみして朝を出で行く

一日の何パーセントかごそごそと物を捜して失ふ時間

眼前の書物がたちまち姿を消すこの不思議さは日に幾たびか

整理法の本も買ひしが読まぬうちにこのうづたかきなかに隠るる

また仕事を押しつけて来ぬ体だけは大事にせよと言ふも忘れず

炊き方を失敗したるブレンド米子等の食はねばわれひとり食ふ

ほそ長く粘りなき米もかの島に命つなげばなつかしきもの

米のため並びし人等惜しみなく皿に残して食堂を出づ

日の丸弁当車内にひろげ食ふ人を羨しみて見き戦後の幾年

外米に感謝すといふ土屋先生の歌ありきけふも混《ま》ぜて炊くべし

蜿々と朝より並ぶ人の列何ごとぞこの飽食の世に

休む田に泡立草を繁らせて行列す二キロの米求めむと

みんなみの島に立てこもり日々食ひし長粒米の味もなつかし

外米の白きに向きて感謝すと文明詠みしを今にして思ふ
昨日の布告けふは忽ち引っ込めて大臣《おとど》らどこの米食ふらむか
「この米やいづくの米」と万葉にありと言ひしに人うたがはず
けふ来ればあまた積みたるブレンド米地球家族といふ名もよろし
かたはらにコーヒー入れて喫む娘父にはのむかと問ふこともなく
音立てて沢庵を粉の如くにせり母のためかつてせしを思ひて
やすりかけひたすらピッケルを磨く音またこの父を愁へしむるか
この路地にわがめづるもの昨日よりまた伸び立ちぬヒヨドリジョウゴ
毛を吹いて疵求めるか言葉狩りて楽しむごときこのやからども

けふの食事

数ふればけふの食事は五品ほど三十品食へと人は言へども

ひとり来てひとり酒飲む楽しみもやうやくに知るこの路地の店に

よしきりも雲雀も鳴かぬ川となりほとりを行けば水もにほはず

コンクリに岸を固めて人間は葦のひとむらも残すことなし

古き地名消えはてて東四ツ木より西新小岩に歩み来にけり

マンゴーは稀に食むともドリアンのにほひなつかし五十年過ぐ

知らん顔して通り過ぎゆくこちとらは名も成績も忘れぬものを

整理して本を捨てよと息子言ふもつともなれどその暇もなし

帰り来て食らはむとして気づきたりかの網棚の上に忘れし

この我によくぞ付き来しかうもり傘ひとときのみの雨なりしかど

言ふべきか否か娘はとぎし米をかくもこぼして拾ふことなし
チューブより味噌押し出して湯を注ぐわびしと思ふことなくなりて

惜　春

空おほふばかりにポプラの絮《わた》飛びてこの信濃路も春逝かむとす
山の間《ま》に今出でたるは木星か金星は早く沈みゆきたり
朝かげに房たれてにほふ淡紅のタマリスクの花いまのうつつに
一夜《ひとよ》の宿り惜しみ出て来ぬ街路樹は白雲木尽き春楡となる
けふの歌会に農にいそしむ歌を出す婦人達もみな首飾りせり
毛を吹いて疵を求むる如き歌評諏訪も松本も人は相似て
いい思ひ出はないと宣《の》らしし松本のヒメジョオン生ふるその跡に立つ

信濃の六年諏訪の家には人住めど松本はかくも草繁りたり

廃屋に近けれど残る隣の家西尾実の住みしは此処か

軍国少年につひにならざりき松本の連隊見学もうとましかりき

見学の小学生我等を導きしかの日の将校の顔も記憶す

堀内卓の墓参かなひぬ思ひきや民家の壁にすれすれにして

望月光も惜しけれど堀内は二十二か心に沁みて墓に真向かふ

煙草吸はねば

白花咲き青実垂れゐしこの路地のヒヨドリジョウゴ誰が刈り取りし

イヌムギの枯れてこぼるる堤の道水不足の夏また来るや否や

畳の上重ぬる先より我をめがけ不意に落ち来る書物を憎む

煙草吸はねばかくも書物を残せりと子に誇りしも今はうとまし

フーコーの『性の歴史』の第二冊愉しみ読まむけふのゆとりに

青山誠治氏を思ふ

君ひそかに此処にしづまる故は知らず手賀沼に近きこの霊園に

思ひきや付き添ひて歌会によく見えし娘さんもこのひとつ墓のなか

病む君を喜ばしめしわが手紙棺に入れきと語りしものを

絵より歌に命をかけると京都より月々通ひき九十近くなりて

一首のみのショックは二十日あまり続くと言はれきある日の歌会に

土牛の絵一点売れば三年間の生活費浮くと告げき小声に

鹿児島にて

よそ者の心は鹿児島の街に来て何かあき足らず火山灰《よな》の降らねば
西郷のこもりし小さき洞窟をまた覗く五十幾年か過ぎて
秋暑き日差を浴びて上野とも違ふ隆盛の銅像したし
下弦過ぎの月遠ざかり桜島の空赤くなる時を目ざめぬ
くろぐろと山ひだあらはに影を落とす島にまた立つ若き日おもひて

泡　立　草

名月の夜も過ぎしに思ひ立ち薄折ると来ぬ川二つ越えて
葦よりも豊かなる穂を早く出し薄はそよぐ夕川の辺に
穂を出せる葦と薄と手折り来て生けたり娘は違ひを知らず
わけも分からぬカタカナ語つけて此処にまた大きマンション一つ建ちたり

泡立草衰ふといふ説もあれど黄花ゆたけし堤を行けば

みちのくには乏しと思ひし泡立草勢ふを見き上ノ山に近く

平成七年

歳晩雑詠

枕辺の宇宙論と『奈良朝文法史』いづれを読まむこの明け方は

滑稽感なきにしもあらず鷗外のお手伝ひさんといふこの表現に

移りゆく言葉といへど「思ほへば」「恋へば」を使ふこの歌人さへ

先に逝きしは羨《とも》しと言はむ娶らぬもの嫁がぬものに関はらずして

傍に臥す友あれば灯を点さず堪へて待つべし夜の明くるまで

船の灯かと見し一瞬にゆらぎつつ明けの明星は海を出でたり

百歳の土屋先生お元気ですかと書きて来しこの人痴呆進むか

堪へられず遺書を残して首吊りし少年を悼み年暮れむとす

教師なりし故に教師の不甲斐なさつくづくと知る少年の死に

立ち止まれば運転席より合図ありおのづからその人柄を知る

聞き取れぬほどの小声に返事してまた聞けば忽ち怒る娘か

朝酒はやめむと牧水も詠みしかど目の前にあり甲斐の生酒《なまざけ》

ライスカレー食ひしは一度のみなれど子規も記せば何か安堵す

亡き夫《をつと》を憶ふ歌多きこの歌集口絵の写真はにつこりとせり

昼近くなりても起きる気配なし家庭内別居の息子と娘

止むを得ず息子のあとをすぐ使ふ電気かみそり心地よからず

ドアあけても締めること知らぬ猫どもか何万年かの後には悟るか

黒焦げとなれるところはそぎて食ふまだまだ長く生きむ心に

四人に一人癌に死すとも今更に黄緑野菜を摂りて何せむ

廃止宣言せしにあらずやこの駅に残すE電の文字を憎めり

片手落ちとつい言ひて口をつぐみたり首切りもダメか足切りは如何に

日本語はないのか路地の酒店も午後六時よりオープンと書く

軍隊にては廁と言へと教へられき今は我さへトイレと言ふか

日本語を狩りて喜ぶ女、婦人、それもいけない女性の方々

茂吉先生ビルといふ語を戒めき「ビルのはざま」は我も好まず

ただ一度青山通りを睦まじく語り行く茂吉と文明を見し

蕪村の句も秋にはあらず師走の月真夜中となり天心に来る

崩れ落ちし本をそのまま踏みつけて朝を出でゆく息子も娘も

本雑誌始末せよとまた子に言はるその昔妻に言はれし如く

『国歌大観』の索引は家に見当たらず図書館に来ぬ昨日も今日も

帰化種なりといやしむなかれ真冬にも耐へて葉を出すムラサキツユクサ

人のいいのが欠点なりと言へる声なかば肯ひ夜半を帰り来

天頂に迫らむとしてオリオンは傾きはじむこの夜半もまた

瓦礫積む街

瓦礫積む街におり立ちしわが首相スイスの犬より遅かりしとぞ

三宮に住むかの老にしたしみき早くみまかればむしろ安けし

この世紀のうちに動くか荒川の活断層の上にけふも寝る

蚊帳吊りて草の上に臥すを喜びし記憶ありかの震災の時

直下型なりし安政の地震より如何ばかり人の知恵は進みし

このいのちの百年はかかる事なしと慰めて神戸の人を帰しぬ

ニュージーランドの旅

まどかなる月の真下に火星あり赤道すでに越えたる頃か

十五夜の月かたはらに在りといへど脚も動かずこの空間は

月見えずなりて突然の強き光しばしまもりて金星と知る

金星のはるか真上に火星あり海はきはまるあけぼのの色

日本時間午前二時半の機内食蕎麦あれば食ふワインとともに

ニュージーランドまさめに見たり窓の下にみどり乏しき山脈《やまなみ》つづく

行き行きて蝶の少き国と思ふこの黄の薔薇にしじみ蝶ひとつ

絶えだえに蟬鳴き立つるダリアの園毛糸のシャツを脱ぐこともなし

日本の真冬を飛び立ちこの国の花園行けば晩夏のひかり

挨拶をすることもなくすれ違ふ街角にまた日本人の群

鮨の値は三十五ドルと三十ドル菊水といふ店のしたしさ

沢庵は食はねど味噌汁を飲みあへり隣にすわる韓国人の夫婦

向ひ側の日本料理店も灯を消しぬニュージーランドの十六夜《いざよひ》の月

シリウスの天頂に来るこの国か真夏といへど息白くして

オリオンは逆さまとなり天頂にシリウスの来る夜《よる》もふけしか

参商《しんしやう》の如く隔つといふ言葉天仰ぎ言ふかたへの人に
この国の夏も逝くべし谷深き氷河は光る月の光に
クック山の右側に今ひかる星日本に見難きカノープスと知る
月かげの一夜照らしし雪の峰虹色となる夜の明けしかば
マウントクック目の前にして朝餉楽し並ぶる品より沢庵も取る
低き岡に登れば眼前《がんぜん》になだれたるフッカー氷河の汚《よご》れはしるし
一ドルのチップを置きて去らむとしまた仰ぎ見る窓辺に立ちて
飛行中止となりて降《お》りられぬかの氷河遠きこの国に来し甲斐もなく
夜更けの店出づれば坂の上にかかる南十字星の先端したし
命あり五十年過ぎて見るものか南十字星は雪山のうへ

花園のなかに昼餉の鮭を食ふワイン三ドルは君の奢りぞ

沸騰する沼のほとりをさまよへり湯煙はのぼる墓地のなかにも

この国のマオリの人等も生きむとし手を拍ちをどる食ふ者を前に

混血のマオリか若く肌白き女《をんな》もまじりて足踏み鳴らす

店に働く日本の婦人に差し出せば円に換算の手の動きはやし

北島の最後の夜を曇り深しまた見めやかの十字の星を

かの国の天頂に見しシリウスは南に低し帰り来しかば

五島行

この島に茂る赤榕《あかう》を見つつ来れどあな惜しひとつも柏崎になし

まぼろしに君の見ましし赤榕あらずコヒルガオ咲く岬の上に

憶良らの往き来の海と詠みましき限りなき波いまのうつつに
八世紀の憶良偲ばむこの岬二十世紀も果てなむとして
青き潮流れやまざる岬に立ち君思ふ胸のいたくなるまで
さいはての島の岬に立ちつくしひとり声呼ぶ逝く春の日に

かく命あり

シベリヤに向ふ兵舎より移されてかく命あり五十年経ぬ
九十年は草木《くさき》も生えじと広島を伝ふる暗号も解きにしものを
さそり座の赤き光を見しのちにまた本を捜す部屋に戻りて
命ちぢむ思ひに捜しし歌稿ひとつ座蒲団の下にひそみゐたりき
全国の紙の消費はいくばくぞ心痛みて投票に来ぬ

土下座して号泣せしといふ父を思ふことありやかのひげ男

川戸にて

飲んでみよと指さしまし筧《かけひ》の水またすくひ飲む五十年ぶりに

遠き島より還り来て飲みしこの泉いのちありまた冷たきを飲む

選歌しつつ繰り返し草に寄りたまふ君の姿もまの当り見し

肥《こえ》かつぎまろびしといふはこの辺りか落葉の坂をけふ登りゆく

君と並び寝ねしこの部屋にすわる時高き書棚の目に浮かび来る

「ていれぎの下葉浅黄に秋の風」この子規の句を読みたまひしや

赤岳鉱泉行

汗ぬぐひ憩ふかたへのとりかぶと踏み散らししは人かけものか

馬下りて行きけむ人を偲びつつ息づき登るこの石の坂

丸木橋渡りわたりて硫黄にほひけもののにほふ谷に入り来ぬ

赤彦先生来し日はランプを点しけむ暗き電灯も九時に切れたり

深山雀と詠みしはこれか白檜曾の林を移るこゑ絶えまなし

茶をたづさへこの谷の湯に来て詠みし歌も掲げず宿の主《あるじ》は

平成八年

枯草の道

いまいましく核実験を繰り返す国のワインを飲むべきか否か

オークランドの丘の上に示す方位盤東京とパリと相並びゐき

夕かげの寒き男坂くだり行く締切すぎし原稿を持ちて

ここの蕎麦はまづいと柴生田氏言ひましき思ひ出しつつ店に入りゆく

仕事終へ入りたる店に憤慨して値上げのビール君は飲まざりき

脳《なづき》といふ古語さへ使ふこの歌よみ出れる来れるもためらはず言ふ

世の動きにうときを気にせぬ齢となりインターネットと言ふことも知らず

けふのひと日見失ふことなかりきと眼がねをはづす眠らむとして

日が差せば真冬といへど耐へ耐へて花を咲かすかこのツユクサは

息子どもそれぞれ金を借りゆきて素知らぬ顔す月を越えても

オフレコとして話ししを通報せり記者にも実にイヤな奴がゐる

川二つ越えて枯草の道急《いそ》ぐ夕星《ゆふづつ》のあとに月も沈めり

餅つかへて命落としし者七人若きは読みてあざわらへども

肩冷えて夜半を目ざめてかたはらに臥す人もなき二十年となる

ストーブをともして含む朝の酒かにかく生くるを喜びとして

頬ふくらみ首もすわりぬ新しき世紀に耐へて生きむいのちか

有ラムのラムを助動詞として書きし人コップを持ちて近寄りて来る

日本一の汚き川と言はれしに今は匂はずほとりを行けば

枯葦の揺るる水辺に金星は影を映していまだ沈まず

午後八時過ぎても沈まぬ強き光目守《まも》りてあかず水のほとりに

朝飯《あさいひ》を急ぎて揃はぬ箸を取る靴下の色もやや違《たが》ふらし

この国を怒らむために存ふか我も日本人をやめたくなりぬ

金の亡者ばかり蠢く世紀末よしゑやしこの国滅ぶとも

断片

寒き灯の下に並べぬベルリンの壁の断片、鳴砂山の砂

営団か都営か今も知らずしてしばしとまどふ切符売場に

路地に出て口にくはへて火をつけるこの長男もすでに中年

妻あらば歎かむものをひとり身の気安さにゐる息子と娘

新しきこの注釈にはガッカリす人麿の歌も「月西渡る」

歌よみに悪人は無しと言ひ切りて金持も無しとつけ加へたり

アララギの百年にはあと十一年老舌《おいじた》よよみ杖はつくとも

箒星

子の示す角度に箒星捉へたりレンズのなかに息づくごとし

北極星の下びに尾を引きただよへる箒星を見つ今のうつつに

雲間よりまた現はれむ星を待つ人の世のことしばし忘れて

雲だにも心あらなむと唱ふとも星はかくろふみるみるうちに

人類といふものありやこの彗星《すいせい》一万年後にまた近づくと言ふ

西空に長く輝き沈み行きし金星を追ふかのシリウスは

宇宙、人間

水星の沈みしのちも幾ときか水辺を照らすかの金星は

夜九時にもならむかやうやく沈みゆく最大離角の半月の星

オリオンもすばるも西に低くなり枯草にほふ水の辺に立つ

わが命絶えなむはいつ絶えむとき消滅すべしこの大宇宙

思ふともせんなきものをそもそもの宇宙の初めそして終を

しどけなく臥せる真菰のあひだより青き芽も見ゆ水ぬるみ来て

かの尊師いまだあがむる男ども偏差値重視の教育の果

捕はれの日も長くなり性欲をもて余しゐむかのひげ男

隠すより現はるるはなしああもんじゅ、大蔵省の役人、その他次々

非加熱剤売りてしこたま儲けしあと土下座をしをりこの社長等は

ポンテリカ

新しき市《いち》の名とするポンテリカああカリテンポの逆読《さかさ》みとぞ

目に余るカタカナコトバの渦のなかに「まほろば」といふ旅館すがすがし

江戸の代の仮名を守りて「どぜう」と書く看板したし食はむとはせねど

この国を表はすローマ字入り乱れＪＲのＪ、ＮＨＫのＮ

進歩せる技術も良きことのみならず倒産の工場が父さんの工場

仮名遣書き分けてけふの文二つ百年のちの日本語はいかに

日本語を守らむと言ふ大臣も歌人も居らずこの世紀末

罪を犯しし如くに思ふ夜明けまであかりを消さぬままに寝《い》ねたり

今何を戒めたまふ積む上より落ちて肩打つ五味先生遺歌集

毛布膝に掛けて映像を見るのみの晩年の姿おもふも寂し

桜の花長く咲きつぐこの春を遠ざかるらしかの彗星は

咲き満ちてゆらぐ桜の枝の間を明星一つ移りゆきたり

赤みおび丹沢あたりに沈むまで金星を見つ今宵はおそく

川の辺によしきりの声ひびかへど去年まで聞きし雲雀は啼かず
夕べの灯ともる木根川の橋に立ち佐田雅志思ふ長く会はねば
朝飯も食はず黙してそれぞれに出て行くわが家のシングルふたり
飼主の娘の性格が移るらしこの猫も次第にイジワルとなる
いち早く逃れゆく猫むすめ居らぬ時にいぢめてやれと思へど
「思ほへば」の源はここか晩翠の「天地有情」に三例のあり

鳥海山

窓あけて幾たびも見る鳥海山夜明けの空にまぼろしのごと
鳥海山白く浮き立つ朝まだき雲雀のこゑは代る代るに
遠足の生徒ら雪渓に放たれて投げあふ声は空にひびかふ

並び立つ油田の櫓を遠く見て白雪川をふたたび渡る

この山を一生恋ひにしがわが祖父か旧派の俳人その名は鳥麓

明治の代に町長つとめし曾祖父の写真を仰ぐ遠く来りて

信濃路

鳴きながら尾を垂れて飛ぶ郭公を久々に見つこの信濃路に

夜明けにも鳴きたりといふ慈悲心鳥心残して山荘を去る

ほぞ出して銀座を歩む女人ありとこの信州の山中に聞く

八ケ岳の一夜の宿に忘れ得ずニセアカシヤの花の天ぷら

赤彦君と左千夫が呼べるこの小説いまだ赤彦と言はざりし時ぞ

はばからず核実験をせし国が神社参拝の首相を非難す

十三日生く

その朝に測りし体重五百グラム保育器のなかに命終りぬ　宮地英司死す

保育器に十三日を生き耐へていま爪のある指を組みたり

ともす火のゆらげる下にひつそりとその父に似るまなこを瞑る

いと小さき柩埋むる花のなか乾く額に初めて触れぬ

昨日まで動きゐしものを箸のべてありとしもなき骨を拾へり

かにかくに生きし命か人間の歴史のなかの十三日を

電　害

電害といふ語はなきか携ふる電話も人を損ふと言ふ

突然死戒むる記事を切り抜きて示せど汝に反応も無し

鍋焦がしてやまざる母を嘲りし報いにや今日はわれも二度まで

うづたかく大根おろししこの朝《あした》かぼす絞れば幸のきはまる

もの言はずただ食はむのみ今宵またアンチ巨人の者どものなか

組ましむる指にわづかに伸びてゐしみどりごの爪思ふに堪へず

こしひかり終へてけふより炊かむ米秋田小町と名づくるも良し

次々に世に出づる米の貧しき名カタカナ語無きは良しと思へど

朝々掃くわが前の路地吸ひがらの赤きが必ずありていらだつ

歌碑が成り記念館が建つ故郷に苦笑したまふやかの世の君は

保渡田と言ふは古き地名か彼岸花咲ける古墳のひとつに登る

古墳の裾を色どり咲きし彼岸花十日経て来ればすでにまぼろし

平成九年

夕べの路地

落葉まふ夕べの路地を急ぎ来ぬ減塩醤油をひと壜下げて
卵割るこの拙さよ顧《かへり》みれば小学校の頃と変らず
女学校の門に立つさへ咎められしに次々と行く手を握りあひて
大根を押して鮮度をはかることも厨ごとしてわが知るひとつ
百年ののちの日本語を思ひつつ夕映うつる水のべに立つ
わが命つくづく思へば偶然の存在ならずやこの宇宙さへ

心おさへて

くどくどと物言ふ己れをたしなめず酩酊前期といふにやあらむ

ガンを治す決定薬とけさもまた出づる広告は目をやりしのみ

さまざまに議論ありとも慰安婦に関はらざりしをわが誇りとす

雨に濡れわが帰るとも出でて来ずそれぞれの部屋にあかり点して

世の娘半分は父を嫌ふとぞ猫を撫でつつ答へむとせず

不機嫌を愛するのかとひと言を娘に浴びせて出でて来にけり

茂吉文明二人の先生にまみえしを無上の幸として生きて来ぬ

「アララギは市に売りたり」と歓喜して詠みましし一首思はざらめや

「よろづ代に頼みし心」と家持の詠みしを思ふこの明け暮れは

かくも冷たき返事を我もするものか墓地買へといふ人の電話に

わが路地に真冬といへど絶ゆるなしムラサキカタバミの花を愛《かな》しむ

この夜半はオリオンの上を渡り行く冬至過ぎたるまどかなる月

天の川かすかに見ゆるこの夜半も心おさへてわが帰り来ぬ

ひむがしに宵々出づる赤き星われを救はむ光ともなれ

冗談とも本気とも或る日の発行所に土屋先生洩らしし言葉

この国の十大事件にもなるべしと言ひて笑ひて悲しくなりぬ

天地《あめつち》も暗くなりたりしづかなる停滞も良しと思ひしものを

別の宇宙もありとこそ聞けわが世界の惑へる星に一瞬を生く

期限過ぎてやや臭へるもかまはず焼くこの朝食はむものもなければ

はうれん草と小松菜の違ひも知らざりき今朝はわが煮るはうれん草を

本当の酒飲みならず餡パンをさかなにしつつ今宵飲むひとり

『チャタレー夫人の恋人』久々に取り出して読めども心の慰むならず

百年をすでに祝ひしホトトギス「心の花」も近づくと言ふ

蜜柑箱を机になして焼け跡に再刊計りましことも思はむ

九十年

春寒き浅草に来ぬ支へられ拝みし人を面影にして

茂吉逝きて四十四年文明より七年過ぎてつひにこの時

思ひきやかのソビエットの消滅もアララギの果《はて》もわが生《せい》のうち

心の花百年も近しと言ふものをああアララギは九十年か

南朝の滅びしのちのあはれなる後南朝の歴史思はざらめや

アララギの百年までは生くべしと詠みしを恥ぢて今宵飲む酒

アララギのことなどどうでもよくなりてひとりわが酔ふ浅草の夜を

片栗の花

憂へ心今はひそめてただ楽し片栗の花の群落に逢ふ

古代の日本此処に残れる思ひせり片栗の花の群落のなか

片栗の花は雑草の如くにて山肌おほひ道のなかまで

幻の如くしらじらと水芭蕉そのめぐりには片栗の花

歌会を待つ人等のあれば惜しみつつこの群落に別れむとする

日常断片

店に入りひとり飲むこともなかりしを銚子一本わが前にあり

永夜ノ月同ジク孤ナリと仰ぎつついささか酔ひて今宵も帰る

わがなし得る悪事はせいぜいこの程度路地に入り来て放たむとする
首に巻き靴下はきて寝るゆゑかひと冬越えぬ風邪も引かずに
股長《ももなが》に寝《い》をしなせとふかの言葉ふと甦る寝《い》ねむとすれば
おのづから亡きものの影立つといへど万葉びとの丸寝《まるね》をぞする
湯を注げば浮ける豆腐は紙の如し立ちながら飲み出で行かむとす
抱へつつ入り来しものをすわる時朝刊なければまた立ちあがる
確かに此処に置きし財布が見当らずまたしても神が意地悪をせり
桜咲くこの枝の間《ま》に去年も見き今年は別の彗星が見ゆ
花明かりしつつ揺らげるなかにして尾を引く星も今のうつつに
シリウスは早く沈みぬほのぼのと箒星《はうきぼし》浮く丹沢のうへ

ハレー彗星つひに見ざりきこの世よりかの彗星も遠ざかりゆく

葦萌えてにほふ水辺をさまよへば東京の空に天の川あり

終　焉

何とでも人言はば言へアララギの終焉、没落、破滅そのほか

明星は十年アララギは九十年栄えき滅びき今世紀のうち

赤彦の如き人今は世になきか無念にもアララギを終刊となす

アララギに殉じて今こそ死なむかと思ふ心よ一瞬なれど

八十を越えたる人も涙流し訴へて来ぬけふも電話に

東北の人の次には九州よりかかる電話も憤るこゑ

土屋先生或る日の予言も現実にならむとしつつ我等とまどふ

阿羅々木の創刊号を手に取りぬ終刊まであと半歳となる
蕨真《けっしん》のみ墓にまたも詣づべしアララギの名を選び奨めき
アララギの滅ぶる時はこの国の短歌《うた》も滅びむと書きしも笑止
それみたことかと嘲笑ふ一群よ惜しみ歎かふ声ひびくなかに
日本語のいよよ崩れむとする時に日本語守りしアララギは死す
一雑誌の運命ならずこの国の時代と共に生き来しものを
日本語はいよよ貧しくなるべしとくやしみ言ひて酒飲まむとす
とどめむとする動きにも加はらず優柔不断はただ目守《まも》るのみ
忠義づらする面々《めんめん》の告げ口も末期症状と言はば言ふべし
アララギより受けたる毒は身に沁むと人見らめどもアララギを愛す

夕映の色あせ行きて間もあらず沈む彗星をけふも見送る

下田にて

昔見し墓石ならず香煙のにほふお吉のおくつきどころ

この寺はお吉さまさま、墓に手を合はするのみに金を取られつ

唐人お吉使ひしといふ櫛、鏡此処にも並べ金取りて見す

なかなかの達筆なれどにせ物に非ずやお吉のこの短冊も

唐人お吉身投げするさま悲しみき弁士の声のひびく映画に

「やけ酒」を一生《ひとよ》飲みたるお吉偲び下田の街に酔ふこともなし

切り岸に郁子《むべ》の黄の花ほのか匂ひ黒きあけびの花は匂はず

無用なる添削をする癖ありと己れいましむ酒飲みしのちは

イロハより手旗信号試みつついまだ忘れず五十年過ぐ

「人の心の奥ぞ知らるる」と口癖に言ひなすも憂し朝な夕なに
酒酌みて楽しまむ時アララギの安楽死などと言ひ出すは誰
入り難き理由こまごまと記したりかく苦しむるも罪と言はむか
締切り日忘れず守ることもなく日の過ぎ行くは楽しからめや

八ケ岳

甲州路信州路といふ声きこゆ八ケ岳遠く見えくる時に
日本語もかく崩るるか信州路などと言はずに信濃路と言へ
八ケ岳ゆたかに裾をひろぐるに一目でも見よ寄り添ふ二人
山の間に頂きわづかに見え来るは赤岳なりやしばし言ひあふ
遠き世の天皇ならず杯に浮かぶ木の葉も怒ることなし

峡の空にみなぎり飛べる柳蘭の穂絮を見れば幸の極まる

高千穂の峰

澄む空より富士を見おろしアララギの最後の歌稿をわが読まむとす
バンドを締め機上に選歌をなすときの一時間余りを至福と思ふ
東北の人等の最終となる歌稿持ちており立つ宮崎空港に
高千穂の峰の夕映消えしのち秋田の人等の歌稿取り出す
細き月と夕星ともに沈み行きわづか影立つ高千穂の峰は
災ひを転じて福となすべしと言ひて慰まず昨日も今日も

平成十年

青きばつた

青きばつた路地を横ぎり飛ぶを見つなほもこの世を生きぬかむとす

わが路地に朱の極まる枸杞の実は小鳥ついばむ前に食ふべし

その時のみ覚えて次々に忘れゆく数字はかなし旅を重ねて

梅干を口に含みて子規を思ふかのみ墓にも久しく行かず

失禁用のパンツは買はず『老人栄えて国滅ぶ』といふ本を求めぬ

朝早く出づる娘よ見送らるることが嫌ひのこのへそ曲がり

神は嗤ふか

アララギの終刊号を手に取りぬ滅ぶべくして滅びしアララギ

日本さへ百万の地雷持つと言ふ今もわからぬことのひとつに

百年ののちの地球は思ふまじ日本語憂ふるも愚かなること

人間はおろかなりきと次の世紀の終らむ頃に神は嗤ふか

進む世を喜ぶべきかこの冬もかの諏訪の湖凍らざるべし

わが発行所

この部屋がわが発行所鍵当ててひとり入るとき沁々とせり

なごやかに心揃へ校正をなすさまもかつて見ざりし姿と言はむ

コップ持ちて近づく彼はほほゑめど近親憎悪の心なるべし

新しき歌誌はなるともアララギを悲しむ心消す由もなし

てのひらに青きばつたを閉ぢこめて宇宙の初めを想ふたまゆら

オリオンの傾く光を夜半に見き今朝起き出でて雨の音聞く

子は二人だけで沢山と妻言ひきこの三人めに今も煩ふ

明け方に目覚むれば灯はつけしまま歌稿の束を朱に汚して

絶対の無の世界に早く入りたしと思ふ一瞬日に幾たびか

髪傷むる事はあらぬか子の妻がその豊けきを茶色に染めつ

いにしへの人の知らざる吟醸酒ひと口を飲む朝の幸福

巡り来る皿より鮪のすしを取るダイオキシンの害人は言ふとも

街路樹の下に積もりし雪消えて鳥の汚ししもの現はれぬ

地下鉄出でて山茶花咲ける生け垣に沿ひ行けばすぐに我が発行所

雪の上に散る山茶花の朱もしたし去年まではこの町を知らざりき

環七に沿ひたる狭き店に寄り鮭定食をけふは注文す

子規とお茶の水

四百年の後の東京を思ひゑがき記しし子規よ百年たちぬ

お茶の水橋けふも渡れり地下を行く電車は子規も予想せざりき

百年過ぎし平成の代にはいまだ成らず神田川に架かる三重の橋

死なぬ薬売る店は無しと子規は言へどはたして如何に三世紀の後は

百年も過ぎぬに早く実現す色取写真館また昇降機

お茶の水の殺人事件も空想して楽しみけるか病の床に

地下街の名妓を記すもあはれなり小桜姫とレッドローズ嬢

御神渡ありき

赤彦の時には九時間かかりしを二時間にしてはやも信濃路

スイッチバックせしはいづこぞ雪残る谷間に桃の花も咲きそむ

旧仮名の滅びむとするあかしとも「あずさ」と「かいじ」今擦れちがふ

こんぼことふ方言きけばその渾名の配属将校の顔浮かび来る

御柱を祭るこの年久々に御神渡りありきと聞くもうれしく

空気あらき国と書きまし文字を見てその油屋に今宵寝むとす

ウルトラマン

久々に来ればこの祖父に連発すイヤとダメといふ単語覚えて

ビデオみづから操作して見るをさなごよいまだむつきも取れざるものを

ウルトラマンにもさまざまの種類あることをけふは教へらる二歳の孫に

怖い場面映れば逃げて物かげよりひそかに窺ふこの二歳児の

店に売るウルトラマンの人形をいち早く見つけ梃子でも動かず

狭き部屋に二匹の猫も住まはせてことわりならずや子の喘息も

ヂヂといふ言葉も覚えてバイバイす幾つになるまで我は生きむか

なごりの光

切符くはへ電車降り来る老人あり真似したくなしかかるしぐさは

東北の婦人の電話にこまごまとけふは教へらる飯の炊き方

それぞれに出でて行きたり玄関に落ちゐる本は拾ふ者なし

白き蝶輝きてわが路地を飛びし四月の十日忘れざるべし

ひと冬を夜ごと目守りしオリオンはいま西ぞらになごりの光

かの日より一年経しか撃たれ死にしゲリラの少女を今も哀れむ

押し出せる味噌に豆腐と称するもの散らして注ぐ朝々のこと

酒瓶は朝より我をいざなへど忌々しけふは休肝日なり

「御相談は生前より」の葬儀所の看板を見る往きに帰りに

あはれをかし百歳となるアメリカ人少女に戯れ捕はれしとぞ

朝夕に思ふは男女のそれぞれの病に苦しむ伊予の友二人

ただならぬ病といへど戦ふべしその持ち前の強き心に

麦　田

麦田といふ語を咎めしに歌会終へて友はその田を現実に見す

持て余して腐らす南瓜の話を聞き帰り来れば店に輸入品を積む

けふ食ひしは麦とろ肉ジャガ冷やし中華どれも貧しき日本語ばかり

この駅に聞く放送は心地悪し「東京」と「行き」と分けて発音す

力こめて「乙女」の文字を非難しき辞書見るにどれも載せざるは無し
今月号の未着を次々に言ふ電話事務室に我の居残りてをれば

宇宙、アララギ

浪のうへを照らしてするするとのぼる光あやしみしかど金星と知る
とどろける夜明けの海に相並びさそりと金星は光を放つ
打寄する音絶えまなき渚を行くこの間《ま》にも宇宙はひろがりゆくか
ゆらぎつつ昼顔咲けり百年ののちにもありやこの海ぎしに
太陽も滅びに向かふと読みて知り心ふるへき少年の日に
わが銀河に終焉の時ありといへど少年の日の如く憂へず
『宇宙創成はじめの三分間』といふ書物心をののくといふこともなし

この海に幾たび来しか春の銀河傾くさまを見て寝ねむとす

*

この高校に来れば思ひ出づ支へられ来まししし最後の土屋先生

「こんな歌を見せる勇気を尊敬するよ」最後の歌会に言はしし言葉

壇上に居眠りをする柴生田氏こころ痛みて幾たびか見し

居眠りする君を気づかひ見ていましき土屋先生批評の合ひ間に

明治よりの校長の写真居並ぶ下アララギ終刊のことも論じき

頑なる意見に何とかならぬかと小暮氏も幾度か言はれしものを

理不尽なる力に抗し得ざりきと言ひて何せむ今はくやまず

アララギの下働きを常にせし君は今また新アララギに

助動詞と助詞の区別もつかぬ者笑みつつ寄り来る人かき分けて

アララギに五十年ゐて仮名遣も覚えむとせずこの人もまた

四段活用と言はるるのみに頭痛すと一老婦人告げて立ち去る

歌稿めくれば「老ひ」と書く者あとを絶たず「言はづ語らづ」と記せるもあり

九十九里全国歌会

心ひとつに歌会始まる九十九里の浜の浪音しづまる時に

一人の二首二分以内と定めしにかの評者立てばまた長々し

注釈はやめて簡潔に批評せよ遠き浪の音聞きつつ思ふ

蕨真のみ墓に詣づるは三度目か添ふあららぎの枝も伸びたり

アララギの祖と次々に額づけど一首なりとも知れる人ありや

一族の争ひはまだ尾を引くか墓地にさへぎる塀も造りて

灯ともして北へ向へる飛行機は今よぎりゆく木星の下を

夜おそく路地に入り来ぬ久々にペガサス星座も見ゆるしたしさ

東京の空に限りなき星を見しわが少年期恋しくもあるか

千年に一度の星空も仰がずして今さら思ふエマーソンの言葉

水の上にゆらげる月のかげと並びかすかに映る木星のかげも

澄みわたる夜空といへど渦巻きのアンドロメダはわが目に見えず

バカとハサミは使ひやうといふ言葉さへ差別語なりや言はむとして止《や》む

仮名遣「はずむ」か「はづむ」かといふ問ひにすぐ返事書く心はづみて

日本語の或る古語をひそかに連想すマグワイアといふ選手の氏名に

旧仮名をあへて使ふは何ゆゑぞどの店もみな「ぢ」の薬と書く

追ひ立ててあとに坐れば気持悪し蒲団に猫のぬくみ残れり

神輿《みこし》かつぐなかに茶髪も目につけど気にせずなるも時の移りか

猫に食はする削りぶしあれば失敬す人間が今朝の味噌汁のため

バイアグラ飲みて六十代の男死すと読みて苦笑す息子と共に

打率を見る

をのきて見守りし日よ月面を初めて踏みしその人も死す

いくら何でもひどいではないかメチャボンクラの首相を戴く不幸と書けり

袖に涙のかかるにはあらず今にして人の心のさまざまを知る

去年までの仲間の脇にすわる時呉越同舟と人に言はれつ

新聞を見るものもの憂し昨夜より借金一つとなれる巨人に

新聞に載る打率のみあわただしく今朝は目をやり出で立たむとす

秋田の酒もらひし返事もまだ書かず君みまかると聞くはまことか

九十八の翁といふをあやしみき声大きくて耳も遠からず

嗅覚のみ衰へたりと君は告げき二十日まへ共に食事せしとき

函館の昼の街かどに握手してまたも逢はむと誓ひしものを

なつかしみしばしば語りき山上まで赤彦先生を押し上げし日を

君ひそかに言ひし時あり常に女性に関心持つのが若さの秘訣と

神田川

シルバーパス胸にひそめて出でて来れどいまだ残年といふ意識なし

今年より無料のパスをもらへりと柴生田氏告げき恥ぢ入るごとく

環七をくぐり流るる川の上に羽かがやきてあきつ飛びかふ

台風の過ぎてけふ見る神田川あきつは飛ばず梅花藻もなし

水ふえて流れ行きしかまぼろしに白き花見て川のべに立つ

諏訪の湖に溺れて死にし同級の友と夢に会ふ六十年過ぎて

平成十一年

黒き蝶

秋ふけてわが路地に生まれ息づけるこの黒き蝶の運命を思ふ

白き小花うつむき垂らすわが路地のヒヨドリジョウゴ誰も取るなかれ

一本のみ咲く彼岸花を手折りし者くやし恨めし朝起きて来て

食堂に相向ひ食ふこの娘父を荷厄介に思ふ日も来む

足に絡み落つる書物を拾はむと屈めば俄かに上よりも落つ
　生けるしるし

朝起きてまづひと口の酒を飲むこの世にいまだ生けるしるしに

空間と時間のことは何も知らず日なたぼこするこの猫もわれも

一群の学生ら行くを目に追へり生殖異変の記事読みしのち

歌よみの狭き心と思へども広辞苑五版の不満いろいろ

小さきこと咎むと言ふな「現代の和歌」とは何ぞこの広辞苑
　「鳥たち」「星たち」

「鳥たち」と言へるは今は認めむか「雲たち」は困る「星たち」もまた

鉄幹が若き茂吉に「死にぬらむ」は認めむと言ひき我も見のがす

その時はその時と思ひいねむとす東京直下の地震はいつぞ

わが歩む音にも上よりころげ落つ本らは己れの意志持つごとし

我が家《や》の柿つつく鳥らも許すべしこの街に共に生くるものゆゑ

並ぶ木の蜜柑は食まず小鳥らは柿を襲ひてつひに余さず

世を共に生くる小鳥か庭の柿を食み尽くすとも憎むことなし

わが待つは熱燗一本若き日にはひとり飲むことなかりしものを

わが残す鮭の皮まで食みし母いやしと思ひき少年の日に

人見絹枝悼みし遠き日を思ふ九十過ぎて織田幹雄死す

山茶花はまた咲きそめぬ環七のこのすさまじき音に耐へつつ

八甲田山

岩手山の上に木星を見て寝ねきこの暁はシリウスとなる

雪中に遭難せし兵の写真見れば一人一人幼き表情持てり

命助かり戦後も長く生きし人の葬儀の写真も身に沁みて見つ

問はるれば忽ち口を衝く内務班、袴下《こした》、営内靴《えいないくわ》、私的制裁

物干場《ぶつかんば》といひし言葉もよみがへる干してわびしく見張りしたりき

馬に乗る東条英機に捧《ささ》げ銃《つつ》をせしといふ歌ためらはず採る

機械のひねくれ

ひねくれは機械にもあり皺を伸ばし入れたる札を幾度も戻す

この幾年かぜも引かぬに我が前の茶髪が咳すはばかりもなく

三十八歳今より転職もむづかしと子は嘆き言ふ昼の茶房に

死を恐るるあまりに自ら命絶ちしソ連の詩人を思ふことあり

天頂に近づくと見しベテルギウス西へ逸れゆく元日の空を

わが箸を洩れたる蕎麦は本の間をぬるぬると這ふ蛇の如くに

改めて婦人に聞けばひとりひとり微妙に差のあり飯《いひ》の炊きかた

猫の餌を気にして電話を掛けて来ぬその父の食はむものには触れず

半世紀以上も過ぎて忘れ得ずかの島に食みしドリアンの味

補聴器を土屋先生うとみましき広告をいま手にしつつ思ふ

三日ほど青きばつたは皿の上に肢震はししに今朝は動かず

折込みの重き広告は見ずに捨つ朝々心を痛めながらも

駅

地下道にうずくまる人ふえたるか次の世紀を思ひ歩むに
切符求むと老婆の押しし数字のあとすぐまた押せるは心地良からず
機械も時に狂ふことなきか落ちきたる釣り銭数ふることもせざれど
臓物をさらけ出したる改札機きのふの隣がまた故障せり
火の色に染めたる髪をとがらせて怒髪天をつくかこの若者は

二月から三月

夕映の光うすれて相並ぶ惑星ふたつ丹沢のうへ
高層のビルの間《はざま》に金星見ゆその真下《ました》には木星もまた
君が代に苦しみて命を絶ちし人職抛たば良かりしものを

事ありてやうやく動く為政者かダイオキシンもまた日の丸も

われかつて妻を殴りしことありや一二度《いちにど》あらむ小突きしことは

妻殴るを文化と言ひしかの領事愉快なれども困つた男

ドリアンと南十字星

豪北の名も滅びしかこの明け方ドリアンの林をさまよへる夢

ドリアンは一度食みにしマンゴスチンは見しこともなしこの五十年

パパイヤにはすぐ慣れしかどドリアンのしるき匂ひには堪へ難かりき

パパイヤを塩漬けにしてジャワ米に添へて食ひしか敗戦ののち

割礼の日も近づくとおびえゐし幼き表情何によみがへる

ドリアンの匂ひと共に懐かしむ南十字星はまた見るなけむ

かの島の南十字星と暗号書そしてドリアンとわが若き日に

漫画本

漫画本に囲まれてけふは坐りたれど「のらくろ」ののち読みしことなし

吊革につかまりひたすらに漫画よむ白ひげ少し見ゆる男も

幼稚園のバスを降《お》り来てまつしぐらに母の手に寄る祖父《ぢぢ》を無視して

イタイノ?と幼きは問ふボールペンの朱のにじめるわが指を見て

君が代のために首吊りし校長を哀れみおもふ昨日もけふも

人間の愚かさはつひに変らぬか傷々し難民のなかの幼子

朝明けて新聞読めば考へがまた変り我も浮動票の一人

前以て電話かけこし候補には投票せじと決めて家出づ

朝出でて立ち止まる位置はいつも同じ息子は咥へて火をつけるらし

指にみなクレヨンの色を滲ませて幼稚園より子は帰り来ぬ

おのが国の規制もままならぬに片腹痛し人権を説く

百億年過ぎたりといふ大宇宙その一瞬を生ける命か

柿蔭山房

赤彦のみまかりし部屋にけふ立てば青畳となり匂ふもわびし

流れ波見ることもなしみづうみは家のあはひに遠くなりつつ

縁側に涼みゐる赤彦未亡人ただ一度見き少年の日に

いつ来ても悲しみ目守る一族の中なる久保田政彦の墓

仲良からぬ兄弟なりと聞きしかど墓は相寄るこの丘の隅に

父君の墓所に導きためらひつつ生前の墓も君は示しき

てふてふ

「てふてふ」が旧仮名遣とは知らぬらし婦人の編集者電話かけて来ぬ

電光はＣＨＩＢＡと掲示す日本式の綴りはつひに顧みぬ世か

繰り返すアブナイデスカラといふ声にうんざりして待つ青梅特快を

辞書に確かめむとすればペンあらず捜すうちに忘るその文字をまた

五月五日の記事堪へ難し突き落とされ一歳五箇月ダムに水死す

折檻に死にし子も一歳と五箇月なり胸迫り読む今朝の新聞に

たたかふ

おのが老化とたたかふ日々か辛うじてつかまへしめがねをまた見失ふ

無意識にはづすをみづから戒めつつ幾たびか捜すけふもめがねを

常に捜すものは眼鏡と財布手帳めがねが最も切実にして

『誰が宇宙を創ったか』といふ本の脇にひとり笑へりスカトロジイの本

尻に敷くとはこのことなりや座布団の下に見つけぬ某婦人の歌稿を

けふ来ればドレドレ、ソレトモ、トリアエズなどと言ふかなこの三歳児

ウルトラマン見しのち幾度も手を上げて襲ひかかるに音《ね》を上ぐ祖父《ぢぢ》は

茂吉文明をすぐ持ち出すと非難すれど二言目《ふたことめ》には君も空穂なり

梅雨《つゆ》入りを宣言すれども雨降らず夜深くいまだ金星が見ゆ

梅雨のあめ今宵も降らず雲間より見ゆる火星の色も冴えたり

月面をかつて歩きし人ながらあつけなく死す自動車事故に

選び取るこのむすびにも発色剤保存料そして酸化防止剤

ボクとは言はないとみづから宣言しオレを繰り返すこの三歳児

けさ言ひしわが皮肉ひとつ「親がいいと子どもはかへつて悪くなるねえ」

山深き夜半の湯に入り後半のわが人生をひとり寂しむ

蓼科に来てほととぎすの声聞くと喜べば店の録音なりき

新アララギ全国歌会

親しみしこの会館も今風の名に変へたるは快からず

スイスより駈けつけし若き夫婦をり服役終へし人もすわれり

肯定できぬ批評はおほかた二三割いちいち口を挿まざれども

パキスタンの今はいづべを行く君かひそかに思ひこの会場に

酒も飲まれぬ回教国の山のなか何を好んでさまよふならむ

戦前の安居会にも出でし人の挨拶は長しコップ持てるに

ポックリ寺

オクサマニと掛かる電話がけふもありあの世に行つたと無愛想に言ふ

幼稚園で何をしたかとわが問へばゲジゲジ取つたとただのひと言

誘はれて来しポックリ寺に百円を惜しみて鐘もわがつかざりき

兄はルソンに二十六歳弟はサイパンに十八歳この石一つ

店頭に二冊並べり『買ってはいけない』『「買ってはいけない」は買ってはいけない』

いささか酔ひて入り来し路地に彼岸もすぎ彼岸花咲く月の下びに

後記

本年の二月に第四歌集の『葛飾』を刊行したが、その続きとして平成五年より十一年までの七年間の作品を『続葛飾』としてこの一冊にまとめることにした。

この間にもっとも衝撃的だったことは、やはり平成九年の十二月を以て九十年の歴史を持つアララギが終刊の運命を迎えたことであった。同年作に、

　冗談とも本気とも或る日の発行所に土屋先生洩らしし言葉

とあるのは、戦前の昭和十五、六年頃の或る日に土屋文明先生が「アララギはなくなってしまったが、発行所はここにあったのか、などと将来言われる時が来るぞ」と冗談めかして言われたのを覚えていたからだ。

　この国の十大事件にもなるべしと言ひて笑ひて悲しくなりぬ

　心の花百年も近しと言ふものをああアララギは九十年か

　日本語のいよよ崩れむとする時に日本語守りしアララギは死す

こういう類の歌があちこちに目につくのも、その当時の心の動揺を伝えている。そして平成十年から止むなく私どもはアララギを継承する新アララギを発足させた。幸い入会者も多く、いたずらに過去に恋々とする（それにも意味はあるが、）心は捨てて、かえってアララギの終刊をよしとして前進する心を持たなければならないと次第に考えるようになった。しかしアララギがなぜ消滅してしまっ

たかということは、今後も真剣に考えるべき問題であるには違いない。

なお、作品の収集には前歌集と同様に雁部貞夫、星野清、稲葉尚子、古本良和の諸氏の尽力を仰いだ。そして前歌集と同様に、この歌集も短歌新聞社の石黒社長のお励ましと社内の今泉洋子氏の強力な御協力によって、年間に二冊も上梓することができることになった。厚く御礼申し上げる。こういう謝辞は歌集の後記に書かれる事が多いが、私は形式的に書いているつもりはないのだ。

さて、前集の『葛飾』とこの『続葛飾』と内容も詠みぶりも勿論連続して同じ内容を繰り返して取り上げてもいるが、双方を比較してどうであろうか。これは自分から言うべきことではないが、アララギの解散の動揺などもあって、この続篇のほうが多少動いているものがあるのではあるまいかという気も今はするのだ。

平成十六年九月十五日　短歌新聞社にて

宮地伸一

続葛飾以後・第一部

目次

平成十二年　三七三
平成十三年　三八一
平成十四年　三八九
平成十五年　三九八
平成十六年　四〇六
平成十七年　四一四
平成十八年　四二二
平成十九年　四三〇
平成二十年　四三九
平成二十一年　四四七
平成二十二年　四五五
平成二十三年　四六三

平成十二年

一月

駈けあがり乗らむとすればドア閉ぢぬけふ一日はこんなことばかり

性根悪しきは無しといへども子ら四人誰もこの親を安んぜしめず

長男はおやぢさん次男はお父さんおのづと次男に心寄りゆく

受験就職結婚これからが大変ねと妻は言ひにき死ぬ前の日に

ひよどりは啼きつつ枝の柿を食むヒヨドリジョウゴも赤く実《みの》るに

天頂の土星を仰ぎ寝ねむとす獅子座流星群見む気力なし

二月

膨らみを増しつつ没らむとする月はほのかに赤し川を照らして

まつすぐに立ちゐし月が水平に浮く寒き夜となりて帰り来

この国のホームレスは二万を越すと言ふわが新宿にもふえてたむろす

ホームレスになるも一つの生き方か笑ひさざめく脇を過ぎ来ぬ

この駅の隅に陣取る面々にけふ見れば新入りの女もひとり

阿部定も二十世紀の巨人となる毛沢東と肩を並べて

三月

にはとりの高鳴くこゑを懐かしみ冬木となれる街上を行く

ノストラダムスの予言当らず巨人にはミラクルもなく年逝かむとす

この我を酒飲みと思ふ人あるらし一合二日にこと足るものを

前の人の押したるドアの締まらぬうち身ををどらせぬ我まだ老いず

はばからず右に左に咳するは誘へる如し風邪《かぜ》引かぬ我を

久々に夜空を見れば木星はあと追ふ土星をつき放したり

四月

ま冬ながら秋の野芥子も姫女苑も花衰へず路地の空き地に

これこそが癌の薬と新聞の広告に出づこの朝も二つ

一万円入れてひと駅の切符買ふ落ちくる釣りは数ふることなし

新宿の西口に待てばこの我より痩せたる人も稀に通れり

厚底の靴穿く少女がころぶさまそれみたことかと言はむとして止《や》む

五月

今あらば白髪の嫗《おうな》となりてゐむ久々にけふはおくつきの前

これの世の女人をひとり幸福にせしめしとひそかに思ひしものを

病む汝の録音のこゑ取り出して聴くこともせず久しくなりぬ

今晩はぢぢと寝ようとわが言へば考へておくとこの四歳児

締切も過ぎたる原稿幾つかあり電話の鳴れば胸騒ぎする

無造作に眼鏡はづすを戒めつつ捜しまはるも日に幾たびか

六月

しばらくは共に歩みて勧誘すその教祖すでに捕らへられしに

つらなりて流るる桜の花びらを一瞬乱して飛ぶ魚のあり

二筋になりて流るる花びらをひととき照らす月の光は

幾日か姿を消しし花びらがまた流れそむ色を濃くして

来む春にまたこの花をわが見むかかかる思ひはかつてせざりき

眉しかめダメネとすぐ言ふこの人も隠しおほせず女教師あがりは

七月

この店の主《あるじ》は昔のわが生徒知らん顔して釣銭を渡す

幼き者の命失ふ記事は絶えず息づきて読むこの朝もまた

祖父われの隔世遺伝か少年の部屋に散乱す本と靴下と

子規といふ菓子を歎きしは昔のこと文明最中といふものも今は

選歌はしきりに責むといへども「舞姫」のエリスの考証魂《こん》つめて読む

今世紀もあと数ヶ月その間《かん》にも襲はむか世界をゆるがすことの

八月

酷電と言ひしを思ふ押されつつ足の片方が床に届かず

この電車に朝々揉まれて通ふ息子背骨痛めし若き日もありき

総武線に半世紀以上乗りて来ぬ初めて前に歌集読む人

「葬式の相談は生きているうちに」の沿線の広告近頃は見ず

今乗りしばかりの若者すぐすわる長く立ちつくす者を尻目に

鞄より取り出したれど満員の車内に立ちて選歌はし難し

九月

二十世紀果てなむとして読むも憂し「日本語の敗北」といふ論文を

ガングロとふコトバ知らねば笑はれきなるほど目につく帰る車内に

拡張字体か何か知らねど鷗外を鴎外と書く人を疎めり

朝刊を手に取ることも快し昨夜はサヨナラに勝ちを制しき

この国の少年法にも裁判にもあきれはてたり酒が飲みたし

読むに堪へず殺されし母に泣きすがる十一箇月の女児も殺されき

十月

火山灰を到るところに積み上げて人ら忙しき温泉街に来ぬ

苫小牧の地下の酒場に東京の子の声を聞くケイタイは良し

今年また君らと夜半の湯に入りて天の川仰ぐ極まる幸《さち》と

しめりたる火山灰を灯の下に置く昨日は噴煙をまの当り見き

もつと沢山食べなければダメと又も言ふ少年に向ひ悟すが如く

痩す痩すも生けらばあらむを浅草に来てひとり飲む鰻は食はず

十一月

這ひのぼるヒヨドリジョウゴの真上に来て月蝕は今極まらむとす

わが路地に黒揚羽とぶを一度見きしじみ蝶はけふも我にまつはる

戦前の良さを語らふ十銭にて大福六個買ひしことなど

幼子は難問を発す「クワガタとカブト虫とはどっちが強い」

今しきりにゑがけるものをクラゲかと問へば否定して毒キノコと言ふ

ケイタイを手《た》ぐさともする若きらに我も取り出す電車のなかに

十二月

思ひ出してはひとり笑ひす新アララギ俳句会といふかの呼び出しを

信号待つ高校生ら言ひあふ声ドンキ・ホーテかドン・キホーテか

携帯電話戒しむる放送ひびくなか此処にも醜き日本人が一人

構へ立つままに時間の過ぎ行けり隣に並ぶ人も同じか

バレンツ海にいまだ沈めるかの艦《ふね》に佐久間艇長の如き人ありや

海底に閉ぢ込められし百余名の遺体を思ふふた月過ぎぬ

平成十三年

一月

木星は今昇り来ぬ西に低くとどまる金星に呼びかくるごと

木星の位置を確かめ湯に入りき出で来ればまさに天頂となる

小型辞書どれも見当らずいらだちて隣に重きを見に行かむとす

家のなかにすれ違ふ子のにほへるはかなり飲むらし酒も煙草も

煙草の害かつて説きしにわが息子一人は従ひ一人従はず

アメリカも日本も人間の愚かさをかくも示すかこの世紀末

二月

みまかりて二年過ぎぬ岡の上のみ墓の赤き文字は消されず　追悼広瀬きみさん

はるばると来りてけふは水を注ぐ長く心にありしみ墓に

くわりんの花咲く頃なりき共に来し浅井俊治も今は亡きひと

その病苦に堪へ難くしてあらはなる歌も詠みしは我のみが知る

個性強き君なれば意地悪をされしといふ歌も肯ふけふの歌会に

夜半に見れば北斗七星はあざやかに来島《くるしま》大橋のうへに跨る

三月

切れるなら切つてみろと言ひ手を出しきその傷の跡七十年残る

マラソンに惨めに負けし男らの心思ふ女子選手を称ふる記事に

八日の月今宵仰げば木星と土星のなかに割り込まむとす

平凡なる一生といへど心通ふ友の多きを喜びとせむ

休肝日と今日は決めしに目の前に並べる壜がしきりに誘ふ

弟子運悪き先生なりといふ一首心に沁みて丸をつけたり

四月

難儀してこの白峯まで来しならむ西行もまた長塚節も

すさまじき近親憎悪を思ひつつ頭垂《かうべ》れたりみささぎの前

なつかしき人麿岩にたどり着けど心戒めけふは登らず

荒磯に臥すまぼろしをうち砕き列車は走る海の上高く

寄りあひてうどん食ふ人のなかにゐて君の心の銚子一本

うどんの旗つらなる道来て空港にそば売る店を見れば安らふ

五月

えにしあれば遠く来りて香をささぐ雪のなかなる君のみ墓に

宮柊二の分かりやすき歌選びたりジュニアの作者もまじりて聴けば

賑はへる夜店に求めてかじかの酒呑ましめたまふややなまぐさし

手袋の片方はづして貸したまふ雪降る祭に館長の君は

神前に半裸の若者ひれ伏せば水かけあへり袴はく人

サディズムの心もあらむ次々に婿に水浴びせ祝ふといへど

六月

値引きするは今日までと言ふ牛丼を若きにまじりまた食はむとす

柴生田氏いまさば詠まむ醜きものロシヤのミールがつひに落下すと

自転車止《と》め鳴るケイタイを手に取れば声聞きたしと丹後の君より

日本語を乱すひとつはサ変動詞「愛さず」「通じず」と朝刊に今日も

「ご拝読いただけば幸いです」とあり驚きて読むこの新敬語

歩くファックスと自《みづか》ら言ひて届けたり自嘲の心なきにしもあらず

七月

幾たびもモチロンと言ひ説明す幼稚園より帰り来し子は

あへぎあへぎ大ピンチといふ息子の声その次に言はむことを覚悟す

手に取りてかつて調べし子規自筆の歌稿を今見るガラスへだてて　四月二十二日、四首

竹乃里歌原本は此処に収まれどいづくに在りや仰臥漫録は

子規を生みしこの松山の球場を何事ぞ「坊っちゃんスタジアム」と呼ぶ

「坊っちゃん」より「のぼさん」と言はば良かりしにその球場を遠く見て去る

八月

咲き溢るる桜を覆ふけさの雪一度か二度かわが生涯に

日本語はメイファーズと言ひ立ち去りぬかつて満州に兵なりし友

「若き日のやんごとなさは」といふ歌を思へり手を組む目の前の男女

一瞬早く我はすわりぬ無念げに若き女生徒わが前に立つ

久々に来し霧ヶ峰に嘆きやまず帰化種のたんぽぽかくも氾濫す

戦死せむ日も遠からじと覚悟して行く雲を見きこの高はらに

九月

本雑誌日々にたまりて整理できず家のなかわづかに通路を残す
親父《おやぢ》の遺伝百パーセントと言ひしかど我も及ばずこの乱雑さ
切符買ふたびにピイピイと音立ててお辞儀する女見るもうとまし
見比べて袋積む前にためらへりこの無洗米は千円も高し
ひとりごと言へば短歌の形となる「捜す物つひに見つからぬかも」
イチローの打つ日打たぬ日我さへも心ときめき過ぎし幾月

十月

ホテルの人ら慇懃にして一年先のその日の食事も打合せたり　定山渓行

このホテルの広間を占めて我が友ら喜び立たむ日思ひこそやれ

今年また会ひ得しと思ふラベンダーのかをりほのけき夜半の湯にゐて

札幌の美女とは誰のことならむ夜半の湯に入り酒酌みかはす

灯をめぐり乱舞してゐき朝の湯に浮かべるはみな羽閉ぢしまま

来年の会場にせむ部屋を見て我等立ち去る心残して

十一月

虐待され幼き命死すといふ記事は堪へ難し見出しのみ読む

手をつなぐ若き男女よ虐待もされずに生きて楽しむ今か

本当の酒好きなりと見るなかれ酒の肴は大福にても足る

「ワレ抵抗勢力ト言ワレドモ」をかしくはないかこの日本語は

今日来れば床《ゆか》の上に汝《な》が並ぶるもの天文、昆虫、怪獣の図鑑
この本屋にいい本はないと言ふ汝《なれ》か立て膝をして見てをりしかど

十二月

谷川のとどろきも今朝はしづまりてあららぎの実を含み湯に入る
台風に阻まれて来《こ》ぬ七十人の心を思ひ会閉ぢむとす
ホテルのドアあけむとして見る朝刊はああ同時テロ死傷数千人
戦争の無き世を切に願ひしに如何になりゆくこの新世紀
人間の愚かさに克つ世紀には成り難きかこの朝夕の記事
イチローの打率は心を明るくすアフガンの爆撃を伝ふるなかに

平成十四年

一月

流星群見むと深夜を出で来しに一つ二つのみわが上空は

東京に数限りなき星を見し昭和の初め恋しくもあるか

ヒヨドリジョウゴ赤き実垂るるかたはらにうつむきていまだその白き花

ひよどりの声聞くことを喜ばむ庭の柿の実食ひ尽くせども

はびこりて困らすと記す辞書もあれど紫かたばみ冬の日も咲く

「九十分でわかるホーキング」といふ本を読まむ余裕なしその九十分

二月

木星は月の真下に今宵在りしたたり落つる雫の如く

米をとぐ故にや指のあかぎれはこの冬も去年《こぞ》と同じところに

テロの歌アフガンの歌も飽きたりと思へど尽きず年逝かむとす
ひさびさに奉安殿とふ言葉を聞き疎ましき中学生の日々よみがへる
中学生の時に一度見き縁側に赤彦の未亡人涼みをりしを
鉢伏《はちぶせ》も高ボッチもまだ雪無しと聞けば懐かし少年の日々

三月

「ザ初荷」と書ける幟の下を行く超不愉快と言ふはこのこと
デジカメの話を楽しむ若者ら当然ながらデバカメは知らず
申しわけなしと思へど賀状書く気力なし暮もこの正月も
冷ゆる足にカイロを当ててこの冬は低温やけどといふ言葉を知る
天頂に近づく木星を仰ぎつつ寝しづまる寒き路地通り来ぬ

夜半過ぎてまだ帰らぬかと彼の部屋見れば灯ともるに安心をせり

四月

値引する時間となりて呼びかくる声のまじはるなかを見めぐる

中落ちのまぐろ買はむと慎重に見比べてをりけふのゆとりに

食品売場に出会ひし「運河」の君は言ふ「どの結社にも問題はあるよ」

内憂あり外患ありと言ひつくろふ締切過ぎしを届けむと来て

止むを得ぬ成行きなりや百年過ぎ子規選集も新仮名となる

五月

まこと我も魂あれば堪へ難し今朝の新聞にも「悪」充満す

偽はれる肉を幾たび食はされしかためらひてけふも前を立ち去る

日本人は真つ正直な国民と小学生の時教はりしものを
その脳の断層写真を掲ぐるした否も諾《を》もなく署名をしたり
手術室に入りてよりすでに十時間持ち来し仕事も手をつけ難し
手術してやうやく意識の戻りし汝パソコンに早く触れたしと言ふ

六月

四十過ぎて妻子も持たぬ息子のため日ごと通ひ来この病院に
ふたたびの手術を受けむ時となり物言はずゐる息子も我も
髪切られあらはなる疵の痕二筋少し目をあけ彼は合図す
街上にもつれ飛ぶ春の蝶も見つかちどき橋をけふは渡らむ
髭剃りなど届けて病室を出でて来ぬ築地の街も夜はひそけし

茂吉葬儀の日の光景もよみがへる築地本願寺の前を通りて

七月

環七の騒音絶えぬ橋の下飛ぶ蝙蝠はひつそりとして

片寄りにつぎて流るる花びらを鴨乱すさま今年また見つ

桜散るなかに孔雀の声ひびきしかの島を恋ふ眠らむとして

黒板の字を消す係になりたりとランドセルおろし汝《な》は報告す

金星火星土星水星すでに沈み木星残るひとつ孤独に

震度2かあるいは3か臥処より起きあがらむとすれば止みたり

八月

アガリクス、プロポリスなどの広告の見えざる今朝の新聞すがすがし

土屋先生癌を恐れて言ひましし言葉ひとつふたつを記憶す

輸血して十年ののちに発病せし妻の命を悲しむ今も

これの世に妻が残らばわが子らの生き方もいくらか変りしならむ

九月

アララギ以来何十年ぞ相も変らず「悔ひ」と記して悔ゆることなし

わけの分からぬ老人の歌稿を持て余し目の前の壜に手が伸びむとす

歩きつつ銜へる大人に近づくなとランドセル背負ふ子に今朝も言ふ

機嫌悪き機械なるかな指痛くなるまで押せど切符を落とさず

署名しつつふと思ふなりこれの世に生きて書きしは何万回か

十月

籠に飼ふ生き物の脇に臥す男今宵も見て過ぐ駅の広場に

故障せる機械は臓物をさらけ出し辛うじて抜く切符ひとつを

一切を投げ出だしたき心となり入り行く地下の人なき店に

この語法の誤りに気づかぬ選者かと思ふ人あらむあへて採れるを

賜ひしより幾年にならむ気の滅入《めい》るけさは五味子《ごみし》の赤き酒飲む

親がくるるは当り前のことと思ふらし物言はず手を差し出だすのみ

十一月

クワガタを飼ひて楽しむこのをさな蚊も蠅もまして蚤も知らずに

ダメダメと言はれ通しの幼子よ我もかくして育ちたりしか

親父さんと呼びゐし息子が退院して帰りしのちは父さんと言ふ

取りに出て休刊日と知りしばし仰ぐヒヨドリジョウゴの白き小花を

求むるにいつもてこずるこの機械けふは素直に切符を落とす

生きてゐるならばと言ひて承知せり年明けてせむといふ催しに

十二月

小惑星と地球の衝突もなくなると小さき記事読み今朝は安らぐ

東京に大地震迫ると説く書物手に取りしかど買はずに戻す

月立つと遠き代の人言ひしことも肯なひ仰ぐとがり立つ月

新聞の多き広告を厭へども補聴器のみは読まむとぞする

絵本ひろげ釦を押してほとばしるとりどりの音を楽しむ汝か

十両に落ちて土俵に身構ふる貴闘力をわびしみて見つ

平成十五年

一月

町興しに憶良の役立つは喜ばむ歌碑十ばかり見巡るけふは

「銀《しろがね》も金《くがね》も」の歌刻めるは四箇所もあり見るに疲れぬ

神亀五年七月二十一日の憶良偲び立ち去り難しこの郡家の址《あと》

我等のため車を止めてこの町の「憶良最中《もなか》」を君は買はれき

家持の筆跡は世に残りしに憶良はつひに無きを惜しまむ

昭和初年珍しみ植ゑし日もあるを黄の花穂絶えずこの国道も

二月

東京の大雪と書きて面映《おもは》ゆし二日目のけふはあらかた消えぬ

幼らとあまた掃き寄せしこの落葉すでに焚かれぬ東京となる

「人はなぜ痴呆になるか」といふ書物今宵読まむか楽しからねど

網棚に置くとき三度《さんど》忘るなと唱へて忘るることなくなりぬ

見るも憂し車内に吊るす広告の誌名は英語かカタカナ語のみ

どの部屋にも眼鏡を置くと言ひし人思ひ出しつつ捜せり今朝も

三月

雪の上に八重咲きの赤き花散れるこの道通はむもあと幾たびか

かの高き星は木星かシリウスか一瞬分からず酔ひて仰げば

帰り路の水辺に常に仰ぎ見しすばるも今は見難くなりぬ

生涯にただ一度パチンコをやりしかな隣にいましき五味先生も

神田鍛治町角の乾物屋と唱へつつ初めて歩むその町角を

我と並び向ひの鏡に写りゐる俵万智はまだ少女の如し

四月

何ゆゑに命絶ちしか生徒なりし日の姿のみ目に立つものを　悼雁部実君三首

教室に手を上げし時の表情のふとよみがへる半世紀を経て

苦しみに堪ふるより死なむ誘惑を押さへ得ざりし君なるかああ

ろくに返事も書かざるものを一束《ひとたば》のなかに私信のなきはもの足らず

親の心思へば切なしマンガ本盗み逃げつつ事故死せしとぞ

御神渡《おみわた》りは六年ぶりと言ふを聞けば少年の日の如くにうれし

五月

呼ばるるまで選歌をしつつ落ちつかず税申告の最終日けふは

地獄の門潜る思ひに来しかども心晴れたり還付金ありて

本はもう買ふまいときめて来しものを広辞苑批判の本はすぐに買ふ

路地の隅にひたすら冬を耐へしもの野芥子と気づく花咲き出でて

戦フゾと叫びて二歳が七歳の兄にむんずと取り組むを見つ

ひとつひとつ玩具の箱より取り出して死ンデル死ンデルと指さす汝は

六月

読経する声にまじれるをさなごのむづかる声も身に沁みて聞く　川村和夫氏葬儀

機関車をぢぢに描かせし幼子か抱《いだ》かれつつもおとなしくせず

わが読みし弔辞を胸の上に乗せ君は臥しをり今のうつつに

花に埋まる棺をとぢむとする時に嗚咽高まり我も堪へ難し

飲みあひしは幾日前か日本橋のどの店なりしかはや記憶せず

浴槽に逝きし母堂を嘆き詠みしその四月号も手に取らず死す

七月

民衆の歓呼に答ふるその時も考へをりけむ潜伏の場所は

独裁者のかかる運命を哀れめり所詮蟷螂の斧なりしものを

夜半に聞くラジオの声にとまどへりC型肝炎か新型肺炎か

駅名を告ぐる放送は英語となり虫唾《むしづ》走るウエノといふアクセント

返金せむと子の告げし日もとうに過ぎ頼むとまたも電話して来ぬ

この春も一瞬ながらわが路地を黒揚羽飛べば心安らぐ

八月

お疲れにならぬやうにと電話ありいつも疲れてゐると返事す

買ひやりし昆虫図鑑をひろげ見るエレベーターに昇り行く間《ま》も

片仮名にはみな平仮名のルビがあり今更に知る時の移りを

梅雨に入りヒヨドリジョウゴはそれぞれにうつむきて咲く蕊を垂らして

敗戦後は食ひしことなし店先に並ぶドリアンに手を触れてみつ

北極星を見ぬ幾年ぞ辛うじて牽牛織女は今宵見ゆれど

九月

六万年に一度近づく火星といふ今宵しるけし梅雨の晴れ間に

綾瀬川今年は汚染度一位ならずやや安らぎて岸辺を歩む

思ひかね行くにはあらず川風の寒き夜更けに鳴くは千鳥か

君がみ墓にいつか供へむ柏崎の溶岩ひとつ枕べに置く

二、三人の子もありて忙しき齢《よはひ》なるに昼も臥しをり猫を抱きて

ア、ヤバイと二歳児叫べり教へしはテレビかあるいは幼き兄か

十月

小路ひとつ越ゆればここより禁煙地区さすがに銜へて行く者を見ず

路上禁煙地区と示せる文字の下いやがらせなりや吸ひ殻を寄す

手摺りに頼ることもなくして三階まで一気にあがる力まだあり

快き疲れと言はむこの年の歌会も終る時近づきぬ

歌会終へて皆それぞれに別れゆく寂しさよ年々のことといへども

二日の歌会終へておのづと集ふ四人なごりを惜しむ地下の酒場に

十一月

今宵もまた敗れし巨人を喜びゐむ面々を思ひ眠らむとする
この国の難聴者はすでに一千万その一人に我も加はるか
耳に手を当てて歌評を聞きいましし姿なつかし土屋先生
四十過ぎし汝が職場を変へむかとふと洩らししにひと日こだはる
昨日発《た》ちけふは戻りし羽田にて己れを慰労す定量の酒に
三時間前には樺太を遠く見き銀座の人の群るるなかを行く

十二月

旦那はいつも元気だねと言ふ店の親父《おやぢ》お世辞と思へど悪い気はせず

八十も過ぎたと言へば店の親父これからだよと言ひて励ます

仰ぎつつ汝はつぶやくまた近づく六万年までは生きられないね

両手ひろげ飛びおりながら二歳の子宇宙から来たと高らかに言ふ

けさもまた己が子二人を殺す記事見出しのみ見て目をつぶるなり

この路地に「かわど」と名づくる居酒屋あり心引かるれどけふは休肝日

平成十六年

一月

宋美齢百歳越えて死すと言へば思ひ出づ茂吉の『寒雲』の一首

張学良も宋美齢も死す少年の日より心にとめゐし二人

『3歩あるくと忘れてしまうあなたへ』といふ本買ひて忘れずに読む

得意げに「日本語力」といふ言葉しきりに使ふこの学者ども

『俳句力』と名づくる書物手に取りぬああ短歌力と言ふ者もあらむ

二月

大き地震あらばと常に恐れつつ本積む谷間に身をひそめ臥す

のびのびとホテルのベッドに臥す今宵忍び込む本も雑誌もあらず

どこに身を臥せゐんなどと言ひあひきあはれつかまる穴ぐらの中に

忘るることかく多くしてバカモノと己れののしる日に幾たびか

居酒屋にかくひとりにて飲むことなどかつてなかりき齢ふけたり

この宵も酒一合を店に飲む家には我を待つものもなく

三月

伸一の名は申歳にちなめりと知りてうとみき少年の日に
わが足の爪の形にも劣等感を常に感ぜし少年なりき
パチスロといふ言葉いつより言ひそめしやかましき音駅のめぐりに
人生は二十五年と言ひあひき暗き内務班に並びいねつつ
少しも良き世紀にあらずかの国にわが自衛隊も出で立たむとす

四月

バグダッドに米兵二名死すといふけふも片隅に数行の記事
幼子を前にくゆらす若き夫婦受動喫煙といふ語を知らぬか
この緑茶胃癌の予防に役立つとふ説を否定すけふの記事読めば
赤くひろがる火星の大地の写真見つ今世紀ここに立つ人もあれ

五月

百円の店に求めし老眼鏡座蒲団寒暖計みな役に立つ

つまみ取り口に入れつつウマイケド、オイシクナイと言ふ三歳児

「百歳の顔」の写真展見巡りて注視す羽生瑞枝さんの前に

親の虐待受けずここまで育てるか登校をする小学生の列

ああ今朝も読むにし堪へず若き父が痣と焼けどに子をば死なしむ

六月

東京の夜空に限りなき星を見しわが幼き日今も恋ふなり

桜の花散りてオリオンも遠ざかる宵の明星高く照れども

河合曾良の墓に初めて詣でしに心足りけふは諏訪より帰る

曾良の名に書きとめしかの旅行記の句もみな芭蕉作と言ふはまことか

夜明けよりニュース聞きつつひと日過ごす危ふしイラクの日本人三人

大量破壊兵器などつひになきものをアメリカ兵死す昨日もけふも

七月

見覚えある山の狭間に桜咲き心はふるふいよよ丹後か

海をへだて天の橋立見ゆる部屋に歌会始むるけふの喜び

あざやかに星の輝く宵ならず海沿ひの道ひとり歩むに

午前五時煙を上ぐる対岸の工場を見守る部屋の窓より

命ありこの場所に天の橋立をまたも見むとす股のなかより

天の橋立はるかに見渡すこの山も咲くたんぽぽは在来種ならず

八月

何でもない文字さへたやすく忘れはて辞書引くことも日に幾たびか

今の今手に取りしものを姿なし逃亡癖ある辞書かと思ふ

ネクタイを結ぶにも今朝はとまどへりたやすく漢字を忘るる如く

何ひとつ良きことはなき今朝の記事「ゴジラ三振」の見出しもありて

お早うと声かけたれど返事なし無愛想を絵にかいたやうな娘

白き花咲きにほふ路地にどくだみの語源を考へ歩むも楽し

九月

親しかる友多けれど新しき京丹後といふ地名好まず

ハナミズを垂らすなとぢぢに注意するこの三歳児を喜ぶべきか

こんな家がこの世にあるかと思ふまで日々あきれつつ片づけもせず

朝のニュース為替と株の値動きともなればすかさず止《と》めてまた臥す

自民党に鉄槌を食らはすと意気込みて息子はいち早く投票に行く

『歌言葉考言学』といふ書名わが著書ながら今も好まず

十月

バナナ一本やうやく食みて臥すひと日来し手紙さへ読む気力なく

はがき一枚書けば疲れて横になるこの病はやはり熱中症か

やり直しを命ずる声にためらひつつけふもわが立つＡＴＭの前に

姉妹ふたり語らふ見れば妻を思ふもうひとり女児を産まむと言ひしを

みまかりて三十年か暗き部屋に今も箪笥は妻の匂ひす

十一月

息子のためＡＴＭの前に立つ年老いて良きことも無くして

虐待の末に橋より投げ込まれし幼き二人に涙すけふも

この世紀に命幼く生きしのみ川さらふさま見るは堪へがたし

サンスクリット学ぶにも、はや飽きたるか夕べは寝ころびマンガ読みゐる

枸杞の花咲くにまつはるしじみ蝶やうやく暑き日も去りゆくか

この月末巨大地震が東京を襲ふといふ記事つひに当らず

十二月

この秋の寂しさのひとつガラス戸を這ふ守宮にも出会ふことなし

わが路地にあまた芽ぶける彼岸花今年はつひに咲かざりしものを

舗装路の隙間に生ひて幾たびも刈られし枸杞がまた芽ぶきたり

ああまたも虐待重ねて若き父が幼き連れ子を死なしむる記事

イラクにゐるわが自衛隊の現実を伝ふることなきこの幾月か

平成十七年

一月

良きことなき一年なりき死者出さぬわが自衛隊をせめて喜ばむ

幼《をさな》二人投げられ死にしかの川をけふ遠く見て胸迫るなり

髪を染めてゐるかと指さし問ひし君我より若く早くみまかる

追悼島田修二氏

アララギに歌寄せし母堂を語りつつ心通ひし一夜もありき

アララギに載りし三首が柱のごと目前に立つと言はれき母堂は

晩年の家庭のことには誰も触れず君悼むにも心使ふか

二月

ふと夜半に沙弥島思ふ荒浪はとどろくやかの人麿岩に

沙弥島より取り来し水仙何ゆゑぞ年々芽ぶくに花は咲かせず

「黒人の女性」が差別語になると言ふ虐待するのか日本語をかくも

処女《をとめ》去りてぬくみの残る跡に坐る何か良きことけふはあらむか

鷗外の「大発見」を思はしむるこの日本人を疎むことなし

運ばれて来しコーヒーに注ぐミルク無器用は今朝もあけなづみをり

三月

東京の大晦日にかくも降れる雪喜びてゐむかの幼らは

晴れわたる元日となり彼岸花の葉も現はれぬ雪のなかより

元日に雑煮食はする店もなし雪の残れる街なか行けば

コップに浮く氷片の小さくなるさまを指さして惜しむこの幼子は

古稀になると昔の生徒の手紙来ぬ今さらに思ふ己が齢を

四月

咳すれば直ちに腰にひびくなり人並みに我も老に入るらし

今朝の新聞まづ心惹く広告あり『女性天皇容認論を排す』

うづたかき本の山をば掻き分けつつふと思ふ今は何を捜すか

この路地に咲くことなかりし彼岸花かくも茂るか荒草《あらくさ》のごと

塀の下の隙間を占めてかたばみは黄の花咲かすこの真冬にも

ひとつふたつ赤き実保ち冬に入る塀の下に枸杞もひよどり上戸《じやうご》も

五月

「歩きたばこ、ポイ捨て禁止」を堂々と掲ぐるはこの千代田区のみか
しかれども路上の吸ひがら消え失せず戒むるこの立看板の前も
逮捕するならしてみよ禁煙の条令は憲法違反とうそぶく人あり
襲ひ来し藪蚊つぶしぬ思ひみれば蚤に食はれぬ何十年か
朝起きて枕もとにまづ捜すものどれも素直に出でて来らず
押されつつ吊り革持てばほのかにも匂ひて体温も伝はるものを

六月

月の下に昨夜位置せし木星が今宵ははるかに引き離したり

月と並び水にゆらげる木星を見つつ今宵も橋わたり行く

吹かれ来てあまた桜の散る下に連翹は花を散らすことなし

ＡＴＭの操作にかくも慣れたるは息子のおかげとひとり苦笑す

この路地に群るるも愛《かな》し日のかげれば忽ち花を閉ざすかたばみ

七月

おぢいさんと初めて呼ばれ気落ちしつつ若者のゆづる席にすわれり

神田駅の前にやむなく子と会へり返すとはまたも口約束か

荒れ極まるわが家に帰り灯を点すああ妻死にて三十年か

物ぐさの男二人の住む故に物置となるどの部屋もまた

この国の一日の紙の消費量を思ひつつ受け取る物食ひしのちに

別れむとして言ひあへり歌よみに悪人は無しされど金持ちも無し

八月

朝の湯出で俄かに腰の痛めるに医師の君かたへにをりし幸ひ

急患に泌尿器科の医師親切なり廊下には友の幾人か待つ

朝と昼と二つの病院に診察受け多少の違ひあり内服薬に

なつかしき雲巌寺に詣でかの石段のぼりしことも身にこたへしか

病気らしき病気もせざりし八十余年心重くけふも呼ばるるを待つ

膀胱の上にたしかに結石あり幅六ミリと医師は説明す

九月

蝶もあきつも稀に飛べどもこの路地に蟬いまだ鳴かず梅雨明けとなる

若き夫婦共に煙草を吸ひ始め煙のなかなりその幼子は

禁止すと条令を記す文字の前にあへて煙草を吸ふか若者

ただ一度並び坐りき不調法でと酒ことわりし塚本邦雄

暗きニュース絶ゆる日もなき世に生きて平均寿命をはるか越えたり

かの墓に「無」のまますごす妻を思ひ堪へ難くなる夜半の臥処に

十月

蟬の声をととひ初めて聞きしものをけふは路上に死骸ころがる

脚曲げて仰向けになり動かぬ蟬見おろして行く夕かげの道

しじみ蝶舞へる下には彼岸花の枯葉となりて見るかげもなし

かぶと虫の図鑑を祖父に買はしめて喜び帰る幼き二人は

新聞の片隅に小さく報道せりイラクの米兵またも戦死す
怨嗟の声日々に放ちてゐるならむイラク駐在の米兵たちは

十一月

連なりて止まるかもめら窓の戸を今朝も叩けど身じろぎもせず
窓の外に止まるかもめは嘴の先端赤きに黒きもまじる
海ぞひの部屋に二泊して帰らむ時窓のかもめに別れを告げぬ
下弦過ぎし月がのぼりて時も経ず海原染めて日は出でむとす
海のはてに先端出でて時もあらず球体となるをまざまざと見つ
東京の空には見られぬ星さまざま北極星も久々にして

十二月

帰り来てあかり点せばけふひと日留守居せし猫ただにまつはる

月の下に雫の如き火星見ゆ川風寒き橋を渡れば

東の空火星は高くのぼり来ぬ西に金星もいまだ沈まず

柳《やなぎの》 馬場《ばんば》通りといふ名を覚えたり格子戸並ぶ家も親しく

即詠一首詠まねばならず朝を行く店まだ閉ざす錦小路を

見送りまし し京都の人らを偲びつつ午後は新宿のこの教室に

平成十八年

一月

かなへびも守宮《やもり》も見ざる幾年か目の前にあさる鴉はをれど

コウブツハウノツクモノと言ふ幼児うどんかと聞けばチガフ、ウニダヨ

今宵もまた娘息子と会食す支払ひはいつもこの父にして

伊豆の国と言へる市の名も初めて知る母をあやめむとせし少女ゆゑ

この年もあと二月《ふたつき》か大事《おほごと》のなかれと祈る日本に地球に

マンガ読むための座席と名を変へよ優先席は若者が占む

二月

巨大地震迫るといふ記事思ひ歩む新宿の高きビル群のなか

耐震偽装のビルもあるべし新宿の西口に出でて仰ぎつつ行く

今朝もまた「悪」の充満せる記事を読みつつ疲労す何といふ国ぞ

雪に悩む北国の人らを思ひつつ路地に日を浴むたんぽぽと共に

ひよどりじやうご真冬にも白き花咲かせ下には赤く光るつぶら実

かの辞書はどこに姿を隠ししか文字忘るるをあざわらふごと

三月

八十五歳以上の都内に住める者半数は痴呆と言ふはまことか

老人に事故多しとてこの息子餅を呑み込むまでを見てをり

返礼も出来ぬと嘆けば息子は言ふ「酒飲む歌などもう作るなよ」

「一流の歌人か」と我に問へば言ふ「二流かそれとも一・五流か」

四月

本当の飲み手にあらずひとり飲む酒の肴は饅頭でも良し

十分ほど歩けば着くにバス待てる人多きかな見過ごして行く

「銀の鈴」といふ待ち合はせの場所に待つ鞄にいささかの札束入れて

息子に金を渡しつつけふはイヤミも言ふ「おい、恩返しといふ言葉知つてゐるか」
ホリエモンわびしき食事をしてをらむ拘置所の前を過ぎつつ思ふ
『稼ぐが勝ち』とふ本を出ししは半年前「稼ぐは負け」と今は思はぬか

五月

神武、綏靖《すいぜい》、安寧《あんねい》、懿徳《いとく》と唱へつつ寝《い》ねむとして恋ふ少年の日を
「おい哺乳類」と幼稚園の子が声かくれば兄は言ひ返す「何だ爬虫類」
自転車止め隘路に待てばすれ違ふこの婦人は何の挨拶もなし
この路地の彼岸花の葉も衰へてオリオンはいよよ遠ざかり行く
黄の花の咲きにほふのち枝先に青葉出だすか連翹の木は

六月

渡来種より少し離れて関東たんぽぽわが路地に咲くひとつ孤独に

渡来種か否かはつきりせぬもありたんぽぽにもありや偽装せるもの

送りくれし人をうとめりけふは二度も蒲団の上に酒をこぼしつ

孫の誰も見ることなかりし妻と思ひけふもたたずむひとり墓前に

稀に行けば汝に手渡す五百円ひそかに隠す置き場所も知る

ライスカレーとカレーライスの違ひなどけふ読みてあらたに知りたる一つ

七月

列を作り下校する子らを見つつ思ふまたもたやすく命奪はれき

下校途中に殺されし子の記事読みてまた新しく町の名も知る

胸迫り涙ぐむなり無残にも殺されし子の親を思へば

その都度に奪はれし命を悲しめど他人なればやがて忘れゆくべし

男二人住めるこの家荒れはてぬ出す塵《ごみ》も九牛の一毛にして

「大地震またも来るのかイヤだね」と母は言ひしかみまかる前に

八月

新緑の山迫るなかの湯にひたる歌会終へたる心安けく

批評する声大きくて良しと聞けば今宵わが飲む酒うまきかな

かじかの声昨夜かすかに聞きしかば今朝はわが恋ふほととぎすのこゑ

公園の入り口に立つ案内図なぜか茂吉の歌碑は示さず

新婚の旅に来て見しこの歌碑をけふひとり仰ぐ五十年ぶりに

山荘は遠く上山《かみのやま》に移されて跡示す石に触るるも寂し

九月

南の島に兵なりし日を思ひつつドリアンを食む六十年ぶりに

コーヒーの花匂ふ辺にひそかに寄りドリアン食みきトラジャ人と共に

仏教書読みゐし息子煙草くはへ今手に持つはマンガ本となる

ああ何と巨人はつひに八連敗今朝の新聞手に取るも憂し

日本人の横綱なきを嘆くと言ふシラク大統領いよいよしたし

地団太踏んでジダンが頭突きをなしたりと笑ひつつ今宵を御開《おひら》きとせり

十月

雷鳴のしづまりしのち町なかに蟬鳴き出づる声すがすがし

わが路地に初めて咲けるあざみの花絶えず寄れるはしじみ蝶と我と

犬飼ひたしと訴へしに今はあきらめてかまきり飼へり机の下に

かぶと虫とくはがたを画き説明すはへも蚊も知らぬこの幼児《をさなご》が

銀河淡く見えしはいつの頃までか星ひとつなし東京の空に

十一月

コンビニに今朝食ふものを買ひに来ぬかかる晩年は思ひみざりき

むすび二つ食ふのみに足る朝の食事夕餉は少し早くとるべし

平均寿命はるかに越えて命あり今宵も沁々と酒飲まむとす

酒に酔へばしつこくなるをもて余ししこともなつかし橋本徳寿氏

職を捨て家居る息子に小遣ひやる中学生の時の如くに

追突され幼子三人を失ひし親を思ひて我も涙す

十二月

発車間際に駈け込みしは女性専用車男も少し居れば安らぐ

来ぬバスに「また間引《まび》いたな」とつぶやけばそばの若者「間引く」を知らず

一万年に一度といふ富士の大噴火刻々迫ると言ふはまことか

天を貫く浅間の噴火を一度見き諏訪湖のほとりに少年の日に

食ひ終へて先に立つ息子を呼び止めぬ「けふはそつちが払ふのではなかつたか」

「北鮮が何をしようと休肝日」一句ひねつて悦に入るけふは　十月九日

平成十九年

一月

小川町にけふおり立つは歌会ならずみまかりし君を悲しまむため

いそいそとけふの葬儀に立ち居さるる夫人を見つつ心堪へ難し

父上によく似る医師の御子に会ふ安らぎて君も逝きたまひしか

酒は飲まねどしきりに煙草を吸ふ君をひそかに憂ひき告げざりしかど

小川町よりこの北千住の教室に連れだちて月々来まししものを

亡き君の坐りゐし席はあけしまま隣に堪へていますか夫人は

二月

小遣ひにも不自由になりしこの息子親父《おやぢ》さんは止《や》め父《とう》さんと言ふ

破れたるジーパンを共に穿《は》く男女優先席に手を握りつつ

家出でむとしつつ朝々捜すもの財布にめがね時にケイタイ

わが街にもカタカナ語目立つ看板に「そばうどん」の文字見れば安らぐ

五百円の銀貨見れば幼き汝を思ふ会へば一枚手渡すゆゑに

三月

わが路地に真冬も鋭く葉を伸ばす彼岸花の群は我を励ます
枇杷の花はかくもひそかに咲くものか冬日差し来てけふ気づきたり
パソコンを操作して説く少年にしばし聴き入る興味なけれど
友達は皆持つてると訴へてやうやく手にせしこのパソコンか
神田駅は息子と出会ふ場所となり預金通帳持ちてけふ来ぬ
敬語無しの明治天皇伝読み終へて今更に知る世の移ろひを

四月

わが街の道路ふさぎて自転車の集まるは皆パチンコ店の前

兵役なきこの国を思ふことありやパチンコにひたすらいどむ若者

高齢の猫用の餌も売る世となり子は与へをりまつはるものに

老い母にうとまれ蹴飛ばされし猫なれどその後も生きて二十年となる

たはやすく猫も杓子もなぜ言ふかコメントなどといふカタカナ語

わが路地に真冬もあまた茂る草氷も雪も見る日とて無く

五月

回顧四首

捧げ銃《つつ》せしに応《こた》へし阿南《あなみ》大将柔和にして気品のありし面影

東京は今雨降ると阿南陸相ラジオにて告げし声を忘れず

米軍機急降下して襲ひ来しに操縦士の顔を一瞬に見き

人間の極限の表情と言ふべきか胸迫り見き米軍の捕虜を

手にさげて重きを喜びし日も過ぎて梅酒は最後の一滴となる

六月

もの足らぬひと日なりけり酒飲む日飲まぬ日決めてけふは飲まぬ日

今の代の酒よりまづきに足らひつつ飲みゐしか江戸の大名たちも

わが路地に昨日は手を触れいとしみし紫のすみれ今朝見れば無し

気象庁は日本語を知らず「宵のうち」を「夜の初め頃」に改むと言ふ

山のなだりの君が父君のみ墓の前共に並びて立ちし日思ふ　追悼平岩草子夫人

これの世に共に生くるを喜びとしつつ長くも過ぎ来しものを

七月

吹かれ散る桜のなかに白き蝶一瞬に見しけふの幸《さきは》ひ

朝開き夕べはしぼむたんぽぽと今さらに知る往来《ゆきき》の道に

けふもまた安定所より帰り来て息子は何も告げむとはせず

彼岸花の葉先はなべて黄に枯れて日長《ひなが》となれる春を寂しむ

蠅は見たと子らは言へどもあはれなり蛇とかげなど知ることもなく

居酒屋にひとり入り来て飲むこともこの齢となり知れる安らぎ

酒飲まぬは不幸な人生と思へども飲むは不幸と言ふ人もあらむ

八月

死刑にはなるまじ生涯刑務所の飯《めし》を食はむかかの十七歳

母親の生首たづさへ自首したりきその自首と書く文字も恐ろし

牛丼を食はする店にけふも来て並の男は「並」を注文す

関西の三美人ぞとわが言へば三婆《さんばばあ》よと訂正されぬ

九十年草木も生えじとふ暗号文解きしはかの年八月七日か

今年もまた原爆ドームの前に思ふ新型爆弾と初めは言ひき

九月

十日経て列車の窓より見渡せばけふはいづこも青き田となる

亡き人を偲ぶ京都の集ひに出でさすがに疲れぬ日帰りをして

雨止《や》めば傘を支へに歩み行き杖といふもののよろしさを知る

男やもめと母の言ひしを疑ひきやもをならずやと少年の日に

芦むらも真菰も今は見えぬ川わびしくなりて橋わたり行く

十月

窓あけて夜半に仰ぎし畝傍山目ざめてまもるまた明け方に

本雑誌寝床に迫ることもなく詠草かたへに安らかに臥す

この歌会を今のうつつに思ひゐむ病みて来られずなりし人々

信濃より君の持ち来しうま酒をふくみて明日の詠草を読む

この部屋に三日起き臥ししたしみし畝傍の山にも別れを告げむ

大和三山けふは見守るのみに去るひと日にめぐりし時もありしに

十一月

ホトトギスは百年の祝ひをせしものをアララギはあはれ九十年か

ホトトギス今に続くを手にしつつおのづとアララギを悼む心よ

アララギは滅ぼせと言ひし落合氏どこまで本心なりしかと思ふ

アララギの分裂も今は良かりきと言ふべきかくやしき思ひ消えねど

身に沁みて亡き人思ふいねむとして「ブルーライトヨコハマ」深夜に聞けば

一万円入れて少額の切符買ふに釣銭は正し恐ろしきまで

十二月

見ゆる限り峡《かひ》を埋むる薄の穂またみちのくの秋にあひたり

「こんな宿に」と頭を下げし先代のつつましき姿今も目に立つ

「赤光」と名づくる部屋に寝ねむとし明日の歌稿をかたはらに置く

あけがたに「赤光」の間《ま》をひそかに脱《ぬ》け階下のいで湯をひとり占めせり

畳の上に坐りて歌評をなすことも久々にして胸迫るなり

遠き昔茂吉文明の師を囲み歌会せしはいつも畳の上なりき

平成二十年

一月

明け方に目ざめて思ふ死の恐怖もわが小学生の時ほどにあらず

朝夕に薬害肝炎の記事を読む何も知らずにみまかりし妻よ

おろさむかと妻の言ひしを思ひ出づ墓前に経をあぐるこの子を

保育器のなかにて死にし一人もありこのわが墓地にけふは真向かふ

お前《めえ》はどこから来たかと声かくれば猫に失礼よとわきに言ふ声

縛られて猫は点滴を受けしとぞ入院料も安からぬと言ふ

二月

わが路地に絶えしかと思ひしたんぽぽのまた咲き始め年暮れむとす

朝宵に見つつ愛《かな》しむ枯草のなかあざやかにたんぽぽの花

わが庭に実りし柿を今年も皆食ひし小鳥ら憎むことなし

かの月を仰ぎつつ思ふほしいままに人往《ゆ》き来《き》せむは次の世紀か

わが生《せい》ののちになるとも月面に最初に立たむ日本人は誰か

割り箸を手にして思へりこの国の一日《ひとひ》の消費量いくばくになる

三月

八十年近くにもなるか両親は常にいさかひきこの路地の家に

子ら三人それぞれあづけて別居せしを一生《ひとよ》悔いゐし母かとぞ思ふ

師走となり神田の街のいちやう並木葉を保てると落ちつくす木と

この店の前のいちやうは散りつくす時おそかりき去年も今年も

街灯の光のそばに立ついちやうは落葉おそしと言ふ説を聞く

四月

久々にシリウス仰げりその上の三つ星見えねど心足らへり

北空にかつて仰ぎしアンドロメダの銀河も今は恋しきものを

道の辺にかすかに残る雪を見つつ北陸に住む人らを思ふ

残雪のなかにたんぽぽの連なりて花咲くを見るバスを待ちつつ

母を殺ししニュースのあとに子を殺しし母の記事読む何といふ朝ぞ

古書店に百五円なる古語辞典買ひしを喜ぶ我まだ老いず

五月

御神渡《おみわた》りもありしに雪の降りつもり湖上に立つなと綱張られたり

諏訪六首

湖畔に移りし「ぬのはん」仰げば前面にいささか残す古き姿を

赤彦の墓より下に長男の政彦の墓はしょんぼりと立つ

嘆きつつ五味家に来り《きた》訴へし政彦のこともかつて聴きにき

赤彦の墓の真下までビルは迫り諏訪湖も見難くなりて驚く

五味保義の表札はもとのままに有り人住まず久しき家となれども

六月

久々に来れば迷へり曾良の句碑の裏が五味家の墓地なるものを

仲の良かりし五味兄弟は三人とも夫人と共にこの墓のなか

遠くかすかに諏訪湖光れり崖の下は墓地に迫りて家々の建つ

赤彦全集に包囲され昨夜は寝《い》ねしかとひとり笑へり身を起こしつつ

後期高齢者などと今さら言ひ出せり末期高齢者と言はばよけむに
帰化種ならぬたんぽぽをけふは見出だしぬ疲れて坐る川のほとりに

七月

元日に飛ぶ蝶を見しこの路地にいま姿なし春逝かむとす
煮えたぎる音を聞きつつふと思ふ家に主婦なき三十余年を
先に立ちし息子の皿に残せるにも箸をつけつつひとり酒飲む
酒保《しゆほ》に行き甘味品《かんみひん》やつと手にせるを喜びあひし友すでに亡し
マーラカピーと人をののしる中国語今も息づくわが胸のなか
隣の人三人目となり辛うじて我は食ひ終ふ牛どんひとつ

八月

「人麿」といふ名の酒も飲まずしてあわただしく帰る石見の国より

この夜半《よは》も指先しびれ目ざめたりかかる感覚はかつて知らざりき

酒よりも旨しと知れり夜半に目ざめ飲む北アルプスの天然水は

気安しとも寂しとも思ふ女住まぬこの家に暮も正月もなし

男やもめに蛆《うじ》がわくと母はよく言ひき蛆はわかねどこの塵《ごみ》の家

今さらになるほどと知る電柱に犬が止《と》まれば家来も止まる

九月

見舞せぬが最大の見舞といふ論理知らずに待ちしか夏実さんも父君《ふくん》を

小雨そそぐこの平面のみ墓の前わづか点して次々に礼す

「近頃は耳が遠くなり」と繰り返し夫君を電話に言はしき夫人は

仙覚律師敬ひてこの丘を訪ねましし君に従ひき我いまだ若く

土屋文明は怖いと言ひて同じバスには乗らざりしかな五味智英《ともひで》氏

町かどにつぎつぎ万葉の一首記すこの小川町したしくもあるか

十月

けふはひと口酒《くち》飲みしのみ空腹と言ふ感覚もなく夕暮れむとす

しまりなくダチュラの花の散れる道うとみて歩むこの朝もまた

かうも暑い東京が今まであつたかと又も思へり夜半に目ざめて

回想三首

マエハタガンバレと叫ぶをラジオにしがみつき聴きしもなつかし中学生なりき

ドイツの選手バトン落としてヒトラーの嘆く一瞬を映せるも見き

ソ連軍の攻めくる前にかの国境離れて今も我が命あり

十一月

家出でて忘れしに気づくこと多し今朝は財布とケイタイが無し

財布のなかの百円出すに手間《てま》取れりうしろに何人か人を待たせて

この息子職場を捨てしわけは知らず妻子もなくて五十に近し

万葉の孤悲《こひ》といふ文字思ひつつけふは命日妻の墓場に

いくらかは子らの運命も変りけむ薬害に妻の死ぬこと無くば

十二月

ああこれも日本の姿かマンガ本読む若者ら優先席に

今宵仰げば月とわづかにシリウスのみ東京の空に星なくなりぬ

銀河はさみ牽牛織女のあざやかに輝きし夜も恋しきものを

中学生となれる和実《かずみ》が祖父に問ふ平和の和をなぜカズと読むのか

支払ひて店出づるときふと思ふ有毒米を食ひしにあらずや

春に刈りし泡立草か線路に添ひ群がる黄の穂はみな背の低し

平成二十一年

一月

黄色い線のあとにと常々放送すこの幅広きを線と言ふのか

アブナイデスカラといちいち言ふ放送うんざりとしてこの朝も聞く

駅のホームに電車入り来れば今の今がよろしと一瞬思ふ時あり

駅をおりて発行所に行く並木道いちやう仰ぐもけふが終か

三階まで一気にあがるこの階段まだ老人と言ふべきにあらず

秋葉原《あきはばら》といふ駅名に拘りを持てどもけふよりおりて歩まむ

二月

来年の歌会にぜひと言ふ電話生きてゐるならとけふも答へぬ

百歳以上はこの国に三万を越すと言ふその一人に我もならむか否か

父我の思ひ出話は好まねば食ひ終へて早くも子は立ち去れり

夜半に目ざめ原稿用紙に向ふ時ひと口《くち》飲むを己れに許す

新しきケイタイの操作にとまどへば次第にいらだつ教ふる息子は

「あけぼの」とふ居酒屋のあり「たそがれ」はなきか「よふけ」といふ名も良きに

三月

西空に今宵も強き光放つ金星見れば憂へも消えぬ

朝目ざめて酒をひと口飲むならひこの元日より断然止《や》めむ

今朝起きてつくづくと己れを顧みぬラジオなしケイタイなし財布さへなし

東京の雪を夕刊は報ずれど目にもせざりき我が住むあたりは

日本文化の恥と言ふべし歌に記すに「あぢさゐ」のあり「あじさい」もあり

花よりもすがしと言はむ曼珠沙華鋭き葉を立て年も越えたり

四月

朝おそく食はむとしつつ気づきたり消費期限はけふの午前三時まで

職を辞して収入のなきこの息子に金やりてけふも家出でて来ぬ

短歌教室休憩となれば婦人らはそれぞれ忙《せは》し飴の交換をして

この孫は国語が一番好きと言ひ次々に芭蕉の句を暗誦す

「思ほえば」を「思へば」の意味に使ふ歌人絶ゆることなしもはや無視せむ

五月

朝の湯にひたりて仰ぐ鉢伏山《はちぶせやま》いく度登りしか中学時代に

雪解《ど》けの道をなづみて登り行けばああ見えて来ぬ阿弥陀寺の屋根

夜半に出されひとりこの鐘をつき鳴らしし試胆会の恐さ今も忘れず

中学生の時に鳴らしし寺の鐘今また鳴らす七十何年か過ぎて

赤彦の世話にて最初の安居会《あんご》この寺にせしを語る人あれや

「わしを追ひ出した信州などに行くもんか」歌会に出でざりし土屋先生の言葉

六月

帰化種なるたんぽぽの花をわびしめど足止めて見る元日に咲けば

秋葉原の電気街にしたしむこともなくただ急ぎ行く己れ寂しむ

見るかぎり鷗群れゐし神田川帰りに見れば一羽だに無し

散りし桜ひとすぢになり漂へり神田川疲れてわが渡るとき

どの店に食はばよからむかまだ知らずためらひ歩く雑踏のなかを

やうやくに今年の桜は散りはてぬ来年もまた仰がむや否や

七月

酒飲まぬ日にせむと朝は決めたるにやはり手が伸ぶひと仕事すめば

わが家に住む猫また数を増したれど息子に向かひ文句は言はじ

かぜ引きし猫を病院に連れて行きし子にあきれつつ哀れむ心

日ごとふゆる本雑誌すべて放置して歩みなづめり家のなかさへ

わが歌を一首だに子らは知らざらむそれをわびしと思ふにもあらず

八月

土屋先生「二川《ふたかは》わたる」と詠みましその二川を一瞬に過ぐ

秋葉原の電気街には用もあらずまつしぐらに向かふわが発行所

神田川の岸の白壁わづかにも青草生ひて垂るるしたしさ

白き鳥あまた群れゐし春先の川を恋ひつつ発行所にけふも

この橋は「神田ふれあい橋」と言ふを半年も過ぎて知れるもうれし

この川をいつまで見むか九十に近しと書かれていやになれども

九月

辛うじて去年《こぞ》は聞きにし蟬の声こほろぎの声今年は如何に

わが部屋を脱け出で玄関に立つまでに山あり谷ありと笑へりけふも

死にたくはないが生きゆくも大変と夜半に帰りてひとりつぶやく

平野村が町を経ず岡谷市となりし時小学生の我も喜びき　諏訪にて

「腰痛《こした》い」も「今何時ずら」も身につきて湖上を渡りき下駄スケートに

諏訪湖囲む街のきらめき夜ごと眺め心足らへりけふは帰らむ

十月

雲のなかに今あざやかに欠け初《そ》むる日食を見るもこれが最後か

「五人娘」久々に飲めば土屋先生の義理がたき心今更に思ふ

南方軍だけでも抗戦しないのかと泣きにし日より六十四年か

六十年あまり食はねど忘られずドリアンの強き匂ひと味は

我かつて思ひもせざりしことひとつ杖売る店をけふは捜せり

十一月

ただひとつ東京の空に見ゆる星光強きは木星ならむ

あざやかに銀河見えしはいつまでか今宵も空を仰ぎて思ふ

鏡見ればやはり九十に近き顔頭髪に白きは少なけれども

杖を売る店を探すと詠みしかばさつそくこの杖賜ひし人あり

わが晩年の幸《さち》と言はむか送られし梅酒と果実酒こもごもに飲む

今世紀のうちに出で来よ月面に立ちて短歌も詠み出だす人

十二月

ああ日本の戦争力か何事にも「力」をつけて言ふ国となりたり

財布忘れけさも足早に戻り来ぬ晩年の母を思ひ出しつつ

御返事は不要とありし手紙のみに返事を書けり外は顧みず

往来する車烈しきこの街路ためらひ越ゆる黄の蝶見守る

かかること我はせざりき若き男女互ひに舐めあふキャンディひとつを

ひとときの勢なけれど泡立草咲きはじめたりこの空地にも

平成二十二年

一月

いやしみて常に見しかど改めむ寒さに堪へて咲けるたんぽぽ

神田の通りに添ひて花咲く曼珠沙華ああ今のみと腰おろし見る

神田川日々に流るるさま変はりあかず見おろす橋の上より

少年の日には思ひき人間に食はるるのみの植物の目ざめを

ただの一度も見しことなかりきわが父の生前に書きし文字ひとつだに

欲うすくこの世を長く生きて来《こ》しことを寂しと思ふ時あり

二月

やつと捜しし本なるをまた見失ふああ煩はしこの世のことは

夜半に目ざめ仕事せむかと灯を点せばそばの小瓶がしきりに誘惑す

この世紀いつまで生きむか日本語の動き気づかひ見守りながら

青山の発行所ありし前を通るああ七十年にもならむとするか

椅子を並べ茂吉文明の両先生むつまじく常に話しいましき

我の名を忘れてあの人と言ひましき茂吉先生或る日の歌会に

三月

酒飲めば何度も夜なかに目をさます老いとなりたり今宵は飲まじ

元日のあたたかき日を浴びながらこの路地に咲くたんぽぽいとほし

九十にすでに近づく我なるに息子らは今も金を無心す

今宵はひとり酒を飲みつつ不意に思ふ何十年になるか妻みまかりて

酒を酌みつつ共に大福も食ふ我かまことの酒飲みならずと思ひて

茂吉文明に我も加はり夕餉せしにその記述なし茂吉日記に

四月

中学生の我《われ》が孤独に住みし家今も変らずこの崖のうへ

赤彦の墓はここより五分ほど真夜なかに行きて拝みし日もありき

柿蔭山房の縁側に憩ふかの夫人いくたびも見きこの坂道に

冬の波今はしづかに寄する湖《うみ》下駄スケートにすべりし日恋し

みづうみの氷張る音とどろくにも寂しみたりき夜半を目ざめて

これの世に九十年近く長らへてつひに女人は妻ひとりのみ

五月

わが仰ぐ最後の日食にならむかと少し欠くるに立ちどまりたり

老害といふ用語はなきかと辞書見れば見当らず我の造語にせむか

飲む酒にうつかりこぼれ落ちしものああこんな歌作るべからず

日本文化の恥と言ふべき仮名遣今の世にしてかくも乱れて

父我と息子と二人が住むのみの荒れまさる家を子は気にもせず

六月

戦後まで露伴は生きたり同年の子規を思へば堪へがたきまで

電車より見れば限りなく平行す枯草の列と新草の列と

純粋なるたんぽぽも見しこのあたりけふ来ればああ皆帰化種なり

死なむこと思へば息づまる苦しみにあへぐ我なりき幼き日より

少年の時より死後の「無」の世界に苦しみたりしに今は恐れず

死なむ日の近づけばその恐怖よりおのづと離るる心となるか

七月

散りし桜つらなり流るる神田川昨日《きのふ》は見しにけさははや無し

川を覆ふばかりに昨日は見し小鳥雨降る今朝は一羽だにゐず

この歩道の隙間にたんぽぽは元日より花を絶やさず五月となれり

新仮名使ふ歌人が不自由もありと告ぐ「思ひ出づ」を「思い出ず」とは書けずと

八月

この路地に元日も飛びし黒き蝶その後見えず初夏となれども

顔も少し細くなれるか近頃はさがる眼鏡をはづして歩く

一個五千円とあるに驚き帰国してドリアンはまだ食ひしことなし

ドリアンの垂るる果樹園を軍装して通りぬけしもしばしばなりき

つひに最早行くことなけれどミンダナオもセレベスも今はなつかしき島

暗号書抱きて海に飛び込みし彼《か》の兵士は今も沈めるままか

九月

最後尾にをりてはつきりと届く声真ん前にゐてきき取れぬ声

土屋先生坐れば一瞬に会場の空気変りし思ひせし常に

先生にほめられしこと二度ありき今も生きゆく励ましとなる

二日の歌会終へて灯ともる駅へ急ぐ今年も無事に終へし安らぎ

茂吉の死後一年過ぎてひそかにも「寂しきまこと」と詠ましし心

二人の先生常に並びて語りゐし青山発行所恋しくもあるか

十月

この路地に年々したしみしせみの声今年は聞かず夏過ぎむとす

おそく帰り部屋のあかりを点しつつ妻なくて今年は何十年になるか

接近して照らし合ひゐし月と星かくもへだたる一夜《ひとよ》のうちに

田舎の匂ひ残る葛飾もこの夏は寂しさ極まる蝶も蟬《せみ》もゐず

ノートの上黒く小さき虫走るをペン立てではばむことも楽しき

満天の星を仰ぎしこの路地にひとつも見えず八十年を経て

十一月

古山蔚氏を悼む

さまざまに共に語りし発行所に君の死を聞くけふのおどろき

*

入院して幾日経にけむ浮世のことすべて忘れて休めるもよし

戸をあけて時々声をかくる娘心安らぎけふも過ぎゆく

十二月

生きてゐるのか死んでゐるのか分からぬとひとりつぶやく誰もゐぬへやに

かかる晩年過ごさむとはかつて思ひきやああ旧かなも忘れずにゐる
追悼文誰がいかなることを書かむ今のうち読みたしと思はざれども

平成二十三年

一月

辛うじて今朝詠みし一首が見当らずいづこに逃げてゆきにしにやあらん
けふは腹をささふるものは何もなし夕べに出で来むものを期待す
パンツを取り替へろと娘に注意され布団の中にしばし捜しぬ
この朝も目ざめて風に口ずさむ死にたくもなし生きたくもなし
並ぶコップに何かはあれど飲みたくなし食欲不振は今日も続きて

二月

この朝も心許なし我が子らの携へしもの眼交に見て

葛飾・東立病院にて

息子より千円の時計見せられぬ今日よりひそかに父を看取ると

給食のどれも旨からず飲みたしと又また悪しき癖を発揮す

時により作歌の真似をせむかとも期待せしかど今はあきらめむ

小夜更けに見れば眠らぬ人いくたり一人眠らず我は居れども

家の者みないねつらむ何故か急に電話をかけたくなりぬ

三月

入院して少しは飲まむと思ひしが何も飲まずに夜もふけむとす

酒飲まむ日を楽しみし父のことふと思ひ出し涙出でたり

茂吉流に今日は食ふべし久々に匂ひ漂ふ鰻の店に

けふは誰も見舞ふ人なししかれども呑気に過しし一日ならず

枯渇せしわが欲望か配られし菓子のたぐひも見向きせなくに

正月も近づきさすがに寒き日々亡き女房の恋しき日あり

四月

眠りより覚めて昼餉を恋ふれども息子良平いまだ来らず　十二月二十七日退院の日に

この辛《つら》き経験これより生かすべし息子の来むをひたすらに待つ

わが体だいぶ痩せしかと問ふわれに回診の医師笑みて答へず

辛うじて今年は保つわが命風前の灯と言はば言ふべく

つひにつひに十二月の末迫りたり命危ふしと思ふしばしば　十二月二十八日

北満の寒き原野にただ一度女《をみな》の裸体見しことありき

五月

グリンピース潰してうぐひす色に匂へれば吾がひと時の幸と言ふべし

わが娘父われの病床に付添へりこの喜びは知らざりしもの
十二月二十九日即詠

この娘が病ひにならば父われが付添ひやらむ生き残るべし

しみじみと由美子の顔を見つめたりさて下の句を何とつけむか

少酌《シリキサジヤ》せむといふ幸福なるこの言葉今朝も目覚めて繰り返し言ふ

寝たままに吾は横着に物を言ふ子らかしこまり聞きてをるらむ

六月

娘たち別れむとしてなほしばし語りて止まずすでに夕暮れ

今朝見れば娘は意外に美しく心ゆらげり妻を思ひて

その昔歌のことにてわが妻と言ひ争ひき何を詠みしや

世の中に酒ほど旨いものはなしさう言ひつつも長く飲まざり

かく言へば旨きもの数々目に浮ぶ鮮やかにして浮びくるもの

七月

同じ家に三日泊りぬ知らざりし友も前よりの友の如くに　平成二十三年一月七日記す

前よりの友の如くにしたしみて新しき友と語らふこの楽しさは

うつし世にさまざまの友と嘆きつつ語らふことのこの喜びよ

ああ吾も人と生まれて忝なあと何か月生きむにやあらむ

短歌詠むわれらを俳句とまちがへる人限りなし隣りにもをり

あと百年のちの短歌と世の中を思ひやる時心わき立つ

続葛飾以後・第二部

目　次

川より川へ　四七三
世紀末五首　四七四
しじみ蝶　四七四
越後二日　四七五
断　片　四七六
貧すれば鈍する　四七八
二十世紀終る　四七九
マンガ、ケイタイ　四八一
新宿界隈　四八二
回想、茂吉と文明　四八三
葛飾水辺　四八五
日々に読みつぐ　四八六
よきことなし　四八七
今年のさくら　四八七
葛飾、この夏　四八八
おい大丈夫か　四九〇
リコウかバカか　四九三
五島行　四九四
北海道、中川町　四九五
文明記念館　四九八
新年雑歌　五〇〇
六十年過ぎぬ　五〇三
諏訪行　五〇五
なつかしき人　五〇八
秋も過ぎゆく　五一一
荒川、その付近　五一四
銭湯十二首　五一七
川　端　五一八
わが体温　五一九
思ひさまざま　五二三
彼岸花、穂薄　五二六
冬近し　五二八
わが発行所　五二九

不幸なる都市　五三〇
故人二人　五三一
青森所々　五三二
我も、きほひて　五三四
星ひとつなし　五三五
星空のなき東京　五三五
母の名も　五三六
わが日常、そして回想　五三八
酒飲む日　五四〇
瀬戸内の島　五四一
真夜なかの酒　五四二
勝手なれども　五四四
この世紀に　五四五
欲うすく　五四六
東京の空　五四六
一度は見よ　五四七
上野の山　五四八
諏訪湖を前にして　五四九
さまざまに思ふ　五五〇
新世紀を生きて　五五二
歳　晩　五五二
川　風　五五三
なほも生くべし　五五三
人間は所詮…　五五四
年末となりて　五五五
いつまで生きむ　五五五

川より川へ

コンクリートの壁の守れる川となり草生ひしめず冬枯れもなし
投げられて水に浮く餌を先取りす鴨よりかもめの動作すばやく
餌を争ふかもめとかもめ鴨と鴨稀に一瞬鴨とかもめと
水しぶき上げつつ鴨を踏みつけて飛ぶかもめあり餌をくはへつつ
岸につなぐをしゆんせつ船と掲示せりその仮名文字をわびしみて見つ
新中川に来ればなつかし薄あり葦あり葛《くず》あり共に枯れつつ
泡立草押しのけて薄の茂るさま心は楽し川のほとりに
このあたり天《あめ》をおほひて飛びしとぞ茂吉も詠みき「病む雁《かり》」の歌
わづかにも河川敷あり「警告」の札の前に育つ葱とキャベツと

十六夜の月を映してすがすがし昼は濁れる川といへども

世紀末五首

四百年の後《のち》を予想せし子規の言葉すでに越えしか百年も経ずに

哲久詠みし「諸悪のかがやき」唱へつつ目をさらす今朝も浅ましき記事

次の世紀終らむ頃に日本ありや日本語ありや短歌はありや

ベルリンの壁の破片を手に入れて十年になるか今宵灯のもと

ドイツ語の証明付きの破片見ればおのづから思ふかのヒトラーを

しじみ蝶

しじみ蝶まつはる路地にふと思ふわが死なばこの宇宙も消えむ

天上に木星が来て真下にはヒヨドリジョウゴのゆらぐ白花

少年の日ほどに今は苦しまず命終らむつひの日のこと

遺伝子の操作はせずと書きしるす豆腐一丁ためらはず買ふ

クローン人間出でむ世を待つといふ人よ己が病を看取るによしと

越後二日

スリッパを穿きて待つ時合図ありてマイクに向かふ能楽堂ここは

次の世紀の日本語を憂へ訴ふるうちに忽ち一時間過ぎぬ

枕べに崩れて迫る本もあらずのびのびと寝る宿に今宵は

初心者の運転多しと戒めらる街道をしばし歩まむとして

良寛の誕生地よりその墓地まで巡りて疲れき春のひと日を

美人なれど悪声なりきとふ貞信尼力強き書を初めて見たり

ふざけ散らして良寛と後家のかの尼僧が書きし文字《もんじ》を世の人は知らず

断片

シベリアの見ゆる兵舎に起き伏して運命は今も我を生かしむ

戦争の多かりし世紀も過ぎむとすはたして如何に次の世紀は

愚かしきが人間の性《さが》戦争は絶ゆることなけむ次の世紀も

この国の一日《いちにち》の紙の消費量ふと思ふレジより受け取らむとして

漫画本抱く学生ら乗り込みて坐るや否や交換をせり

置き去りにされし座席の週刊誌拾はむとせしに人が先に取る

週刊誌は買はずともよし車内に吊る広告の文字読むのみに足る

辞書になき用語捜すはたはやすし例へば「先発」のあとの「次発」など

首相の病気《やまひ》づかひながら「脳こうそく」「こん睡」といふ文字を嫌悪す

吊り広告見上げつつ思ふ「間違いだらけの結社選び」といふ本はなきか

女学校の門に立ちても叱られき今の世は腕を組みて闊歩す

世におくるる人間にしてワープロにもパソコンにもいまだ触れしことなし

「部外者の出入」のあと「禁じる」とは書かず「禁ずる」と書きたるは良し

居酒屋のそばに居食屋の看板ありこれも新語か辞書にはあらじ

電柱に貼るバイアグラの広告をいち早く見つけ婦人ら騒ぐ

ためらはず近づく鳩の一羽一羽微妙にたがへり羽根の模様は

干しし毛布取り込み敷くに赤インクの染みつきたるを枕辺とする

茶碗持ちてしばし考ふ今食ひしは一杯目なるかはた二杯目か

逝く前に録音をせし妻のこゑ聞く気になれず二十幾年

おもおもと垂るる桜の枝の間《ま》にわが子らの住む遠き灯が見ゆ

貧すれば鈍する

店に積む一本百円のこの大根農家はいくらで手離すならむ

戦争も近づく少年の日に聞きし「忘れちゃいやよ」の歌は忘れず

君が代は非なり日の丸は是となせる我に意見を問ふものもなし

ルンペンとふ言葉は早く滅びしかけふも目につく新宿界隈に

駅に立てば間もなく間もなくの繰り返したまには副詞を変へて言はぬか

立ち読みの衝動買ひをせし本に限ってそののち読まむともせず

身に余る光栄などとこの人もたやすく言へばうんざりとせり

腕時計を今年は幾つなくしけむ並べて売るをまた物色す

作者選者また校正者も見逃せり大手を振つて「老うまじ」が載る

貧すれば鈍するといふ言葉思ふ崩るる本のなかに葱あり

二十世紀終る

夕映《ゆふばえ》の空より出で来しかの一機たちまち金星の下を通過す

日没ののちも明星は西に高し最大離角とならむはいつか

宵寒く朱《あけ》ににじめる西の空二十世紀も終らむとして

夕刊に小さく出たり人類は千年以内に滅ぶべしの記事も

他の星に移れとホーキング博士言ふ移るべき星いづくにありや

千年ののちとは言はず人類はこの百年に堪へ得るや否や

この星に住む人間をいつまで見む新世紀迎へて我も八十

冬至の光薄れゆきたりわが路地のムラサキカタバミみな花を閉づ

やつかいな雑草と辞書に読みたれどムラサキカタバミの花の愛《かな》しさ

ぶざまなる訴訟繰り返すさまを見よこれが唯一の超大国か

かの国の大統領はやつと決まりたり人の国ながら我も安堵す

オーストリヤのケーブル火災に死に行きし日本人中学生を今も悲しむ

崩れむとする本を押さへ片方に持てるコップの酒をまづ飲む

この家の一日《ひとひ》にもつとも使ふ動詞「落ちる」「崩れる」「跨ぐ」「捜す」

新世紀となれるに猫も進歩せぬかみづから餌《ゑさ》の缶をあけぬか

手に取りて来しに坐れば朝刊なし昨日より減る脳細胞幾万

帰り来しは娘ならずわが姿を見て猫は失望の表情かくさず
憂うつのうつの字昨日は書きしものをけふは忘れてルーペ取り出す
家にあれば午後まで寝てゐるかの娘タテの物をヨコにすることもなく
この父に感謝する心起らぬか週末を出でて行くを見送る
金星はすでに沈めば王者のごと木星は来る今天頂に

マンガ、ケイタイ

確率を示すが如く向う座席の七人のうち四人がマンガ
乗り替へて坐れば隣はまたマンガひげを生やしし中年男
マンガ読むは男ばかりと思ひしに女もゐたり今朝の車内に
わがケイタイにひびける声を刑務所と聞きて驚けば税務署なりき

もう普通の日常語なるかああまたもトンデモゴザイマセンといふ声
日本語の運命気づかふ首相なども出で来よ新しき世紀となりぬ
わが飲むに刺激受けしか前に坐る男も注文す熱燗一本

新宿界隈

甲州街道十分ほども歩く間《ま》に配れば要《い》らぬ物も受取る
「近代の都会道路になり済まして」と茂吉詠みしを思ふ人あれや
相並び高層ビルの迫るところホームレスの人らテント張りあふ
ルンペンは辞書に残れりホームレスも差別語の匂ひなきにしもあらず
むきむきにそびゆるビルの名は知らず都庁は屋上に特色のあり
高層ビル群見渡して思ふ一晩の電気消費量はいくばくなりや

東京に久しく地震も無しと思ひ並び立つビルを仰ぎつつ行く

この日暮いづこの店に入《はひ》らむかカレーライスか廻転ずしか

小便横町とかつて呼びしはこの辺か焼鳥のにほひ漂ふ日暮

特殊なる本売るはこの暗き店何十年か入《い》ることも無し

回想、茂吉と文明

新仮名づかひを批判する茂吉のこの文も新仮名となるを読むは切なし

わらぢはきて一足一足のぼり行く茂吉の姿をまのあたり見し

白ひげの翁となるに胸つかれき戦後初めての東京歌会に

歌会場に不意に現はれ不意に去る老いたる茂吉を寂しみたりき

「匂ひる」と書きたる歌を「僕と同じだ、同情する」と言ひししたしさ

おほかたは文明の歌評を聴きしのみたまの発言も一言二言《ひとことふたこと》

後の世に残らむ日記と意識してウソ書きしところも幾つかは知る

言はざりしを言ひし如くに日記に書く土屋幕府もその一例か

「土屋幕府」もそのまま全集に載せたまへと言ひし文明の心を思ふ

戦後の茂吉はひがんでゐたと寂しげに柴生田稔氏しばしば言ひき

窮極の心とぞ言はむ一年のちに「寂しきまこと」と詠みし文明

睦まじく二人並びて歩くさまああ戦前の青山通り

仰ぐ我等も幸福なりき茂吉文明最も良き時まのあたりにして

釈迢空歩みあやふく来しを見き築地本願寺の茂吉葬儀に

受付のテントの前の立ち話長かりき迢空と五味保義と

宇野浩二廣津和郎と共に来て呼び止められそそくさと署名したりき

並ぶなかのいづれを買はむ旨茶《うまちゃ》聞茶《ききちゃ》生茶《なまちゃ》まろ茶とガラス戸のなか

「美乙女」は何と読ますや歌稿見つつひとり笑へり夜半の机に

便利なるものの不便さ相並ぶ改札機が共に故障すけふは

今宵はやや酩酊せしか辞書引くにヤ行とラ行の順序分からず

葛飾水辺

見る限り蓮田なりしに落葉すら今は焼かれぬ街なかとなる

うぐひす鳴き蛙も鳴きしを恋ひ思ふ戦後いくとせか我が家のめぐり

二度三度刈り取られけむ泡立草黄なる穂を出す辛うじて低く

ガラス戸にすがる守宮《やもり》も土を這ふかなへびも見ずこの幾年か

遠く見れば見分けのつかず穂を立つる葦も薄も泡立草も

「よひよひの露ひえまさるこの原」と茂吉の詠みしあたりか此処《ここ》は

空おほふばかりに雁も飛びしとぞ奥戸村なりし昭和の初め

病雁の考証にあへてせし作為思ひ浮かべて今もわびしむ

赤き舌出して鳴きゐしよしきりを愛《かな》しみおもふ冬日差す下

葛《くず》と葦と泡立草の争ひも枯れてしづまる冬日の下に

日々に読みつぐ

かのテロより月過ぎてなほ首謀者に敬称つけるこの新聞は

五十四人の子持ちと言へばビンラディンの父には及ばず江戸の将軍も

妻四人を連れて洞窟に潜むらしああ新世紀の英雄か彼は

ビンラディンかビンラーディンか呼称さへ定まらぬ記事を日々に読みつぐ

報復に反対すと言ふ街頭の演説に力なし昨日も今日も

爆弾と食糧を共に投下せり新しき世はかの戦場に

　よきことなし

アフガンの地名を次々に記憶してよきことはなしこの新世紀

タリバンとタリバーン、イスラムとイスラーム拘ることでもなしと思へど

子規の見し地球儀を間近に見おろして汎々と思ふこの百年を

愚かしき限りを尽くす人間どもこの星にいつまで住むにやあらむ

ハワイまで行きし両親の心思ふつひに見当らぬ少年ひとり

　今年のさくら

彼岸花の細き葉なべて倒れ伏す桜の花の咲きそむる頃

あたたまる地球を如実に示せるか半月も早し今年のさくら

ふさふさと揺るる桜の花のまにシリウスの光低くなりたり

今年もまたわが命あり咲き満つる桜のうへの上弦の月

コンビニの店に並べるむすびより添加物少きを選ばむとする

手に取れるこのむすびにもポリリジン、カラメル色素あればやめたり

添加物気にしては食はむものなしと思ひ直して買ふむすび二つ

葛飾、この夏

東京にも星見ゆる空稀にあり今宵は仰ぐ牽牛と織女

牽牛と織女の間《あひ》の天の川幻に見て川の辺を行く

この国の汚染一位の綾瀬川四位の中川とここに合流す

汚さの日本一を今年また取り返せるかああ綾瀬川

日本一の汚き川と人は言へど岸を歩めばさほど臭はず

八月一日初めて蟬のこゑを聞く生きむとするか人間と共に

どの蟬も仰向けになり脚を曲ぐ生きてひたすら努めしものを

人間と蟬といくばくの差のありや路地にころがるに胸つかれ行く

新しき牛丼の店に入り行きて並《なみ》の男は「並」を注文す

木根川橋渡り行きつつ思ひ出づさだまさし未だ少年の頃

幼き者連れて来たかりしこの川原青きバッタは次々に跳ぶ

蝮《まむし》に注意の文字もなくなりしきりに啼くよしきりは赤き舌を出しつつ

昼ながらかうもりはかくも飛ぶものかヒメムカシヨモギの群落のうへ

夕映ののちも金星はなほ高し街の暑さは変ることなく

他の星に五百年以内に移れと言ふホーキングの言葉身に沁むものを

人間と運命を共にせむとしてやもりはたまゆら白き腹見す

銭湯と古本屋など姿を消しけふ来れば駐車場また百円の店

しまひおきしグローランプ無しこの我を愚弄するかと洒落にもならず

冷き酒ふくめばうまし朝刊を見つつ心足る巨人勝ちたり

真似をして我も言はむかかにかくに巨人を愛するに理由は要《い》らず

　　おい大丈夫か

おいお前大丈夫かと声をかく朝起きて己れをさらす鏡に

同年のノーベル賞受けし人も居るにマンガ本読むうちの倅は

パソコンの雑誌は捨てても良いと言ふマンガの本はちよつと待つてくれ

出勤する汝《なれ》を見送る髪伸びて二度目の手術の跡もかくせり

角《かど》を曲がる時まで汝を見送るにふり返り見ずそれもまた良し

家のなかはメチャクチャなるに路地を掃く我が家《や》の蔦の散れるも多し

己が餌をねずみが嚙める音するに見てゐるのみかこのぼけ猫は

帰り来しは娘ならねば出迎へて猫は失望の表情を見す

冷酒含み新聞読みて朝飯をやうやく炊かむとすれば十一時

二杯目を注《つ》がむとするに今飲みしコップがはやも行方くらます

新聞もテレビも見むとせぬ娘さすがに巨人の優勝は知る

向きあひて朝も食ふなき幾年か家庭内別居の我等三人

八十過ぎし父親に頼るほかなきか哀れみてまた銀行に来ぬ

交番前に子の来るを待つ新宿は東口より西口を愛す

人賑はふ街を行きつつひとり思ふパチンコも知らずパソコンも知らず

七十年の過去にならむか栗島すみ子の「椿姫」見きこの新宿に

映画館ありしあたりかたたずめばオールトーキーの言葉なつかし

略語にもよきものあれど今朝も読むアサシャン、イメチェンああなさけなし

美首、美乳、美脚はとにかく良しとせむ美尻は何と読むこの広告の

英語力と言ふはまだよし学者どもは日本語力と声そろへ言ふ

日本語の助動詞助詞は崩るることなかれと祈る百年ののちも

うづたかく積む『寒雲』を息づきて見守りしはどこの本屋なりけむ

今にして思ひ当れりアララギ末期に表紙となりし「死せるキリスト」

取り出して読めば楽しも酒好きの番付載せし短歌新聞

晩年にいよよ入《い》れりと思ふべしああ良きことはひとつもあらず

リコウかバカか

かくしつつひと日ひと日は過ぎゆくか雨戸しめつつひとりつぶやく

自爆テロといふ文字見つつ遠き日の肉弾三勇士を思ふも悲し

新しき世紀に何も良きことなしああ戦争も近づかむとす

人間はリコウかバカか結局はリコウなるバカと言はざるを得ず

湾岸に待機せる米兵三十万日毎互みに嘆きあふらむ

アメリカに素直に従ふのみなるか常任理事国になることもなく

拒否権をほのめかすシラク大統領日本行きもつひに止《や》めたりと言ふ

貴乃花の引退にメッセージ送り来しかの大統領に心寄りゆく

道鏡の宗派など我も知ることなしシラク大統領問ひたりしとぞ

フセインは退けと言ふこの朝の朝日の社説に拍手すわれは

五島行

梅雨《つゆ》に入る五島に来ればけふ晴れて「辞本涯」の碑の前に立つ　空海の碑

空海より百年まへに心細くもこの海を渡り行きし憶良か

「あきらめむ九十を過ぎぬ」と詠みましし心迫りていま岬のうへ

君がみ魂導く思ひにまたも来ぬこの柏崎の岩むらのうへ

限りなく東支那海波立ちて遣唐使船団まぼろしに立つ

溶岩の重なる突端去り難し憶良を思ひ文明を思ふ

気根豊かに垂らすを見れば赤榕《あこう》即ち御綱柏《みつながしは》の説をうべなふ

教会にしたしみなけれどルルドの水今年も飲みぬ友らと来れば

五島より長崎までの二十分プロペラの音も快かりき

五島にて昼に残ししむすび一つ東京の灯を見て食はむとす

北海道、中川町

飛行場といふは廃語かおり立ちて羽田空港の文字を見つめぬ

雲海の上に限りなきちぎれ雲みなそれぞれに影を落として

雲のなかを飛行続けて着陸の時近づけば青野見え来ぬ

影の如く浮き立ち見ゆる利尻島かの島に渡る日もなかるべし

丘の上に連なる風力発電は地球を救ふものの如くに

芝生の如き草原続き灌木なし畑もあらず風強くして

草原のなかなる直線の道を来てやうやく畑あり玉蜀黍茂る

豊富町過ぎむと見上ぐる大き文字「自転車健康都市宣言の町」

人口は二千余りの中川《ナカガハ》町《チヤウ》若き町長としたしみ語る

この村の嘱託医となりし茂吉の兄はるかに偲ぶその家跡に

此処に会ひし兄弟三人涙出づる話をせしは昭和七年

無医村のこの志文内を志願して業に励みしか兄の富太郎

午前二時兄の往診に行くさまを詠みし一首も歌集に残す

志文内の地名も今はなくなれど茂吉小公園と名づけぬ此処を

かくまでに茂吉を尊ぶところありや町興すための心といへど

あけ方は天頂に近き下弦の月窓に仰ぎてまた寝ねむとす

大接近の日より二十日は過ぎにけむ火星の光変ることなし

本雑誌の間に身を細め寝ることもなくて一夜《ひとよ》を安らかに臥す

茂吉記念の短歌フェスティバルと名づけたり部屋を埋むる中川町の人々

いささかの回想談を枕として茂吉を語るけふの集ひに

茂吉文明両先生と我と三人うなぎを食ひし日のことも言ふ

空港に行かむ時間を気にしつつ写生説を説き歌を読みゆく

仲良かりし茂吉の兄弟を語る時うなづく人あり会場のなかに

兄の死を聞きて俄かに重態となりし茂吉を忘れずに言ふ
志文内の兄にただ一度会ひに来し茂吉を敬ひ建てし歌碑二つ
一夜泊まりし中川町を去らむとすまた訪はむ日のありやあらずや
赤に黄に枯れて揺れだついたどりの中なる一本の道を急げり
風力計は影落としつつひたすらに皆回転す空より見れば
紺青の海の彼方に影立てる樺太を見しけふの幸福
ワッカナイ今し飛び立ちかすかなる樺太の影も遠ざかりゆく

文明記念館

群馬県群馬郡群馬町と続け言ふを誇れるらしきこの町の人は
歌碑の前に立ちつつ青き上の榛名恋ふれどけふも姿を見せず

唯一の例外として故郷に立つるこの歌碑を認めまししか

「そんなもの立てても誰が見に来るか」と白寿の君の言ひまししとぞ

文明記念館見巡りて思ふ生前には否定しましけむかかる施設は

文明の色紙を初めて見る人かうまい字ぢやないねとつぶやきて行く

ここに書斎を移してカステラの一片を皿に置けるは見るもうとまし

我を送ると画帖に書かれし君の歌今ぞ見守る六十余年経て

二つ造りし防空壕の焼けざりし片方にこの武運長久帖ありき

奇跡的に戦災を逃れここに在り名づけたまひし武運長久帖は

書きまし文字読めば今も涙出づ「ま幸かれこらへよ苦しき時も」

蟹の中毒に死にし弟の筆跡に気づかず出で来て心残れり

記念館の前に新しき大き古墳築かれぬこれも町興しなるか

文明少年通ひし道か桑畑少し残るをなつかしみ行く

ぞろぞろと歩み来りし生家の跡残るは庭の柿一木《ひとき》のみ

切らむとせし傷の跡も今はなくなりて茂れる柿にしばし手を触る

保渡田《ほとだ》といふ地名のいはれはおのづから知らるるものを人には言はず

文明全集いまだ世に出るけはひなし逝きましてすでに十三年か

子規といふ菓子もありしを思ひつつ文明最中と名づけるを食ふ

逝きませばいかになるともやむを得ず文明最中をけふは食ひあふ

新年雑歌

この一年いかなることの起らむかイラクに日本にまたアメリカに

忌まいまし覚ゆる地名もふえてゆくバグダッドのほかは知らざりしものを

憲法を超えてイラクにつひに行くかただに祈らむわが隊員を

韓国もタイもイラクに出兵す知らん顔も今は出来ぬ日本か

三十余国の兵士らイラクに駐屯せりみなアメリカに気兼ねする国

東京もテロの対象にせむと言ふああそのための保険といふ記事

派遣せらるることなきを今は喜ぶかドイツ、フランス、ロシヤの兵士ら

戦争を続けて滅びむ運命かこの惑星に住む人間ども

遠ざかる火星を見つつ幼な子の孫と尿《ゆまり》す枯草のなか

六万年の後のこの世に生物のありやと思ふこともおろかし

人間は賢きバカと今さらに悟れり齢《よはひ》も八十を越えて

猫のためと食ひ残ししを持ち帰り今朝は惜しみて人間が食ふ

牧水も知らざりし酒と正月は心ゆるして大吟醸を飲む

元日は口に含める大吟醸二つ微妙に味の差のあり

正月を迎へてひとり飲むといへど酒の肴は大福でも良し

酒飲みつつ選歌はやめず服役せる人等の歌はけふ終らせむ

あやめたる人の面影目に立つとその命日に詠みし人あり

千葉県に餅つまり死にし老い三人元日の夜のラジオを聞けば

久々に江戸の破礼句《はれく》を読まむとす姫始めといふ言葉もなつかし

ラジオニュース為替と株の値動きとなればすぐ切る仕事仕事と

実朝は「朝」をばトモと読むことを疑はざりきや元服をして

寒き日の爪の痛さにつめたしの語源を知りき少年の日に
三十七歳まだめとらぬとふ紙上相談うちの倅は四十三歳
猿股も股引《もも》も今は廃語なりや厚きを穿きて今宵安寝《やすい》す
『失はれる物語』といふ小説集題のみ旧仮名の理由分からず
さだまさし入学の日を記憶せりほつそりとせる少年なりき
今宵歌ふ彼をまもれり少年の日の面影も消え失せずして
授業中落ちつかぬさまを告げしかば落胆をして帰りし母よ
家持の「いささ群竹吹く風の」は便所で詠んだと説きしを記憶す
歌手となりし後に母君に一度逢ひき髪染めて若くなりていましき

さだまさし五首

六十年過ぎぬ

目ざめて聞くニュースの最初はイラクならず心安らぐこの朝もまた
大量の破壊兵器もつひに無し米兵の死者は四百名か
北満の国境部隊より南方に転属して今にわが命あり
暗号兵の我を南方に移らしめしかの将校に今も感謝す
熱帯の島に銃かつぐこともせず机にま向かひき暗号文解《と》くと
暗号文のくづれに悪戦苦闘せし兵舎なつかし椰子の木下《こした》の
戦争末期乱数表も更新して週毎に変りき計算法も
日本語の特色も知らず解読になづめる人らを笑ひし日もあり
暗号書かかへて海に飛び込みし三枝《さいぐさ》一等兵の顔今も忘れず
全軍の暗号書を一日《ひとひ》に更へしめしかの一等兵今も海に沈むか

鼻の頭に汗かき働く人なりき暗号解読は不得手なりしも

ふるさとの甲斐に残しし妻子のことひそかに語りき六十年過ぎぬ

諏訪行

甲府より馬車に乗り諏訪に来し左千夫今の世はスーパーあづさの二時間

この辺にてスイッチバックしたりきと見渡しをれば忽ち茅野駅

トンネルに入らむとすれば汽笛ひびき窓を急ぎて閉めしも懐かし

閉め忘れし窓より黒煙の渦巻きて車内襲ひしも遠き思ひ出

八ヶ岳雪をとどめぬ峰もあり次々にその姿変へゆく

八ヶ岳をややに離れてまどかなる蓼科の山見れば安らぐ

蓼科は一度登りき頂上の石多きさま今も記憶す

次々に桜は甲斐路に咲くものを諏訪にし入ればひと木だに見ず

上諏訪のこの駅成るを左千夫詠みし一首あり明治三十七年

赤彦は九時間かけて上京しきリニヤカーに乗る時も近きか

湖畔に近く「赤彦」と名をつけし旅館今は「あかひこ」と仮名書きになる

この道を中学の五年間通ひたりき真冬も素足に下駄を穿きつつ

諏訪中学戦後は清陵高校と名も変へたるに今もなじまず

火事ありて御真影焼かれ校長の自殺せしはわが一年生の時

校舎すべて新しくなりしわが母校見む心なく通りすぎたり

授業しつつ茂吉を現代の人麿と常に称へし教師を忘れず

かばん下げて下校する時常に寄りし本屋は今無しこの駅通り

二・二六事件を報ずる壁新聞このあたりなりき人だかりして
二年上に武川忠一氏在りしこともわが知らざりき在学中は
御神渡《おみわた》り去年《こぞ》も今年もありたりと聞けば喜ぶ諏訪人ならねど
大いなるホテルとなれる布半《ぬのはん》を見ればば思ひ出づ赤彦の恋
今井邦子はきれいねと言ひしかの本屋のおかみさん今は世にあらざらむ
家の宝の万葉集古義次々に貸してくれし友いま如何にある
「万葉さ」と友等に呼ばれともかくも全巻を読みきわが十代の末
寺の娘さん曾良の墓へと導きぬ長き念願をけふ果たしたり

正願寺六首

河合曾良何者なるか苔むせる小さき墓に今ぞ真向かふ
辛うじて俗名岩浪庄右衛門壱岐国勝本卒と読みたり

宝永七年五月廿二日と記す文字疑ふ説もかつて読みにき

壱岐の島の勝本にも在る曾良の墓心惹かるれど行かむ日ありや

芭蕉につき旅せし時の句のみ良しと左千夫の説きしを今は肯ふ

なつかしき人

細長き北潟湖《きたかたこ》に沿ふこの道を幾たび来しかまだ若くして

わづか残る建物の裏へ導かれなつかし昔のままの水海

かつて来し時と変らず赤手蟹の鹿島《かしま》の森に逃げまどふさま

歌会終へしのちは三味線の音ひびき酒くむことにもいつしか慣れき

熊谷太三郎氏を憶ふ

酒飲まぬ君ながら賑やかに宴会をするは好まれき我等迎へて

舞ひ終へて酌をしに来る芸妓らに君の思ひ人もありと聞きにき

年々の歌会ののちの宴会にいつしか覚えき芸妓らの顔も

扇子ひろげ閉づる動作を繰り返すが癖なりき君と相語るとき

長文の手紙賜ひしも幾たびか北陸歌会を終へたるのちに

年収は六千万と告げましき福田派に属すといふこともまた

大臣となりても歌会に出でし君警護の人等を従へしまま

政治家の臭みも時に感じたれど歌に励みし一生《ひとよ》なるべし

近藤芳美がきらひだと言ふ君の言葉二度も聞きしか年をへだてて

君亡き後の熊谷組を思ふもつらし福井の駅におり立つけふは

なつかしき福井の街をさまよひて君の銅像にも久々に会ふ

夫君亡き後の歌会に来し夫人寂しげなりし姿忘れず

熊谷氏の新墓を見上げ無言のまま長く立ちゐし姿目に見ゆ　吉田正俊氏

熊谷君けさ亡くなつたよと沈痛に君は告げにきかの日の歌会に

増上寺の葬儀の際に我を見て涙ぐみましき熊谷夫人は

土屋先生に師事して作歌に励みきとふ弔辞も記憶す宮沢首相の

改札口にしよんぼりと我を見送りし夫人もみまかりきその年のうちに

総本山智山派の化主宥勝氏知らざりき中学の同級生とは

対面して一瞬によみがへる思ひあり六十五年前のわが同級生

含羞の表情を常に見せながら柔道に励む少年なりき

文学博士となりたる君の厚き著書「ブッダの教え」をけふは賜はる

小姓の如く常に従ふ若き僧出づる時には草履並べて

高野山に酒飲みて失敗せし話今宵料亭に聴くもしたしき
歌人僧の愚庵を今は研究すと言へばいよいよ君にしたしむ
この寺に住める僧侶は何十人か勢揃ひせり朝のつとめに
朝の勤行終へて大衆と茶を飲めり一生に一度のことかと思ひて

秋も過ぎゆく

賢明なる指導者もゐぬこの世紀生きて少しも良きことはあらず
米兵の死者さへすでに千名越ゆ推して知るべしイラク人の死者は
亡骸となりて帰国す涙流し命乞ひせしかの青年も
真の平和はいつ来るものぞこの一年イラクの地名を更に覚えて
アメリカの大統領つひに変るなし気落ちしてけふのひと日過ごせり

ＩＱ二〇〇と言ふはまことか新任の国務長官はアフリカ系の女性

重苦しき心に日々を努めゐむサマワの自衛隊思はぬ日もなし

四歳の幼児が英語の教室にけふは言つたと得意げに告ぐ

この世紀に日本語は生き残れるか残るとも貧しき言葉とならむ

夕映のなかに影立つ富士を見つ百年のちのこの国想ひて

あざやかに十六夜《いざよひ》の月は照るものを星ひとつなし夜更けの空に

東京の空より消えし北極星アンドロメダも恋しきものを

首巻きをして歩く夜となりたれど今年はいまだシリウスも見ず

並び立つ枸杞の実よりも更に小《ち》さく赤き実垂らすヒヨドリジョウゴは

わづかなる路地の隙間にしがみつきかたばみは咲く冬も近きに

小鳥らの日々飛び来るもよしとせむ我が家の柿の実食ひつくせども

産婆といふ言葉もすでに死語となるかここに在りしは戦後のいつまで

コーヒーに注がむとするミルクのふたなかなかあかず無器用者に

八十過ぎの親が不惑も過ぎし子に小遣ひやるとは思ひみざりき

この街に下駄売る店もなしと言ひ作務服を着る息子は嘆く

わが街の百円の店二軒消え一軒残るにけふも用足す

わが財布のぞきて店員は指させりそこに銅貨があるではないか

釘ひとつ打たむとするに見当らぬ金づちに今朝もひとりいらだつ

八十過ぎ子等それぞれに悩む今早くみまかりし妻を恨まむ

朝な朝な新聞より重き広告を見ずに投げ捨つ心痛めど

ペン一本のレシート受けつつこの国の一日《ひとひ》の紙の消費量を思ふ

ヨン様とは何者ぞ本屋の店頭に写真集その他十種類ほど

韓流とふ語も覚えしがヨン様といふ者の顔見るもうとまし

この年の十大事件を決めむにも迷ふべし実にさまざまの事

余すところひと月となる年のうちにまた大事件起こるかも知れぬ

荒川、その付近

中川にゆりかもめあまた遊ぶ見て荒川に来れば一羽だに無し

荒川と並び流るる綾瀬川汚染日本一の年もありしに

久々に堤を行けばひと頃の川の匂ひも淡くなりたり

木根川橋渡りつつ思ふ生徒なりし佐田雅志にも久しく逢はず

餌《ゑ》を投げつつ老人歩めばぞろぞろと鳩もつき行く堤の道を

日を浴びて寝ころぶわきにロゼットより伸びず花咲く冬のたんぽぽ

富士と筑波背比《せい》べせしと言ひ伝へて無邪気なりき遠きわが先祖らは

荒川に沿ふハープ橋の下にゐてひびける音は耳に障らず

巨大地震近づくと言ふ震源は東京湾か房総沖か

冬空へたんぽぽのわたを吹き飛ばすいとけなき日に我は帰りて

筑波山影立つに富士の姿なし立ち並ぶビルは永久《とは》に隠すか

浅草の凌雲閣も見えたりとこの土手にかつて語りし人よ

投げ出せるわが足もとに近づきて恐るるさまなしせきれいも鳩も

芦、薄、泡立草の入りまじる岸辺にもつとも高し薄は

枯れはてて岸に連なる草のなかに泡立草は特に醜し

この土手にも鳩群がるをうとむなり早く雲雀《ひばり》の鳴く春も来よ

空を覆ひ雁《がん》飛びしといふ昭和初期東京もまだ良き時代なりき

病雁《やむかり》の歌の詠まれし奥戸まで遠くなけれどけふは疲れぬ

茂吉水穂のかの論争に茂吉書きし偽りひとつ人に知られず

新しき門をくぐりて思ひ出づこの寺の縁起が群書類従にありき

木根川薬師二首

仁王門にまなこ光らせ怒る二体左は閉ぢて右は口開《あ》く

駅名の「亀戸《かめいど》」を見て「い」の文字がないではないかと汝のあやしむ

土屋先生「二川並《な》みて」と詠まれしを鉄橋渡ればけふも思へり

「新小岩」といふ駅の名の放送はシッコイワとけふもひびくに

見えざりしシリウス、リゲル、ベテルギウス正月過ぎて今宵さやけし

銭湯十二首

次々に町の銭湯も消えゆくに心安らぐ残るこの湯に
幼き日銭湯に来て三助が芸者の背中を流す見たりき
三助も廃語なりやとポケット版の国語辞典を見ればまだ有り
風呂場より出で来てまとふこともせずまづ煙草吸ふこの若者は
湯を浴みつつ震度は三かと言ひあひしかの夜《よ》の揺れは中越地震なりき
老人の入浴料は二百円書きなづめればこの夜《よる》も来ぬ
女湯は声にぎにぎし男ども皆ひつそりと体洗ふに
子を洗ひし若き父親声かけて女湯よりもひと声返る

番台のおかみに告げぬ両足をカランにのせて湯を出す男を
湯の温度示す数字はわが皮膚の感じより熱し耐へて入りゆく
浴槽にまた戻り行く裸のままマンガ読みゐし若き男は
銭湯を出でて仰げばシリウスの上飛び行くは最終便か

川端

よく見れば鴨にはあらず水際より進みて川に鳩らあされる
川のなかに鳩らと鴨と近づけど争ひはせず互ひに無視して
芦生ひし岸辺も全く埋め立てて人工河川に親しみはなし
地名変へしを今も惜しめり川端は小学校の名に残れども
けふの位置少し変れり幾日も川に浮かぶはバレーボールか

この土手に桑の木ありて懐かしみ赤き実食みき戦後の幾年
このあたりに有りし紺屋を思ひ出づ「紺屋のあさつて」も今は廃語か
川のほとりに雲雀も鶯も鳴きしものを今は飛び来ずよしきりさへも
江戸川越え中川渡り荒川に着けば富士見ゆ夕映えのなかに
押し合ひて残る座席に突進し生存競争にけふは勝ちたり
日々に肉を五十グラムは食へと言ふ今日はいささか胸焼けのせり
三人目のこの子に今も苦労絶えず妻は二人でいいと言ひしに
生きてあらば白髪《しらが》の媼となりてゐむみまかる前にもわづかみとめき

わが体温

ほとほとにあきれはてたり拡げ見る今朝の新聞も「悪」充満す

見出しのみ見て更に読む気力湧かずいよいよ滅びに向かへる国か

直下型の大地震東京を襲ふとぞ神の怒りと言はば言ふべし

日本海を越えて飛び来むテポドンと巨大地震といづれか早き

両親と林のなかをさまよひきかすかに記憶すかの震災を

ケイタイはまだ良しケータイと表記せる誌名を見つつ嫌悪感湧く

飛んで火に入ると言はむかイラクに行き殺されし青年あはれなれども

三月《みつき》ごとに交替せるかかにかくにイラクの自衛隊に死者無きはよし

イラクに来ぬ独、仏、ロシヤの兵どもを羨み嘆くかアメリカ兵は

子育ては失敗せりと思ひつつＡＴＭの前に立つ今日も

妻あらば子らの運命もそれぞれにいささか変はることもありけむ

今もあらば白髪の媼となりてゐむ二つ三つありきみまかる時も

四国中央と名乗る市出で来ぬああ今に日本中央と言ひ出すもあらむ

そこに住むしたしき友を思ふにもうとまし四国中央市などと

電話せむと持つ時相手よりかかる電話阿吽の呼吸と言ふにやあらむ

この秋の歌会に是非と言ふ電話生きてゐるなら行くと返事す

東京に雪降るは楽し今年もまた苦しむ北陸の人ら思へど

「ヨン様」ゐるホテルに押し寄せ怪我《けが》せしを名誉の負傷と女《をみな》らは言ふか

日本酒は甘くていやだと酒づきの一杯も残し子は席を立つ

リストラにて給料三分の一になれりとぞ今夜は風呂代も無しと訴ふ

四十過ぎ妻子も持たぬこの息子貯金など一円も無しと言ふかな

釈放されしばかりの男意味もなく幼児を殺すはああ堪へ難し

つかまり立ちバイバイも言ひ始めしと殺されし子の父は涙す

極刑でもあき足らぬと言ふ親の言葉心迫りて我も涙す

等間隔にポイ捨て禁止の立て看板見つつ歩めり千代田区は良し

路地に入り背中丸めて火をつける茶髪の男哀れにも見ゆ

国文学の三悪人といふを読む歌壇にもありや三悪人は

肝がんにコーヒーが効くとふ記事を思ひ二杯目をつぎに来れば差し出す

日曜の朝は自殺者多しと言ふ心引きしめ起き出さむとす

荒屋《あばらや》に暖房はせず炬燵もなしただいとほしむわが体温を
思ひさまざま

この祖国に帰り来りて六十年に食みしことなしマンゴスチンもまた
けふの店に並ぶは確かにマンゴスチン色黒くして食ふ気になれず
マンゴスチン食ひて目のふちの充血せしかの兵士の顔今も忘れず
エレベーターのぼたんの数字を読みながら幼児はささやく4《よん》は4《し》とも言ふと
日本語の複雑な文字に苦労しつつ一生《ひとよ》つきあふかこの幼なごも
日本語をローマ字表記にせよと説くこの論文を寂しみて読む
漢字と仮名の文字を捨てねばこの世紀の進歩につひに追ひつけずと説く
漢字と仮名なくなる日本を想像すあはれ日本語はその時いかに
ローマ字に書かむ短歌のあぢけなさあぁこんなこと思ふべからず
長年の巨人贔屓もやめたくなる監督の苦労は思ひやれども

口中《こうちゆう》をもぐもぐさせてバット持てりアメリカの選手の影響なりや

口のなかのものふくらませバット持ちて出で来るもあり見るにし堪へず

この頃の清原の耳に光るものダイヤモンドと言ふはまことか

歌よみにはアンチ巨人が多しとぞ思へり今更のことにはあらず

贔屓するは勿論巨人と晩年の五味先生言ひきまはらぬ口に

命令か志願か大いに称へられ爆弾抱《かか》へて飛び込むならむ

自爆テロ絶ゆることなし今の代に最も不幸なる国はイラクか

職を求め並びゐし人らをあはれめりイラクにては日々に今も自爆す

語れども誰も知るなし遠き日に涙して読みし爆弾三勇士の記事

「泣きて思はむ」と茂吉も詠みし三勇士いま如何にある故郷の墓は

自爆テロの犯人日本に潜入すと聞けどもそれより恐ろし大地震《おほぢしん》

大地震またあるのかと恐れゐし母を思ふ世を去りて十余年

今しもこの新宿襲ふことはなきか確率九割といふ大地震

立ち並ぶ高層ビルの次々に崩るるさまをまぼろしに見つ

高層ビル常に仰ぎて名も知らず金《かね》に苦しむ息子とけふは

ＡＴＭの操作には迷ふこともなし子の悩めるに我も悩めど

西口の交番の前に人を待つ今宵の食事を楽しみながら

今宵せむ食事はうなぎか天ぷらかわがふところに多少余裕あり

ホームレスの人らも少くなりたりと改札出でて思ふことひとつ

ホームレスもやがて差別語となりゆくかルンペンなどはすでに死語なり

彼岸花、穂薄

蟬の声もとだえて久し今年また思はぬ位置に咲く彼岸花

彼岸はるかに過ぎてつぼみを持ちはじめ十月となり彼岸花咲く

この路地に彼岸花咲くは我が家のみ時に触れつついとほしみ見る

明年のこの彼岸花に会ひ得むか年々に思ひ今年も思ふ

彼岸花糸の如くにしをれたれど根もとに出づる青き芽鋭し

十月に入りて気落ちす今年もまたノーベル賞は日本人に無し

心狭しと思へど素直に喜べず神舟六号のかの成功を

ドイツには女性の首相出現すむづかしくとも日本も出でよ

女党主なりしかの人しをしをと議員宿舎より去る姿見き

熱燗《あつかん》と告げしにぬるき酒なれど不平は言はず飲まむとぞする
にぎやかに昨夜は友らと飲みあひき今宵ひとりの酒飲むも良し
茂吉記念館前といふ駅名はいつよりぞわが特急は一瞬に過ぐ
行き行かば「さくらんぼ東根」の駅もあり誰《た》が名づけしか貧しきこの名
少しづつ蔵王は形を変へながらしばし添ひ立つ窓の彼方に
今年また蔵王は遠く仰ぐのみ歌碑をまさめに見ることもなく
「蔵王《ざうわう》」と茂吉の詠みし歌ありき今も疑ふその読み仮名を
見る限り穂すすきなびく果にして夕日大きく今落ちむとす
黄の穂立つる泡立草も稀に見ゆ線路に添ひ立つ薄のなかに
穂すすきは皆一斉になびきつつ月ひた走る列車と共に

山の間の夕星《ゆふづつ》も姿を消したればしばし眠らむ脚《あし》を組みつつ

冬近し

葦と蒲、泡立草と葛まじりあひ競ひ枯れゆく水のほとりに

金星はすでに沈みて夜ぞらには火星のみ見ゆまだ月出でず

宵々の月と火星の位置の変化仰ぐをひとりの楽しみとせり

かの火星に人間下《お》り立つはいつの日ぞ枯葦そよぐなかに仰げり

星満ちて輝く空はもはや無しエマーソンの言葉常に思へど

わが路地にしじみ蝶は姿を消したれど赤き実垂らす枸杞のしたしさ

赤き実を垂らすかたへに白き花冬も耐ふるかヒヨドリジョウゴは

毒草と思ひたくなしうつむきて白花ゆらぐヒヨドリジョウゴは

隙間多き家にまた冬を迎へなむ暖房はせず炬燵さへなく

寝《い》ねむとしてシベリヤの原野目に立ち来幸《く》ひに死ぬることもなかりき

わが発行所

美倉町西福田町過ぎて紺屋町《こんや》ビルの三階がわが発行所

紺屋町の次の通りは町名変りそこを過ぐればまた紺屋町

廃校となりたるままの校庭に雨に濡れ立つ金次郎の像は

紀元二千六百年と石に彫るああかの時の唱歌忘れず

神田鍛冶町角《かど》の乾物屋と唱へつつ三階までやつと踏みのぼり行く

人麿の「月西渡」を論じあへどやはり結論は「月傾きぬ」

月々に送られて来る俳誌「馬酔木」アララギよりの古きえにしに

当方より送るに向うは送り来ず今月より止めむわが発送は

今の世にただ一つならむ旧仮名にすべて記せる歌誌の「歩道」は

広き家にただ一人のみ臥すといふ志満夫人にも久しく逢はず

不幸なる都市

世界一の不幸なる都市と言ふべきかバグダッドに絶えず車爆弾テロは

片隅に小さき記事ありバグダッドの警官一瞬に二十五名死す

ひと日ひと日己が命を危ぶまむかのバグダッドに住める市民は

イラク派遣の自衛隊に一名の死者もなきをただ単純に喜ぶべきか

パチンコ店開くを待てる若者ども徴兵のなき国ありがたく

運ばれし牛丼を食ふこの肉はいづこの肉と口ずさみつつ

禅の本読みゐしものをわが息子忽ちマンガに様変はりせり

故人二人

島田修二氏

歌の注文ことわるは歌人の恥なりと君の言ひしは今も肯ふ

茂吉日記にしばしば見ゆる母堂につき君と語りし一夜もありき

アララギに復活したしとふ母君の伝言も告げき或る日電話に

染めてゐるかとわが髪さして問ふ君に否定して笑ひしこともなつかし

別々に終刊号が二冊出でしことも痛まし今に思へば

八月の十五日のわが講演に来られし君が最後となりき

幾たびか夫人と連れ立つ姿見しにああ孤独にて息絶えし君か

塚本邦雄氏

文庫本の文明歌集をひろげつつ君の問ひにしことも忘れず

『山下水』の二、三十首は立ちどころに暗誦し得ると言ひし君はや

酒つがむと来る人ごとに「不調法で」とことわるを見きかたはらにゐて

敬愛するは清水、宮地と言ひしとぞ半信半疑の思ひにて聞く

塚本氏死にて一年か顧みれば即かず離れずの交りなりき

青森所々

羽田出でて一時間なり青森の空港におり立つ初めて我は

飛行場はいつより空港となりたるかぞろぞろと人に揉まれつつ行く

年々に一人の講師を呼ぶならひ種切れとなり今年は我を呼びしか

二百余りの参加者すべてが席題に取り組むさま見て心たかぶる

出されたる即詠は忽ち三人の選者によりて天地人決まる

今世紀の半ば頃に短歌は滅びむと我は言ひ切りぬ自信ある如く

やむを得ず色紙に書きしわが一首遠く来て見れば堪へがたくなる

わが色紙複写して全員に配るとは会場に来るまで我知らざりき

新聞社主催の短歌大会は賞品豊けきこともうべなはむ

講演の一時間歌評の三十分かにかく終へて今宵飲む酒

ホテルオクタをホテルオタクと読みたがへぬ青森市内をさ迷ひ行けば

十和田湖のほとりに仰ぐ「乙女の像」好感持てずけふもまた来て

たくましく向きあふ女体は乙女ならず三十以上の女性にも見ゆ

八甲田の豊けき山並目の前に再び仰ぐも命なりけり

凍死せし兵等の写真見つつ巡る百余年ののちに心痛みて

後藤伍長の銅像にけふは再会す大空に立つ凜々《りり》しき姿

小暮夫妻かつて来し時この伍長の遠縁なりと夫人は語りしと言ふ

この辺が杉の北限なりと言ふ蔦の湯に向かふ道に疲れぬ

煙草好きはくはへつつ歌を作るべし我はかたはらに酒瓶を置く

送られし酒飲みくらべ飲みくらべ止むなく作る歌の如きもの

　我も、きほひて

咲き終へて鋭く芽ぶく曼珠沙華葉は花よりも美しと見ずや

ここもまた防犯カメラが作動中ああいつにならむ「美しい国」

その昔「便所」と言ひて叱られき軍隊用語は「厠《かはや》」にてありき

車内にてまた繰り返す「マナーモード」日本語は無いかと叫びたくなる

冬日浴び青葉きほへる曼珠沙華我もきほひて路地を出で来ぬ

星ひとつなし

細き月しよんぼりと高く浮かべども星ひとつなし東京の空に

新しき世紀となりて目に見えずアンドロメダのかの星雲も

二十世紀のこの世に生まれし運命を沁々喜びし時もありしに

親が子を子が親を殺す事件絶えず二十一世紀のこれが日本か

安倍内閣アンバイよくなるとまだ言へず支持も不支持と相半ばして

血《ち》と乳《ち》と命《いのち》深き関はりあるべしと近頃気づくわが日本語に

雪合戦することもなき子らを思ふ降る日もなくてひと冬過ぎぬ

星空のなき東京

この夜空に銀河の位置を推しはかる晴れてもうつつに見むすべもなく
銀河はさみ強き光を放ちゐし牽牛織女もなつかしむのみ
銭湯出でて満天の星を仰ぎ見し少年の日も恋しきものを
少年の日よりしたしみし北極星も姿を見せず東京の空に
ソ満国境守備しつつ夜ごとに星を見き時に狼の声も聞こえて
シベリヤの果よりするすると昇る星信号弾かと錯覚したりき
星空のなき東京となりはてしに寂しむ声を聴くこともなし

母の名も

母の名も浮かび来ずして考へぬああ俄かにもかかる衰へ
刑務所に赴く如き心となり日も過ぎてけふは税務署に来ぬ

眼鏡かくるその上にまたかけむとすこの頃はすこし我も変なり

妻死にしにこの息子のみ泣かざりきやがて来む我の時にはいかに

生きてゐて良きことなしと思へども葬儀せむ金も無しと思へり

我と吾どちらを書くかと問はれたりどちらでも良し気の向くままに

万葉の初めの長歌を見たまへなすでにまじれり我と吾とは

崩れたるアララギ踏みつけ子は出で行くさすがに我はよけて出むとす

灯を点せば足の踏み場もなきほどに本崩れをりこれが我が家《や》か

蹴飛ばしし母死にてすでに十五年猫はつつがなく今朝も餌《ゑさ》食ふ

生と死の境は今かと意識することなくおのづと命消えむか

早く死なむと願ふにはよく食らふかなコンビニ弁当けふも余さず

わが日常、そして回想

疲れつつ酒を飲まむとして思ふ誰にもらひしか礼を書きしか
朝のむすび食はむとしつつ気分悪しＰＨ調整剤またカラメル色素
五十六巻の茂吉全集もあちこちに別れて欲しき巻《まき》見当らず
家のなかの本捜すより早しとてけふもこの街の図書館に来ぬ
蔵書少きこの図書館にも備へたる国歌大観をけふは見るべし
家のなかを息ひそめ通るかくまでに無造作に高く本雑誌積めば
わが妻の死にしのち母もみまかりて男二人の住む家は荒れぬ
その社長と衝突して職を離れしか小遣ひをやるこの長男に
友人と今夜は飲むと言ふ息子にやむなく与へぬ無けなしの金を

この辺に一万円でも落ちてゐぬか朝起きて捜す蒲団の下を

「どちらが先に逝くかしらいづれあることよ」或る日言ひにき笑ひつつ妻は

四人並ぶ子らの寝姿見おろして幸福と妻の言ひし夜もありき

この墓を求めていち早く入らむとは思はざりけむあはれわが妻

墓のなかの妻の骨壺重かりき母の加はる時に動かして

アララギに半世紀以上も歌出していまだ知らぬか「あぢさゐ」の仮名も

土屋文明伝細かく書く人つひになし我らの生も終へなむとして

「いつはりの囲める中のまこと」と言ふ切なく詠まし歌を忘れず

ヒトラーの演説聴くと土屋先生或る日ラジオにすがりいましき

十二月八日早くも灯火管制して歩み難かりき青山通りは

酒飲む日

酒飲む日飲まぬ日決めておほよそは守る己れを良しと思はむ

居酒屋にひとり入り行く度胸すらつきたる我か八十も過ぎて

江戸の代の大名などより旨き酒今の我らは飲みゐるならむ

九州の人の送り来し一本を飲みほしてその瓶《びん》も捨てられず

父よりの遺伝と思ひ飲む酒を息子は拒みて一滴も飲まず

酒に酔ひて帰れる父をののしりし母をうとみき小学生になりて

飲みかけの酒びん持ちて帰り来れば夫婦喧嘩は常の如くなりき

真夜なかの争ひに母をなぐる父を泣きつつ止めしか小学生の我は

結婚するともかかる夫婦になるまじと争ふ時には常に思ひし

年の暮に給料落として帰りし父を責めるその声今も忘れず
男やもめは蛆が湧くと母は常に言ひき蛆まで湧かねどこの塵《ごみ》の家
本雑誌その他うづたかき家なかの道たどり行く己が部屋まで

瀬戸内《せとうち》の島

今年もまた心ときめきバスに乗るしまなみ海道と言ふを好まねど
東京弁と変ることなし瀬戸内の島に育ちし人と語れば
常になき奢《おご》りと言はむ昨夜食ひしめばるを又食ふ今宵の宿に
海のかなたの色とりどりの街の明かりひと夜眺めぬ目ざむるたびに
魚島《うをしま》はいづくにありやかの宿に食ひし鰈《かれひ》の味忘られず
中村憲吉鯛の名所と書きしかど魚島に食ひし鰈旨かりき

弓削島の神社に秘むる宝物を乞ひて拝みしこともなつかし

真夜なかの酒

人生は二十五年と覚悟せしかつての若者の心は知らじ
鴨緑江越えてひたすら北へ進む列車のなかに三日過ごしき
寒風の吹くなかに初めてシベリヤの原野見さけし心は忘れず
兵舎の前に朝の温度を示す旗零下四十度といふ日もありき
信号弾かと見れば星なりき対岸にするすると夜半に昇れるものを
北極星真上に近く輝くを夜《よ》ごとに仰ぎ日本を恋ひにき
暗号兵となり南方に移されてとにかく命は今もかくあり
百歳まであと十二年そのための生きむ手立ては何ひとつせず

九十までわしは生きると常に言ひし父は七十幾つかにて死す
一日《いちにち》にくだものは二度野菜三度決めて食ふべしといふはむづかし
真夜なかの酒は悪しと思へどもやつと書き終へて飲みたくなりぬ
ひと口《くち》だけと己れに言ひ聞かせ壜傾けぬこの真夜なかに
かかる晩年は思ひみざりき荒るるままの家に辛うじて長男と住む
今読みたき赤彦全集の一冊が見当らずこの狭き家のなか
ほしいままに姿を隠すと嘆くなり赤彦茂吉の全集類も
早く死にし妻をば日々に思へるは整理つかぬこの家となるゆゑ
お互ひさまのことならめども心地悪し隣に坐る老婆の体温
若者ら優先席に坐りをりわが立てば皆まなこを伏せて

勝手なれども

アンドロメダの星雲見えしはいつまでか夜道をおそくけふも帰り来《く》

新しき世紀となりてすばるさへ姿消したり東京の空に

この世紀の終らむ頃にはほしいままに人は月面に立つこと叶ふか

月の上に立ちて地球を望みつつ歌詠む人もやがて出で来む

北空にシリウス久々に見しことも喜びとして今宵は帰る

年過ぎて行けば行くほど文語は消え口語中心の歌になるべし

殆どが口語短歌となるのちに滅びむ短歌か今世紀のうちに

日本といふ国と日本人と日本語の運命を思ふ次の世紀の

東京を必ず襲はむ大地震はわが死後となれ勝手なれども

この世紀に

師走となる寒き夜空に月細し近づく二つの惑星も見ゆ

この世紀のうちに月面におり立つは何人ならむ日本人もありや

この地球に人と言ふもの生まれ来てとにかく生きし我も一人か

今世紀の終らむ頃の日本語を憂ふと言ふも愚かなるべし

日本語を支ふる助動詞助詞などは変らざるべし百年ののちも

わが宇宙に人の住めるは地球のみか愚かに今も争ひをして

わが命「無」とならむ日を息づまり恐れしものか少年の日に

命絶えて永遠に「無」のままになるを恐れし日々も今は思ひ出

人類が自滅への道を歩みゆく世紀にならむと読めばをののく

今朝起きてひと口飲めば旨からず大吟醸にも味の差のあり

欲うすく

欲うすくこの世を生きて来《こ》しことも寂しと思ふ夜半に目ざめて

今思へば薬害肝炎となりし妻何も知らずにみまかりしかど

小学生の娘が二十になるまでは生きたしと言ひき死ぬ前の日に

日本海に沿ふ雪国の人ら思ふ東京に降りしはあとかたもなし

久々にシリウス仰げりその上の星は見えねど心足らへり

東京の空

心疲れて帰り来《こ》しかどこの歳末明星ひとつ輝くはうれし

大空に今宵見ゆるは金星のみ川の上にも光落として

銀河流れアンドロメダの星雲も見えしはいつまで東京の空に

満天の星といふ語も知らずしてこの首都の人ら一生《ひとよ》過ごすか

朝食用に買ひ来しものをこの夜半《よは》に赤飯を食ふあかり点《とも》して

けふは飲んでいい日と決めて朝早く目覚むればひと口《くち》ふくむもうれし

飲む日とて一合飲めば心足《た》る健康に支障のあるはずもなし

この息子酒は一滴も飲むことなし我が遺伝子は伝はらずして

この朝は何も食ふものあらざれば幼子《をさなご》となりチョコレートを折る

一度は見よ

アメリカの大統領も一度は見よこの無残なる原爆ドームを

歌会始まる前に今年もめぐり見る原爆ドームはあな息づかし

原爆ドームのなかに伸びたつ草も見え安らぐ心去年《こぞ》も今年も

セレベスの司令部にゐて暗号の第一報を受けしかの日よ

暗号の第一報は特殊爆弾次には原子爆弾となりき

司令官や参謀よりもいち早く原爆を知りき暗号兵なれば

「日本は勝つと思ふ」と答へしは叱られて「必ず勝つ」と言はしめられき

司令部の前に出合ひし阿南大将緊張して捧《ささ》げ銃《つつ》をせし日もありき

帰国して陸相となり切腹せし阿南大将を思ふ切なさ

原爆ドーム遠ざかりゆくを見つつ思ふ原爆持つ国今幾つありや

上野の山

久々に花見をせむと上野に来ぬひとりなれば酒を飲む心もなく

円陣組みそれぞれ飲み食ひする人ら酔ひて乱るる姿も見せず

いつなりしか酔ひてあぐらをかく女大言壮語して見るに堪へざりき

長々《ながなが》と男ら並ぶは何のためかと見わたせば廁の前と気づけり

大仏の大き首道のべに据ゑられて下唇《したくちびる》は朱《あけ》に染まりぬ

平和なる日本の現実を示すべし花見の群像は絶ゆることなく

少年の日に見守りし西郷さんの銅像はここか胸熱くなる

諏訪湖を前にして

赤彦の墓より見さくる諏訪の湖《うみ》年々に狭くなる如く見ゆ

うつすらと岸べは氷る諏訪の湖片足乗すれば忽ちくづる

かばんさげて下駄スケートに氷る湖をすべりて登校せし日もありき

大正時代氷る湖には陸軍の戦車さへ走らしめしと聞くに

この湖《うみ》はいつより氷らずなりにしか岸べに立ちて今朝も惜しめり

下諏訪のこのあたり赤砂と今も呼ぶか溺死せし友の顔浮かび来ぬ

溺死せし友の名は忘れず高木正雄中学生ながらひげも濃かりき

自炊してひととせ住みし一軒屋今も変はらずこの崖の上

夜半に起きて湖水を囲む遠き町下諏訪岡谷の灯をなつかしむ

諏訪湖一周のマラソン大会は年に一度苦しみあへぎ走りき我も

さまざまに思ふ

師走八日の朝のラジオに開戦を知りてよりはやも六十六年

ああけふは十二月八日朝刊には戦争に触るる一行もなし

かの戦争始まりし日に茂吉文明興奮するさままのあたり見し

酔ひましし土屋先生わが手を取り「僕も軍隊に入りたい」と言はれき

四十九年過ぎし師走のその八日にみまかる君と思ひかけきや

戦争もなくなる世紀かと思ひしに否々人間はリコウなるバカ

核をあらたに持たむとするを押さへつけるは皆それぞれに核を持つ国

自爆テロ絶ゆる日もなきかの国を悲しみ思へどただ思ふのみ

けふは生きてゐるか死ぬかと思ふべしイラクの人ら朝を目ざめて

いつまでもスンニ派とシーア派のみ込めずバグダッドにまた百余人死す

足の爪は半月に一度切れと言ふ兵舎の教へを今も守れり

己が住む番地をけふは書きちがへぬ姓名忘るる時さへ来むか

酒飲まぬ日と決めたるに悪友に誘はれやむなく夕寒き道

新世紀を生きて

徴兵なき国となれるを身に沁みて思ふことありやわが息子ども

登校する途中にひびけるサイレンは皇子と知り走りき六十八年前

神社の前よぎりて礼をせぬ教師いぶかり言ひき小学生我ら

師走となり賑はふ街にビンラーディン死なせたくなしと言ふ声を聞く

そのひとつはクリヤーしたと五歳の子言ふにも日本語の行方を思ふ

歳晩

北へ向かふ最終便かゆらぐ灯はオリオン星座を今よぎりゆく

店頭に日本語しかじかの本多し衰亡に向かふ前兆として

ドイツ語の証明もいつか失へり今宵手に取るベルリンの壁を
シリキサジャ《（少しだけ）》とついマレー語が飛び出しぬコーヒーをまた注ぐをとめに
いたづらに命失ふ年となるなイラクの人らもアメリカ兵も

川風

川風に吹かれて寒き夜半の道すばるも見えぬこの幾年か
遠ざかり火星の光も淡く見ゆ人類の行方思ひやる時
ひと目見し写真はまた見ず街上に撃たれて臥せる日本人二人
イラク守る日々をかこちてをるならむ十万越ゆるアメリカ兵は
あなぐらに潜みゐし「元」の大統領哀れみにつつ年暮れむとす
　なほも生くべし

いかなることこの一年に起こらむか恐るるは直下型大地震など

幼くして命奪はるることもなき人々歩むこの街上を

また今朝もおわびの小さき記事が載る型通りなる言葉ならべて

石の破片小惑星より採りきと言ふまさ目に見たしなほも生くべし

ほしいままに月に旅する日も来むかまた生まれたし次の世紀に

人間は所詮…

この世紀もああ戦乱は絶ゆるなし人間は所詮リコウなるバカ

スンニ派とシーア派もいまだ呑み込めずバグダッドに死者は絶えまなくして

虐待も受けずに育ちし人々か今にぎやかに銀座を歩く

この国の百年の後《のち》を思ひみる日本語は如何に短歌はありや

真冬にもわが路地に咲くたんぽぽを卑しと思ひいとしとも思ふ

年末となりて

師走八日けふは開戦の日なりきと夜《よる》の湯に入る時に気づけり

永遠の「無《む》」に入らむ日も近づけど若き日のごと今は苦しまず

東京の夜空に星は二つほどこの寂しさにも今は慣れたり

討入《うちい》りの日なりと告げて吉良邸の跡の法要に子は出で行きぬ

この我が最年長か歌人集ふ学士会館の忘年会に

いつまで生きむ

今世紀をいつまで生きむ我なるか未練はなしと思《おも》ふ日思《も》はぬ日

心憂ふることもやめむと今は思ふ二十一世紀の末の日本語

生物のすべての願ひはおのが種族ふやすことと知りき少年の日に
妻を早く失ひしもろもろの不便さをしみじみと感ず年の暮になりて
細き月にま向かひてゐし木星はかくもへだたる一夜のうちに

続葛飾以後・第二部　初出一覧

（題　名）	（誌紙名）	（平成・年月号）
川より川へ	短歌現代	一二年　一月号
世紀末五首	短歌	一二年　一月号
しじみ蝶	短歌研究	一二年　一月号
越後二日	短歌研究	一二年　五月号
断片	歌壇	一二年　六月号
貧すれば鈍する	短歌往来	一二年　五月号
二十世紀終る	短歌	一三年　二月号
マンガ、ケイタイ	短歌研究	一三年　五月号
新宿界隈	短歌現代	一三年　七月号
回想、茂吉と文明	歌壇	一三年　八月号
葛飾水辺	短歌現代	一四年　一月号
日々に読みつぐ	短歌	一四年　一月号
よきことなし	短歌研究	一四年　一月号
今年のさくら	短歌研究	一四年　五月号
葛飾、この夏	歌壇	一四年一〇月号
おい大丈夫か	短歌現代	一五年　一月号
リコウかバカか	短歌	一五年　五月号
五島行	短歌現代	一五年　八月号
北海道、中川町	短歌研究	一五年一一月号
文明記念館	歌壇	一五年一一月号
新年雑歌	短歌研究	一六年　三月号
六十年過ぎぬ	短歌	一六年　五月号
諏訪行	短歌研究	一六年　六月号
なつかしき人	短歌研究	一六年　九月号
秋も過ぎゆく	短歌研究	一七年　一月号
荒川、その付近	短歌現代	一七年　三月号
銭湯十二首	短歌	一七年　三月号
川端	短歌現代	一七年　四月号
わが体温	短歌研究	一七年　四月号
思ひさまざま	短歌研究	一七年　七月号
彼岸花、穂薄	歌壇	一七年一二月号
冬近し	短歌現代	一八年　一月号
わが発行所	短歌現代	一八年　五月号
不幸なる都市	短歌研究	一八年　五月号
故人二人	短歌	一八年　六月号
青森所々	歌壇	一八年一一月号

我も、きほひて	短歌研究	一九年	一月号
星ひとつなし	短歌研究	一九年	五月号
星空のなき東京	短歌研究	一九年	七月号
母の名も	短歌	一九年	五月号
わが日常、そして回想	歌壇	一九年	一〇月号
酒飲む日	短歌	二〇年	三月号
瀬戸内の島	短歌研究	二〇年	五月号
真夜なかの酒	歌壇	二〇年	一二月号
勝手なれども	短歌現代	二一年	一月号
この世紀に	短歌研究	二一年	一月号
欲うすく	短歌研究	二一年	五月号
東京の空	短歌	二一年	二月号
一度は見よ	短歌現代	二一年	一〇月号
上野の山	短歌研究	二二年	五月号
諏訪湖を前にして	短歌現代	二二年	六月号
さまざまに思ふ	短歌新聞	二〇年	一月号
新世紀を生きて	短歌新聞	一四年	一月号
歳晩	短歌新聞	一五年	一月号
川風	短歌新聞	一六年	一月号
なほも生くべし	短歌新聞	一八年	一月号
人間は所詮…	短歌新聞	一九年	一月号
年末となりて	短歌新聞	二一年	一月号
いつまで生きむ	短歌新聞	二二年	一月号

補遺

目次

日本語　五六三
然別湖のほとり　五六三
齢ふけたり　五六四
北海道アララギ歌会を祝ふ　五六四
家持は見しや　五六四
仙台を思ふ　五六五
オークランドにて　五六六
仰がざらめや　五六六
ああ七百号　五六七
回想五首　五六七
足尾を思ふ　五六八
八十年とは　五六九
「林泉五十年」　五六九
「林泉五十五年に思ふ」　五七〇
石井氏を悼む　五七一
弔　歌　五七一
瀬戸内歌会　即詠集　五七一

日本語

「北海道アララギ」五〇〇号記念に（平成九年八月号）

「せめて日本語を大切にせよ」といふ一首戦後のアララギに読めば身に沁む

日本語をかく追ひつめて何になる盲滅法も差別語となる

蝦夷島《えぞしま》も差別語なりや戦前の歌まで引きて咎むるなかれ

然別湖のほとり

北海道アララギ歌会（十勝）（平成十一年七月）

我等乗せ船巡り行く然別湖ここに来るまで名も知らざりき

北の国は明くるに速し三時すぎて山峡の空朱差《あけさ》して来ぬ

船に乗り昨日巡りし水海をひそけく照らす夜明の月は

月かげはくちびる山の片側を今し照らしてあけ方となる

二十日の月うつろひ行けば水海のうへにかすかなり木星のかげ

齢ふけたり

「北海道アララギ」六〇〇号記念に（平成十七年十二月号）

立待岬のこの場所に立ち海の果てを凝視してゐし姿目に見ゆ（吉田正俊氏）

高尾山の歌会にまみえし日を思ふ函館に来て歌碑に向かへば（武藤善友氏）

真夜中のいで湯に入りて心通ひ酒呑みあひしはいつかいづこか

やうやくに齢ふけたり年々の集ひに出でむもあと一、二度か

六百号迎ふと聞けば沁々と思へり早く亡き樋口氏を

第五〇回記念　北海道アララギ歌会を祝ふ

（平成二十年八月三十日）

大き歌会続けむ熱意は絶ゆるなくああこの秋は半世紀となる

歌会あればいくたびか来てまのあたり北海道を知りし幸福

家持は見しや

「群山」第四〇巻記念号（昭和六十年八月号）

京を去る一千五百里と刻みたり家持は見しやこの碑《いしぶみ》を

伊達政宗建てしむといふ説もあれど否定できず天平宝字六年の文字

「弱き歌よみ」と詠みたまひしを思ひつつもとほり歩く多賀城の丘を

娘婿の運転なれば心安し多賀城の碑の下に待たしむ

多賀城のあと示すひろき丘のうへ寒き曇りに雲雀も啼かず

仙台を思ふ

「群山」五百号記念号（昭和六十三年十二月号）

江戸と仙台七日かけしをうとうとと新幹線に寝る二時間ばかり

椙原品《すぎはらしな》の墓ありといふ仏眼寺《ぶつげんじ》詣でむとしていまだ果たさず

眼前に神田川見れば仙台の殿様そして三代高尾

わが幼きも住むといへども仙台には心安らぐ君が家あり

よき酒をくみつつ話の尽くるなし最終列車に帰京せし夜も

オークランドにて

「群山」第五〇巻記念号（平成八年一月号）

博物館所見二首

さらさるるゼロ戦を見て涙ぐむ五十年経て遠く来りて

言ひ難き心となりぬ飾らるる降伏文書の裕仁の文字

はばからずはだしに歩く人多し短き夏を楽しむなりや

部屋に帰れば机にうづたかく歌稿積むこの国に来て何の因果ぞ

東京はまだ午前二時この国を去らむと朝の味噌汁を飲む

仰がざらめや

「群山」六五〇号記念号（平成十三年六月号）

日本語の危き世紀にみちのくになほ「群山」のあるを尊ぶ

招かれて我の行きしはいつなりし歌会も行事も快かりき

歌会の席に置けるコップは水ならず夫人の心づかひ今も忘れず
「長病みより解放されし」と夫君を詠まれし歌に心安らぐ
九十になりたまふとぞ病にも堪へましし君を仰がざらめや

ああ七百号
「群山」第六〇巻第七〇〇号記念号（平成十七年八月号）

東北に唯一かがやく光なりき戦後六十年ああ七百号
病みたまふ君を思ひて月々の「群山」手に取るも慣らひとなりぬ
坂の下のかのみ住まひも訪はずして懐かしみつつ日々の過ぎゆく
歌会の席のコップに酒をつぎましし夫人の心今も忘れず
この歌誌をなほ育てゆく新しき力を見つつ安らぐ我か

回想五首
「群山」扇畑忠雄追悼号（平成十八年七月十六日発行）

かの坂道おりて訪ひしは幾たびか狭き客間も今はなつかし
アララギの廃刊をきつく批判して言はすも聞きにき君の家にて
歌人と学者五分五分の人と言ひ来しが今は歌人を重く見むとす
沁々と語りあひしは一、二度か今さら君を惜しみ尊ぶ
夫君の葬儀のかの日車椅子に乗りゐし夫人よいかにいますや

足尾を思ふ
「はしばみ」四〇周年記念号（平成元年十月号）

導かれ詠みし「足尾行」のわが百首君もまた我もまだ若かりき
あかはだかの山間《やまあひ》にしてほそぼそと流れゐし水のひびき忘れず
熱つぽく足尾の宿に語らひき銀河あざやかに見ゆる夜なりき
この世とも見えぬわびしき山川《やまかは》見き君とふたたび訪ひたきものを

田中亮平氏を

我等二人語らふ前につつましく坐りゐし君も今は亡きひと

八十年とは

「柊」創刊八〇周年記念号（平成二十年六月号）

「柊」の八十年とは知らざりきなつかしさまざまに面影の立つ

「柊」と言へばまづ思ふ熊谷大人かの紫水館も忘るることなし

熊谷夫人福井の駅に悄然と見送りましし姿も忘れず

年々の歌会に我も招かれて緊張しつつ批評したりき

「柊」に関はりし人ら世を去りて今はひとりの君を頼まぬ

「林泉五十年」

「林泉」創刊五十周年記念号（平成十四年五月号）

歌会あり年々に行きし京都の街なつかし小路のひとつひとつも

林泉に関はる多くの思ひ出は平岩夫妻のいそしみのなか

小さなる歌誌といへども力尽くし育てて尊しこの五十年

林泉に命をかけし人ら思ふなかんづく惜しむは小川佐治馬氏

日本語を守り文語を守るべしなほたづさへて共に励みて

「林泉五十五年に思ふ」

「林泉」創刊五十五周年記念号（平成二十年一月号）

五十五年になる林泉を顧れば鈴江大人《うし》の面影まづ浮かび来る

鈴江幸太郎氏二首

酔ひつつも京都駅まで来られしが君とのつひの別れなりしか

林泉の選歌をせよと東京まで告げに来し二人も今は亡き人

少数といへども林泉に寄る人々日本語の行方をまもりたまへよ

命かけて林泉支へし人らのなか沁みて思ふは平岩草子夫人

かにかくに五十五年過ぎぬなほなほに心をこめて詠みたまふべし

石井氏を悼む

「愛媛アララギ」石井登喜夫追悼号（平成二十一年七月号）

今にして悔いつつ思ふ二人のみにて沁々語ることもなかりき

年譜読みて今更気づく病《やまひ》多く苦しみ多き一生《ひとよ》なりしを

少し口をあけたる君の顔の辺《へ》に白き花おく心押さへて

弔　歌

「リゲル」添田博彬追悼号（平成二十二年六月号）

ああつひに医師《くすし》の君も逝きたるか戦後このかた頼り来にしを

東京の歌会に見えしは去年《こぞ》の夏すこやかに批評もされしを思ふ

夕ぐるる博多の街を沁々と共に歩みしは幾年前か

瀬戸内歌会　即詠集

岩城島（平成二年）

万葉よりも末摘花を愛せりと昨夜は酔ひて言ひにけらしも

馬島（平成三年二首）

この島も泡立草の侵せるか芒に交り共に枯れ立つ

ひばり鳴かずたらの芽もなき島ながら蕨はびこるこの島の間に

豊島（平成四年）

二度行きし魚島はかすみいまだ行かぬ高井神島目の前に見ゆ

伊予大島　名駒（平成五年）

この歌会年々にひたすら待ちし君今治に来れば胸迫るなり

伯方島（光藤旅館）にて（平成十六年）

春日さす豊けき島にあれば思ふ苦しみをらむイラクの人らを

朝の膳におのおの坐ればいち早く君は飯盛《いひも》りて夫人に渡す

伯方島（平成十七年）

命ありこの春もまた遠く来てめばるなど食む有津《あろうづ》の宿に

次々に運ばるる宿の魚料理惜しみつつ残す夜も更けたり

湯の浦ハイツにて（平成十八年）

海の上にシリウスひとつみゆるのみ星空恋ひてわが来しものを

今治とふ地名の語源を考へつつ見覚えのある街に入り来ぬ

花見の時となる東京を出で来《こ》しに瀬戸内の島の桜は咲かず

伯方島　三首　光藤旅館にて（平成十九年）

黄砂襲ふ日ながら今年もなつかしく伯方町有津の宿の前に立つ

胸迫り通りすぎたりこの島の戦死者の墓寄りあふ前を

船に乗り島々をめぐり行きし日も恋《こほ》しみ思ふまだ若くして

伯方島　千年松にて（平成二十年）

やうやくに歌会を終へて運ばれし酒を飲まむとする楽しさよ

今年来て心足らへり極堂の記しし二句をまの当り見き

鞆の浦にて（平成二十一年）

鞆の浦の古き街並みしたしめどああ見たくなしローマ字の看板

江戸の代のままなるか鞆の狭き道車の往き来に安らぐを得ず

宮地伸一年譜

大正九年（一九二〇）　零歳

一一月二九日、東京府下南千住に出生。父源六（佐賀県生）母ニシキ（東京生）の長男。後に妹、弟それぞれ一人出生。母方の祖父は羽水と号して俳句を作った。

昭和二年（一九二七）　七歳

カタル性肺炎で小学校入学を一年延期。小学校は、北千住、浦和、葛飾本田、巣鴨、上十条と転校（不況で父の職場移動のため）。

昭和七年（一九三二）　一二歳

一月、長野県岡谷市（当時の諏訪郡平野村西堀）に一家が転居したのにともない、四年生の三学期から地元の小学校に転校。学校の図書室に『赤彦童謡集』があり赤彦の名を初めて知る。

昭和一二年（一九三七）　一七歳

諏訪中学三、四年生の頃から短歌に熱中、万葉集も読み終えていた。岡谷市の山本百合花主宰の「短歌地帯」に出詠を始め、また子規・左千夫以下アララギ系の歌人の作品を読破。「婦人公論」の新年号に載った茂吉選「明治以後の歌人五十人一首」に非常に興味をもった。

昭和一三年（一九三八）　一八歳

三月、父が職場を変え一家を連れて東京に移転したが、中学校卒業にあと一年を要するので、独り留まり下諏訪町高木（赤彦の柿蔭山房の近く）の農家の一室を借りて自炊。

昭和一四年（一九三九）　一九歳

諏訪中学校を卒業し、新設の東京府大泉師範学校に五味保義氏が教師をしていることを知り入学。

昭和一五年（一九四〇）　二〇歳

一月、アララギに入会。土屋文明の面会日に初めて出席。以後文明選歌欄に出詠。

昭和一六年（一九四一）　二一歳

大泉師範学校を卒業、小学校の教員となる。勤務の後毎日のようにアララギ発行所（青山）に行き茂吉・文明をまのあたりにし、また吉田・柴生田・落合等の先輩を知った。発行所の仕事を手伝いながら斎藤・土屋両先生に会えるのを「顧みて人生の最も幸福な期間だった」と後に述懐する。一二月八日太平洋戦争勃発。一二月二四日、翌年早々の入営に当たり土屋先生の発意により壮行会が赤坂晩翠軒で開催された。「武運長久帖」に先生より三首、他の七人より各一首の歌が贈られた。後年それを土屋文明記念文学館に寄贈した。歌会　六月・群馬県アララギ歌会（土屋先生に初めて随行）。

昭和一七年（一九四二）　二二歳

一月一〇日　赤坂の東部第七部隊に入営。三月末、北満州（現在の中国北部の「黒河」周辺）の国境守備隊に移り、後に暗号兵としての教育を受けた。厳しい生活のなかにも、作歌のゆとりはあり、月々検閲をうけながらアララギ発行所に歌稿を送った。

昭和一八年（一九四三）　二三歳

一〇月、暗号兵として豪北の第二方面軍司令部に転属。初めフィリピンのミンダナオ島、次いでセレベス（現スラウェシ）島各地を移動。この頃になると戦局は不利で、通信もままならず、歌がアララギに載ったのは終戦までに五回ほどに過ぎなかった。

昭和二〇年（一九四五）　二五歳

八月、セレベス島シンカンで終戦を迎えた。

昭和二一年（一九四六）　二六歳

六月一四日、引揚げて和歌山県田辺港に上陸。セレベス島より復員船に乗るとき、豪州の軍人が荷物の検査をして、文字は一切ダメということで歌ノートも焼却。ただ鉛筆書きの昭和二〇年八月一五日前後の日記の断片は、脚絆に巻き込んで無事運んだ。

昭和二二年（一九四七）　二七歳

東京都葛飾区の中学校に奉職。

昭和二三年（一九四八）　二八歳

アララギ五月号・「写生論について」

昭和二六年（一九五一）　三一歳

アララギ一一月号・アララギ短歌合評（第六回）に初めて参加＝以後昭和三二年一二月号

まで六六回のうち九回参加。

昭和二七年（一九五二）　三二歳

アララギ三月号・「万葉集私注巻第九」、同一〇月後・「実相観入」其他（「茂吉全集」第一四巻「童馬漫語」・「短歌写生の説」を読む）

昭和二九年（一九五四）　三四歳

アララギ一月号・「万葉集短歌研究」＝以後昭和三二年一二月号まで四五回のうち二四回参加。

歌会　七月・戦後初めてのアララギ安居会に出席（古峰ヶ原）。

昭和三〇年（一九五五）　三五歳

アララギ一月号・昭和二九年のアララギ（二）「土屋文明の歌」、同三月号・万葉集研究と吾々―鈴木定雄氏へ―、同号・「万葉集私注巻一五」。

昭和三一年（一九五六）　三六歳

アララギ一月号・土屋選歌欄「昭和三〇年のアララギ」、同一二月号・「呼びぞ越ゆなる＝助動詞〈なり〉について」。

歌会　八月・アララギ安居会（福岡、英彦山修道館）。

昭和三二年（一九五七）　三七歳

三月・五味保義の姪今井康子と結婚。アララギ一月号・「竹乃里歌あれこれ」。

昭和三三年（一九五八）　三八歳

四月・長女由美子誕生。

昭和三四年（一九五九）　三九歳

アララギ三月号・「左千夫書簡」六月・長男良平誕生。

昭和三七年（一九六二）　四二歳

四月・二男哲夫誕生。

昭和三八年（一九六三）　四三歳

「短歌研究」一月号・「アララギ歌人の特集」に「文明系の作者の系図」

昭和三九年（一九六四）　四四歳

八月・第一歌集『町かげの沼』刊行（白玉書房）。

昭和四〇年（一九六五）　四五歳

七月・二女夏子誕生。

昭和四三年（一九六八）　四八歳
歌会　三月・京都会館アララギ歌会。
昭和四四年（一九六九）　四九歳
第七回短歌研究賞受賞（「短歌研究」昭和四三年一月号掲載「海山」三〇首による）。四月・大阪で高木善胤氏ら数名と歓談、七月・大村呉楼一周忌法要並びに追悼歌会（高野山大明王院）、関西アララギ九月号・大村呉楼一周忌追悼特集号に執筆。
昭和四五年（一九七〇）　五〇歳
三月・赤彦全集九巻刊行（岩波書店）＝全巻の精細な校訂を行った。六月・父死去。
昭和四六年（一九七一）　五一歳
アララギ五月号・左千夫短歌合評＝以後五二年一月号まで六九回、うち四〇回参加。
歌会　一〇月・関西アララギ秋季大会（西宮市民会館）。
昭和四七年（一九七二）　五二歳
五月・アララギ編集委員・選者となる。
「短歌研究」一〇月号・「足尾行」百首。
昭和四八年（一九七三）　五三歳
歌会　七月・北陸アララギ大会（石川県吉崎の紫水館）。
昭和四九年（一九七四）　五四歳
歌会　五月・下関の山形古蔵追悼歌会（土屋先生に同行）。
昭和五〇年（一九七五）　五五歳
アララギ八月号・問題と意見「病雁について」。
歌会　四月・第六回千葉県アララギ歌会、八月・関西アララギ・山陰アララギ合同歌会（大田）＝このとき関西アララギの有志と石見紀行（鴨山など万葉の遺跡を訪ねた）。
昭和五一年（一九七六）　五六歳
三月・妻康子が発病、駿河台三楽病院に入院。一〇月二五日・肝臓癌で死去（四五歳）。
昭和五二年（一九七七）　五七歳
アララギ三月号・竹乃里歌合評＝以後昭和五四年一二月号まで三四回、うち三一回参加、九月・左千夫全集九巻刊行（岩波書店）＝全

巻を綿密に校訂。「短歌」七月臨時増刊号・「現代短歌作品論、人物論」に柴生田稔論。

昭和五三年（一九七八）　五八歳

歌会　関西アララギ堺歌会（近畿中央病院）。

昭和五四年（一九七九）　五九歳

アララギ一月号・伊藤左千夫特輯に「左千夫全集の歌集について」。この年より現代歌人協会の理事となる。八月・関西アララギ比叡山宿泊歌会、夜に講話「可能性の拡大について」。一一月・左千夫歌碑除幕式に土屋先生随伴出席（都立城東高校）。

昭和五五年（一九八〇）　六〇歳

アララギ一月号・子規俳句合評＝以後昭和五八年四月号まで四〇回のうち三九回参加。

歌会　五月・北陸アララギ大会（吉崎の紫水館）。

昭和五六年（一九八一）　六一歳

一月・関西アララギ四百号祝賀行事に出席（大阪弥生会館）、三月・東京都教職員を退く。

五月・第二歌集『夏の落葉』刊行（短歌新聞社）。

歌会　三月・赤彦忌歌会（諏訪）、三月・千葉、埼玉、群馬三県合同歌会（館山）＝以後平成八年まで三県の各地の会に一二回出席、四月・潮騒の会（愛媛・今治）春潮会（同・松山）＝以後平成二一年までほぼ毎年出席、一〇月・滋賀アララギ三百号記念歌会（大津）。

昭和五七年（一九八二）　六二歳

アララギ一二月号・「五味保義追悼特集」に年譜と五味保義著書解題。七月・講演「子規について二、三のこと」日本短歌雑誌連盟定期総会（市ヶ谷会館）。

歌会　四月・上、下伊那合同アララギ歌会（飯田）、八月・関西、三重、名古屋の各アララギが合流し「湯の山宿泊吟行」。

昭和五八年（一九八三）　六三歳

アララギ四月号・中村憲吉短歌合評＝以後昭和六三年六月号まで六二回のうち六〇回参加。

歌誌「明日香」に四月号から「歌言葉雑記」

を連載＝平成三年一一月号まで八年八か月一〇〇回執筆。

歌会　五月・北陸アララギ大会（石川県吉崎の紫水館）、五九・六〇年も出席、六月・山形県アララギ歌会（東根）、九月・滋賀アララギ歌会（大津）＝以後平成一五年まで幾度も出席、一一月・亀戸普門院左千夫先生墓参吟行会。

昭和五九年（一九八四）　　六四歳

「林泉」七月号から選者となる＝以後平成二二年一二月号まで（二八年六か月）。

歌会　五月・市川「野菊の碑」吟行会、五月・アララギ山陰歌会（米子）、六月・手賀沼アララギ短歌会＝以後平成二三年四月まで毎年数回出席、九月・「林泉夏期宿泊歌会」（久美浜）＝以後平成二一年まで二六年間毎年出席（但し平成一二年は新アララギ全国歌会（比叡山）で中止、平成一八年は都合で欠席）、場所は京都・兵庫・滋賀・島根・岡山・香川各府県にて、また講演を多く行った＝演題「現在のアララギ」「赤彦・茂吉・文明」「言葉・表記・語法」等、なお平成一五年以降名称を「秋期宿泊歌会」と変更。

昭和六〇年（一九八五）　　六五歳

アララギ一月号・座談会「作歌と選歌の問題点」に参加、同四月号・「万葉集合評の後に―若干の所感」。四月・よみうりカルチャー（北千住）の短歌講座講師となる＝以後毎月二回、平成二二年九月まで二五年六か月間続けた。

歌会　一月・「林泉」新年歌会（高松）、三月・赤彦忌歌会（諏訪）、五月・リゲル歌会（福岡）、一〇月・緑山歌会＝以後平成一三年まで毎年出席（会場は蓼科みどり山ホテルほか各地）、一〇月・「青梅短歌会」「みづうみ」合同歌会及び吟行会（吉川英治・川合玉堂両記念館）、一〇月・荒川放水路吟行会。

昭和六一年（一九八六）　　六六歳

アララギ四月号・万葉以前短歌合評＝以後昭和六二年二月号まで一一回の全回参加。

歌会　三月・朝倉恭『日吉峠』出版記念歌会（福岡）、四月・鎌倉吟行会、五月・上代晧三忌歌会（岡山）、六月・奈良アララギ歌会、一一月・千葉アララギ会成東町吟行会、一一月・三上良太追悼歌会（神戸）。

昭和六二年（一九八七）　六七歳

アララギ三月号・万葉以後短歌合評＝以後平成二年一〇月号まで四四回の全回参加。同五月号・五味保義遺歌集評に「一つ三つのこと」。一月・第三歌集『潮差す川』刊行（短歌新聞社）。

歌会　八月・広島アララギ特別歌会（広島）、一一月・千葉アララギ会御宿町吟行会。

昭和六三年（一九八八）　六八歳

アララギ七月号・アララギ作品合評＝以後平成三年九月号まで三九回のうち三八回参加。現代歌人協会賞の審査委員長として俵万智『サラダ記念日』と加藤治郎『サニー・サイド・アップ』を同時授賞とする事を決定した。

歌会　三月・神戸アララギ歌会、六月・北陸アララギ大会＝以後平成一一年まで吉田正俊忌歌会等を含めて幾度も出席、六月・山形県アララギ歌会（南陽）、九月・山陰アララギ歌会（皆生温泉）、一一月・第六回子規顕彰全国短歌大会（松山）で講演「子規における俳句と短歌」、一一月・勝浦吟行会（千葉）、一二月・京都アララギ短歌会（京都府婦人センター）。

平成元年（一九八九）　六九歳

五月・NHK学園通信講座「短歌友の会」選者となる＝以後平成二二年一〇月まで二一年間。九月・講演「最近の作品より」（諏訪歌人連盟）。

歌会　五月・宮崎アララギ歌会、九月・山形（赤倉温泉）にて勉強会＝以後平成九年まで山形各地で毎年、一〇月・平福百穂忌歌会（角館）。

平成二年（一九九〇）　七〇歳

「はしばみ」五月（生井武司追悼）号に寄稿「思ふままに」、六月・樋口賢治歌碑除幕式及び札幌アララギ会六月歌会、アララギ一一月号・蕪村俳句合評＝以後平成六年四月号まで三九回の全回参加。六月・NHK学園の短歌講座講師として受講者と中国へ旅行。一二月八日・土屋文明死去（百歳）。一二月二三日に青山葬儀場で「お別れの会」が行われた。

歌会　五月・上代晧三忌歌会（岡山）、一一月・生井武司歌碑建立除幕式並びに記念歌会（大平山・大中寺）。

平成三年（一九九一）　七一歳

アララギ一〇月号（土屋文明追悼号）に「土屋文明著作目録」を伊藤安治と共に編む、同一〇月号・土屋文明短歌研究＝平成九年一二月アララギ終刊号まで七二回のうち七一回参加。七月・千葉アララギ会歌誌「アイリス」創刊、選者となる。九月・講演「赤彦、茂吉、文明について」（諏訪）

歌会　一月・小島渉追悼・関門アララギ歌会（下関）、五月・菅沼知至忌歌会（飯田）、八月・第三三回北海道アララギ歌会＝以後平成二〇年の第五〇回記念大会までほぼ毎年出席、一〇月・西那須野町づくり短歌会（講話と歌会）演題「短歌における事実と真実」（西那須野・雲照寺）、一一月・アイリス宿泊歌会＝以後平成六年まで四回出席。

平成四年（一九九二）　七二歳

一一月・『歌言葉雑記』刊行（短歌新聞社）。一二月・母ニシキ死去。

歌会　四月・アイリス東金吟行会、四月・丹後歌会＝以後平成一六年までの間に六回出席。五月・名古屋アララギ歌会、五月・山形アララギ歌会（南陽）、六月・宮崎アララギ歌会、一〇月・関西アララギ秋季大会（大阪）、一一月・千葉アララギ宿泊歌会（鴨川）。

平成五年（一九九三）　七三歳

「短歌現代」七月号・写実短歌の魅力「島木赤彦の写生―新より深へ」、同一〇月号・茂吉魅力の一首『たかはら』より。同一二月号・書評、加藤克巳著『現代短歌史』。六月・山崎康平歌集『安房の渚』出版記念会に出席。「歌壇」に七月号から「歌言葉考言学」を連載＝平成九年八月号まで五〇回連続。「短歌」一〇月号・左千夫特集「左千夫と文明」。

歌会　一月・「林泉」新年歌会（京都）＝以後平成二二年まで一八年間毎年出席。場所は主に中京区コープイン京都、平成一五年以降は高松市にて。五月・リゲル四〇周年歌会（福岡）、五月・松戸短歌勉強会指導＝平成一二年まで年に四〜五回。八月・「原石」一泊歌会＝以後平成一三年まで毎年＝各回講演「アララギの写実・写生」「文明と茂吉」等、場所は日本軽金属吉浜保養所、焼津ホテルほか。

平成六年（一九九四）　七四歳

一月・アララギ一千号記念特集号刊行、同号のアララギ故人評伝にて「五味保義」を担当、同三月号（土屋文明特集）に「文明作品の用語、表現」、同号に土屋文明著作目録補正（伊藤安治と）、同五月号・「アララギ作品合評」＝平成八年六月号まで二六回のほぼ毎回参加。「短歌現代」二月号・わが第一歌集『町かげの沼』、同三月号「アララギについて」、同五月号・時代を貫く歌「正岡子規」、同七月号・戦争と短歌「土屋文明を中心に」。「短歌新聞」四月号から「添削講座」を担当＝平成二二年九月号まで一六年半、一九七回続けた。「林泉」四月号「鵯鳥通信」（エッセイ）＝以後平成一六年五月号まで一〇八回連載。五月・「手賀沼百人一首」を山本寛太氏と共選、刊行日に講演、八月・栃木県歌人クラブ講演会「土屋文明・人と作品」（宇都宮）。

歌会　四月・京都アララギ短歌会（京都）、五月・日田アララギ短歌大会、五月・松本アララギ・ヒムロ歌会、六月・千葉アララギ宿泊歌会（勝浦）、九月・鹿児島アララギ五〇〇号記念歌会、一一月・愛媛県文化祭短歌大会で講演「歌言葉、そして日本語」。

平成七年（一九九五）　七五歳

アララギ一月号・三峯山上講話「歌言葉若干

について」、同一〇月号・特集戦後五〇年「最近のアララギの自然詠」、二月・NHKの短歌講座でニュージーランドへ旅行。

歌会　五月・長崎三井楽吟行歌会、一〇月・群山第五〇巻記念大会に祝辞及び東北アララギ記念歌会の講師（仙台）、一一月・福島アララギ歌会。

平成八年（一九九六）　七六歳

アララギ一二月号・秋のアララギ特別歌会講話「万葉集私注の特色」。

歌会　八月・山形県アララギ歌会（蔵王）。

平成九年（一九九七）　七七歳

アララギ一月号・「短歌連作の研究」＝平成九年一一月号まで四月号を除き毎月参加、四月・市川短歌教室開始（千葉県）＝平成二二年八月まで毎月指導。創刊以来九〇年のアララギが一二月号にて終刊。

歌会　四月・丹後城崎にて「林泉」歌会、五月・福岡アララギ特別歌会（福岡）、五月・日田アララギ歌会、五月・秋田県短歌大会（横手）、六月・「はしばみ」特別歌会（那須）、一〇月・宮崎（大分・鹿児島・宮崎合同）歌会。

平成一〇年（一九九八）　七八歳

新アララギ創刊、代表となる。一月・「新アララギ」創刊号に「創刊のことば」。同号・正岡子規作品合評の作品選出と歌評＝以後平成一二年一一月号まで三五回。同号・「土屋文明雑記（一）」＝以後平成一六年一〇月号まで七五回。五月・北海道立文学館で講演「アララギの歌人たちと北海道」、札幌アララギ歌会出席。「短歌」七月号・「文語文法十二のツボ」。「はしばみ」一〇月（五〇周年記念）号に寄稿「〈はしばみ〉五十年に」。

歌会　四月・岡山アララギ春期歌会、五月・第一回新アララギ全国歌会（千葉・九十九里町）、六月新アララギ山形歌会＝以後平成二一年まで毎年出席（初め三回の名称は山形アララギ歌会）、八月・広島アララギ特別歌会、九月・御宿吟行会（千葉）、一一月・新アララギ福島会設立総会・記念歌会（福島）。

平成一一年（一九九九）　七九歳

第一回NHK全国短歌大会選者として登壇（テレビ）＝以後平成二二年（第一一回）まで連続。「短歌現代」一月号・「新アララギ、一年過ぎての所感」。七月・『歌言葉考言学』刊行（本阿弥書店）。

歌会　七月・「はしばみ」特別歌会（宇都宮）、八月・第二回新アララギ全国歌会（東京・市ヶ谷）、一〇月・新アララギ札幌特別歌会。

平成一二年（二〇〇〇）　八〇歳

「短歌現代」一二月号アンケートで「作品を読みたい現役歌人」の男性の部で最高票数を獲得。

歌会　四月・大分宮崎アララギ合同歌会、五月・手賀沼アララギ短歌会主催の筑波吟行会、六月・新アララギ福島会歌会（福島）＝以後平成二二年まで毎年出席。八月・第三回新アララギ全国歌会（比叡山）、九月・新アララギ飯田歌会、一〇月・第一回新アララギ関東歌会（栃木・鬼怒川温泉）＝以後平成二二年五月の第一一回（茨城・つくば市）まで毎年出席。

平成一三年（二〇〇一）　八一歳

新アララギ一月号・柴生田稔作品合評の作品選出と歌評（以後平成一六年一二月号まで四八回）、「短歌現代」二月号・「歌人は日本語を守るべし」、同六月号・特集二十一世紀の短歌「所感あれこれ」、「短歌」七月号・「私の夏の一首」、「歌壇」一一月号・口絵カラー「うたの山河」歌と肖像。

歌会　一月・新アララギ埼玉歌会（小川町）＝以後平成二二年四月まで毎年二回出席（平成一九年～二二年は「小川歌会」）、二月・香川アララギ新年歌会＝以後平成二二年までほぼ毎年出席、四月・愛媛アララギ創刊五十周年記念短歌大会、六月・藤原哲夫氏追悼歌会（福岡）、九月・第四回新アララギ全国歌会（長野・茅野）。一〇月・砂町四十町吟行会、一〇月・第一九回子規顕彰全国短歌大会・子規百年祭（松山）にて講演「子規の百年に」、一〇月・新アララギ秋田集会。

平成一四年（二〇〇二）　八二歳

「短歌研究」一月号・新春紅白歌合せ「家族の部」の判者となり判詞を執筆、同五月号・言葉をうしなうとき「八月一五日」、同八月号・国語の授業に求めるもの「暗記、暗誦を」、同一〇月号・歌をつくる「軀」をつくる「正岡子規と野球」。「短歌現代」三月号・「名歌と秀歌雑感」、同九月号・「自然詠雑感」、同一〇月号・「子規の革新—感性的な写生へ」、「短歌」六月号・作歌の基本を見直す、「まず文語を守れ」、同七月号・歌人の食卓・土屋文明の巻「山をも食はむ」。

歌会　五月・広島アララギ歌会、八月・第五回新アララギ全国歌会（札幌）、一〇月・福岡県民文化祭短歌大会（直方）で講演「歌ことばあれこれ」。

平成一五年（二〇〇三）　八三歳

「短歌研究」一月号・新春紅白歌合せ「天文気象の部」の判者となり判詞を執筆、同四月号・茂吉、迢空没後五〇年・短歌史を劃したその前後・「当時のアララギ—文明選歌欄の重要性」、同五月号・一首の中の決定的な一句「大きしづけさ」（憲吉と川田順）、同八月号・初期の歌VS後期の歌—男性歌人に見る—得たもの失ったもの「土屋文明の場合」。「短歌現代」七月号・「茂吉の歌集『つきかげ』—残年にあえげる歌」、同九月号・アララギ終刊「所感—戦犯の一人から」。「短歌研究」に「作品連載」、一一月号から平成一七年七月号にかけて七回出詠（毎回三〇首）。八月・講演「赤彦と茂吉」（島木赤彦研究会（下諏訪）。

歌会　三月・新アララギ諏訪歌会（信州諏訪農協）＝以後平成二三年まで八回のうち五回出席、七月・第六回新アララギ全国歌会（東京・市ヶ谷）、一一月・雲水寺アララギ四〇周年記念歌会、笠森自然公園・大東岬吟行会（千葉）、一二月・リゲル創刊五十周年六百号記念歌会。

平成一六年（二〇〇四）　八四歳

二月・第四歌集『葛飾』刊行（短歌新聞社）、八月・「八・一五を語る歌人のつどい」で講演「私の八月十五日」、一一月・第五歌集『続葛飾』刊行（短歌新聞社）。「短歌現代」一月号・新春評論「切実に思うこと」、同四月号・「雑談・文明と茂吉」。「短歌研究」四月号・気になる女性但し歴史上の「正岡律のこと」。「文藝春秋」九月号・「同級生交歓」の欄に旧制諏訪中学の同期生松澤宥氏（美術家）、宮坂宥勝氏（真言宗智山派管長）と共に掲載。

歌会　三月・新アララギ諏訪歌会、五月・佐久アララギ、ヒムロ合同歌会（小諸）、六月・「柊」九〇〇号記念短歌大会（福井県民会館）、七月・第七回新アララギ全国歌会（松山）、一〇月・「はしばみ」特別歌会（小山）。

平成一七年（二〇〇五）　八五歳

三月・第一二回短歌新聞社賞受賞。新アララギ二月号・「葛飾通信（1）」＝以後平成二一年一月号まで三三回、同四月号・吉田正俊作品合評の作品選出と歌評＝以後平成二二年三月号まで六〇回。「短歌現代」二月号・五味保義の歌「なつかしい作品」、同六月号・現代歌人論「宮地伸一」＝大島史洋氏、同九月号・今日の提言「どうするか仮名遣い」、同一一月号・秀歌に学ぶ短歌の「読み」＝「やみくもに思いつくまま」。「短歌」六月号・「いかに言葉を選ぶか―語句の選択と推敲（所感いくつか）」。

歌会　五月・広島アララギ特別歌会＝以後平成二二年五月まで毎年出席、六月・NHK学園主催の伊香保短歌大会にて講演「土屋文明先生の思い出」、七月・第八回新アララギ全国歌会（別府）、九月・新アララギ飯田歌会、一〇月・館林短歌大会。

平成一八年（二〇〇六）　八六歳

九月・講演「人生二十五年の時代と現代」

（憲法を考える歌人の会）。「短歌現代」九月号・「現代短歌その美をさぐる（苦しまぎれの弁）」。
歌会　五月・斎藤茂吉記念全国大会（上山）にて講演「斎藤茂吉と土屋文明」、六月・新アララギ福島会吟行会（飯坂町方面）、七月・第九回新アララギ全国歌会（東京・市ヶ谷）、八月・札幌で講演「『寂しきまこと』茂吉と文明」（北海道アララギ六〇〇号記念歌会にて）、九月・第六〇回青森県短歌大会特別選者で出席、講演「作歌の表記と用語」、翌日には青森アララギ会七〇周年歌会、一一月・新アララギ静岡の会一泊研究歌会（焼津ホテル）。

平成一九年（二〇〇七）　八七歳

「短歌現代」一月号・新春評論「無政府状態の仮名遣い」、同四月号・「口語自由律の作品―宮崎信義作品集より」、同誌の八月号から「島木赤彦の秀歌」の連載開始＝平成二一年七月号まで二三回。関西アララギ一〇月号・高木善胤追悼特集に追悼記。一一月・第五九回愛媛歌人クラブ大会にて講演「現代短歌の表記と用語」。
歌会　七月・第一〇回新アララギ全国歌会（奈良・橿原）、一〇月・新アララギ山城屋歌会（上山）＝以後平成二二年まで出席。

平成二〇年（二〇〇八）　八八歳

六月・新アララギ福島会・講演会「仮名遣いの問題」。
歌会　七月・第一一回新アララギ全国歌会（東京・市ヶ谷）。

平成二一年（二〇〇九）　八九歳

「短歌現代」四月号・「戦中派歌人研究（宮地伸一）」＝雁部貞夫氏。「短歌研究」五月号・「（現代の八七人）七首とエッセイ」。二月五日・石井登喜夫氏告別式にて弔辞。八月・添田博彬氏へ哀悼歌。
歌会　三月・新アララギ諏訪歌会（茅野）、七月・第一二回新アララギ全国歌会（長野・諏訪）。

平成二二年（二〇一〇）　九〇歳

新アララギ一〇月号・五味保義作品合評の作品選出と歌評＝一一月号の第二回まで。七月四日　新アララギ代表退任。九月一三日・NHKの短歌教室への途次、熱中症にて救急車で新葛飾病院に入院、肺炎と診断された。その後、長女の住居で看病を受けつつ、同病院と東立病院に入退院を繰り返し療養に努めたが、食欲なく衰弱。

歌会　二月・新アララギ諏訪歌会、七月・第一三回新アララギ全国歌会（東京・市ヶ谷）＝出詠者全員への歌評を行った。

平成二三年（二〇一一）　九一歳

四月一六日・午前一〇時一六分、済生会向島病院にて肺炎のため死去。台東区今戸の長昌寺にて四月二〇日通夜、二一日告別式。戒名、仰岳院嘉詠日伸居士。千葉県八千代市・八千代霊園に納骨。

「短歌新聞」五月号社説「宮地伸一氏死去」、同紙「追悼宮地伸一・思い出す歌＝大島史洋氏」、「短歌現代」六月号「追悼・宮地伸一、日本語にとっての損失＝来嶋靖生氏」、「歌壇」七月号「宮地伸一特集」＝清水房雄、吉村睦人、雁部貞夫各氏、「歌壇」八月号「惑へる星に一瞬を生く―歌人・宮地伸一との六十年＝雁部貞夫氏」、一〇月・現代歌人協会会報に「宮地伸一追悼」吉村睦人氏、一〇月・日本歌人クラブ会報「風」に「宮地伸一を悼む」雁部貞夫氏。

平成二四年（二〇一二）

新アララギ四月号・「宮地伸一追悼特集」。

四月一三日・一周忌法要（長昌寺）。

池田毅明編

平成七年以前は『町かげの沼』（短歌新聞社文庫）「宮地伸一略年譜」の一部を参考にした。歌会出席記録は多く全国の新アララギ会員の協力に依る。

解説

雁部貞夫

宮地伸一　人と作品

長い間アララギの選者、新アララギ代表として、結社内ばかりではなく、歌壇の人々からも敬愛されて来た宮地伸一先生（以下敬称を略す）は、平成二十三年四月十六日に病いのため長逝された。九十歳であった。

本稿では七十年に及ぶ長いアララギでの作歌生活をふり返り、その人となりと作品形成の跡を辿りたい。

宮地伸一は大正九年十一月二十九日、東京の南千住に生まれた。小学四年生の時に一家は信州諏訪に転住し、その地で短歌と出会うこととなる。諏訪中学校（旧制）へ進む頃から作歌も行ない、子規、左千夫に始まり、アララギ先進の歌集を読破、生涯の師、土屋文明や五味保義の存在も視野に入るようになる。ともに諏訪ゆかりのアララギの歌人である。

昭和十四年、宮地は新設の東京府立大泉師範学校へ入学、同校の教師であった五味保義の薫陶を受けた。翌十五年一月、アララギに入会し、面会日に出席して初めて土屋文明の指導を受け、その日のことを次のように記す。

「（前略）第一首を読んだ先生が「うまいね」と小声で言われた。それから、一、二度

「うまいね」があって、次の五首に丸をつけてくださった」（歌集『町かげの沼』後記による）とある。その五首の中から二首を引く。

湖《うみ》ぞひの道通りきて朝まだき笹生にさがす大江広元の墓

皆既食となりゆく月かひとところ細くつめたきひかりを放つ

これらの作品からも察せられるが、宮地の作品はアララギ入門期の始めから、すでに初心者の域を脱していた。端正で清々しい、如何にも青年らしい詠みぶりである。なお、二首目に「皆既食」が歌われているように、早くから、この作者は天体に関する歌を詠んでいることも注目される。星や月を詠むことは生涯を通じて得意とするところであった。

大泉師範を卒業して、小学校の教師となった宮地は、勤務が終わると青山のアララギ発行所へ行き、校正その他の仕事を手伝い、先輩の樋口賢治、相沢正、さらに一世代上の落合京太郎、吉田正俊、柴生田稔など戦後アララギの中心を荷うことになる人々と交遊して、自らも「アララギの人間」となるに至る。

昭和十六年十二月に太平洋戦争が勃発し、その翌月、即ち十七年一月に召集された宮地は一兵士として北満の厳寒の地へ赴く。出征前に土屋文明の発意により激励の宴が張られ、文明以下八人の出席者の歌を書き入れた「武運長久帖」が贈られたが、次の一首を記すにとどめる。

吾は老い君は兵としていで立てば二度あはむ気をつけあひて　土屋文明

土屋文明の歌集『少安集』には右の歌を含め十二首が「宮地伸一君送別」と小題を付して収められている。

宮地の第一歌集『町かげの沼』（昭和三十九年刊）は、作者の入営の時の歌から始まる。北満での軍隊生活を詠んだ作品を数首引く。

幾たびか夜なかめざめて吾は思ふけふより兵となれるこの身を　（昭17）

鳴ききほひ北へ渡れる雁見れば国境に何のかかはりもなし　（同年、北満にて）

スターリングラード保てるままに冬越すかこの国境も既に雪積む　（同　）

ひとしきり狼のこゑ聞えたりかの雪谷を越えてくるらし　（昭18）

地の果をかすかに移動せるらしき煙をまもる林のあひに　（同　）

北満といっても範囲が広いが、宮地の配属された部隊は、北満の都市チチハルから更に北の奥地、黒河付近で、黒龍江（ウスリー川）を挟んで夜にはソ連領のフラゴヴェシチェンスクの灯が見えたという。北緯五十度という酷寒の地である。

日ソ不可侵条約も結ばれていたので、ソ満国境でも未だそれ程の緊張がなかったことは引用の作品でも判る。三首目の「スターリングラード」戦の歌は一読して忘れ難い印象を与える。この地で宮地は暗号兵としての教育を受けるが、このことが実は、運命を分けることになり、これ以後、作者は南方の第二方面軍司令部付きの暗号兵として終戦に至る。その間の作品を数首引く。

アッツ島死守せし兵の時となくその叫ぶこゑ我はききつつ　（昭19）
はるばると来にし命かひとつ天《あめ》に南十字星見ゆ北斗七星見ゆ　（同　）
星さやけき夜半に出でつつ制海権制空権といふを思ひつ　（同　）
ワクデ島は白煙に包まれてありといふ涙流れて電文を解く　（同　）
戦ひのために命は費えぬといふほど我は実戦をせず　（昭20）
霞みつつ紀伊の国見ゆ日本見ゆいのちはつひに帰り来にけり　（昭21）

さいごの作は、宮地伸一の代表作として引用されるが、私は兵士としての日常を歌った歌も捨てがたいものとして愛唱している。

終戦後、宮地は東京の葛飾区の中学校教師として出発した。『自生地』（昭25）の先輩たちの戦後作品に追随する形で宮地も作歌活動を展開するが、その作品は決して多いとは言えない。昭和二十六年に葛飾区立中川中学に入学した筆者は、その後、六十年の長きにわたり、宮地の指導を受け続けた。生徒としての私には、戦争帰りの青年たちが持っていた、やや虚無的なかげりが目に映った。アララギの作者で言えば、小宮欽治、宮本利男、清水房雄と共通する雰囲気が作品の上にも表われているように思う。そして、かつての土屋文明、五味保義と同じように、歌よりもむしろ「教育」そのものに情熱を注いでいたのではなかったか。

ここに市井の一教師として、教育現場や社会を鋭くとらえた戦後作品を引く。

どの国も教師らはかく貧しきか列乱れ風の立つ坂くだる　（昭22）
日本語の表記やさしくまとまらむ時を恋ひつつ作文を読む　（昭23）
教員のだめになる過程思ひつつ今宵連れられて料理屋にをり　（昭24）
工員となり大方は果てむ子らに松倉米吉の歌を教へつ　（同　）
谷川に足ひたし少年は論じあふ六百余りの基地持つことを　（昭27）

右はいずれも昭和二十年代の作品である。昭和三十二年、宮地は諏訪の人、今井康子（五味保義の姪）と結婚し、幸福な家庭を得て、ようやく作歌生活の充実期を迎える。

この海を幾たび見しか傍にけふはつつましく人居りにけり　（昭32）
あたたかき磯の光に二人して白きたんぽぽを掘らむとぞする　（同　）
やうやくに一生定まる思ひにて妻のうつむく顔を見てゐし　（昭33）
子らのためナイフあたためパンを切る怠り過ぎしひと日の夕べに　（昭35）
我は抱き妻は背にして行く通り年子かとささやく声もきこゆる　（同　）

すでに四人の子を得ていた宮地を突然の不幸が襲う。妻康子がガンに冒され昭和五十一年に死去。その頃の哀切極まりない作品は、第二歌集『夏の落葉』（昭和五十六年刊）に収録。当時すでにアララギの選者となっていた宮地の苦闘の時代が長く続く。

「平成」の時代に入り、師の土屋文明の死去、そのしばらく後にアララギは「終刊」する。その頃の痛切な作品や日本語の番人を自認する作者の面目躍如たる作品群は、近年出版された歌集『葛飾』と「続葛飾』に詳しい。数首ここに記しておく。

ひむがしに宵々出づる赤き星われを救はむ光ともなれ　（平9）
別の宇宙もありとこそ聞けわが世界の惑へる星に一瞬を生く　（同　）
三階まで一気にあがるこの階段まだ老人と言ふべきにあらず　（平21）
夜半に目ざめ原稿用紙に向ふ時ひと口飲むを已れに許す　（同　）

これら晩年の歌集には、宮地という人間の決して威張ったり怒鳴ったりしない、それでいて、時に鋭い皮肉を飛ばし、ユーモアを湛えた作者独自の自在な境地が多面的に表現されている。

最後に病に倒れた病床にあって、死の予感を詠んだ二首を記し、小文の結びとする。

辛うじて今年は保つわが命風前の灯《ひ》と言はば言ふべく　（平22）
つひにつひに十二月の末迫りたり命危ふしと思ふしばしば　（同年12月28日　即詠）

以下に宮地伸一の生前に上梓した五冊の歌集について簡単に解説することとする。

〔第一歌集『町かげの沼』。昭和三十九年八月八日、白玉書房刊。〕

この第一歌集には昭和十七年から、第二次大戦を挟んで、戦後の昭和三十八年に至る作品、六百四十首を収めた。二十一年間の作品集であるから、相当に厳選された歌集である。

この歌集の「後記」には、旧制諏訪中学校に在学中に経験した短歌との出会い、その後の東京府立大泉師範に於ける五味保義（のちのアララギ発行責任者）、さらにアララギ入会時に於ける土屋文明の指導ぶりなどが活きいきと記された貴重な文献となっている。

個々の作品については、すでにかなり詳しく、「宮地伸一――人と作品」の項で記したので、ここでは再説しない。特に、戦後、新制中学校での教師生活をスタートしてからの教師生活を、市井の一教師として或る時は温く、また或る時は厳しく描き出していることが甚だ印象的である。

そして、昭和三十二年に諏訪の人、今井康子（五味保義の姪）と結婚して、ようやく安定した家庭生活を築き、それは作歌への意欲を生む原動力となった。以後、宮地伸一の「家庭生活」詠は、宮地の生涯を貫く大きな柱となるのである。本歌集はのちに文庫本として短歌新聞社より刊行された（解説、雁部貞夫）。

〔第二歌集『夏の落葉』。昭和五十六年五月二十日、短歌新聞社刊。〕

この歌集は「現代歌人叢書」の一冊として刊行され、その後も度々版を重ねて刊行されている。この作者の歌集としては、『町かげの沼』と共に多くの読者を得た歌集である。

巻末には細川謙三により、丁寧な解説が付され有益である。作品は昭和三十九年から五十三年までの五百二十七首を収めた。

本歌集の前半では、前歌集『町かげの沼』に引きつづき、四人の子に恵まれた日々の家庭生活や、次第に困難さを増す教育現場を一教師として関わって行く「職場詠」が目につく。しかし、それらをはるかに超えた痛切な多くの作品が後半に至って現われ、それらの作品がとりも直さず『夏の落葉』の主テーマとなり、読む者にも忘れ難い感銘を与えることとなる。

それは、妻の康子が昭和五十一年三月に肝臓癌を発病し、作者らの懸命の看護も及ばず、同年十月に四十五歳の若さで逝去。その間に宮地は多くの哀切極りない作品を残した。その中から幾つかの作品を紹介したい。

灯のもとに妻のひろぐる胸のへを医師《くすし》の後にわれも手に触る

エレベーターのとびらのしまる直前に見し妻の顔いたく痩せたり

酸素テントの中に安らかに臥す妻よもぐらの如しとみづから言ひて

汝が髪を撫でつつおもふこの髪の白くなるまで命なかりき

右のうち、特にさいごの作品は多くの人々の記憶に残る絶唱である。

細川謙三の本歌集の解説には、宮地の誤植や出典の探索癖について、人間関係を歌う時は「幸福」感を手ばなしで表明することはないのに、考証などの場面では「心立ち直る」

とか「最も楽し」など詠んでいて「異常なほど」だと感想をもらしている。

しかし、少年時代から宮地のこうした「探索」、用語例の収集の手伝いをしていた筆者には、或る意味では当然の成り行きだったと思える。「自分は将来は子規学者になりたい」と、しばしば聞かされていたものである。こうした類の作は本歌集の至る所に顔を出すので、ここでは省略する。但し、当時の東京歌会での土屋文明について述べた一首は、現場に居合わせたこともあり記憶に新しい。

紫　草《むらさきぐさ》とふ日本語はなしとけふの歌会に語気強くして言ひたまひたり

さいごに、宮地は昭和四十七年五月にアララギの選者となったが、同じ年に足尾銅山の実情を取材し、「足尾行」（本集では三十五首を収めた）の大作（百首詠・短歌研究・昭和四十七年十月号）を発表している。恐らく心に期する所があったのであろう。この社会詠とも言える一連は、宮地作品の中でも特異な位置を占め、この面での先駆的な作品であることを記しておきたい。

〔第三歌集『潮差す川』。昭和六十二年一月八日、短歌新聞社刊。〕

本歌集は「現代短歌全集」の一冊として刊行され、昭和五十四年から五十九年までの作品、二七九首を収める。かなり厳選された歌集である。

本集には、以前の歌集に引き続き、亡くなった康子夫人を追憶する作、残された四人の子供と孫たちを歌った作が多いのは、当然のことであるが、ここでは、これも古くから歌って来た古代史や万葉集に関わる、いわば「歴史詠」とも言うべき作品に言及したい。一例として、当時発掘された太安万侶の墓を訪れた折の作品を引く。

風吹けば揺れだつ青きテントのなか木炭積める墓壙あらはに　（昭54）
癸亥年《みづのとゐのとし》七月六日卒之《そつす》の下よはひ記さぬことを惜しめり

丁度この文章を書いている最中に配達されて来た新聞（朝日新聞、四月十六日夕刊）に太安万侶の遺骨が、安万侶の出自である多《おお》氏の子孫が宮司をしている田原本町の多神社に分骨されると報じられていた。歌中に記す没年は西暦七二三年、生年は不詳である。

この歌集の後半、作者にとって大切な人々が次々に亡くなった。それぞれの挽歌を記しておこう。

涙ぬぐひていましし姿忘れめや父葬る日も妻のその日も　（五味和子夫人追悼・昭56）
看りあひいたはりあひし果にして先立ちたまふ夫君をおきて
苦しみ長き一生ともまた幸《さきは》ひしみ命とも思ふうつし絵の下
（五味保義先生を憶ふ・昭57）
五味先生作りたまひし紙縒の束灯の下に手に取るも悲しく

生前の五味先生夫妻を知る者にとって、その面影をまざまざと思い起すよすがとなる作品である。

〔第四歌集『葛飾』。平成十六年二月二十九日、短歌新聞社刊。〕

前歌集『潮差す川』を刊行してから約十七年を経た後の出版。昭和五十九年から平成四年までの作品七百九十四首を収める。

宮地伸一の作品集を読んでいて時々感ずる事の一つは、「家族物語」とでもいうべき一面を持つということがあげられる。そこに登場するのは、九十歳を越えて元気な老母を筆頭に四人のお子さんや孫たち、さらには亡き康子夫人の面影と、作者自身の自画像。これはまるで映画の世界ではないか。

甘え寄る猫を蹴とばすいきほひは八十六歳の媼ともなし
丸山ワクチン求むと長き列の末に加はりし心今もよみがへる
汝の後の十年にひとり煩ひ来ぬ子等の入学就職結婚
つひにして金《かね》に縁なき父子《おやこ》にて今宵は仰ぐアンドロメダ銀河
星ひとつ捉へむとして仰ぐ間に吸ひ捨てし煙草父われが踏む

平易な言葉をつかい、皆よく判る歌だが、そこに漂うペーソスやユーモア、情におぼれ切らず批判精神も失わない、この作者の姿が偲ばれる。すでに自在にくりひろげられる作品世界なのである。

この歌集の時期、アララギはその結社の中心人物を次々に失う。やがて来るべき終刊の日を予期する如き挽歌が詠まれている。

つひにして君の見まさぬアララギか八十四巻となるを手に取る（土屋先生逝去より）
編集会終へて立つ時アララギは滅びてもいいんだと言はしき一言　（落合京太郎氏）
切々と亡き人悼むテープのこゑ堪へがたく聞く君も亡き人
先生と呼ばれざりしかの長塚節幸福な人と言ひたまひけり　（追悼柴生田稔氏）

〔第五歌集『続葛飾』。平成十六年十一月二十九日、短歌新聞社刊。〕

前歌集『葛飾』に続く歌集で同じ年の内に上梓された。装丁も同じであり、一対の姉妹篇と言ってよい。平成五年から十一年までの作品七百三十九首を収めた。

この歌集の中で最も衝撃的な事柄は、言うまでもなく、平成九年十二月を以って、アララギが終刊したことである。本歌集の「後記」で、作者はその頃の心情を表わす作品として次の三首をあげている。

この国の十大事件にもなるべしと言ひて笑ひて悲しくなりぬ
心の花百年も近しと言ふものをああアララギは九十年か
日本語のいよよ崩れむとする時に日本語守りしアララギは死す

右の心境は、三千人のアララギ会員の等しく抱くところであるが、この作者ほど深く嘆き、いきどおり、その心を短歌作品に表現した者は数少ないであろう。又、本歌集の制作を省みて、『葛飾』、『続葛飾』の二つの歌集を較べ、「アララギの解散の動揺などもあって、この続篇のほうが多少動いているものがあるのではあるまいかという気も今はするのだ」と記している。そして、本歌集を以って短歌新聞社の「歌人賞」を受賞している。

この集の作品を詠んだ頃、宮地伸一の年齢は八十歳を越えていたが、持ち前の諧謔や批判精神は、いささかも衰えを見せず、ますます自在さを発揮している。例えば次の如く、

脳《なづき》といふ古語さへ使ふこの歌よみ出れる来れるもためらはず言ふ

小さきこと咎むと言ふな「現代の和歌」とは何ぞこの広辞苑

けふ来ればドレドレ、ソレトモ、トリアエズなどと言ふかなこの三歳児

宮地が自ら選んだ作品集は、本集を以って終わるが、本集末尾の二首をここに書き記したい。

店頭に二冊並べり『買ってはいけない』『「買ってはいけない」は買ってはいけない』

いささか酔ひて入り来し路地に彼岸もすぎ彼岸花咲く月の下びに

〔『続葛飾』以後・第一部・七九七首。〕
〔『続葛飾』以後・第二部・七七四首。〕
〔「補遺」、九一首。〕

右に記した三つの部分に分類した作品の多くは、本刊行会の池田毅明と多くの会員の努

力で集められた。
第一部の七九七首からは次のような作品を書いておこう。

老人に事故多しとてこの息子餅を呑み込むまでを見てをり　（平18・3）

弟子運悪き先生なりといふ一首心に沁みて丸をつけたり　（平13・3）

そして、最晩年、病床にあって、時には判読しがたいメモから筆者が書き写した歌（殆ど辞世の歌である）を二首録す。

今朝見れば娘は意外に美しく心ゆらげり妻を思ひて　（平23・6）

あと百年のちの短歌と世の中を思ひやる時心わき立つ　（平23・7）

次いで第二部の七七四首から秀作と思われるものを録す。ここの部分は主として短歌の総合誌から集められた。

二つ造りし防空壕の焼けざりし片方にこの武運長久帖ありき　（平15・11）

わが財布のぞきて店員は指させりそこに銅貨があるではないか　（平17・1）

国文学の三悪人といふを読む歌壇にもありや三悪人は　（平17・4）

血《ち》と乳《ち》と命《いのち》深き関はりあるべしと近頃気づくわが日本語に　（平19・5）

四人並ぶ子らの寝姿見おろして幸福と妻の言ひし夜もありき　（平19・10）

宮地伸一の作品はさいご迄、物事に機敏に反応することを保ち、しかも誰からも愛され、理解される包容力を持っていた。さいごに次の二首を記す。

人間と蝉といくばくの差のありや路地にころがるに胸つかれ行く　（平14・10）
新しき牛丼の店に入り行きて並《なみ》の男は「並」を注文す

「捕遺」からは、毎年三月末に泊りがけで「しまなみ海道」沿いの島々で行われていた「潮騒の会」と「春潮会」の即詠から数首引用する。この作者は即詠を好んで行った。当意即妙の人なのである。

万葉よりも末摘花を愛せりと昨夜は酔ひて言ひにけらしも　（平2・岩城島）
ひばり鳴かずたらの芽もなき島ながら蕨はびこるこの島の間に　（平3・馬島）
朝の膳におのおの坐ればいち早く君は飯盛《いひも》りて夫人に渡す　（平16・伯方島）
胸迫り通りすぎたりこの島の戦死者の墓寄りあふ前を　（平19・伯方島）
やうやくに歌会を終へて運ばれし酒を飲まむとする楽しさよ　（平20・伯方島）

以上を以って、『宮地伸一全歌集』の解説を終えるが、「新アララギ」（平成二十四年四月号）の「宮地伸一追悼特集」所収の諸氏の文章中に引用された作品も参考に作成した。なお「人と作品」の拙稿は、引用の短歌作品を相当増やし、文章に若干の訂正を加えたことを付記する。

（平成二十四年四月十六日）

初句索引

凡例

○この索引は、本書に収録されている全作品の初句を、その表記のまま五十音順に排列し、頁数を示した。
○原歌は旧仮名遣であるが、排列の順序は旧仮名遣によらず、現代仮名遣の順序にしたがった。
○初句が同一のものは第二句を、第二句も同一のものは第三句まで示した。
○原歌のルビは省略した。

あ

ああけふは　五五〇
ああ今朝も　四〇九
ああこれも　四四六
ああ政治は　二八九
ああつひに　五七一
ああ何と　四二八
ああ日本の　四五四
ああまたも　四一四
ああ吾も　四六七
相会へば　二五七
相変らず　二六六
IQ二〇〇と　五一二
挨拶を　三一四
アイシャドウ　九三
「愛す人」　二五八
相並び　四八二
相も変らず　二七〇
あへぎあへぎ
—大ピンチといふ　三八五
—茶畑のなかを　一四八
あへぎつつ　一三
あへて歌ひ　三九
青き潮　三一七
仰ぎつつ
—汝はつぶやく　四〇六
—をるまに月の　二〇五
青きばつた　三四一
青き灯を　六〇
青き淵に　三三〇
青き水
—漕ぎ行く若き　三三〇
—たたふる岩を　二四
青くさの　一八
青く塗る　二六六
仰ぐ我等も　四八四
青大将　二七〇
青葉の坂　一二八
青葉の谷　五二
青物の　一五一
青山に　一九三
青山の　四五六
赤猪子の　二八六
赤き舌　四八六
あかき月　五七
赤き月を　一五七
赤き電車　二〇九
赤き鳥居に　一六〇
赤き実を　五一八
赤く寂びし　四九九
紅くなりし　三八
赤くなりて　三九
赤く濁り　九六
赤くひろがる　四〇八
赤字線の　一〇七
暁寒き　一〇五
暁に
—幼なごひとり　六二
—しばし目ざめて　一四
—目ざめていたく　七〇
あかつきの
—光に白く　二七一
—まどろみにして　一三八
垢づける　二二
赤蜻蛉　一一七
赤に黄に　四九八
あかはだかの　五六八
赤羽の　二九〇
赤彦が　二六七
赤彦君と　三一七
赤彦全集に
—載せざりしもの　一九六
—包囲され昨夜は　四四二
赤彦先生
—ここに立たさば　一一七
—来し日はランプを　三一九
赤彦の
—如き人今は　三三六
—この大き墓に　四六
—生誕地の碑は　一〇四
—生誕地をここにも　一〇四
—世話にて最初の　四五〇
—追悼文さへ　一八八
—時には九時間　三四四
—隣に口ひげを　二四二
—墓の真下まで　四四二
—墓はここより　四五七
—墓より下に　四四二
—墓より見さくる　五四九
—み墓のめぐり　一五二
—み墓への道　一五二
—みまかりし部屋に　三六二
赤彦は　五〇六
赤彦も
—木外も気ままに　一〇三
—憲吉も歩みし　二四二
赤みおび　三一五
アガリクス、　三九四
あかりつくる　三五
秋暑き　三〇八
秋草の　三八
秋田の酒　三五三
秋づきし　三〇
秋茄子を　一三七
秋の日差に　一六七
秋葉原と　四四八

秋葉原の
—電気街には　四五二
—電気街にしたしむ　四五一
秋ふけて　三五四
あきらかに
—月かげさせば　一〇三
—月の光に　一一
「あきらめむ　四九四
「悪性では　一三四
あくせくと　三〇
芥川が　二五一
あくまでに　二一七
明年の　五二六
あけがたに
—「赤光」の間を　四三八
あけ方に　七一
明けがたに　一七〇
明け方に
—帰り来し汝　一九
—目覚むれば　三四三
—目ざめて思ふ　四三九
あけ方の　二〇四
あけ方は　四九七
あけがたを　一三九
明けくれに
—クェゼリン島の　一八
—わが用ゐをる　一六
上げ潮と　一二五
「あけぼの」とふ　四四八
朝明けて　三六一
朝々の　一五八
朝々掃く　三三九
朝飯も　三三六
朝飯を　三二一
朝出でて　三六二
朝起きて
—枕もとにまづ　四一七
—まづひと口の　三五五
朝おそく　四四九
朝かげに　三〇五
朝かげの　一四七
浅草に　二九〇
浅草の　五一五
朝餉のとき　二五六
朝けより　一三
朝酒は　三一〇
朝たくる　四五
朝と昼と　四一九
朝な朝な
—新聞より重き　五一三
—大根おろしを　二七四
あざのある　五四
朝の勤行　五一一
朝のしたくに　一五〇
朝の膳に　五七三
朝のニュース　四一二
朝のむすび　五三八
朝の湯出で　四一九
朝の湯に　四五〇
朝の湯を　二五三
朝はやく　一三
朝早く
—出づる娘よ　三四一
—出でたる母が　一三九
—起きて谷川の　二七一
朝開き　四三五
あざみの花　二七一
朝目ざめて　四四九
あざやかに
—十六夜の月は　五一二
—銀河見えしは　四五四
—今宵昴も　一五〇
—星の輝く　四一〇
—麦は黄ばみて　九八
朝夕に
—思ふは男女の　三四七
—薬害肝炎の　四三九
朝宵に
—ま向ふ浅き　一五
—見つつ愛しむ　四四〇
朝よりの　一七一
朝を夜と　二三八
芦生ひし　五一八
葦生ふる　一一三
葦茂る　九五
芦、薄、　五一五
あしたより
—雁いく連か　一一
—人を見ずして　四六
朝より　二六
葦と蒲　五一八
葦と真菰に　一一九
足どりも　一三三
足に絡み　三五五
足の上に　一三三
足の爪は　五五一
足の踏場も　一九三
葦原に　二四八
葦原の　一一四
葦原も　一五三
葦原を　一一四
足踏みしつつ　八九
脚曲げて　四二〇
葦むらに　一一一
芦むらも　四三六
葦むらを　二二四
葦萌えて　三三六
足もとの　二六二

葦よりも　三〇八
足弱れど　一八八
足を引き　二六〇
明日香の　一九八
明日のための　一七六
明日持ちて　二一八
汗あえて　七三
汗くさき　二三
汗ぬぐひ　三一八
汗ばみて
—石にしやがめば　三五
—渦巻く行進の　四八
—乏しき膳に　三〇
汗拭き拭き　一八九
あたたかき
—磯の光に　四四
—冬日に髪を　五五
暖かき　二九一
あたたまる　四八八
あたふたと　一六七
頭下げて　一三三
頭鋭き　二〇三
あたま鈍く　四七
あたらしき　四九
新しき
—歌誌はなるとも　三四二
—牛丼の店に　四八九
—薬次々に　一三三
—ケイタイの　四四八
—この注釈には　三三二
—市の名とする　三三四
—世紀となりて
—すばるさへ　五四四
—目に見えず　五三五
—世紀に何も　四九三
—人麿の歌碑を　二二九
—門をくぐりて　五一六
あたらしく　一一九
熱燗と　五一七
厚き辞書　七四
暑き一日　六二
暑き街の　二四九
厚底の　三七五
アッツ島　一八
あどけなき　二五八
あと百年　四六七
あなぐらに　五五三
兄の死を　四九八
兄はルソンに　三六六
兄らしく　二八
アパートの　七四
あばら骨　二一六
荒屋に　五二二
アフガンの　四八七
アブナイデス　四四七
溢るるごと　九八
溢るるばかり　一一九
阿部定も　三七四
安倍内閣　五三五
甘え寄る　二〇〇
余すところ　五一四
天の川　三三二
天の橋立　四一〇
雨漏りする　一五三
網棚に　三九九
雨細かく　九〇
天地も　三三二
天にしきりに　二四七
雨に濡れ　三三一
雨晴れし　九
雨降らぬ　一九二
雨止めば　四三六
アメリカ人は　一一六
アメリカに　四九四
アメリカの
—大統領つひに　五一一
—大統領も　五四七
アメリカは　五八
アメリカも　三八二
雨を好みし　一四九
あやしみて　一六
綾瀬川　四〇三
ア、ヤバイと　四〇四
あやめたる　五〇二
アラーの神に　二五三
荒々しき　一〇七
荒々しく　一八八
荒磯に　三八四
あらがねの　二六〇
荒川と　五一四
荒川に　五一五
「荒川の　一六一
あらたなる　二二六
改めて　三五八
有ラムのラムを　三二一
アララギ以来　三九五
アララギに
—歌寄せし母堂を　四一四
—五十年ゐて　三五〇
—殉じて今こそ　三三六
—載りし三首が　四一四
—半世紀以上も　五三九
—復活したしとふ　五三一
アララギの
—ことなどどうでも　三三四
—下働きを　三四九
—終刊号を　三四一
—祖と次々に　三五〇

—廢刊をきつく 五六八
—百年にはあと 三三二
—百年までは 三三二
—分裂も今は 四三八
—滅ぶる時は 三三七
阿羅々木の 三三七
「アララギは 三三一
アララギは 四三七
アララギ痩せと 二四三
アララギより 三三七
あらはにも 二四三
ありと思へば 一〇六
あるかなきかの 二一八
「歩きたばこ、 四一七
歩きつつ 三九五
歩くファックスと 三八五
ある時は 九二
ある宵は 二一八
荒れ極まる 四一八
荒れはてし 一七三
淡くかかる 二五一
あわただしく 九一
泡立草
—押しのけて 四七三
—衰ふといふ 三〇九
—狭間の道に 二六三
—ひとつも見えぬは 二一〇
—ヒメムカシヨモギ 二四三
泡立草と 一八七
泡立草は 二四〇
安房の人々 一八八
あはれをかし 三四七
暗号書
—抱きて海に
—飛び込みき 一九四
—飛び込みし 四六〇
—飛び込みし 二八七
—かかへて海に 五〇四
暗号の 五四八
暗号文の 五〇四
暗号兵と 五四二
暗号兵の 五〇四
暗殺さるる 八八
暗室より 七三
アンドロメダの 五四四
安保改定 五五

い

いい思ひ出は 三〇五
飯炊ぐ 一五一
言ひ難き 五六六
E電と 二一五
言ふべきか 三〇五
家出でて 四四六
家出でむと 四三一
家にあれば 四八一
家に来て 一二八
家の宝の 五〇七
家のなかに 三八一
家のなかの 五三八
家のなかは 四九一
家のなかを 五三八
家の者 四六四
家むらの 九四
家群の 七四
家を出で 二六八
筏より 一二六
いかなること 五五四
如何なる世 二三九
「生き生きと 一三四
いきいきと 四四
生きてあらば 五一九
生きてゐて 五三七
生きてゐる 三九七
生キテイルカと 二三七
生きてゐるのか 四六二
壱岐の島の 五〇八
幾種類かの 一一三
幾たびか
—夫人と連れ立つ 五三一
—夜なかめざめて 九
幾たびも
—出でては夜半の 一二三
—モチロンと言ひ 三八五
いくつかの 三一七
いく連か 一一
幾日か
—姿を消しし 三七六
—若き教師と 九〇
幾日も 二四四
いくばくか 一九四
いくばくの 一六〇
幾分か 一四
いくらかの 九五
いくらかは 四四六
いくら何でも 三五二
居酒屋に
—かくひとりにて 四〇七
—ひとり入り来て 四三五
—ひとり入り行く 五四〇
居酒屋の 四七七
いさぎよく 二三八
いさぎよしと 一一五
いささかの 四九七
いささか酔ひて 三六六
十六夜の 四七四
石の上に 四六

石の破片　五五四
石踏みて　二七四
衣食足りて　二一七
意志弱く　四一
伊豆の国と　四一三
いづべにか　一五
出雲崎の　一七七
椅子を並べ　四六六
いそいそと
—けふの葬儀に　四三一
—こねて天火に　一五二
イタイノ?と　三六一
抱きあげ　五〇
いたく拙き　五八
いたづらに
—命失ふ　五五三
—永く守備せし　一三
いただきの　四一
いたどりの　一一
到る所に　二九一
いたはりて　一三〇
一群の　三五五
一雑誌の　三三七
一時間の　九四
一族の
—争ひはまだ　三五一
—み墓寄りあふ　一六九
一度目は　一六七
一ドルの　三一五
一日一日　一三五
一日に　五四三
一日の　三〇一
一年に　一一二
一年前の　二五六
いち早く　三三六
「市兵衛を　一〇七
一万円
—入れて少額の　四三八
—入れてひと駅の　三七五
一万年に　四三〇
一面に
—柿の花散る　二〇六
—くだけしチョークを　七三
—春の野げしの　一七二
一夜泊まりし　四九八
一夜経て　二七一
「一流の　四二四
イチローの
—打つ日打たぬ日　三八七
—打率は心を　三八九
いつ来ても　三六二
一向に　二三八
一国の　一六四
一個五千円と　四六〇
一切を　三九六
一冊の　二一六
一冊を　二九八
いつしかも　一七
一首一首　一二六
一首のみの　三〇七
一瞬の　一七五
一瞬早く　三八六
一生かけて　九七
一生を　二七
一せいに　七二
一斉に
—鷗とびたつ　一六一
—飛び立ちしあとの　二八七
一銭も　三三
いつなりしか　五四九
いつの歌会　四七
いつの歌会も　一一七
いつの間にか　四七
一本のみ　三五四
いつまでも
—幼き娘　二一三
—スンニ派と　五五一
—長き夕焼　一三
—眼を去らず　一六〇
偽りし　一一〇
「いつはりの　五三九
偽はれる　三九二
遺伝子の　四七五
いと小さき　三一八
いとはしき　二九
田舎の匂ひ　四六二
いにしへの　三四三
犬飼ひたしと　四二九
イヌムギの
—枯れてこぼるる　三〇六
—早く実りて　一二五
—穂はみな枯れて　二五七
居眠りする　三四九
寝ねむとして
—シベリヤの　五二九
—窓より見たり　二五〇
—目に立ち来たる　二〇〇
胃の痛むは　一一七
命あり
—海渡り来て
—この春も　二六五
—五十年過ぎて　三一五
—この場所に　四一〇
—この春もまた　五七三
いのちあるは　一三〇
いのち生きて　二五
命終へて　九二
いのちかくる　一五

命かけて　五七〇
命絶えて　五四五
命助かり　三五七
命ちぢむ　三一七
「命つて　一七一
いのちもつ　九
今あらば　三七五
今井邦子と　一九六
今井邦子は　五〇七
忌まいまし　五〇一
いまいましき　二一一
いまいましく　三一九
今画きし　一六〇
今思へば　五四六
今さらに
—言ひて何せむ　二三五
—なるほどと　四四四
今しがた
—眠りつきたる　七〇
—よぎりし狼の　一三
今しきりに　三八〇
今しもこの　五二五
今となり　一五八
今何を　三三五
今にして
—思ひ当れり　四九三
—悔いつつ思ふ　五七一
今の今　四一一
今のうつつに　二一八
今の現実を　二〇〇
今の世に　五三〇
今の代の　四三四
今の世は　二八九
今乗りし　三七八
今は亡きが　二八六
今治とふ　五七三
今もあらば　五二一
今読みたき　五四三
いや北の　一四
いやしみて　四五五
いやみ言ふ　二〇一
イラクにゐる　四一四
イラクに来ぬ　五二〇
イラク派遣の　五三〇
イラク守る　五五三
入り難き　三三九
入口の　二六
入り乱れ　二八七
入れ替り　一三八
入歯すれば　一六七
色異なる
—靴下穿ける　二四五
—二川並び　六七
いろは順の　一五四
イロハより　三二八
岩垣の　一九
言はざりしを　四八四
岩手山の　三五七
岩の上に　四三
岩むらの　四三
インカ帝国　二一六
インクびんに　六〇

う

うひうひしき
—葦の花穂を　一一〇
—真菰の花を　一二七
飢せまる　一二〇
上野大仏
—拝みしのちは　二九六
—拝みて足れり　二九五
魚遊ぶ　一九四
魚島は　五四一
魚のにほひ　一五四
うから皆　一二八
うぐひす鳴き　四八五
受売りの　一六八
受付の　四八四
受け持ちて　三六
動き出す　二七四
動きにぶく　二二一
うしほの如　九五
『失はれる　五〇三
うしろより　二四五
うす赤き　一三五
薄き雲　二三三
薄き氷　三〇〇
うす暗き　二一八
うづたかき
—本の山をば　四一六
—テトラポッドは　九二
—廃車を葛の　二七四
うづたかく
—ごみを捨てたる　八九
—大根おろしし　三一九
—積まるる新刊の　三〇〇
—積む『寒雲』を　四九三
—盛りあがる中の　五一
渦なして　二五九
渦巻きて　二八七
渦巻ける　五〇
疑ひつつ　一四〇
疑はむ　二三三
『歌言葉　四一二
歌の注文　五三一
歌ばかり　一七〇
歌よまぬ　八七

歌よみに　三三二
歌よみには　五二四
歌よみの　三五五
討入りの　五五五
『宇宙創成　三四八
打寄する　三四八
美しき　一一五
移し植ゑし　一一八
うつしみを　二三
うつし世に　四六七
うつすらと　五四九
移りゆく　三〇九
映れるは　二九六
腕組みて　五九
腕時計　二四五
腕時計を　四七九
疎みゐし　二一四
うどんの旗　三八四
海原の　二〇四
宇野浩二　四八五
馬下りて　三一九
馬に乗る　三五七
生れ変つて　一三六
海越えて
—遠く伊予まで　六四
—遠く来りし　一六
海ぞひの　四二一
海にかかる　一一九
海に架かる　三一九
海に近き　三二一
海の上に　五七三
海の上の　二九三
湖のかなたに　一〇一
海のかなたの　五四一
海のはてに　四二一
湖の向うの　九八
海深く　一七四
海よりの　六八
海をへだて　四一〇
埋め立てて　一九三
埋め墓の
—一つ一つに　二二一
—柔かき砂の　二三一
梅干を　三四一
うひうひしく　一五〇
うらぶるる　一一
ウルトラマン　三六四
ウルトラマンにも　三四五
ウルトラマンは　三三八
憂へ心　三三四
雲海の　四九五
運河の上に　一七一
うんだうんだと　二六六
運命に　三三一

え

永遠の　五五五
映画館　四九二
英語力と　四九二
エイズにかかる　二一五
営団か　三三二
ＡＴＭの　四一八
英文に　二二四
永夜ノ月　三三四
ＡＴＭの　五二五
駅に立てば　四七八
駅のホームに　四四七
駅名の　五一六
駅名を　四〇二
駅をおりて　四四七
餌を争ふ　四七三
エスカレーター
—駈けのぼり行く　二三七
—ゆるやかにして　二一一
エスカレーターか　二九八
Ｓ字形に　二三三
蝦夷島も　五六三
江戸川越え　五一九
江戸と仙台　五六五
江戸の代の
—仮名を守りて　三一四
—大名などより　五四〇
—なごりとどめゐし　二八九
—碑はあらはに　一一六
—媚薬なりしを　二七二
—ままなるか　五七四
—浪人の手仕事を　二九九
えにしあれば　三八四
榎の下に　一六〇
絵本ひろげ　三九七
Ｍワクチン、　一三三
絵より歌に　三〇七
偉い人とも　二六六
選び取る　三六五
襟巻も　二三七
エレベーターの
—とびらのしまる　一二七
—扉とぢたる　一三八
—ぼたんの数字を　五二三
餌を投げつつ　五二五
蜿々と　三〇二
煙害に　一〇八
縁側に　三六二
縁側を　六一
怨嗟の声　四二一
円陣組み　五四九
遠足の　三二六

縁日に　一九三
鉛筆附の　一三一

お

おいお前　四九〇
老いし母の　一三〇
老いし母は　一五〇
老進む　二四六
追ひ立てて　三五二
追ひつめられ　二三四
老と戦ふ　二四五
老い母に　四三三
「おい哺乳類」と　四二五
老いらくの　二三一
鷗外日記　一〇四
鷗外の
—「大発見」を　四一五
—妾は四ツ木村の　九〇
往復の　一二一
往来する　四五五
鴨緑江　五四二
大石主税　二四一
大いなる　五〇七
おほかたは　四八四
大き歌会　五六四
大き地震　四〇七
大き地震の　二六八
オークランドの　三一九
大声に　二九〇
大地震　五三五
大島町の　一四九
オーストリヤの　四八〇
大空に　五四六
太田姫　二九二
おほつぴらに　一六五
祖母の　一八七
大原に　一七二
おほらかに　二一
「岡の上に　二九五
丘の上に　四九六
丘の上の　四三
拝みしのち　一六六
小川町に　四三〇
小川町より　四三一
置き去りに　四七六
おきな草　一五
オクサマニと　三六六
屋上の　七二
「奥白根　一五六
おくつきの　一四八
憶良らの　三一七
送られし　五三四
贈られし　二〇二
送りくれし　四二六
起すのが　一九九
おごそかさ　二〇七
「お好み焼　一七一
幼かりし
—子らの作りし　一六三
—妻の写真を　一三九
—わびしき心　二八六
をさなき　六四
幼きが　一三四
幼き日　五一七
幼き者　四八九
幼き者の　三七七
幼きより　二三八
幼きを　一三四
幼くして　五五四
幼くて　一五二
幼な子が　五一
幼子に　二三七
をさなごの　六一
幼なごの
—立ちたるあとの　六三
—動作見てゐき　四一
をさなごは
—あやしみて言ふ　七〇
—服を脱ぎつつ　六八
—枕のそばに　六八
幼子は　三八〇
幼なごも
—赤子もやうやく　五二
—みどりごも　五六
幼子を　四〇八
幼二人　四一四
幼らと　三九九
幼ならを　六五
押されつつ　四一七
押し合ひて　五一九
おぢいさんと　四一八
教へても　二五八
押し出せる　三四六
おせつかいを　二〇六
おせんにキャラメル　二九一
汚染やまぬ　二三二
襲ひ来し　四一七
おそく帰り　四六一
オソゴエの　二三〇
お互ひさまの　五四三
おたまじやくし　二七四
おだやかに　九七
落合君は　二九七
落葉まふ　三三〇
お茶づけ食ふ　一〇五
お茶の水の　三四四
お茶の水橋　三四四

お疲れに 四〇三
弟の
—大酒飽淫を 一七七
—飽淫をかつて 二二三
弟よりも 二二三
男三人 二五四
男二人 四二七
男やもめと 四三六
男やもめに 四四四
男やもめは 五四一
音たてて 八七
音立てて 三〇三
をとめ座に 二九二
処女去りて 四一五
驚きて 九〇
同じ家に 四六七
己が餌を 四九一
おのが国の 三六二
おのが子を 一九三
己が住む 五五一
己が父は 三〇一
おのが娘 二一〇
おのが老化と 三六三
おのづから 三三五
をのきて 三五二
尾道を 二五九
おのもおのも 一四一
おのれ励まし 二二九
おのれ一人の 九五
お早うと 四一一
おびただしく
—一日に散らふ 一一四
—自然石置く 二三一
—微塵まひ立つ 五一
オフレコと 三三〇
おぼほしく 六八
御神渡り 五〇七
御神渡りは 四〇〇
御神渡りも 四四一
お前は 四三九
思ひかね 四〇四
思ひ切つて 一五四
思ひきや
—かのソビエットの 三三三
—付き添ひて歌会に 三〇七
思ひきり 三九
思ひしより 五三
思ひ出しては 三八〇
思ひつつ 一一七
思ひやりなき 二二七
思ふとも 三一四
「思ほへば」 三一六
「思ほえば」を 四五〇
おもおもと 四七八
面影に 四〇
重苦しき 五一二
おもてにて
—遊ぶをさなご 六二
—言ひ争へる 七一
面伏せて 四四
思ほえず 三七
面寄りて 六六
思はずも 一九一
親がくるるは 三九六
親が子を 五三五
親子六人 一八九
親父さんと 三九六
親父の遺伝 三八七
親の虐待 四〇九
親の心 四〇〇
居らざれば 一四八
オランダミミナグサと 三六
オリーブ油 五一
オリオンの 三四二
オリオンは
—いまだのぼらず 二三三
—逆さまとなり 三一四
—寒き夜空を 九三
—にぶき街空の 三二
オリオンも 三三三
折込みの 三五八
愚かしき 四八七
愚かしきが 四七六
おろさむかと 四三九
女党主 五五六
女の君も 一二四
女湯は 五一七
御柱を 三四五

か

カーテンを 四三
海峡を 九二
回顧型の 一八九
改札口に 五一〇
改札口の 二七五
買ひしのみに 一六二
会社訪問 一六八
街上に 三九三
階上より 四八
海水が 二六
開戦告ぐる 二六二
回想を 九一
階段を
—駈けのぼり来る 五九
—のぼる足取り 二五五
海底に 三八一
海底を 二三〇

街道の　二〇八
街灯の　四四一
飼主の　三二六
峡の空に　三四〇
懐風藻に　一七四
外米に　三〇二
外米の　三〇二
買物かご　一五一
買ひやりし　四〇三
街路樹の
—下に積もりし　三四三
—芽ぶく時より　一三一
帰り来て
—あかり点せば　四三二
—食らはむとして　三〇四
帰り来れば　二二四
帰り来し
—父我にこもごも　六六
—わが家の小さき　一二五
帰り来しは
—娘ならず　四八一
—娘ならねば　四九一
帰り路の　三九九
顔も少し　四六〇
歌会あり　五六九
歌会あれば　五六四
歌会終へし　五〇八
歌会終へて　四〇四
歌会場に　四八三
歌会のあと　一八七
歌会の席に　五六七
歌会の席の　五六七
歌会始まる　五四七
歌会を待つ　三三四
抱へつつ　三三五
鏡見れば　四五四
輝きて　一五一
かかること　四五五
かかる晩年　四六三
かかる晩年は　五四三
かかる世に　一一四
書きあぐむ　一一〇
鍵かけて　二〇七
書き残しし　二四四
書きましし　四九九
かきまぜて　一二五
限りなく
—東支那海　四九五
—広き草原に　一六
かぎろひの　七二
かぎろへる　七一
かく言へば　四六七
覚悟促す　二九一
核実験を　一一〇
かくしつつ　四九三
隠すより　三一四
拡張字体か　三七八
核の冬も　二〇〇
かくまでに　四九七
かくも大き　二四九
かくも冷たき　三一一
確率を　四八一
核をあらたに　五五一
核を誇り　二六五
駈けあがり　三七三
影の如く　四九六
かげりゆく　三七
下弦過ぎし　四二一
下弦過ぎの　三〇八
歌稿めくれば　三五〇
火口をば　四五
過去帳に　一一〇
籠に飼ふ　三九六
歌語の辞典に　二六七
囲み立ち　二四五
傘さして　四九
火山灰を　三七九
火事ありて　五〇六
かじかの声　四二七
歌集『天沼』　二九七
歌手となりし　五〇三
歌人僧の　五一一
歌人と学者　五六八
かすかなる
—踏跡求め　四五
かすかなる
—風を求めて　一七
ガス弾と　九四
瓦斯の火を　一五四
霞みつつ　一四
霞む光　二八
火星土星　一六二
火星の極冠　二三九
『稼ぐが勝ち』とふ　四五
風暗き
—道たどり来ぬ　一五
—路地をたどりて　三一
風寒き
—夕べを来れば　一一二
—夜空は冴えて　二八五
かぜ引きし　四五一
風邪引きて　五一
風吹けば　一四八
数ふれば
—けふの食事は　三〇四
—八枚着ると　一六一
—四千余りの　二二六
片仮名には　四〇三

頑なる　三四九
頑なに　二三二
カタクリの　二三五
片栗の　三三四
片隅に　五三〇
片手落ちと　三一一
肩冷えて　三三一
かたむける　二九
傾ける　一〇
片寄りに　三九四
語られぬ　二〇九
語れども　五五四
かたはらに
—息のむ蟇よ　四〇
—コーヒー入れて　三〇三
—坐る婦人は　一二八
—坐れる妻が　六六
傍に　三〇九
傍らに　二九八
活火山　二三九
活気なき　二一九
郭公の
—こゑの乱るる　一六
—鳴く高原を　二〇六
月山に　二〇八
葛飾区の　二二三
かつて来し　五〇八
かつて行きし　二五九
かつて世に　四九
勝つと思ふと　一二六
割礼の　三六〇
家庭内　二二一
角を曲がる　四九一
仮名遣
—書き分けてけふの　三三五
—「はずむ」か「はづむ」か　三五一
仮名遣にも　一一二
仮名遣を　二四八
かなへびも　四一三
かにかくに
—生きし命か　三一八
—五十五年過ぎぬ　五七〇
蟹の中毒に　四九九
金貸しし　六五
金出さず　五六
鐘つき堂は　三〇一
金にきたなき　五五
金の出所を　二九
金の亡者　三一一
金儲け　二三四
かの一夜　一一三
かの大き　二六四
かの尾根に　一〇九
かの火星に　五二八
かの国の
—大統領は　四八〇
—天頂に見し　三一六
かの坂道　五六八
かの子規の　一六八
かの辞書は　四一四
かの島の
—小学校の　二六五
—南十字星と　三六一
—森に生きつぐ　二五六
かの島も　一九七
かの戦争　五五一
かの尊師　三一四
かの高き　三九九
かの月を　四四〇
かのテロより　四八六
かの遠き　七四
かの墓に　四二〇
かの日より　三四六
彼の部屋に　一九一
かの山の　一一〇
かのワクチン　一六〇
かばんさげて　五四九
かばん下げて　五〇六
鞄には　二五〇
鞄のなかに　一四七
鞄より　三七八
歌碑が成り　三一九
かびくさき　二四二
かび臭き　二八
歌碑の前に　四九八
歌舞伎町の　一七七
かぶと虫と　四二九
かぶと虫の　四二〇
花粉症に　一九六
壁の蔦　一三五
構へ立つ　三八一
蒲、真菰　二八八
髪洗ふと　一六七
髪傷むる　三四三
神々の　九八
髪刈りて　一六四
髪切られ　三九三
上諏訪の　五〇六
神の配慮と　二五五
髪伸ばして　一一三
髪を染めて　四一四
鴨多き　一五九
鹿持先生と　九六
鴨のため　一六一
鴨の群と　二八七
蚊帳吊らず
—なりし頃より
—さわだちて　二一六

―もろもろの　一一五
蚊帳吊りて　三一三
蚊帳はづし　五八
茅場町　一四九
辛き辛き　一五四
ガラス越しに　一六五
ガラス戸に　四八五
空梅雨の　二一四
雁の群　一一
くわりんの花　三八二
カルチャーセンター　一九六
枯葦の
―なかより現はれ　一四〇
―揺るる水辺に　三三一
瓦礫積む　三三一
枯草に　一五
枯草の
―堤歩めば　一〇四
―堤に彗星を　二〇二
―遠くさむざむと　一二
―なかに腰おろし　四〇
―中に細かく　六三
―にほひ立つ堤　五五
―ゆらぎかなしき　一〇
枯草を　一〇四
枯れはてて　五一六
辛うじて
―生きのびて来し　二六八
―去年は聞きにし　四五二
―朽ちし道標の　四五
―今朝詠みし　四六三
―虎杖などの　一〇九
―今年は保つ　四六五
―式を終へたり　六五
―俗名岩浪　五〇七
河合曾良　五〇七
河合曾良の　四〇九
川風に　五五三
川上に
―今造る団地　一五六
―すがしく立てる　一二
川上は　三四
川下の　一一〇
買はずして　二九四
蛙の声は　一五二
川ぞひに　二一四
川に臨む　六三
川の上を　一五二
川のなかに　五一八
川の辺に　三一六
川のほとりに　五一九
川二つ
―越えて枯草の　三三〇
―たたふる色を　一一二
厠に行くと　一六六
代らむと　一六五
変りゆく　二二七
川を覆ふ　四五九
官位上らぬ　一二六
肝がんに　五二三
ガングロとふ　三七八
間歇泉　四二
寛弘四年　二一七
韓国も　五〇一
関西の　四三六
元日に
―雑煮食はする　四一六
―飛ぶ蝶を見し　四四三
元日の
―あたたかき日を　四五七
―山頂に立ちし　一七五
元日は　五〇二
漢字と仮名　五二三
漢字と仮名の　五二三
含羞の　五一〇
甘藷さへ　一七六
甘藷畑　九六
眼前に　五六五
眼前の　三〇一
神田駅の　四一八
神田駅は　四二二
神田鍛冶町
―角の乾物屋と
―唱へつつ　五二九
―唱へつつ　四〇〇
癌だから　二六八
神田川　四五五
神田川の　四五二
神田の通りに　四五五
「感動を　一四九
環七に　三四三
環七の　三九四
環七を　三五四
棺の前に　九
看板に　二一二
寒風の　五四二
漢方薬の　一三七
カンボジアに　二九四
ガンを治す　三三一

き

黄色い線の　四四七
きほひたつ　二六二
きほふことも　一五六
機械音　三六
機械も時に　三五九
帰化種ならぬ　四四三

帰化種なりと　三二二
帰化種なる　四五〇
帰化植物
—茂る屋敷跡　二四〇
—はびこるなかに
—辛うじて　一〇一
—寄りあふは　二一六
飢餓迫る　二二五
気がつけば　一九四
帰化できぬ　六八
機関車を　四〇一
帰還する　七一
聞き取れぬ　三一〇
期限過ぎて　三三二
紀元二千　五二九
期限まで　一九三
機嫌悪き　三九五
帰国して　五四八
ぎこちなく　二四七
聞ゆるは　八九
気根豊かに　四九五
木ささぎの　六六
きさらぎの　一九三
ギシギシは　一三九
岸につなぐを　四七三
岸ひくき　一一四
気象庁は　四三四
奇跡的に　四九九
きぞ一夜　八八
昨日の布告　三〇三
きぞの夜の　六二
昨夜の夜は　二二三
きぞ降りし　一五
ギターケースを　一三九
ギター鳴らす　一一五
北さかふ　一三
北ぞらに　一八
北空に
—かつて仰ぎし　四四一
—シリウス久々に　五四四
北ぞらは　一五
汚さの　四八九
北の国は　五六三
北へ向かふ　五五二
切符買ふ　三八七
切符くはへ　三四六
切符求むと　三五九
汽笛鳴れば　二四〇
黄なる脚　一四〇
黄なる煙　一〇九
黄に染まりし　一三七
木下川の　一九六
木根川橋
—あさあさを行く　一五七
—渡りつつ思ふ
—佐田雅志　二八八
—生徒なりし　五一四
—渡り行きつつ　四八九
木下川より　一五七
記念館の　五〇〇
昨日来し　二九九
昨日発ち　四〇五
きのふ降りし　一四八
昨日まで　三一八
木の枝を　四二
黄のチョーク　四二
黄の花の　四二五
黄の穂立つる　五一七
黄のままの　一八九
着ぶくれて　五四
希望あれば　一六〇
気まぐれに　一七六
君が部屋に　一〇六
君がみ魂　四九四
君がみ墓に　四〇四
君が目に　二三二
君が代に　三五九
君が代の　三六一
君が代は　四七八
「君が代」を　六九
君偲ぶ　一〇三
君と並び　三一八
君亡き後の　五〇九
君亡しと　二一九
君に従ふ　三一
君の嫌ふ　二六四
君の見し　四九
君ひそかに
—言ひし時あり　三五三
—此処にしづまる　三〇七
君を悼む　一七〇
義務的に　二六一
虐待され　三八八
虐待の　四一三
虐待も　五五四
逆流する　一一一
逆流と　一〇四
逆流の
—時すぎてしばし　一〇五
—時となるまで　二一四
気安しとも　四四四
脚榻の　三一
嗅覚のみ　三五三
旧仮名の
—正しく書ける　一三九
—滅びむとする　三四五
旧仮名を　三五二
急患に　四一九

休肝日と　三八三
究極に　二五三
窮極の　四八四
旧式の　一〇六
九十歳を　六四
「九十分で　三九〇
九十に
—すでに近づく　四五七
—近いのだから　二二〇
—なりたまふとぞ　五六七
九十年　四三六
九州の　五四〇
九十の　二九七
九十まで　五四三
給食の　四六四
牛丼を　四三五
教員の
—うち黙したる　三六
—だめになる　三二
教会に　四九五
けふ変りし　二九一
けふ食ひしは　三四七
けふ来れば
—あまた積みたる　三〇三
—木母寺もかく　一五六
—ドレドレ、ソレトモ、　三六四
今日来れば　三八九
凶作の　二九九
「共産主義　二六四
教室に
—捨て置きし　五四
—手を上げし　四〇〇
—酔ひて来りし　六二
教師なりし　三一〇
けふの位置　五一八
けふの歌会に　三〇五
今日の戦果　二六二
けふのため　六六
けふのひと日　三一〇
けふの店に　五三三
けふのみの　二一三
今日は　一一二
けふは生きて　五五一
けふ初めて　二〇〇
けふは誰も　四六五
けふは飲んで　五四七
けふは腹を　四六三
けふはひと口　四四五
けふふたたび　一〇四
けふもまた　四三五
けふよりの　四〇
今日よりは　二三七
京を去る　五六五
巨大地震
—迫るといふ　四三三
—近づくと言ふ　五一五
極刑でも　五三三
去年ここに　一一四
去年より　二八八
拒否権を　四九四
切らむとせし　五〇〇
切り岸に　三三八
霧こむる　六二
切り取りて　二一八
霧の中に
—青笹の道　七二
—赤くしづめる　五八
—たまゆら見えし　七二
切れるなら　三八三
記録せし　二七三
銀河淡く　四二九
銀河流れ　五四七
銀河はさみ
—牽牛織女の　四四六
—強き光を　五三六
禁止すと　四二〇
錦糸町の　二四四
金星火星　三九四
金星の　三一三
金星は
—すでに沈みて　五二八
—すでに沈めば　四八一
「近代の　四八二
「銀の鈴」と　四二四
金ピカに　二九五

く

食ひ終へて　四三〇
杭ごとに　二〇三
杭の上に　一六五
空海より　四九四
空間と　三五五
空間の　二一八
空気あらき　三四五
空港に　四九七
クーデターも　二八九
九月過ぎて　一一
九月一日　一三四
釘ひとつ　五一三
くきやかに　二二
枸杞の花　四一三
草いきれ　四一
日下部と　一九四
日下部も　二八六
草枯れの
—堤夜ふけて　四七
—堤を長く　三八

草の上に　一
草原に　一〇
九十四の　二八五
九十年は　三一七
九十八の　三五三
薬子の変より　二三九
葛と葦と　四八六
薬包む　一三五
崩るる本　二三八
崩れ落ちし　三一二
崩れたる　五三七
崩れむと　四八〇
癖のある　一四〇
具体的に　一九一
口おさへて　五六
口きかざりし　二七三
くちなはは　二一七
口に淡き　二九五
口のなかの　五二四
口早に　二三八
唇に　二三六
クック山の　三一五
クッタラ湖の　二七三
靴なかに　二五
グッピーが　二五八
くどくどと　三三〇
首に巻き　三三五
首巻きを　五一二
首曲げて　一九八
熊谷君　五一〇
熊谷氏の　五一〇
熊谷夫人　五六九
組ましむる　三一九
汲みあぐる　一〇八
雲だにも　三三三
雲の下の　二六三
雲のなかに
—今あざやかに　四五三
—低く起きふす　二四
雲の中に　六七
雲のなかを　四九五
雲低き　二六五
雲ひくく　一一
雲低く　一〇
雲間より
—また現はれむ　三三三
—洩れし光は　一三
曇り深く　一五
グラウンドの　二八九
暗きニュース　四二〇
暗く赤く　二七四
クラクション　二四九
くり返し　六八
繰り返す　三六三
厨の物　一七六
厨より　一九〇
グリンピース　四六六
苦しかりし　四一
「苦し苦し　二七〇
苦しみ覚えし　一〇〇
苦しみ長き　一六六
苦しみに　四〇〇
車椅子の　一五九
くれ方の　三五
暮れがたの
—野におびただしく　九
—光ただよふ　七二
くれなゐの　一三八
クローン人間　四七五
くろぐろと
—影引くカラミの　一一〇
—山ひだあらはに　三〇八
黒焦げと　三一一
クワガタを　三九六
加はらぬ　二四一
桑を植ゑ　一〇九
軍国少年に　三〇六
軍隊にては　三一一
軍隊を
—回想し生徒に　四一
—持たざる国の　三一
軍備は既に　一〇五
群馬県　四九八

け

敬愛するは　五三二
警官に　六一
蛍光灯　二四七
敬語無しの　四三二
警察に　五八
警察を　八七
携帯電話　三八一
ケイタイは　五二〇
ケイタイを　三八〇
刑務所に　五三六
ケーブルに　二七一
下校途中に　四二六
けさ言ひし　三六五
今朝起きて
—つくづくと己れを　四四九
—ひと口飲めば　五四六
今朝の鴨　一〇五
今朝の事も　一九〇
今朝の新聞　四一六
今朝の夢に　一六八
今朝見れば　四六六
けさもまた　四〇六

今朝もまた　四三
今朝読むは　二五五
下山したと　三二一
下宿せし　一六四
削らるる　二〇四
結局は　七五
月光に　二三
結婚式の　一〇三
結婚するとも　五四〇
決して悪くは　一三八
月蝕の
—後のくまなき　一〇三
—終らむとして　一〇三
—光さしくる　一〇三
蕨真の
—み墓にまたも　三三七
—み墓に詣づるは　三五〇
潔癖か　二七二
月面に　九五
月面を　三六四
月曜の　二六八
蹴飛ばしし　五三七
煙上げず　二四八
毛を吹いて
—疵求めるか　三〇三
—疵を求むる　三〇五
言海にも　二七二
見学の　三〇六
玄関の　一九〇
玄関を
—明くれば小さき　二〇四
—あければ小さき　二〇五
—灯ともし見れば　三三四
元気かと　二八五
牽牛と　四八八
「現代の　二六七
現代の　二六七
原爆ドーム　五四八
原爆ドームの　五四八
憲法を　五〇一
賢明なる　五一一
権力を　二〇五
元禄二年　二〇八

こ

恋ひ恋ひて　一三七
恋ひしたふ　七〇
語彙少き　二九
恋ひて来し　二〇六
乞ひねがふ　一二
工員と　三三
公園に　九四
公園の
—入り口に立つ　四一七
—道歩みくる　二四九
講演の　五三三
後期高齢者　四四三
紅旗征戎　八九
高原の　一六
高校に　一六四
黄砂襲ふ　五七三
向日性と　一一一
校舎すべて　五〇六
甲州街道　四八二
甲州路　三三九
口述書に　五八
考証の　九一
工場の
—裏にひそかに　八九
—囲める中に　七〇
—廃液流るる　八七
高層の　三五九
高層ビル　五二五
高層ビル群　四八二
口中を　五二四
「轟沈」を　二六二
肯定できぬ　三六五
交番前に　四九二
甲府駅の　二七四
コウブツハ　四二二
甲府より　五〇五
豪北の　三六〇
かうも暑い　四四五
高野山に　五一一
校了の　九八
こうるさき　三〇
高齢の　四三三
こゑあげて　一一一
声あげて　四二
肥かつぎ　三一八
コーヒーに　五一三
コーヒーの
—白花の蔭に　二九
—白花ゆらぎ　一九
—花匂ふ辺に　四二八
氷あづき　一三五
氷砂糖　五七
凍りたる　九
氷張る　三〇〇
焦がしたるもの　一九八
小型辞書　三八一
五月五日の　三六三
枯渇せし　四六五
護岸工事　二〇三
古稀になると　四一六
「黒人の　四一五
穀象虫　一七

酷電と 三七八
極道飽淫 三三三
黒板に 一二
黒板の 三九四
国文学の 五二二
小暮夫妻 五三四
此処に会ひし 四九六
此処に生まれ 一〇九
ここにありし 二四五
ここに書斎を 四九九
ここに棲む 一二二
此処にまた 一六六
ここの蕎麦は 三三〇
午後八時 三三一
ここもまた
—観光名所の 一七二
—防犯カメラが 五三四
心打つ 九八
心憂ふる 五五五
心憂へ 一二二
心重く 二九二
心通ふ 八七
心通はぬ 一〇一
心こめて
—歌ふを聞きつつ 一三三
—君が写しし 一〇六
志高ければ 一〇二
心狭しと 五二六
心楽しく 一五六
心疲れ 一五九
心疲れて 五四六
心の花 三三三
心惹かれ 二七一
心ひとつに 三五〇
心ゆく 一六三
快き 四〇四
古今東西 二〇五
小雨そそぐ 四四四
「腰痛い」も 四五三
袴下といふ 二〇二
こしひかり 三三九
五十五年に 五七〇
五十人 二四二
五十年 四三
五十四人の 四八六
五十六巻の 五三八
故障せる 三九六
小姓の如く 五一〇
古書店に 四四一
古書にほふ 一一七
個性強き 三八二
午前五時 四一〇
午前二時 四九六
「御相談は 三四七
去年捺しし 一二七
子育ては 五一〇
去年の声 二九七
去年はここに 一六六
去年までの 三五二
古代の日本 三三四
答へしを 二一〇
小遣ひにも 四三一
小遣ひを 一九六
『国歌大観』の 三一二
滑稽感 三〇九
コップに浮く 四一六
コップ持ちて 三四二
事ありて 三六〇
後藤伍長の 五三四
五島にて 四九五
五島より 四九五
ことごとに 一九二
今年来て 五七四
今年早く 一五三
今年また
—会ひ得しと思ふ 三八八
—蒲の穂わたの 一五一
—君らと夜半の 三七九
—この峠路を 四六
—蔵王は遠く 五一七
今年もまた
—原爆ドームの 四三六
—心ときめき 五四一
—最も汚き
—川とならむ 二五六
—川となる 二三九
—川となるや 二八八
—わが命あり 四八八
今年より 三五四
こともなく 七〇
こともなげに 五四
子どもらの 一五五
小鳥らの 五一三
ことわりを 二二八
「五人娘」 四五三
来ぬバスに 四三〇
この秋の
—歌会に是非と 五二一
—寂しさのひとつ 四一三
この朝は 五四七
この朝も
—心許なし 四六四
—目ざめて風に 四六三
このあした 六六
このあたり 四七三
このあたりに
—有りし紺屋を 五一九
—置屋ありけむ 一九六

この家に　一九四
この家の
—一日にもつとも　四八〇
—最後の夜と　一五八
この家より　一三九
この家を　一六七
この幾年　三五七
この一年　五〇〇
この入江の　一六二
この海に　三四九
この湖は　五五〇
この海を　四四
この駅に　三四七
この駅の　三七四
この大き　二三三
この歌会　五七二
この歌会を　四三七
この歌誌を　五六七
この歌碑に　二四四
この川に
—魚よみがへり　一二〇
—去年は見ざりし　一一八
この川の
—鴨のあやしき　一三三
—臭ひ失せたりと　二三三
この川を　四五二
この国に　三八
この国の
—秋のしたしさ　一六六
—一日の紙の
—消費量　四七六
—消費量を　四一八
—汚染一位の　四八九
—三年いちづに　二五二
—十大事件にも　三三二
—首相は　一一五
—少年法にも　三七九
—夏も逝くべし　三一五
—難聴者はすでに　四〇五
—百年の後を　五五四
—ホームレスは　三七四
—マオリの人等も　三一六
—最も汚き　一五七
この国を
—表はすローマ字　三三五
—怒らむために　三一一
この月末　四一三
この高校に　三四九
この小路を　五七
この語法の　三九六
「この米や　三〇三
この頃の　五二四
近来ノ　一〇二
この坂を　九二
この島に
—茂る赤榕を　三一六
—両墓制残る　二三一
この島の　二六六
この島も
—泡立草の　五七二
—人麿を売る　二二九
子の示す　三三二
この世紀　四五六
この世紀に
—命幼く　四一三
—日本語は生き　五一二
この世紀の
—うちに動くか　三一三
—うちに月面に　五四五
—終らむ頃には　五四四
この世紀も　五五四
この狭き　二三九
この線路　二四〇
この祖国に　五三三
この谷に
—尾花なびきて　一九九
—這ひのぼる煙　一〇九
この谷の
—青く芽ぶかむ　一四
—入りにも人の　一〇八
この小さき　二七〇
この地球に　五四五
この父に　四八一
この次に　二九一
子の机に　一〇〇
この辛き　四六五
この寺に　五二一
この寺の
—鐘つき鳴らし　二三六
—即身仏は　二〇九
この寺は　三三八
この電車に　三七八
この年の　五一四
この年も　四二三
この土地も　一七二
この土手に　五一九
この土手にも　五一六
この夏の　一一四
こののちの　三一三
このバカがと　一六四
この墓を　五三九
この橋は　四五二
この母に　一四七
この原に　七三
この春も　四〇二
この日暮　四八三
子の弾ける　一七六
この人も　二二四

この冬も　二九二
この部屋が　三四二
この部屋に
—夫君と並び　二五六
—三日起き臥し　四三七
—病める嫗よ　二九〇
この部屋より　二四一
この辺が　五三四
この辺に　五三九
この辺にて　五〇五
この祠の　二〇六
この星に　四八〇
このホテルの　三八八
この歩道の　四六〇
この本屋に　三八九
この孫は　四四九
この街に　五一三
この街の　一二四
この店に　七一
この店の
—主は昔の　三七七
—月見草買へと　二六三
—前のいちやうは　四四〇
この店は　二〇二
この道を　五〇六
このみ寺に　一七二
この港を　九
この息子
—酒は一滴も　五四七
—職場を捨てし　四四六
この娘が　四六六
この村の　四九六
この山の
—八合目にいま　二〇八
—松を歎きしは　二〇七
—み寺にくわりんの　一七七
この山を　三二七
この宵も　四〇七
この吉崎に　一九七
この夜空に　五三六
この世とも　五六八
この世ならぬ　一〇三
この夜半も　四四四
この夜半の　一三
この夜半は　三三三
この夜半も　一三〇
この夜半を　二二四
この緑茶　四〇八
この路地に
—「かわど」と名づくる　四〇六
—元日も飛びし　四六〇
—咲くことなかりし　四一六
—年々したしみし　四六一
—彼岸花咲くは　五二六
—群るるも愛し　四一八
—わがめづるもの　三〇三
この路地の　四二五
子のワイシャツ　二七三
この我が　五五五
この我に　三〇四
この我を　三七四
「ご拝読　三八五
子は二人
—だけで沢山と
—ささやける　五三
—妻言ひき　三四二
湖畔に移りし　四四二
湖畔に近く　五〇六
五百円の　四三二
古墳の裾を　三一九
コペルニクスも　九三
御返事は　四五五
牛蒡煮ゆる　一三六
こまごまと　二五四
困る事　五一
ごみごみと　三四
五味先生　一六六
小路ひとつ　四〇四
五味夫人の　一七七
五味保義の　四四二
米倉の　二二
コメの自由化　二五四
米のため　三〇二
米をとぐ　三九〇
こもごもに　一二四
子も母も　二四六
子守しつつ　二二
粉雪舞ふを　二九二
小湯之上の　四六
今宵仰げば　四四六
今宵歌ふ　五〇三
今宵せむ　五二五
今宵つひに　二三三
今宵はひとり　四五七
今宵はやや　四八五
今宵もまた
—娘息子と　四二三
—敗れし巨人を　四〇五
今宵宿る　一八七
子ら三人　四四〇
子らのため
—あと十年は　二一九
—ナイフあたため　五六
子ら二人　一三五
子ら四人　一三三
これがああ　二九六
これこそが　三七五
これの世に

—九十年近く　四五八
—妻が残らば　三九五
—共に生くるを　四三四
—残る家持の　一〇七
これの世の　三七六
これやこの　二〇四
怖い場面　三四五
子を洗ひし　五一七
子を抱く　九一
コンクリートの　四七三
コンクリに　三〇四
今月号の　三四八
混血の　三一六
今月の　一二七
紺青の　四九八
今世紀の
—うちに出で来よ　四五四
—終らむ頃の　五四五
—半ば頃に　五三三
今世紀も　三七七
今世紀を　五五五
こん畜生と　二八八
近藤芳美が　五〇九
こんな味　一七一
こんな家が　四一二
「こんな歌を　三四九
「こんな宿に」と　四三八
来む春に　三七七
今晩は　三七六
コンビニに　四二九
コンビニの　四八八
コンピューターの
—ために星見る　二一四
—夜勤なき日を　一九〇
こんぽことふ　三四五
紺屋町の　五二九

さ

「さいかくの　二二三
西行作と　一九七
斎宮の　一六七
西郷の　三〇八
最後尾に　四六一
妻子をらぬ　六六
妻帯者ほど　三一
斎藤土屋　一〇〇
さいはての　三一七
財布のなかの　四四六
財布忘れ　四五五
西方の　二二八
「蔵王」と　五二七
さへぎりて　一九
堺枯川を　一三六
さかさまに　二二三
捜し捜し　二一一
坂の下に　五二
坂の下の　五六七
酒瓶は　三四七
咲き溢るる　三八六
咲き終へて　五三四
先に立ちし　四四三
先に逝きしは　三〇九
咲き満ちて　三三五
作者選者　四七九
昨夜の会に　一六四
桜咲く
—この枝の間に　三三五
—この大仏の　二九五
桜散る　三九四
桜の花
—散りてオリオンも　四〇九
—長く咲きつぐ　三三五
酒酌みて　三三九
酒つがむと　五三二
酒に酔ひて　五四〇
酒に酔へば　四二九
酒飲まぬ
—君ながら賑やかに　五〇八
—日と決めたるに　五五二
—日にせむと朝は　四五一
酒飲まぬは　四三五
酒飲まむ　四六四
酒飲みつつ
—選歌はやめず　五〇二
—父はしきりに　二八
酒飲みて
—怒りし父は　二一七
—いよいよ不快に　三三
酒飲む日　五四〇
酒飲めば　四五七
酒は飲まねど　四三一
酒も飲まれぬ　三六六
酒よりも　四四四
酒を酌みつつ　四五七
些細なる　一七六
支へられ　二一九
捧げ銃　四三三
さざめきて　二〇
ささやかに　二六
山茶花は　三五六
さそり座の　三一七
誘はれて　三六六
さだまさし　五〇三
佐田岬の　二三二
左千夫先生　二四四
左千夫先生の
—柩にすがり　二五二

—曾孫の君が　一八七
左千夫の歌碑　一四九
左千夫詠みし　二八九
札幌の　三八八
サディズムの　三八四
実朝は　五〇二
「ザ初荷」と　三九一
寂しげなりし　二九五
寂しさに　二六九
さまざまに
—あはれありけむ　一一〇
—教師を批評し　六〇
—議論ありとも　三三一
—共に語りし　四六二
—日本語書きし　一〇
—萌ゆる緑を　四一
—洋酒の味を　二三四
寒き寒き　一五九
寒き灯の　三三二
寒き日の
—今し差したる　一一三
—爪の痛さに　五〇三
さむざむと　五〇
小夜更けに　四六四
さらさるる　五六六
さりながら　一八八
猿股も　五〇三
三回忌　一四〇
三階まで　四四七
参加者に　六〇
三月十日の　二一二
三時間　四〇五
「三時間で　二四八
三十分　一三二
三十五度の　一七五
三十七歳　五〇三
三十八歳　三五八
三十余国の　五〇一
山上まで　二三六
三食とも　二四八
サンスクリット　四一三
三助も　五一七
残雪の　四四一
山荘は　四一七
酸素テントの
—中に聞き取り　一三三
—中に安らかに　一三一
山頂に
—今し立ちたり　二〇一
—近きこの原の　二〇八
山頂の　二〇七
三度目の　一九七
三度四度　一九〇
三人目の　五一九
三宮に　三一二
産婆といふ　五一三
『3歩あるくと　四〇六
山門のみ　二五二

し

椎の花
—しきりににほふ　二〇六
—にほふ時すぎ　二一九
柿蔭山房に　二四一
柿蔭山房の　四五八
潮にほふ　二三〇
潮の香の　九七
潮引きし　三四
潮引きて　一五七
潮引けば　一三二
潮ふくむ　一三八
潮満ちて　六三
視界より　二三五
しかれども　四一七
時間差あり　二〇五
志願で来る　二八七
「志願で来るよな　一九四
職員令に　一六二
子規自筆の　一二五
子規といふ
—菓子もありけり　四三
—菓子もありしを　五〇〇
—菓子を歎きしは　三七七
子規の辞世句　二六九
子規の写真　二三二
子規の書簡　二六九
子規の見し　四八七
子規没後　六七
子規も詠みし
—上野大仏
—顔のみを　二九五
—辛うじて　二二六
子規を生みし　三八六
時雨ふる　一一三
時雨降る　一一三
死刑には　四三五
試験受くと　一〇六
四国中央と　五一一
地獄の門　四〇一
仕事終へ　三二〇
死後のこと　一三八
自殺せし　二二〇
ヂヂといふ　三四六
しじみ蝶
—舞へる下には　四二〇
—まつはる路地に　四七四
四十九年　五五一

四十過ぎ　五二一
四十過ぎし　四〇五
四十過ぎて　三九三
辞書どもは　一七〇
辞書に　三六三
辞書になき　四七六
辞書の上に　一三二
辞書を手に　二一六
地震火災に　二九六
自炊して　五五〇
静かなりし　九七
寂かなる　九一
私生児と　二九
持節征東　一七三
時代異なると　二〇三
親しかる　四一一
親しみし　三六五
したしみて　一五七
舌に触るる　一二六
地団太踏んで　四二八
七月と　二〇八
七月の　一一
七十を　二三三
七年は　一七二
しづかなる　一五三
失禁用の　三四一
十分ほど　四二四
執拗に　二三〇
自転車止め
—隘路に待てば　四二五
—鳴るケイタイを　三八五
自転車の　一一七
自動車の　一一六
自動車路　八八
しどけなく　三一四
しどろもどろに　二九四
死なぬ薬　三四四
信濃にて　四四
信濃の六年　三〇六
信濃より　四三七
死なむこと　四五九
死なむ日の　四五九
死にし者は　二一〇
死にたくは　四五三
死に近き　一三四
死人を　二三〇
「死ねばいいんだろ　一七一
自爆テロ
—絶ゆることなし　五二四
—絶ゆる日もなき　五五一
自爆テロと　四九三
自爆テロの　五二五
芝生の如き　四九六
支払ひて　四四七
しばらくは　三七六
縛られて
—しづかなる父　九九
—猫は点滴を　四三九
自筆本より　一〇六
志文内の
—兄にただ一度　四九八
—地名も今は　四九七
シベリアの
—果よりするすると　二六五
—見ゆる兵舎に　四七六
シベリヤに　三一七
シベリヤの
—空かぎりなく　一一
—果よりするすると　五三六
死亡せしは　二五五
柴生田氏　三八五
しまひおきし　四九〇
姉妹ふたり　四一二
島ごとに　二五九
島の人々　二三一
島の平　二二七
島の道に　二六五
縞目ある　七二
しまりなく　四四五
しみじみと
—今宵は思ふ　一〇六
—父逝きし後に　九九
—由美子の顔を　四六六
沁々と　五六八
自民党に　四一二
締切り日　三三九
締切も　三七六
じめじめと　二五
しめりたる
—火山灰を　三七九
—服を脱ぎ捨つ　三八
湿りたる　三一四
閉め忘れし　五〇五
霜枯るる　四六
下諏訪の　五五〇
釈迢空　四八四
釈放されし　五二二
射殺数は　二三九
写真とると　二四二
写真に合はせ　一一八
「赤光」と　四二八
車内にて　五三四
沙弥島に　二三〇
沙弥島より　四一五
上海駅　二五〇
上海に　二五一
上海も　二四九
十幾年か　二三七

十月に　五二六
週刊誌は　四七六
集金を　三一
十五夜の　三一三
就職せし　七三
終点に　五五
自由なき　一一三
十二月　二六二
十二月八日　五三九
宗派異なる　二一一
十万の　二四六
十余年　二三二
十両に　三九七
酒気おびて　一六八
授業しつつ　五〇六
授業中　五〇三
受験就職　三七三
手術室に　三九三
手術して　三九三
首相の病　四七七
首相は　一六九
樹上より　二〇
出勤する　四九一
首都高速　一四九
首都高速の　一一六
酒保に行き　四四三
春秋に　一〇四
純粋なる　四五九
生涯に　三九九
小学生の　五四六
小学校は　九〇
正月には　一三一
正月も　四六五
正月を　五〇二
障子のかげを　一九
少数と　五七〇
冗談とも　三三二
性根悪しきは　三七三
少年の
—頃より五十年に　二一九
—時ほど恐るる　二一五
—時より死後の　四五九
—日には思ひき　四五六
—日には見ざりし　三〇〇
—日に見守りし　五四九
—日に予想せし　九三
—日に読みて　二七一
—日ほどに今は　四七五
—日よりしたしみし　五三六
—日より眺めて　一七〇
少年らの　三二
小便横町と　四八三
小惑星と　三九七
昭和最後の　二九七
昭和三十年　一〇一
昭和初期に　一一九
昭和初年　三九八
昭和初年は　二五七
女学校の
—門に立ちても　四七七
—門に立つさへ　三三〇
食事も写真も　二六四
食堂に　三五五
食品売場に　三九二
植物人間に　二九〇
職を辞して　四四九
職を捨て　四二九
職を求め　五二四
初心者の　四七五
助動詞と　三五〇
処分おそるる　六三
署名しつつ　三九五
しよんぼりと　二一一
白樺の　二四一
白雲の　一三
しらじらと
—朴の木の花　五二
—水走りたる　四〇
—山の上より　一〇九
—夜は明けそめぬ　一九九
調べすませて　五九
白峯の　一九八
知らん顔して　三〇四
シリウスの　三一四
シリウスは　三三五
シリキサジャと　五五三
少酌せむと　四六六
尻に敷くとは　三六四
シルバーパス　三五三
司令官や　五四八
司令部の　五四八
「銀も　三九八
白き小花　三五四
白き倉庫の　九七
白き蝶　三四六
白き鳥
—あまた群れゐし　四五二
—水にたゆたふ　二五六
白き箱　三九
白き花　四一一
白装束　一九二
白花咲き　三〇六
白花の　一二二
白ひげの　四八三
師走となり
—神田の街の　四四〇
—賑はふ街に　五五二
師走となる　五四五

師走八日　五五五
師走八日の　五五〇
死を恐るる　三五八
伸一の　四〇八
新入りの　九九
新仮名づかひを　四八三
新仮名使ふ　四六〇
新仮名の　二九九
シンガポールに　五九
神亀五年　三九八
新曲の　三三六
新組合を　五一
「新小岩」と　五一六
信号弾かと　五四二
人口は　四九六
信号待ち　二九四
信号待つ　三八〇
新婚の　四二七
震災に
—またあふのかと　一一七
—凌雲閣の　二九六
神社の前　五五二
新宿の　三七五
参商の　三一五
尋常の　七三
壬申の　一七三
新世紀と　四八〇
人生は
—二十五年と
—言ひあひき　四〇八
—覚悟せし　五四二
神前に　三八四
震度2か　三九四
新中川に　四七三
真の平和は　五一一
新聞社　五三三
新聞に
—あす載せる歌を　二六三
—載る打率のみ　三五三
新聞の
—多き広告を　三九七
—片隅に小さく　四二一
新聞も　四九一
新聞を　三五三
進歩せる　三三五
進歩発展　一九九
神武、綏靖、　四二五
神武綏靖　二〇〇
尋問して　五三
人力車に　一一六
新緑の
—裾野のはての　一八八
—山迫るなかの　四一七
人類が　五四五
人類と　三三三

す

水害多き　一一三
スイスより　三六五
水星の　三三三
垂直に　六五
スイッチバック　三四四
水門を　六七
数十万の　五二
末摘花の　二七二
末の子も　一六四
末娘の　一三七
杉花粉に　二一三
椙原品の　五六五
隙間多き　五二九
スコールに　一七六
スコールの　一五四
少し荒れたる　一一三
少し口を　五七一
少しづつ　五二七
少しも良き　四〇八
すこやかに　九七
すさまじき　三八三
すさまじく　一五八
すさまじと　一九九
鮨の値は　三一四
鈴木三重吉　二九四
進み行く　一七六
進む世を　三四二
スターリングラード　一二
ステージに　一一三
既にして
—処刑されしかの　六八
—木星は海に　二〇一
ストーブを　三一一
ストロフルスに　五八
砂井戸の　二一
砂の上に　三七
砂の上の　二九三
砂の上を　三七
砂をいぢり　五四
すばやく　六〇
澄みわたる　三五一
澄む空より　三四〇
住む人間　二九六
スリッパを　四七五
鋭かりし　一〇六
すれすれに　一三六
すれ違ひざまに　五〇
すれちがふ　一五四
諏訪湖一周の　五五〇
諏訪湖囲む　四五三

諏訪中学　五〇六
諏訪の湖に　三五四
諏訪の四年に　三〇一
スンニ派と　五五四

せ

「性愛の　二八六
星雲の　二四七
生活大国　二七二
政治家の　五〇九
成人式にも　二〇二
成人式より　一七五
セイタカ　七四
生と死の　五三七
生徒にて　四九
生徒らの　六九
青年の　二六四
生物の　五五六
税務署の　二九二
整理して　三〇四
整理できぬは　二三一
整理法の　三〇二
精錬所の　一〇八
背負へるを　五六
世界一の　五三〇
せきこみて　五六
咳すれば　四一六
赤道越ゆるは　二三
石碑に記す　一七三
せせらぎの　一九一
折檻に　三六三
接近して　四六一
雪原に　三一
切々と　二五五
絶対の　三四三
雪中に　三五七
せつぱつまり　二四七
狭められ　一二七
狭き部屋に　三四六
狭くなりし　三〇〇
蟬の声　四二〇
蟬の声も　五二六
蟬の鳴かぬ　二九八
せめぎあふ　六五
「せめて日本語を　五六三
セレベスの　五四八
仙覚律師　四四五
選歌しつつ　三一八
選歌なき　二〇五
選歌はしきりに　三七七
一九九九年に　一六九
全軍の
—暗号書　一九四
—暗号書を　五〇四
全国の　三一七
戦後住みし　二二二
戦後の茂吉は　四八四
戦後まで　四五九
戦死せむ　三八七
選者の歌も　二九八
戦車渡りし　二四〇
戦場の
—場面映りて　三二
—日の丸を非難　二九三
扇子ひろげ　五〇九
先生と
—言ひたまふなと　二六四
—呼ばれざりしかの　二六〇
先生に　四六一
戦前の
—安居会にも　三六六
—良さを語らふ　三八〇
戦争なき　三二
戦争に
—かかはらぬ島の　一二六
—なるを欲すと　三六
戦争の
—多かりし世紀も　四七六
—無き世を切に　三八九
戦争末期　五〇四
戦争も
—近づく少年の　四七八
—なくなる世紀かと　五五一
戦争を　五〇一
銭湯出でて　五三六
銭湯と　四九〇
銭湯を　五一八
千年に　三五一
千年の　四七九
禅の本　五三一
扇風機　二二八
千本格子の　一九七
線路へだて　八九

そ

騒音の　三一一
雑巾を　二一五
草原の　四九六
「葬式の　三七八
増上寺の　五一〇
蔵書少き　五三八
漱石の　一五五
宋美齢　四〇六
総武線に　三七八
総本山　五一〇
臓物を　三五九

—向きあふ女体は　五三三
濁流なす　二五〇
竹乃里歌
—原本は此処に　三八六
—復刻本持ち　二六九
—見せてくれたれど　二六九
出されたる　五三二
確かに此処に　三三五
たづさへて　一九五
黄昏の　一八九
ただ一度
—青山通りを　三一一
—軍歌口ずさむ　二五二
—双眼鏡に　三三二
—妻と旅行き　一六一
—並び坐りき　四四〇
戦ひに　二五
戦ひの
—ために命は　二〇
—真おもてに立つ　二四
戦フゾと　四〇一
ただならぬ　三四七
ただの一度も　四五六
ただ働く　九九
ただひとつ　四五四
ただ一人　二三六
ただ貧の　九七
畳一枚　五八
畳のうへ
—駈けめぐる子よ　六三
—這ひ来る見れば　五七
畳の上
—重ぬる先より　三〇六
—這ひゐし姿を　二二一
畳の上に　四三八
立ちあがり　二九八
立ちつくすは　四七
立ち止まれば　三一〇
立ち並ぶ
—警官の中に　五七
—高層ビルの　五二五
橘屋の　一七七
立待岬の　五六四
立ち行きて　四七
立ち読みの　四七八
立ち寄りて　六七
「たぢろぐ」は　二六七
脱退を　四九
蓼科に　三六五
蓼科は　五〇五
伊達堀の　二九二
伊達政宗　五六五
たどきなく　九三
谷川に　三八
谷川の
—いで湯浴みつつ　一九
—とどろきも今朝は　三八九
谷川を　三七
谷越えて　一〇
谷越ゆる　三七
谷の奥に　二〇一
谷ひとつ
—埋めて築ける　一〇八
—へだてて向ふ　四一
他の星に
—移れとホーキング　四七九
—五百年以内に　四九〇
たのめなき　二五三
煙草きらふ　二九七
煙草好きは　五三四
煙草吸はねば　三〇七
煙草の害　三八二
賜ひしより　三九六
玉かぎる　三六
卵割る　二三〇
騙し討ちか　二六三
たまたまに　九一
たまゆらの　四〇
たむろせる　六四
ためしなき　二六四
ダメダメと　三九六
ためらはず
—軍国日本を　八七
—近づく鳩の　四七七
樒の芽を　三一
タリバンと　四八七
『誰が宇宙を　三六四
垂れさがる　二二
誰もゐぬ　三五
誰も誰も　二三六
戯れて　二三三
たはやすく
—暮るるひと日か　四四
—妻は機嫌を　六七
—にほひ立ちをる　一七
—猫も杓子も　四三三
たわわなる　二四一
「淡海公　二五三
断崖の　六五
短歌教室　四四九
短歌教室に　二一五
「短歌小径」　二三五
短歌詠む　四六七
団子屋は　一六四
丹沢に　二三二
男子二人　二四六
単純化の　二九三
壇上に　三四九

簞笥の中に　一五一
旦那はいつも　四〇五

ち

小さき影　九〇
小さき指が　一九〇
小さなる
—丘にのぼれば　一〇九
—歌誌といへども　五六九
チエホフを　一七四
地下街の
—店に入り来ぬ　一三九
—名妓を記すも　三四四
「近頃は　四四四
地下鉄出でて　三四三
地下道に　三五九
地下の街　一二六
力こめて　三四八
力強く　二九七
地球の汚染　二五三
竹林を　二七〇
遅刻する　一四八
小さきこと　三五五
乳色に　九四
父上に　四三一
父君の
—講義をひたすら　二二
—墓所に導き　三六三
父春園と　六六
父に言はず　一〇二
父の名札　九九
父ののち　二九一
乳飲みし　五〇
父ははや　三一
父も母も　五〇
父逝きて　一〇二
父よりの　五四〇
父我が　一二一
父我と　四五八
父われに　二三三
父われの
—戦争体験の　二二八
—使ひしことなき　一三三
父我の　四四八
父吾の　六〇
父我を　一六三
血と乳と命　五三五
地の果を　一三
千葉県に　五〇二
千葉行きは　一六三
地平近き　三三
血みどろの　一九
地名変へしを　五一八
『チャタレー夫人の　三三三
茶畑の　二〇七
茶碗持ちて　四七七
茶をたづさへ　三一九
中学生と　四四七
中学生の
—時に一度見き　三九一
—時に鳴らしし　四五〇
—我が孤独に　四五七
—我ひとり住みし　四六
忠義づら　三三七
忠実に　一二五
注釈は　三五〇
中世の　二七三
中納言を　一六五
チューブより　三〇五
鳥海山
—白く浮き立つ　三一六
—天の真中に　二〇八
張学良も　四〇六
朝刊を　三七九
朝食用に　五四七
弔辞読む　二五四
「てふてふ」が　三六三
提灯持ち　三〇一
長男は　三七三
長文の
—便り賜ひき　二六四
—手紙賜ひしも　五〇九
徴兵なき　五五二
蝶もあきつも　四一九
直下型　三一三
直下型の　五二〇
散りし桜
—つらなり流るる　四五九
—ひとすぢになり　四五一
治療方法　二四六
「沈黙の　一七一

つ

ついて行けぬ　一一三
追悼文　四六三
追突され　四一九
つひにして
—金に縁なき　二一七
—君の見まさぬ　二五二
つひにつひに　四六五
つひに最早　四六〇
墜落機に　二〇〇
杖を売る　四五四
杖を拒みて　二一〇
使ひ残しし　一三三
つかつかと　二〇

つかまり立ち　五二二
塚本氏　五三二
疲れしるき　二一九
疲れつつ
—酒を飲まむと　五三八
—父帰るらし　三〇
疲れやすく　二二四
注ぎあひて　一七〇
月かげの
—一夜照らしし　三一五
—さやかに照らす　一一一
—下びにさやぐ　一一一
月かげは　五六三
月越えて　三〇一
月立つと　三九七
月々に　五一九
つぎつぎに
—足のばし水に　二三六
—来るトラックの　一〇八
—机の上を　七〇
次々に
—くじに当たれる　六九
—桜は甲斐路に　五〇六
—運ばるる宿の　五七三
—町の銭湯も　五一七
—世に出づる米の　三三九
月々の　一〇六
月照らふ　一二
月と並び　四一八
月の上に　五四四
月の下に
—昨夜位置せし　四一七
—雫の如き　四二二
次の世紀
—終らむ頃に　四七四
—見て死ぬべしと　二八六
次の世紀の　四七五
月見えず　三三三
築山の　七一
月を離るる　二四五
机の上に
—足を投げ出す　四七
—『奈良朝文法史』　二九八
筑波山　五一五
つけ忘れの　一九九
描き言葉にて　一二
土の上に　一一四
土屋君　一〇〇
土屋先生
—或る日の予言も　三三六
—肩に支へて　二六〇
—癌を恐れて　三九五
—坐れば一瞬に　四六一
—「一川わたる」と　四五二
—「一川並みて」と　五一六
—酔ひて興奮　二六二
土屋先生に　五一〇
「土屋幕府」も　四八四
土屋文明　二八五
土屋文明伝　五三九
土屋文明は　四四五
つつがなく
—入歯はづさで　一八八
—少年院を　八八
—卒業式を　六五
つつましき　一二四
つつましとも　一二四
堤の下に　一一二
包めるを　一七五
集ふ者を　二三九
勤めに向ふ　二二七
つなぎ合はせて　二四三
常に歌碑を　三〇一
常に捜す　三六四
常になき　五四一
常日頃　二三九
妻あらぬ　九三
妻あらば
—あはれみ笑はむ　二四六
—心つくさむ　一五八
—子らの運命も　五二〇
—歎かしむべき　一五三
—歎かむものを　三二二
—わが娘らの　二八六
夫君亡き　五〇九
夫君の　五六八
妻死にしに　五三七
妻といふ　二二八
妻亡くて　一二三
妻殴るを　三六〇
妻にしたしむ　二二六
妻の後　九六
妻の命　二六八
妻の靴は　一五六
妻の草履　一七〇
妻のなき　二〇五
妻ののち　二五八
つまみ取り　四〇九
妻四人を　四八六
つまらなさうに　一八九
夫われを　一三二
妻を憂へ　一四七
妻を早く　五五六
積み上げて　四九
「ツミなき人の　一一八
罪を犯しし　三二五
冷き酒　四九〇
冷たき酒　二六八

梅雨入りを 三六四
梅雨雲に 二五七
梅雨曇 一七三
梅雨空に 二五九
梅雨空の 二五七
梅雨空より 二五七
梅雨に入り 四〇三
梅雨に入る 四九四
梅雨のあめ
—今宵は晴れて 一二五
—今宵も降らず 三六四
梅雨のあめに 一一九
梅雨のまの 二二五
梅雨晴の 二二五
強くなる 六七
つらなりて 三七六
連なりて 四二一
吊革に 三六一
吊皮に 一九五
吊り広告 四七七
釣舟草 二四二
配偶者を 九六

て

定家よりも 二一七
停車せる 五七
貞心尼 二二三
丁寧に 一二五
堤防の 一六二
堤防より 六三
「ていれぎの 三一八
溺死せし 五五〇
弟子運悪き 三八三
デジカメの 三九一
手摺りに頼る 四〇四
鉄幹が 三五六
哲久詠みし 四七四
鉄屑を 三七
鉄材を 三〇
手にさげて
—重きを喜びし 四三四
—夕べ行きかふ 一三〇
手に取りて
—かつて調べし 三八六
—来しに坐れば 四八〇
手に取れば 一九八
手に取れる 四八八
手に触れて 一一〇
手の届かぬ 二三八
てのひらに 三四二
デパートでも 八九
手袋の 三八四
デボン舎の 二四四
手も握つて 一七七
寺の娘さん 五〇七
照りつくる 五六
テロの歌 三九一
手をあぐる
—群衆の前 三三
手をつなぐ 二六一
—レーニンの像 三八八
手を取りて
—今宵の別れ
—告ぐる時 二一八
—告げむとす 一三〇
電害と 三一八
添加物 四八八
電光は 三六三
電車止めて 五二
電車より
—朝見し水の辺の 一二一
—見れば限りなく 四五九
天上に 四七四
天井も 二〇二
電線を 二六
天台座主と 一九六
天高く 二〇八
電柱に 四七七
天頂に
—すばるも見えて 二三三
—迫らむとして 三一二
—近き深夜の 二五二
—近づくと見し 三五八
—近づく木星を 三九一
天頂の 三七三
店頭に
—二冊並べり 三六六
—日本語しかじかの 五五二
店頭に 一七五
電灯を 二六二
天皇を 一〇七
天明七年 二四三
天暦以来の 一六九
電話せむと 五二一
電話代は 二一五
天を貫く 四三〇

と

ドアあけて 四七
ドア開けて 三〇〇
ドアあけても 三一一
ドイツ語に 二五五
ドイツ語の
—教科書がないと 一四八
—証明付きの 四七四
—証明もいつか 五五三

ドイツには　五二六
ドイツの選手　四四五
問ひつめられ　五三
問ひ寄りし　二六〇
等間隔に　五三二
道灌の　二九三
東京に
―移り来し子等　二四七
―数限りなき　三九〇
―クルマ少き　一一五
―大地震迫ると　三九七
―久しく地震も　四八三
―雪降るは楽し　五三一
東京にも　四八八
東京の
―歌会に見えしは　五七一
―大晦日に　四一五
―大雪と書きて　三九八
―九月の空の　二一七
―空に限りなき　三五一
―空には見られぬ　四二一
―空より消えし　五一二
―地下鉄の知識　二七四
―雪を夕刊は　四四九
―夜空に限りなき　四〇九
―夜空に星は　五五五
道鏡の　四九四
東京は
―今雨降ると　四三三
―まだ午前二時　五六六
東京弁と　五四一
東京も　五〇一
東京より
―昨日は影立つ　二三五
―見ゆる山　二九〇
東京湾より　一〇五
東京を　五四四
峠越えて　四六
峠路を　四六
峠より　六五
登校する　五五二
凍死せし　五三三
冬至の光　四八〇
唐人お岸　五六
唐人お吉
―使ひしといふ櫛、　三三八
―身投げするさま　三三八
どうでもいい　二六七
同年の　四九一
投票にも　一七一
当方より　五三〇
東北に　五六七
東北の
―人の次には　三三六
―人等の最終と　三四〇
―婦人の電話に　三四六
東陵出でて　二〇七
道路より　一〇九
十日経て　四三六
十日ほど
―逢はざりしかば　五三
―前に碧梧桐に　九〇
遠き島より　三一八
遠き先祖の　二五八
遠き昔　四三八
遠き世に　一二
遠き世の
―天皇ならず　三三九
―ひそけさ保つ　二〇七
遠くかすかに　四四二
遠くにて　一八
遠く見れば　四八六
遠ざかり　五五三
遠ざかる
―いのちなき　一一〇
―火星を見つつ　五〇一
遠ざけられ　一七三
時すぎし　一五四
時過ぎし　九〇
時つ風　二一七
時により　四六四
土牛の絵　三〇七
読経する　四〇一
得意げに　四〇七
独裁者の　四〇二
毒殺されると　一〇〇
特殊なる　四八三
毒草と　五二八
土下座して　三一八
床にゐる　二九
どこに身を　四〇七
ところどころ　一二〇
登山して
―帰り来し子も　二七三
―信濃より　一四九
年越しの　一五一
年過ぎて　五四四
年々に
―葦と争ひし　二二五
―位置変ふる　一〇二
―薄るる記憶　一九五
―三人来にしを　二九四
―捨てて高くなる　一〇八
―狭く汚くなる　二四一
―人の減りゆく　一〇七
―一人の講師を　五三二
年々の
―歌会に我も　五六九

—歌会ののちの　五〇九
年の暮に　五四一
年は二つ　六六
俊彦さと　九二
戸締めせる　一七五
年寄りが　一三九
年寄りの　一五九
土地売りし　一一六
途中まで　二三五
「どちらが先に　五三九
嫁ぎ行きし　一六三
特攻隊の　一九二
突然死　三三八
とどまりて　一一八
とどめむと　三三七
とどろきて　二五
轟きて　二〇九
とどろける　三四八
轟ける　七〇
隣の人　四四三
どの国も　二七
どの蟬も　四八九
殿台と　一二一
どのテーブルも　二九九
どの部屋にも　三九九
どの部屋も　二七〇
どの店に　四五一
とぼる如き　一〇
苫小牧の　三七九
灯暗く　三四
ともす火の　三一八
友達は　四三二
ともどもに　二四七
鞆の浦の　五七四
艫の方に　二四八
友二人　九四
友ら皆　一二八
友を探すと　二五五
豊富町　四九六
渡来種か　四二六
渡来種の　二二四
渡来種より　四二六
渡来せし　一九八
トラジャ人の　二一
捕はれの　三一四
ドリアンにも　一二三
ドリアンの
—垂るる果樹園を　四六〇
—匂ひと共に　三六〇
—にほひにやうやく　五八
ドリアンは　三六〇
ドリアンも　一九五
取り出して　四九三
「鳥たち」と　三三五
とりどりに　四三
取りに出て　三九七
泥の会と　二二一
十和田湖の　五三三
問はるれば　三五七
戸をあけて
—時々声を　四六二
—見守りゐたり　六二
ドンガラの　一二三
飛んで火に　五二〇
トンネルに　五〇五

な

内陣の　一七三
内憂あり　三九二
永井荷風　二二二
長生きしてねと　七四
中落ちの　三九二
汝が髪を　一三三
長からぬ　一六八
中川に　五一四
長き長き　一一九
長き岬　二三三
長く住む　二二六
長く長く
—生かさるることの　二九〇
—歌をも詠まず　一七三
—妻が使ひし　一三六
—病み臥す妻よ　一二九
長く病まず　九九
長塚節　二三六
長々と　五四九
なかなかの　三三八
長年の　五二三
仲の良かりし　四四二
半ばあまり　二七
中村憲吉　五四一
「長病みより　五六七
仲良からぬ　三六二
仲良かりし　四九七
流れ波　三六二
亡き後も　一三五
亡き夫を　三一〇
亡骸と　五二一
なきがらを　一三二
亡きがらを　五九
鳴ききほひ　一〇
亡き君の　四三一
渚近き
—ところに島の　三一一
—廃屋の庭　二六六
渚近く　二一九
亡き妻の　一五五

「泣きて思はむ」と　五二四
亡き友を　一一二
泣きながら　二〇五
鳴きながら　三三七
亡き人と　一五〇
亡き人を
―恋ひつつめぐりし　二八九
―さまざまに語り　二九四
―偲ぶ京都の　四三六
泣きやめぬ　五四
鳴くこゑは　一一五
嘆きつつ　四四二
投げ出せる　五一五
投げられて　四七三
なごやかに　三四二
脳といふ　三三〇
なづみつつ
―古義読みたりし　四三
―この秋山に　二六三
―踏みゆく道の　一二
なだらかに
―青き連なりを　一五
―青く起き伏す　二五二
雪崩の起きる　一九二
夏暑き　一一五
なつかしき
―雲巌寺に　四一九
―人麿岩に　三八三
―福井の街を　五〇九
なつかしみ　三五三
夏より冬へ　二三四
七回忌　一六九
七十年の
―過去にならむか　四九二
―友だと一言　二九七
七十を　六四
何ひとつ　四一一
何ゆゑに　四〇〇
何を食はむと　五四
何を決議　五二
「何をして　一六六
何をたつきに　二六五
七日前　五九
鍋焦がして　三一九
鍋といふ　二一三
涙ためて　七三
涙ぬぐひて　一五九
浪のうへを　三四八
浪乗りに　二一八
並び立つ
―枸杞の実よりも　五一二
―油田の櫓を　三一七
並び臥す　九九
並ぶ木の　三五六
並ぶコップに　四六三
並ぶなかの　四八五
並ぶ墓　九六
なるやうに　二三七
汝曰く　一九六
汝の後の　二〇九
名和長年　一八九
難儀して　三八三
軟座車に　二五〇
何時間　二一一
南朝の　三三三
何でもない　四二一
南天に　二三三
何とでも　三三六
何の圧力も　五〇
南方軍
―だけでも抗戦　四五三
―だけでも戦争を　一一六

に

二・二六　五〇七
煮えたぎる　四四三
にほひだつ　一七
「匂ひる」と　四八三
仁王門に　五一六
二階より　一二六
二月二十　一〇五
にぎやかに　五二七
賑はへる
―朝市に買ふ　一一九
―夜店に求めて　三八四
にこやかに　一九二
二、三人の　四〇四
西口の　五二五
西空に
―今宵も強き　四四八
―長く輝き　三三三
二十世紀　三七八
二十世紀の　五三五
西の海の　一二三
西の海を　二九三
西のはざま　二四二
二十三番　二三六
二十八年後の　一〇六
日没の　四七九
日曜の　五二二
日記かく　一三六
日教組を　五一
日誌つけ　五五
日食は
―今きはまらむ　四八
―極まらしく　四八
日本の　三一四

日本を　一五四
二度三度　四八五
二度行きし　五七二
二年上に　五〇七
二杯目を　四九一
二百余りの　五三二
二百年の　三〇〇
二百万年　二一七
日本一の
—汚き川と
　—言はれしに　三二一
　—人は言へど　四八九
日本海に　五四六
日本海を　五一〇
「日本軍　二八七
日本軍　八八
日本語の
—危き世紀に　五六六
—或る古語を　三五一
—いよよ崩れむと　三三七
—運命気づかふ　四八二
—助動詞助詞は　四九二
—特色も知らず　五〇四
—表記やさしく　一八
—複雑な文字に　五三
日本語は
—いよよ貧しく　三三七
—ないのか路地の　三一一
—メイファーズと　三八六
日本語も　三三九
日本語を
—愛する極みの　二一三
—かく追ひつめて　五六三
—支ふる助動詞　五四五
—狩りて喜ぶ　三一一
—守らむと言ふ　三三五
—守り文語を　五七〇
—乱すひとつは　三八五
—ローマ字表記に　五三三
日本さへ　三四一
日本時間　三一三
日本酒は　五二一
日本人の
—何パーセントか　二六七
—横綱なきを　四一八
日本人は　三九三
日本といふ　五四四
日本の葛　二八八
日本の総理も　二三四
「日本は勝つと　五四八
日本文化の
—恥と言ふべき　四五八
　—恥と言ふべし　四四九
煮物にほふ　二四五
入院して
—幾日経にけむ　四六二
—少しは飲まむと　四六四
入院の　二一七
入営せる　二六〇
ニュージーランド　三一四
庭すみに　一六二
にはとりの　三七四
庭に来る　一二六
荷を積みて　二五一
人形展　一六七
人間と
—運命を共に　四九〇
—蝉といくばくの　四八九
人間として　五三
人間の
—愚かさに克つ　三八九
—愚かさはつひに　三六一
—極限の表情と　四三三
人間は
—おろかなりきと　三四二
—賢きバカと　五〇一
—リコウかバカか　四九三
忍冬も　九五

ぬ

脱けがらの　二六
「布半」は　一〇一
沼のほとりを　六七
沼の水を　四〇

ね

寝入りばなの　一八九
ネオン輝き　二九〇
葱を刻み　二一四
ネクタイを　四一一
猫に食はする　三五二
猫の餌を　三五八
猫のためと　五〇二
寝ころびつつ　一一八
寝ころびて　一三六
寝たままに　四六六
熱出でて　一三〇
熱下りし　六九
熱帯の　五〇四
熱つぽく　五六八
値引する　三九二
値引きするは　三八五
眠り難き　二八五

眠りより　四六五
狙ひ撃ちに　二三九
寝る前に　二四八
年収は　五〇九
年譜読みて　五七一

の

農村の　二五〇
ノートの上　四六二
逃れ得ぬ　二〇三
軒下の　一九八
鋸に　三〇〇
残し行きし　二一九
野坂参三　二八六
ノストラダムスの　三七四
後の世に　四八四
後の代に　二三三
伸び立てる　二五七
のびのびと　四〇七
野火焼くる　一四
野火を消す　三一
飲みあひしは　四〇二
飲み余しし　一四一
飲みかけの　五四〇
飲み足りし　二〇一
飲む酒に　四五八
飲む日とて　五四七
乗り替へて　四八一
飲んでみよと　三一八

は

バイアグラ　三五二
煤煙に　六七
廃屋に　三〇六
『俳句力』と　四〇七
廃校と　五二九
廃止宣言　三一一
賠償を　二四九
敗戦後は　四〇三
パイ中間子を　一三七
廃帝と　二五三
這ひのぼる　三八〇
ハイミナール　七〇
ハウス物と　一六三
蝿は見たと　四三五
羽音たかく　一四
墓石は　二四三
はがき一枚　四一二
はがされて　九五
バカチョンカメラと　一七六
バカとハサミは　三五一
墓に彫る　二一九
墓のなかの　五三九
墓の中の　三二一
墓の名も　一八八
墓の前に　一〇二
パキスタンの　三六五
爆音を　一九八
ハクセキレイ　二〇三
バグダッドに　四〇八
爆弾と　四八七
瀑布持つ　三七
励ませる　六九
派遣せらるる　五〇一
函館の　三五三
箱根より　一七二
箱の中の　二九一
運ばれし　五三〇
運ばれて来し　四一五
はさみ込みの　一五四
橋につなぐ　二二七
芭蕉自筆の　一九八
芭蕉につき　五〇八
バスおりて　二五一
はすかひに　五四
はづかしと　一三〇
パスカルの　二一五
バスタオル　一五五
パソコンの　四九一
パソコンを　四三二
肌赤く　二一〇
肌寒く　二二五
二十歳を　三二
肌焼かむ　一九五
「働く者」と　三一
八階の　九四
八月一日　四八九
八月の　五三一
はちきれむ　一五五
八十億年の　二四八
八十五歳　四二四
八十過ぎ　五一三
八十過ぎし　四九二
八十過ぎて　二二二
八十過ぎの　五一三
八十年　四四〇
八十も　四〇六
八十を　三三六
パチスロと　四〇八
鉢伏も　三九一
パチンコ店　五三〇
パチンコ店も　二一一
二十日ごとに　二六八
二十日の月　五六三
罰金で　二四九
白系ロシアの　二六五

発言を　四九
八甲田の　五三三
発車間際に　四三〇
八世紀の　三一七
はてしなき　一〇二
花明かり　三三五
鼻欠けし　一一六
花川戸の　二二二
話も尽き　二四〇
花園の　三一六
花作り　六五
バナナ一本　四一二
花に埋まる　四〇二
鼻の頭に　五〇五
花の香も　一二九
花火あぐる　六一
ハナミズを　四一一
花見の時と　五七三
花よりも　四四九
はねあがる　五四
羽田出でて　五三二
母卑しき　一七四
パパイヤには　三六〇
パパイヤを　三六〇
母親だけでは　一〇〇
母親の　四三五
母居らぬ　四五
はばからず
—核実験を　三一七
—はだしに歩く　五六六
—右に左に　三七五
母に頼まれ　二二〇
母のゐぬ　三三
母の名も　五三六
母を殺しし　四四一
母を母とも　二八
はびこりし　一一二
はびこりて　三九〇
破滅型と　一一二
早く死なむと　五三七
早く死にし　五四三
貼り並べし　六一
はるかなる
—谷間を照らす　五七
—原のはたてに　九
春寒き
—浅草に来ぬ　三三三
—孤島の夜を　二六六
ハルジョオンの
—花にまじれる　一二五
—ロゼットなるらし　一三七
春に刈りし　四四七
はるばると
—来りてけふは　三八二
—来にし命か　一八
—この岬まで　九七
春日浴び　一九四
春日さす　五七二
ハレー彗星　三三六
はればれと　二九
晴れわたる　四一六
バレンツ海に　三八一
ハワイまで　四八七
繁栄の　二〇〇
反抗期に　二〇九
半世紀
—以上も過ぎて　三五八
—過ぎて飽食の　二七二
半世紀を　二五二
番台の　五一八
パンツを　四六三
バンドを締め　三四〇
晩年に　四九三
晩年の
—家庭のことには　四一五
—君の心の　二六四
韓流とふ　五一四

ひ

悲哀にも　一三四
贔屓するは　五二四
「柊」と　五六九
「柊」に　五六九
「柊」の　五六九
「美乙女」は　四八五
日が差せば　三一〇
東の空　四二二
非加熱剤　三一四
干からびし
—大根おろせば　二七二
—玉蜀黍の　二一〇
光りつつ　一〇七
彼岸花　五一六
彼岸花の
—葉先はなべて　四二五
—細き葉なべて　四八八
彼岸はるかに　五一六
引潮と　一一九
引取りに　七一
弾きやめて　三二
卑怯者の　三一六
引き寄せて　二二四
低き岡に　三一五
引くを好まぬ　一五八
髭剃りなど　三九三
飛行場と　四九五
飛行場は　五三二

飛行中止と　三二五
日ごとふゆる　四五一
久しく　一三
ひさびさに
—奉安殿とふ　三九一
—東京に降る　二三四
久々に
—江戸の破礼句を　五〇二
—来し霧ヶ峰に　三八六
—来ればこの祖父に　三四五
—来れば迷へり　四四二
—シリウス仰げり
—その上の星は　五四六
—その上の三つ星　四四一
—橘守部の　二二二
—堤を行けば　五一四
—花見をせむと　五四八
—木星を見つ　二二九
—夜空を見れば　三七五
悲惨なりし　一二二
美首、美乳、　四九二
美人なれど　四七五
ビスマルク　一七
ひそかなる
—島にありしを　二一七
—島の港に　二〇四
—茶の花は妻を　一四〇
ひたすらに
—捜し捜して　二〇六
—悩める汝か　一六四
ひたひたと
—デルタ地帯を　一五七
—夕潮寄せ来ぬ　二一六
左側に　二三三
棺と共に　一三三
柩並ぶ　二九一
ピッケルを　一五六
否定より　一七四
ビデオに映る　二九五
ビデオみづから　三四五
ビデオ屋に　二五八
ひと河を　一六
ひと口　五四三
人来ると　一四七
人混みの　一〇〇
人去りて　六一
ひとしきり　一一三
人ずれせる　二七三
ひと谷の　一〇八
ひと谷を　四五
一つ石に　三〇〇
ひとつだけと　二三八
一つのみの　二〇四
ひとつひとつ　四〇一
ひとつふたつ　四一七
一列に　一一一
ひとときに
—たんぽぽの絮の　七〇
—花咲き揃ふ　一九
—緑萌えたつを　四二
ひとときの　四五五
ひとときを　六一
ひと夏に　一六
人賑はふ　四九二
人のいいのが　三一二
「人の心の　三一九
人の心を　二九八
「人はなぜ　三九九
ひと日ひと日　五三〇
一日二日　三一一
人二人　九六
ひと冬を　三四六
人前に　二六一
人丸神社は　二四三
「人麿」と　四四四
人麿の
—石中死人を　二三〇
—体格を論じ　二三〇
—「月西渡」を　五一九
人見絹枝　三五六
ひと目見し　五五三
灯ともして
—北へ向へる　三五一
—古き過去帳を　一一九
一夜の宿り　三〇五
ヒトラーの
—演説聴くと　五三九
—ドイツ語少しも　二六二
ひとり来て　三〇四
ひとりごと　三八七
ひとりづつ　八八
一人の二首　三五〇
ひとりひとりに　一四一
ビニールの　六九
ひねくれは　三五七
日のあたる　一三八
日の当る　一二七
火の色に　三五九
灯の下に
—今宵真向ひ　一六八
—花序長き真菰　一二一
日の丸弁当　三〇二
灯のめぐりに　一一七
灯のもとに　一二七
灯の下に　一一八
ひばり鳴かず　五七二
日々苦しみ　一二五
日々に肉を　五一九

ヒヒの肝を　二七三
批評する　四二七
批評力を　二九五
ヒメムカシ　二九九
ヒメムカシヨモギ　二二六
紐赤き　一九二
百円の　四〇九
百億年　三六二
百歳以上は　四四八
「百歳の　四〇九
百歳の　三一〇
百歳まで
—あと十二年　五四二
—生きて似通ふ　二八六
百年後には　二三五
百年過ぎし　三四四
百年の
—のちの地球は　三四一
—のちの日本語を　三三〇
百年のち　二八八
百年も　三四四
百年を　三三三
百まで生きて　二九一
冷酒含み　四九一
百花園に　一〇一
冷ゆる足に　三九一
病院に
—帰るかの日に　一二五
—帰ると妻は　一六三
病院の　一四七
病気らしき　四一九
病室に
—売りに来しかば　一三一
—臥す母の前に　一三三
病棟に　九八
ひよどりじやうご　四二三
ヒヨドリジョウゴ　三九〇
ひよどりの　三九〇
ひよどりは　三七三
平野村が　四五三
昼暑き　一八
昼すぎて　八八
昼過ぎて　三四
昼すぎの　二一
昼近く　三一〇
昼ながら　四九〇
ビルの間の　一五七
昼も暗き　二九三
広き家に　五三〇
枇杷の木を　二六六
枇杷の花　二一〇
枇杷の花は　四三二
火をあふぐ　三〇
日を浴びて
—重なりあへる　一九二
—壁にすがれる　一二五
—寝ころぶわきに　五一五
灯を点せば　五三七
灯をめぐり　三八八
ひむがしに
—黄道光の　二七
—宵々出づる　三三二
ひむがしの
—空おほどかに　三〇
—夜明くる空に　二八
壜下げて　三一
貧すれば　四七九
品のよき　一九一
ビンラディンか　四八七

ふ

無愛想な　四九
ファインダーに　一九〇
ファッションショーの　一七三
フーコーの　三〇七
風力計は　四九八
「部外者の　四七七
深田久弥氏　二四〇
ふかぶかと　二一
吹かれ来て　四一八
吹かれ散る　四三四
不機嫌を　三三一
吹きよする　二〇
複雑なる　二五四
服に何か　二八五
膨らみを　三七三
不幸なりし　二五四
ふざけ散らして　四七六
ふさふさと　四八八
ぶざまなる　四八〇
ぶざまにも　二三五
フジテレビと　二八九
富士と筑波　五一五
臥しながら　二四〇
臥す部屋に　一二九
フセインは　四九四
蕪村住みし　二五二
蕪村の句も　三一二
二川を　六三
二筋に　三七六
再び刈り　一三三
ふたたびの　三九三
ふたたびは　一七
二つ造りし　四九九
二つの事　二〇六
二人の先生　四六一
二人の旅　一九七

二人目を　二五〇
ふたを取り　二五〇
二日月より　二〇六
二日の歌会
—終へし安らぎと　二九八
—終へておのづと　四〇五
—終へて灯ともる　四六一
二日ばかり　二四
物干場と　三五七
仏教書　四二八
復刻本　一〇五
沸騰する　三一六
仏法僧　一五
ふときざす　三五
ふと口を　六五
ふと夜半に　四一五
蒲団敷きて　二一七
蒲団乾す　一三六
橅の木の　一八九
舟べりに　二五一
船下りて　二三〇
船に乗り
—昨日巡りし　五六三
—島々をめぐり　五七四
船の上に　二四八
船の灯かと　三〇九
船を下り　一九七
不愉快なる　二二二
冬空へ　五一五
冬の波　四五八
冬の日差　一五〇
冬の日の　一六一
冬日浴び
—青葉きほへる　五三五
—かくたんぽぽの　一〇一
冬三たび　二四一
冬山の　一五五
プラカード
—立つるでもなし　六〇
—はや踏み捨つる　五六
ブランデーを　一一三
古河を褒め　一〇八
古き瓶　七一
古き地名　三〇四
故里に　二二五
ふるさとの　五〇五
ふるさとより　一〇
ふるさとを　一七
プレスにて　七三
風呂桶も　一三八
風呂場より　五一七
文学散歩と　一六四
文学に　一四九
文化九年と　一〇九
文学博士と　五一〇
文庫本の　五三一
噴水の　九一
文明記念館　四九九
文明少年　五〇〇
文明全集　五〇〇
文明の　四九九
分類も　二〇四

へ

兵役なき　四三三
平均寿命　四二九
米軍機　四三三
兵舎の前に　五四二
「平成」と　二三五
塀の下の　四一六
米兵の　五一一
平凡なる　三八三
平和といふ　三八
平和なる
—この世紀末　二四七
—日本の現実を　五四九
ペガサスの　一〇七
ベッドの中に　一三一
ベッドより　一三〇
別の宇宙も　三三二
別々に　五三一
ベトナム戦は　二九六
部屋替へて　六三
部屋に帰れば　五六六
部屋にひとり　一〇〇
部屋のすみに　八七
ヘリコプター　一九二
ベル押して　二一〇
ベルリンの　四七四
ペン一本の　五一四
返金せむと　四〇二
編集会　二五五
便利なる　四八五
返礼も　四二四

ほ

保育器に　三一八
保育器の　四三九
宝永七年　五〇八
防衛大学の　四二
膀胱の　四一九
宝字二年の　六四
飽食と　二五〇
放水路　一五七
放水路を　一二四
疱瘡病み　一六七

暴動は　二三六
報復に　四八七
はうれん草と　三三二
ほほけたる　一五三
頬に指を　一九三
頬ふくらみ　三三一
ホームレスに　三七四
ホームレスの　五三五
ホームレスも　五三五
ポール・モーリアの　二三四
北限の　二三三
牧水も　五〇二
「北鮮が　四三〇
墨堤の　二二二
北島の　三一六
ボクとは　三六五
北満に　二九九
北満の
—国境部隊より　五〇四
—寒き原野に　四六五
黒子の位置　六四
呆けそむる　二〇三
ポケットに　四四
ポケットの
—物ごそごそと　一九三
—物を入れ替へて　三四
ポケットベル　二四六
ポケットより　一五八
保護観察と　七四
ほこりかに　一五六
埃かぶる　七五
ほこり払ひ　二一八
綻びし　一三六
ほしいままと　二六〇
ほしいままなる　五八
ほしいままに
—言ふひとりごと　一九一
—姿を隠すと　五四三
—月に旅する　五五四
—どのテーブルも　二五三
—万葉の岬と　二四二
—我等は食へど　二六三
星さやけき　一九
干しし毛布　四七七
星空の　五三六
星ひとつ　二三四
星満ちて　五二八
保身といふ　六九
穂すすきは　五二七
舗装路の　四一四
細き月　五三五
細き月と　三四〇
細き月に
—あきらかに　九六
—ま向かひてゐし　五五六
細き細き　一七四
ほぞ出して　三三七
細谷川
—いくつか寄り合ふ　五七
—二つ寄りあふ　九〇
細長き
—北潟湖に　五〇八
—花それぞれに　四二
ほそ長く　三〇二
保存癖　二三四
補聴器を　三五八
北極星
—まうへに近く　一三
—真上に近く　五四二
北極星の　三三三
北極星を　四〇三
坊っちゃん団子の　一七一
「坊っちゃん」より　三八六
没年を　二一三
ホテルオクタを　五三三
ホテルのドア　三八九
ホテルの人ら　三八七
ホテルの窓　二三〇
歩道橋を　一八七
保渡田といふ　五〇〇
保渡田と言ふは　三一九
ホトトギス　四三七
ほととぎす　五三
ホトトギスは　四三七
ほとほとに　五一九
殆どが　五四四
割礼の式　二三六
哺乳壜に　四八
炎たつ　一六九
ほのかなる　九七
ほのかにも　一四〇
ほのぼのと　二〇四
堀内卓の　三〇六
ホリエモン　四二五
滅ぶべき　三三
穂を出せる　三〇八
本雑誌
—始末せよとまた　三一二
—その他うづたかき　五四一
—寝床に迫る　四三七
—日々にたまりて　三八七
本雑誌の　四九七
本当の
—酒好きなりと　三八八
—酒飲みならず　三三二
—飲み手にあらず　四二四
本はもう　四〇一
本屋に来て　一〇一

本読まぬ　二三七
本読む子も　二二四
本を動かし　二〇二

ま

マーラカピーと　四四三
舞ひ終へて　五〇八
マウントクック　三一五
前の人の　三七四
前の日に　一三八
前の路地の　二六九
マエハタガンバレと　四四五
前以て　三六一
前よりの　四六七
巻の五の　一一一
枕べに　四七五
枕辺の　三〇九
枕もとに　六〇
まことと我も　三九二
孫の誰も　四二六
真菰には　二五七
真菰の群　一〇四
正岡子規　二九四
正岡とふ　二六九
まざまざと　一三三
魔女の如き　一七〇
貧しき街　二五一
マタイ伝の　三三
また演奏を　二七三
また今朝も　五五四
また仕事を　三〇二
またたきの　二一八
またもかかる　二五四
待合にて　五一
町興しに　三九八
まちがへて　四一
ま近くに　三四
町かどに
—つぎつぎ万葉の　四四五
—人だかりせり　八八
街のかど　五七
町の訓練に　一四七
街の灯の　二九〇
待宵草　一八九
マッカーサーと　二三五
まつしぐらに　九六
まつすぐに　三七四
待つ人々　一六〇
松山に　二一〇
待宵草の　二八七
窓あけて
—幾たびも見る　三二六
—のぞき込む父　三三
—夜半に仰ぎし　四二七
まどかなる
—月の真下に　三三三
—月はのぼりて　一一一
窓越しに　六一
窓に寄り　一二七
窓の外に　四二一
まどろみより
—醒むるひととき　四〇
—目ざめしあとは　一二八
まどろめる　一三五
まなかひに
—火口ありありと　六七
—白く流るる　一七
—空かぎりなく　一〇一
まなかひの
—島にひそけく　二五九
—谷をへだてて　一〇八
眼射らるる　一一六
招かれて　五六六
真似をして　四九〇
まのあたり　二一九
ま裸に　一八
真淵全集　一二一
ま冬ながら　三七五
真冬にも　五五五
まぼろしに　三一六
幻の　三三四
まむかひては　三九
蝮に注意の　四八九
眉しかめ　三七七
繭を乾す　一九一
真夜なかの
—争ひに母を　五四〇
—酒は悪しと　五四三
—湯に入り友等と　二六一
真夜中の　五六四
マラソンに　三八三
丸木橋　三一九
丸山博士　二六七
丸山ワクチン
—いまだ認めず　二二六
—求むと長き　二六八
マレー語の　一九五
稀に行けば　四二六
稀にして　二四六
稀々の　二一四
間を置きて　二四六
マンガ多き　九五
マンガ栄ゆる　三二八
マンガ本　二四四
漫画本　四七六
漫画本に　三六一
マンガ読む　四三三

マンガ読むは　四八一
マンゴーは　三〇四
マンゴーを　一七一
マンゴスチン　五二三
満天の
―星といふ語も　五四七
―星を仰ぎし　四六二
「万葉さ」と　五〇七
万葉集
―以後の家持の　一九五
―総索引の　九一
万葉集も　一一六
万葉の
―孤悲といふ　四四六
―初めの長歌を　五三七
万葉も　一二四
万葉よりも　五七二

み

見上げながら　二〇七
見当らず　二一六
見えざりし　五一七
見送りましし　四二三
見覚えある　四一〇
見おろして　一九六
身構へし　五九
蜜柑の木　一九三
蜜柑の花　二一三
蜜柑箱を　三三三
蜜柑二つ　二四五
蜜柑山　二二一
右の海は　二四
水際まで　七三
美倉町　五一九
見比べて　三八七
神輿かつぐ　三五二
ミサイルを　一七四
みささぎより　二五三
陵を　五五
三島より　一六二
みづうみに　二六一
みづうみの
―氷張る音　四五八
―如き入江や　一三
―光見さくる　九二
水子地蔵に　二三六
水しぶき　四七三
水たまりに　七四
水のうへに
―オオヒルムシロ　七二
―差す月かげを　一〇三
―ほのかに残る　一三一
水の上に
―おそく昇れる　一六九
―ゆらげる月の　三五一
水の上は　二七
水のうへを　一〇五
水の上を　一三五
水の上の　九八
水の音　四一
発亥年　一四八
水の辺に　一五一
水の辺に　二五七
水の辺の
―草たどきなく　一一四
―真菰刈る人　一二一
水のほとりを
―歩み来りぬ　一七二
―通ひつつ見る　一三五
水飲むかと　二二二
水ひたす　五三
水ふえて　三五四
水辺に　一二二
店に入り　三三四
店に売る　三四五
店に積む　四七八
店に働く　三一六
店に見れば　二〇五
店より店へ　一五八
みぞそばの　一四〇
弥陀が原　二〇八
見出しのみ　五二〇
三たび来し　二五九
三たびバスを　四三
満ちきたる　六四
満ち潮と　六八
道に会ひ　二四七
道に拾ひ　八八
みちのくには　三〇九
道の辺に　四四一
道のべの　六六
導かれ　五六八
三日ばかり　一〇三
三日ほど　三五八
三月ごとに　五二〇
見てをれば　六〇
看りあひ　一五九
みどりごと　五一
南側の　四五
南の島に　四二八
南より　二九
身に余る　四七八
みにくきもの　二四一
身に沁みて　四三八
見ばえせぬ　六二
み墓の前　九二
み墓べに

—赤きつつじの　一七〇
—来り見しより　九八
み墓べの　九二
み墓べは　九七
み墓掘られ　二〇七
み葬り終へ　二一〇
見舞せぬが　四四四
みまかりて
—三十年か　四一二
—二年過ぎぬ　三八二
みまかる日の
—前日なりき　二六〇
—二日ほど　一四〇
見守りし　二二四
耳に手を　四〇五
耳の中に　六一
宮柊二の　三八四
深山雀と　三一九
見ゆる限り　四三八
明星は　三三六
見るかぎり
—海に迫りて　四三
—鴨たむろせる　一五八
—鷗群れゐし　四五一
—ここに群がりし　一六三
—坂覆ふ落葉　一五五
見る限り
—蓮田なりしに　四八五
—穂すすきなびく　五二七
見るも憂し　三九九
ミレーの絵に　一六五
民衆に　一二四
民衆の　四〇二
民俗学は　二三一
ミンダナオ島に　三八
みんなみの　三〇二

む

無意識に　三六四
無医村の　四九六
むかひゐて　三九
向ひ側の　三一四
昔見し
—墓石ならず　三二八
—ままに見ゆれど　一五二
向きあひて　四九二
麦田といふ　三四七
むきむきに
—今宵炬燵に　六八
—そびゆるビルの　四八二
むきむきの　六三
麦飯を　二四
無住となり　一七三
息子ども　三一〇
息子に金を　四一五
息子のため　四一三
息子より　四六四
むすび二つ　四一九
娘たち　四六六
娘婿の　五六五
無造作に
—腕時計投げ　六一
—君の次々　二三三
—眼鏡はづすを　三七六
むつき換ふる　一七五
睦まじく　四八四
胸迫り
—かなしきものを　四〇
—通りすぎたり　五七四
—涙ぐむなり　四一六
—われは呼ばはむ　一二八
無用なる　三三八
むらがりて　二三
紫草とふ　一二三
紫に　一六
群山の　一六
室津に来て　二四三

め

明月記に　二八八
名月の　三〇八
明治大正　二九四
明治の代に　三一七
明治よりの　三四九
銘仙を　二四二
命令か　五二四
メーデー終へて　五二
眼鏡上げ　二九七
眼鏡かくる　五三七
眼鏡を上げ　二五九
巡り来る　三四三
目覚ましに　二三八
めざめたる　五二
目ざめつつ　五五
目ざめて聞く　五〇四
目に余る　三二四
目の中まで　四八
目の前に　二一
目の前の　一五七
芽ぶきたつ　一四

も

蒙古斑　一七五
申しわけ　三九一
もう普通の　四八二

毛布膝に 三三五
最上川 二七一
茂吉記念館前と 五二七
茂吉記念の 四九七
茂吉先生
—ビルといふ語を 三一一
—わが名忘れて 二七二
茂吉葬儀の 三九四
茂吉日記に 五三一
茂吉の歌 二四九
茂吉の歌の 一一八
茂吉の死後 四六一
茂吉文明
—二人の先生に 三三一
—両先生と 四九七
茂吉文明に 四五七
茂吉文明を 三六四
茂吉水穂の 五一六
茂吉門 二一八
茂吉逝きて 三三三
茂吉流に 四六四
木星の
—赤き斑 二九二
—位置を確かめ 三八一
木星は
—今昇り来ぬ 三八一
—月の真下に 三九〇
—見る見る高く 二一八
目的を 一六一
餅つかへて 三三〇
望月光も 三〇六
もつと沢山 三七九
持て余して 三四七
求むるに 三九七
元義の
—墓に迫れる 二七〇
—墓を示せる 二七〇
もの言はず 三三九
物言はぬ 一九九
物ぐさの 四一八
もの足らぬ 四四四
物を忘るる 二九九
股長に 三三五
森なかの 一一八
森のなかに 二〇九
もろもろの 二〇二
門囲み 四八
文部省の 一六九
「門流の 二一九

や

焼イタ炭と 一三三
やかましく
—鳴きし蛙を 一五三
—鳴きしよしきり 二一六
家持の
—「いささ群竹 五〇三
—筆跡は世に 三九八
—みまかりしは京 一〇七
焼打に 二〇二
夜業する 三九
約束せし 二〇三
役立たぬ 二五五
「やけ酒」を 三三八
焼けはてし 三〇一
野菜さへ 一五六
椰子の木の 一七
椰子の葉の 七一
休み久しき 二九
休む田に 三〇二
痩す痩すも 三七九
安らぎて 四六
やすりかけ 三〇三
やつかいな 四八〇
八ヶ岳
—雪をとどめぬ 五〇五
—ゆたかに裾を 三三九
八ケ岳の 三一七
八ヶ岳を 五〇五
やつと捜しし 四五六
やつれたる 四八
柳馬場 四二二
屋根に置く 七二
「野蛮なる 二五八
藪の中 八八
破れたる 四二一
山あひの
—狭きに寄りそふ 一一〇
—部落に朝より 五九
山合ひの 二七四
病癒えて 一二九
病疑ふ 一二二
病おこたる 一二〇
病のさま 一二四
山峡の 一〇
山坂を 二四
『山下水』の 五三二
山裾に 一四
大和三山 四二七
山脈の 四五
山の上の 一九七
山の姿 二三六
山のなだりの 四二四
山の間に
—頂きわづかに 三三九
—今出でたるは 三〇五
山の間の 五二八

山深き 三六五
山へ行く 二一八
山桃の 一八八
病みたまふ 五六七
病む雁の 一五〇
病雁の
―歌の詠まれし 五一六
―考証にあへて 四八六
病む君が 二六
病む君の 二六九
病む君を 三〇七
病む妻に 一五〇
病む汝の 三七六
やむを得ず 五三三
止むを得ず 三一〇
止むを得ぬ 三九二
槍が岳 一四九
やり直しを 四一二
やる気なき 一六二

ゆ

唯一の 四九九
憂うつの 四八一
夕かげに 二四七
夕光に 五二
夕かげの 三一九
夕光は 九三
夕川の 二一
夕川は 一八七
夕刊に 四七九
夕雲に
―かの山遠く 二一
―丹沢三ツ峰 四五
夕暗き 四一
夕暗む 六二
夕ぐるる 五七一
夕ぐれて 二〇
夕暮れて
―はやだらしなき 三〇
―路地にかがみぬ 二一五
夕寒き
―紅葉の谷に 三一〇
―光に照らふ 一〇〇
―水の辺を来ぬ 一四〇
夕潮は
―今この川に 一一〇
―みるみるうちに 一五〇
友人と 五三八
夕星は 二八八
遊星の 三五
遊星ひとつ 二三〇
悠然と 二六三
夕づけば 三五
夕映に 二四四
夕映の
―色あせ行きて 三二八
―空より出で来し 四七九
―なかに影立つ 五一二
―のちも金星は 四九〇
―光うすれて 三五九
―光のなかに 三五
夕映ゆる 九六
夕べ来て 二一九
夕べには 二四
夕べの灯 三一六
夕もやに 二一九
夕焼の 一五六
床のうへ 二六
床の上に 五〇
雪合戦 五三五
往き来する 二八五
雪解けの 四五〇
雪に悩む 四一三
雪の上に
―散る山茶花の 三四三
―八重咲きの赤き 三九九
逝きませば 五〇〇
行き行かば 五一七
行き行きて 三一四
雪くといふ 二七二
逝く春の 一六五
逝く前に 四七八
「ゆくりなく 二二八
弓削島の 五四二
輸血拒み 一九九
輸血して 三九五
弓削の社の 二五九
湯たんぽに 四四
湯殿山の 二一六
湯に入りて 七二
湯にひたり 二六一
湯の温度 五一八
指にみな 三六二
ゆらぎつつ 三四八
ゆるやかに
―回転をせる 二一八
―空に浮かべる 二三一
湯を浴みつつ 五一七
湯を注げば 三三五

よ

夜明けには 一二九
夜明けにも 三三七
夜明けより 四一〇
酔ひ帰り 四五
宵寒く 四七九

宵空に　三三
酔ひつつも　五七〇
酔ひながら　三六
宵の明星　二二五
宵ふくる　四二
酔ひましし　五五一
宵々に
—通ひ青山の　一〇〇
—葉をとぢあへる　一一一
—わがガラス窓を　二二七
「よひよひの　四八六
宵々の　五一八
洋傘の　一四七
八日の月　三八三
溶岩の　四九五
幼児番組　二五八
幼稚園で　三六六
幼稚園の
—階段のわきの　一一七
—バスを降り来て　三六一
要点を　二九七
用持ちて　二〇五
やうやくに
—青く芽ぶける　四四
—一生定まる　四八
—老い給ふ君や　九
—歌会を終へて　五七四
—風のしづまる　二二
—紅ふけしいちご　三七
—今年の桜は　四五一
—この頃気づきぬ　二一〇
—ふけゆく夏を　五七
—齢ふけたり　五六四
予感持ちて　一五二
良きことなき　四一四
よき酒を　五六六
欲うすく
—この世を生きて　五四六
—この世を長く　四五六
浴槽に
—逝きし母堂を　四〇二
—また戻り行く　五一八
よく見れば
—鴨にはあらず　五一八
—水に小さき　一一〇
横倒しにせる　九四
余吾の湖の　二〇一
「横浜の　一一七
よごれたる　二九
汚れたる　二七
よしきりは　一一四
よしきりも　三〇四
よしきりを　二五七
吉崎への　二五六
義仲の　二四三
予想せる　七四
よその国に　二九六
よそ者の　三〇八
四段活用と　三五〇
四つ玉を　一六五
世にあらば　二一四
世におくるる　四七七
四人並ぶ　五三九
四人に一人　三一一
世の動きに　三三〇
世の移りに　二〇一
世の中に　四六七
世の批判は　四八
世の娘　三三一
呼ばるるまで　四〇一
呼びとめて　五三
呼びものの　二五一
夜更けの店　三一五
読まぬ本　五〇
読みさして　八九
読むに堪へず　三七九
夜もすがら　二六五
寄りあひて　三八四
よりそひて　一三四
寄り添へる　六九
夜おそく
—あかりをともす　二八
—オリオンのぼる　二三三
夜おそく　三五一
夜九時にも　三三三
夜の時雨　一二二
夜はいやと　一三一
よる深き　一三
夜ふかく　二四
「よろづ代に　三三一
「弱き歌よみ」と　五六五
夜半すぎて　三三
夜半過ぎて
—まだ帰らぬかと　三九二
—むかひの寒き　一四
—門叩く子に　一六八
夜半に起きて　五五〇
夜半に聞く　四〇二
夜半に出され　四五〇
夜半に見れば　三八二
夜半に目ざめ
—原稿用紙に　四四八
—仕事せむかと　四五六
世を共に　三五六
四歳の　五一二
「ヨン様」ゐる　五二一
ヨン様とは　五一四
四百年の

—後の東京を 三四四
—後を予想せし 四七四

ら

ライスカレー 三一〇
ライスカレーと 四一六
来年の
—会場にせむ 三八八
—歌会にぜひと 四四八
来年も 一〇一
雷鳴の 四一八
ラジオニュース 五〇二
ラベンダーの 二六一
乱雑なる 二七五
乱数表に 一九五

り

リストラにて 五一二
理不尽なる 三四九
略語にも 四九二
窿応和尚の 二一七
流星群 三九〇
留置場に 二五
良寛の 四七五
両親と 五一〇
両手ひろげ
—戦車を止めし 二三九
—飛びおりながら 四〇六
両隣の 一六八
林泉に
—命をかけし 五六九
—関はる多くの 五六九
林泉の 五七〇

る

ルンペンとふ 四七八
ルンペンは 四八二

れ

冷蔵庫の 二五四
列を作り 四一六
レビューといふ 二二五
レンズの中に 二一六
レンズより 一九〇

ろ

廊下歩めば 二一一
老害といふ 四五八
「老人と 二〇三
老人に 四一四
老人の 五一七
ローマ字に 五三三
蘆花の日記 一九九
六十年
—あまり食はねど 四五三
—過ぎしかこの墓に 二七一
六十年の 三六
ろくに返事も 四〇〇
六万年に 四〇三
六万年の 五〇一
路地に入り 五二二
路地に出て 三三三
路地の隅に 四〇一
路上禁煙 四〇四
魯迅あらば 三三九
魯迅の墓に 二四九
ロゼットの
—なかに隠るる 一五九
—ままに黄の花 二八七
六百号 五六四

わ

ワープロも 二三七
ワイシャツの 四七
わが仰ぐ 四五八
わが足の 四〇八
わが歩む 三五六
わが家の 一五〇
わが家を
—一日ゆるがす 三八
—めぐりて二種類の 九九
わが命
—絶えなむはいつ 三三三
—つくづく思へば 三三〇
—「無」とならむ日を 五四五
わが命と 二八八
わが歌を 四五二
わが宇宙に 五四五
わが腕に 九九
わが生まるる 二五
わが幼きも 五六五
わが通ふ 七四
わが体
—気づかふ汝の 一三七
—だいぶ痩せしかと 四六五
若き男女の 一〇〇
「若き日の 三八六
若き夫婦 四二〇
わが銀河に 三四八
若く雄々しき 一七四
若く初めて 一六三
わがケイタイに 四八一

わが心　一二七
わが子らと　九五
わが財布　五一三
わが色紙　五三三
我が知らぬ　九〇
わが生徒　二一四
わが生の　四四〇
わが近づく　一六一
わが中学の　九五
わが机の　九三
わが妻の　五一八
我が妻の　二六七
わがなし得る　三三五
わが庭に
―初めて実りし　二一〇
―実りし柿を　四四〇
わが庭の　一三九
わが残す　三五六
わが飲むに　四八二
わが墓の　一五五
わが掃きし　一九〇
わが初めて　二三一
わが箸を　三五八
わが晩年　二九三
わが晩年の　四五四
わが伴侶と　二八六
わが部屋を
―そつとあけたる　一六八
―脱け出で玄関に　四五三
わが街にも　四三一
わが街の
―道路ふさぎて　四三二
―百円の店　五一三
わが待つは　三五六
わが剝ける　八七
わが娘　四六六
わが娘が　一六三
若者ら　五四三
わが痩せて　二一四
わが家に住む　四五一
我が家の柿　三五六
わが読みし　四〇一
別れ来て
―幾日も経ねど　九
―今し思へば　三五
別れむと　四一九
わが路地に
―あまた芽ぶける　四一三
―昨日は手を触れ　四三四
―黒揚羽とぶを　三八〇
―しじみ蝶は　五二八
―朱の極まる　三四一
―絶えしかと思ひし　四三九
―初めて咲ける　四二八
―真冬といへど　三三一
―真冬もあまた　四三三
―真冬も鋭く　四三二
湧き出づる　一三三
ワクデ島は　一九
「わくらば」も　一一五
わけの分からぬ　三九五
わけも分からぬ　三〇八
災ひを　三四〇
「わしを追ひ出した　四五〇
わづかなる
―園の空地に　七一
―路地の隙間に　五一二
わづかにも　四七三
わづか残る　五〇八
煩ひより　一七七
忘らるる　二二八
忘るること　四〇七
早稲の香の　二〇七
海なかの　一九
渡良瀬川　一〇七
ワッカナイ　四九八
わびしかりし　一五二
わらぢはきて　四八三
割り箸を　四四〇
われかつて　三六〇
我かつて　四五四
「ワレ抵抗　三八八
吾とともに　一九
我と並び　四〇〇
我と吾　五三七
我に来る　一六二
我に似し　二一七
我のせし　三一七
我の名を　四五六
我は抱き　五六
我等乗せ　五六三
我等のため　三九八
我等二人　五六九
我を送ると　四九九
我を責むる　二七〇
湾岸に　四九三

あとがき

このたびは現代短歌社よりご好意をたまわりまして、『宮地伸一全歌集』を出版していただくことになり、道具武志社長様はじめ皆様にあつく御礼申しあげます。

父は、昭和十五年「アララギ」に入会し、平成二十三年に亡くなるまで七十一年間、「アララギ」と「新アララギ」により、ひたすら短歌の道を歩んでまいりました。その情熱は家にいるときのわたしたちにもひしひしと伝わり、昼夜の区別もなく机に向かうその姿に、父はいつ眠っているのだろうと考えるほどだったように思います。

母が早く亡くなりましたが、その前も後も父の短歌に対する思いはかぎりなく深いものであったと存じます。

しかしながら、遺されたわたしたちは父が作った多くの短歌をどう扱えばよいかさえ分からず、戸惑いを感じてまいりました。生前に出版していただいた歌集の多くは石黒清介様をはじめとする短歌新聞社のかたがたのご支援のおかげと、いま改めて深く感謝いたしております。

そして、今回のこの全歌集の刊行につきましては、現代短歌社の社長様はじめ皆々様、さらに短歌新聞社以来なみなみならぬご尽力をたまわってまいりました今泉洋子様にあつく御礼申しあげる次第です。

平成十年の創刊以来、新アララギの皆様には、温かいご支援をたまわり、今回の全歌集にも一方ならぬご配慮をいただいたことにこころから御礼申しあげます。

わたしたち遺族には想像も及ばぬ多くの人々に父は支えられて来たものと存じます。父を忘れずにいてくださる多くの人たちを思い、わたしたちはいま感謝の気持ちでいっぱいです。さらにこの全歌集が刊行されることは、わたしたちの父に対する感謝の印ともなるのをうれしく思います。

最後に、著者である父の短歌に関心のあるかたがたにこの全歌集が少しでも役立つことになれば、この上なく幸せに存じます。

ありがとうございました。

平成二十四年五月一日

伊達由美子

編集後記（凡例を兼ねて）

一、本集は宮地伸一の既刊歌集『町かげの沼』『夏の落葉』『潮差す川』『葛飾』『続葛飾』の五冊に、それ以後の短歌作品を「続葛飾以後・第一部」「続葛飾以後・第二部」とし、更に「補遺」を加えて一冊としたものです。

一、前記の歌数の合計は四、六四二首となります。

一、「続葛飾以後・第一部」には『続葛飾』の後、すなわち平成十二年一月号から平成二十三年七月号（最終出詠）までに「新アララギ」に掲載された歌を収録しました。

一、「続葛飾以後・第二部」には、平成十二年以降に総合短歌誌紙に発表の歌を収録しました。

一、「補遺」には著者が係った地方短歌誌に掲載された歌を主として収録しました。

一、編集に当たり、重複した歌及び極めて類似した歌が若干認められ、それらは削除しました。

本集出版をお引受け戴き、多大なご尽力を賜った現代短歌社に心から感謝いたし、厚く御礼申しあげる次第です。

平成二十四年五月一日

『宮地伸一全歌集』刊行委員会

吉村睦人　三宅奈緒子　雁部貞夫　倉林美千子　實藤恒子　池田毅明　野村弘子

宮地伸一全歌集

平成24年7月2日　発行

著　者　宮　地　伸　一
編　者　宮地伸一全歌集
刊 行 委 員 会
発行人　道　具　武　志
印　刷　㈱キャップス
発行所　**現代短歌社**

〒113-0033 東京都文京区本郷1-35-26
振替口座　00160-5-290969
電　　話　03（5804）7100

定価7000円（本体6667円＋税）
ISBN978-4-906846-04-7 C0092 ¥6667E